世界文學
經典名作

包法利夫人

MADAME BOVARY

GUSTAVE FLAUBERT

福樓拜 著
羅國林 譯

目錄

第一部

D.Maclise, R.A.　　T.Landseer.

1

我們正在上自習，校長進來了，後面跟著一個沒穿制服的新生和一個扛一張大課桌的校工。打瞌睡的同學都驚醒了，大家起立，像是正在用功而被打擾了似的。

校長做手勢讓我們坐下，然後轉向班主任，低聲對他說：

「羅傑先生，我給你帶來一個學生，先讓他進五年級❶，學習和操行都好的話，就按年齡，把他編到高年級吧。」

新生站在門後牆角幾乎看不到的地方。這是一個鄉下孩子，十五歲左右，個子比我們誰都高。頭髮順前額剪齊，像鄉村教堂唱詩班的孩子，神情規矩而十分侷促不安。他肩膀不算寬，但身上那件綠呢黑鈕扣的上衣，抬肩似乎太緊，袖口裸露出紅紅的手腕子。淺黃色長褲的褲管被背帶吊得老高，穿藍色襪子的小腿露在外頭。腳上一雙釘了釘子的皮鞋，非常結實，但擦得不亮。

我們開始朗讀課文。他聚精會神地聽著，連腿也不敢蹺起，胳膊肘也不敢支在課桌上，像聽佈道一樣專心。兩點鐘下課鈴響了，班主任不得不提醒他一聲，他才隨同我們走出教室。

我們有個習慣，一進教室，就把帽子扔在地上，騰空了手好做功課。做法是一到門口，就把

❶相當於初中二年級。

帽子扔出去，穿過凳子底下，一直飛到牆根，揚起一片灰塵。這是我們的拿手好戲。

但這新生不知是沒有注意到這做法，還是不敢照著做，禱告完了，他仍然把帽子放在膝蓋上。他那頂帽子可是頗有特色，既像熊皮帽、騎兵盔，又像圓筒帽、兼獺皮鴨舌帽和棉布睡帽，總之不三不四，十分寒傖，它那不聲不響的難看樣子，活像一個表情莫名其妙的傻子的臉。它呈橢圓形，裏面用鯨魚骨支撐；帽子有三道環狀滾邊，往上是由絲絨和兔皮鑲成的菱形方塊，彼此交錯，中間有紅道隔開；再往上，是口袋似的帽筒和硬紙皮剪成的多角形帽頂；帽頂蒙著一塊圖案複雜的彩繡，中間垂下一根過分細的長帶子，末梢吊著一個結成十字形花紋的金線墜子。那頂帽子倒是嶄新的，帽簷閃閃發光。

「站起來。」老師叫道。

新生站起來，帽子掉了，全班笑開了。

他俯身去撿帽子，鄰座的同學用胳膊肘把它扔到地上，他再次彎腰才撿起來。

「放下你的戰盔吧。」風趣的老師說道。

同學們哄堂大笑，窘得這可憐的孩子不知道該把帽子拿在手裏、扔到地上，還是戴在頭上好。他又坐下，雙手放在膝蓋上。

「站起來，」老師又說，「告訴我，你叫什麼名字。」

新生結結巴巴，說出一個聽不清楚的名字。

「再說一遍。」

他吞吞吐吐又說一遍，引得全班嘩笑，還是一個字母也聽不清。

「大聲點兒！」老師喊道，「大聲點兒！」

於是，新生下了最大決心，口張得大大的，像喊人似的，扯開嗓門，嚷出這樣幾個字：

「夏包法里。」

整個課堂轟地一聲吵嚷開了，越鬧越凶，夾雜著尖叫（有人亂吼，有人學狗叫，有人跺腳，有人重複：「夏包法里！夏包法里！」）。吵嚷好一陣子，才變成零星的嘘叫，好不容易平靜下來。但這之間，一排學生之中，還有人禁不住笑出聲，就像沒有燃盡的鞭炮，東一聲西一聲地響了起來。

老師一再威脅要重罰作業，課堂秩序才漸漸恢復。他讓新生拼音，一個字母一個字母念，再連起來重說一遍，才弄明白他的名字是夏爾·包法利，立刻命令這可憐蟲坐到講台前面那條懶學生坐的板凳上。新生站起來，離開自己的座位，但又顯得猶豫不決。

「你找什麼？」老師問道。

「我的帽……」新生怯生生地說，不安地四下張望。

「全班罰抄五百行詩！」老師一聲怒吼，就像涅普君的咒語❷一樣，制止住了另一場風暴。「不許吵鬧！」老師怒不可遏，一邊繼續訓斥，一邊從帽子裏抽出一塊手絹擦著腦門。「至於

❷ 涅普君爲希傳說中的海神，據維吉爾的長詩《埃涅阿斯紀》（Aeneid）描寫，他只要說一聲"Quo ego"（我要），風暴就會馬上停息。

你，新生，給我把"ridiculus sum"❸這個動詞詞組抄寫二十遍。」

然後，他把語氣放和緩些：

「哎！你的帽子嗎？會找到的，又沒人偷走！」

整個教室又安靜下來。一個個腦袋俯在練習本上。新生端端正正坐了兩個小時，儘管不時有人筆尖彈起一個小紙球，飛來打在他的臉上。他只是拾手指一指，低眉垂目，紋絲不動。

晚自習時，他從課桌裡取出袖套，把文具整理好，然後細心地在紙上打線。我們看見他學習認眞，每個字都查字典，很賣力氣。他大概就是憑著這種頑強的意志，才沒有降班，因爲他語法掌握得還勉強可以，造句卻半通不通。他的拉丁文是村裏的本堂神父（當地教區中的教會神父）啓蒙的，他父母圖省錢，遲遲不送他上中學。

他的父親夏爾・德尼・巴托洛梅・包法利先生，原本是助理軍醫，一八一二年左右，在徵兵事件中受到牽連，被迫退役，靠天生的長處，即長相漂亮，贏得了一位帽商女兒的愛，毫不費力撈到六萬法郎的陪嫁。此人是美男子，愛夸夸其談，故意讓馬刺碰得鏗鏘作響，頰鬚生得連著八字鬍，手指上常戴著戒指，所穿衣服顏色鮮艷，外表頗像一位勇士，見人就打招呼的那股熱情卻像個旅行推銷員。結婚頭兩、三年，他全靠妻子的財產生活，吃得考究，常睡懶覺，抽細瓷大煙斗，夜裏看完戲才回家，是咖啡館的常客。不料岳丈仙逝，遺產甚少，他一氣之下辦起了製造業，結果賠了錢，於是退居鄉村，希望在那裏發起來。可是，他一不懂種田，二不懂織布，幾匹

❸拉丁文，意爲「是滑稽可笑的」。

馬只供自己騎，而不讓它們去耕地，蘋果酒一瓶瓶喝光，而不一桶桶運去販賣，最肥的雞鴨都宰來吃掉，用豬油擦打獵穿的靴子。這樣，他很快就發現，一切碰運氣發財的念頭最好從此打消。

他每年出二百法郎，在科地和庇卡第兩地區交界的一個村子裏，租了一座半像農莊半像住宅的房子。從四十五歲起，他就守在家裏不出門，悶悶不樂，懊惱萬分，抱怨上天，見人就妒忌，聲稱自己厭惡塵世，決心清靜地過日子。

他妻子過去愛他愛得神魂顛倒，百依百順，結果反而使他變得不冷不熱。她早年性格活潑，感情豐富，充滿愛心，上了歲數，就變得（像酒走了氣，變酸了一樣）脾氣古怪，嘮嘮叨叨，喜怒無常。她看見他追逐村野的浪蕩女人，夜裏經常從一個又一個下流地方，被人送回家來，爛醉如泥，酒氣薰天。起初她心裏非常痛苦，但並不抱怨，後來自尊心再也忍不下去了，就乾脆不言不語，忍氣吞聲，直到離開人世。她終生勞碌，東奔西跑，今天去找律師，明天去見商會會長，想起欠款到期，還得去交涉緩付，在家裏不是縫縫補補，就是洗洗燙燙，監督雇工，開發工錢。而先生呢，成天無所用心，昏昏糊糊，半睡半醒，還總像窩了滿肚子氣，坐在火爐邊抽煙，往灰裏吐痰，就這樣不清醒過來還好，清醒過來盡對她說些沒心沒肺的話。

她生了個男孩兒，不得不送到奶媽家餵養。小把戲回到家裏，嬌寵得像個王子似的。母親餵他蜜餞，父親讓他赤腳奔跑，甚至冒充哲學家，說他可以像小動物一樣，赤條條去外面玩耍。對於幼兒教育，這位父親抱著某種男性的理想，力圖排除母性的影響，按自己的理想培養兒子，以斯巴達的方式，讓他經受嚴酷的磨練，練出一副強健的體魄。他打發孩子睡覺不生火，教他大口喝萊姆酒和咒罵宗教儀式的隊伍。可是，這孩子天性溫順，他的努力沒有取得預期效果。母親成天把他帶在身邊，給他剪硬紙塊、講故事，一講起來就沒個完，一個人喋喋不休，充滿憂鬱的快樂和閑聊的甜蜜。她日子過得孤單寂寞，對虛榮的渴慕早已支離破碎，便把希望一古腦兒寄託在孩子身上。她夢想高官厚祿，看見兒子已經長大成人，風度翩翩，才華橫溢，當上了土木工程師或法官。她教他讀書，甚至彈著她的那架舊鋼琴，教會了他唱兩、三支浪漫小調。可是，包法利先生輕視舞文弄墨那一套，看見老伴所做的這一切，只是說：「白費力氣！」難道他們有能力送他上公立學校，給他買一個官職或提供一筆做生意的本錢嗎？再說，「一個人只要天不怕地不怕，在社會上就不愁吃不開。」包法利夫人咬住嘴唇，孩子成天在村裏野跑。

他跟在犁地的農夫後頭，扔土塊趕得烏鴉亂飛，沿河溝摘桑椹吃，拿根長竿看火雞，收穫季節翻曬穀子，去樹林子裏亂跑，雨天在教堂廊簷下玩造房子，遇到重大節日，就央求教堂的雜役讓他敲鐘，整個身子吊在那根粗繩子上，在空中蕩來蕩去。

這樣，他長得如同一棵橡樹，兩手粗大，膚色健康。

他十二歲的時候，母親才爭取到讓他開蒙，請本堂神父當老師。可是，上課的時間短，又三天打魚兩天曬網，沒有什麼效果。神父不是忙裏偷閑，趕在行洗禮和葬禮之間，在聖器室，匆匆忙忙，站著給他講點功課，就是在晚禱之後，不出門時，打發人叫他過來教。他們上樓，到神父臥室裏坐下，蚊子和蛾子繞著蠟燭飛旋。房間裏悶熱，孩子很快就昏昏入睡，老頭子不一會兒也打起盹來，雙手擱在肚皮上，張開嘴，鼾聲如雷。有時，神父給附近的病人做完臨終聖事回來，看見夏爾在田野裏玩耍，就把他叫到眼前，在樹棚底下開導他一刻鐘，順便教教動詞變化，但往往天上掉下雨點或一個熟人經過，打斷他們。不管怎樣，神父對自己的學生是滿意的，甚至說小傢伙記性滿好。

不能讓夏爾長此下去。太太下了決心。先生呢，也過意不去，或者不如說厭倦了，沒怎麼反抗就讓了步，同意再等一年，就讓孩子接受初領聖體。

一晃又是半年，第二年總算決定把夏爾送進盧昂中學。是接近十月末，由他父親親自送去的，其時正逢聖．羅曼廟會❹。

夏爾當時的情形，現在我們恐怕誰也不記得很清楚了。總而言之，他是個性情溫和的孩子，玩的時候就玩，學習的時候就學習，堂上用心聽講，進宿舍安靜睡覺，在飯堂好好吃飯。他的監護人是岡特里街一位五金批發商，星期天舖子不營業，每月把他接出來一次，打發到碼頭去散散步，看看船，然後一到七點鐘，就趕在晚飯前送回學校。每星期四晚上，夏爾用紅墨水給母親寫一封長信，寫好之後用三個麵團子封好，然後複習歷史課的筆記，或者讀一本扔在自習室的舊書《阿納喀爾席斯》❺。散步的時候，他常與校工聊天。校工和他一樣，也是鄉下來的。

他靠死用功，在班上始終保持著中等程度，有一次考博物學，甚至還得了個一等獎哩。可是，第三學年末，父母讓他退了學，準備讓他去學醫，他們深信到了中學畢業的程度，他只要靠自學就能達到了。

母親到她認識的一位染匠家，在五層樓爲他挑了一個臨洛貝克河的房間，講定膳宿費，買了

---

❹盧昂最大、最著名的廟會，從十月廿三日起，歷時廿五天。
❺此書是一本遊記，成於一七七八年，記述古代西徐亞人阿納喀爾席斯遊歷希臘的情況。

一張桌子、兩張椅子等家具，又從家裏運來一張櫻桃木舊床，還買了一個小小的鑄鐵爐子和一些劈好的木柴，免得她可憐的孩子挨凍。她一直待到周末才離去，臨走之前，千叮嚀萬囑咐，說從此他一人在外，無人管教，一定要處處學好。

印在布告牌上的課程表，他一看都嚇呆了：什麼解剖學、病理學、生理學、藥理學、化學、植物學、診斷學、治療學，還有什麼衛生學和藥學，全是一些聞所未聞的名詞，像一座座神殿的大門，黑洞洞的，森嚴嚇人。

上課他像騰雲駕霧，聽也白聽，半點不懂。然而，他硬著頭皮學，筆記記了一本又一本，每課必上，一次實習不缺，當天的功課當天完成，像一匹推磨的馬，兩眼蒙住，繞著磨盤轉呀轉，根本不知道磨的是什麼東西。

為了替他省錢，母親每星期託信差給他捎來一塊烤牛肉。他上午從醫院回來，一邊拿它就午飯吃，一邊用鞋底踩牆。撂下碗，又朝教室、解剖室或救濟院跑，然後又穿過一條條街，回到寓所。晚上，用完房東預備的簡單飯食，便上樓回到臥室，埋頭功課，身上汗溼的衣裳經熊熊的爐火一烤，直冒熱氣。

晴朗夏日的傍晚，暑熱消散的街上行人稀少，女傭人們在門口踢毽子，他便打開窗戶，趴在窗台觀看。打窗下流過的小河，在一座座小橋和柵欄之間，呈現出黃色、紫色或藍色，給盧昂這個破舊的小區，增添了幾分威尼斯的風味。一些工人蹲在岸邊洗胳膊。各家閣樓頂伸出的竹竿上，曬著成束的棉紗。越過對面的房頂望去，一輪西沈的紅日，輝映著明淨、高遠的天空。那邊該多麼宜人啊！山毛櫸林子下該多麼涼爽！他仰起鼻孔想吸那沁人心脾的田野氣息，但什麼也沒吸到。

他消瘦了，個兒長高了，臉上總現出憂鬱的神情，讓人見了有點怪可憐的。

他原本天性懶散，早先下的決心，終於都拋到腦後，有次實習缺席，第二天課也沒去上，嘗到偷懶的滋味，乾脆便漸漸地不上學了。

他養成了上酒吧的習慣，迷上了骨牌。每天晚上，鑽進一家髒骯的賭坊，坐在大理石的賭台邊，擲帶黑點的小羊骨頭，覺得這個體現自由的可貴行爲，平添了幾分自尊。這無異於初涉人世，初嘗禁果。每次進賭坊，一抓住門把手，就感到一近乎肉感的樂趣。於是，心頭被壓抑的許多東西膨脹起來，他學會了爲女伴們唱幾支小調，迷上了貝朗瑞❻，會調五味酒（鷄尾酒），最後，懂得了談情說愛。

由於功夫都下在這些方面，因此助理醫師資格考試他遭到慘敗。而當天傍晚，家裏人還等他回去，慶賀勝利哩！

他步行回家，走到村口停下來，請人叫母親出來，向她坦白了一切。母親原諒了他，把失敗歸咎於主考人的不公，勉勵他幾句，負責安排一切。這件事情的眞相，直到五年以後，包法利先生才知道。已經事過境遷，也就不再追究，再說，他不能設想，自己生的孩子會是一個蠢才。

於是，夏爾重新埋頭苦讀，起早貪黑，溫習考試科目，事先把所有問題都背得爛熟。這回他通過了，分數還相當高。母親歡天喜地，全家大擺酒宴。

❻貝朗瑞（一七八〇～一八五七），法國民歌詩人，其所作民謠，在十九世紀上半時風行各階層。

他到什麼地方去行醫呢？去道斯特。那裏只有一位年老的醫生。包法利夫人早就盼他死了，沒等老頭子捲舖蓋，就讓夏爾在對面安頓下來，準備接替他的位置。

但是，對包法利夫人來講，把兒子哺育成人，讓他學成醫，並幫他在道斯特掛牌開業，心願還不算全了，還要給他討媳婦。媳婦找到了，是迪普一個小吏的寡婦，四十五歲，每年有一千二百法郎收入。

這位杜布克夫人儘管相貌醜陋，瘦得像根乾柴，滿臉疙瘩多得像春天的樹芽，卻不愁找不到男人。包法利夫人爲成全兒子的好事，不得不把其他人一個個擠掉。甚至有個豬肉店老闆，有教士們撐腰，手段十分高明，也被她巧妙地擊敗了。

夏爾以爲，結了婚，他的地位就會改善，行動更自由，可以我行我素，隨意花錢。誰知妻子竟成了一家之主，他在人面前什麼話當說，什麼話不當說，都不能自主，每星期五必須吃素，穿衣服得合她的意，對拖欠診費的病人，得按她的旨意登門催討。她拆閱他的書信，窺伺他的行動，每當有婦女登門就診，她就隔著板壁偷聽。

她每天早晨要喝巧克力，要求沒完沒了的服侍，成天不是抱怨神經痛、心口疼，就是抱怨心情煩躁。聽到腳步聲她受不了，你走開，她又嫌寂寞得慌，你回到她身邊，那大概是想看她死。晚上夏爾一回來，她就從被窩裏伸出瘦長的胳膊，摟住他的脖子，要他在床沿坐下，開始訴說她的苦惱，說他不再把她放在心上，必定另有所愛，本來人家早就說過，跟著他她會不幸的！末了，她要求夏爾爲了她的健康，給她點糖漿喝，更要多給她一點愛情。

2

一天夜裏，將近十一點鐘，來了一匹馬，在大門口停下。馬蹄聲驚醒了他們。女傭人娜絲塔西推開閣樓窗子，與樓下街上一個男人交談幾句。那人是來請醫生的，隨身帶了一封信。娜絲塔西打著寒戰，下了樓梯，打開一道道鎖和門閂。來人撂下馬，跟著女傭人，徑直進來，從綴有灰色纓子的氈帽底下，取出一封舊布包著的信，戰戰兢兢呈交夏爾。夏爾雙肘支在枕頭上看信，娜絲塔西站在床頭掌著燈。太太因爲難爲情，轉身向牆，露出後背。

那封用一小塊藍色火漆封口的信，請求包法利先生即刻趕赴貝爾托莊園，接一條斷腿。可是，從道斯特，途經龍格維爾和聖維克多，趕到貝爾托，抄近道也足足有六法里❶，夜又黑，少奶奶擔心丈夫發生意外。這樣，便決定讓那馬夫先走，包法利先生再過三小時，等月亮升起再動身，讓主人派一個小孩子到路口接他，在前面引路，打開莊園的柵欄門。

凌晨四點鐘左右，夏爾穿好大衣，扣得嚴嚴實實，向貝爾托出發。人剛離開熱被窩，還睡意矇朧，坐在安靜地小跑的馬背上，由它顛動著。馬遇到田壟邊荊棘圈住的土坑，便自動停下，夏爾身子一晃，驚醒過來，這才想起斷腿的，便開始搜索枯腸，回憶他所了解的全部接骨方法。雨

❶ 一法里合四．四公里多。

停了，晨曦初露，光禿禿的蘋果樹枝頭，宿鳥棲息，一動不動，短短的羽毛在冷峭的晨風中抖動。平坦的原野，一望無際，村落周圍，密層層的樹木，形成紫黑色的點子，星羅棋布在灰濛濛的大地上。天邊，大地融進天的灰暗色調。夏爾不時睜一睜眼睛，不久，只覺腦子疲倦，瞌睡又上來了，立刻陷入迷迷糊糊的狀態，新近的感覺和往昔的記憶混在一起，恍惚中自己似乎變成了兩個人，既像剛才躺在床上的丈夫，又像過去穿過一間手術室的學生。在他的意識裏，藥膏的熱香和朝露的清香混淆難辨；他聽見床頂鐵環在帳杆上滑動，太太睡著了……經過瓦松維爾時，他瞥見一個小男孩坐在溝邊的草地上。

「你就是醫生嗎？」孩子問道。

聽了夏爾的回答，孩子提起木頭套鞋，撒腿在前面跑起來。

路上，醫師從小嚮導的口裏得知。魯奧先生是當地最富裕的農民之一，昨天在鄰居家過三王來朝節❷，傍晚回來時摔斷了腿。他的老伴已過世兩年，身邊只有一位千金，幫忙料理家務。

車轍越來越深，貝爾托就要到了。孩子跑進一個籬笆窟窿不見了，不一會兒出現在一個院子邊上，打開柵欄門。馬踏著溼漉漉的草地，悄沒聲息地走去，夏爾不得不俯在馬背上以免樹枝碰到頭。看門狗在棚子裏扯著鍊子汪汪亂叫。跨進貝爾托院子時，馬一受驚，來了個大閃避。

這是一座看去挺殷實的莊園。馬廐裏，從敞開的門上，可見幾匹高大的耕馬，安安靜靜在新槽裏吃草料。沿房子牆根，有一大堆肥料，水氣繚繞。在上面啄食的母雞和火雞當中，有五、六

❷三王來朝節在一月六日。

隻孔雀，這是科地區的珍禽。羊圈長長的，穀倉高高的，牆壁像手掌一樣光滑。車棚裏放著兩輛大車和四架耕犁，還有鞭子、套包和全副馬具；馬具上藍色的羊毛墊氈，沾滿穀倉頂上落下的浮塵。院子越往裏越高，兩旁對稱地種著樹木；池塘旁邊，迴蕩著一群鵝的歡叫。

一個年輕女子，身穿鑲三道繡邊的美麗奴毛料❸藍袍，來到門口，迎接包法利先生，讓進廚房。廚房裏生著旺火，爐子四周大小不同的悶罐裏，煮著雇工們的早飯。壁爐裏側烘烤著幾件溼衣裳。火鏟、火鉗和吹火筒都大得出奇，明晃晃，像鋼一般鋥亮。沿牆一字兒排列著整套炊具，大大小小，映著通紅的爐火和窗子裏射進的曙光。

夏爾上二樓看病人，只見他臥在床上，蒙著被窩發汗，帽子扔得遠遠的。這是一個矮胖老頭兒，五十歲光景，白皮膚，藍眼睛，禿腦門，戴著耳環。床頭一張椅子上，放著一大壺燒酒，他不時喝一口，給自己提神。十二小時以來，他不停地咒天罵地，可是一見到醫生，就再也沒有精神了，輕輕地呻吟起來。

骨折傷勢簡單，一點不複雜。夏爾沒想到會這麼容易處理。他記起他的老師們在病床邊的態度，便用各種寬心的話安慰病人。外科醫生的溫存，就像抹手術刀的油一樣。為了做夾板，他打發人到車棚裏抱來一捆板條，挑選一條，鋸成小塊，用碎玻璃刮光。女傭人拿條床單，撕作繃帶，艾瑪小姐則設法縫幾個小墊子。找針線盒找了好長時間，父親等急了發脾氣，她並不作聲；縫的過程中刺破了指頭，便放進嘴裏吮著。

---

❸西班牙良種羊的細毛織物。

夏爾驚訝地注意到，艾瑪的指甲那樣晶瑩發亮，指尖纖細，修剪成杏仁狀，比迪普的牙雕還光潔。然而，她的手並不美，恐怕也不夠白皙，關節處略過乾瘦，而且太長，線條不夠豐腴、柔和。她身上美的地方，是一雙眼睛，眸子雖是褐色，經睫毛襯托，倒顯得烏黑，向你望過來，毫無顧忌，顯得天眞大膽。

包紮完畢，魯奧先生請醫生「吃點東西」再走。

夏爾下到樓下的客廳。房裏有一張華蓋大床，掛著繪有土耳其人物的印花布帳。床腳一張小桌，擺了兩副刀叉和兩個銀杯。屋裏聞到鳶尾草的香味，還有面窗的橡木立櫃裏散發出來的呢布霉味。牆角地上，整齊地放著幾袋麥子。那是穀倉裝剩下的。穀倉就在隔壁，門口有三級石階。客廳壁上滲出牆硝，綠色的塗漆一片斑剝；作爲房間的裝飾，牆壁正中掛著一幅炭筆畫，畫的是密涅瓦女神❹的頭像，鑲在鍍金框裏，下面用古體字寫著：「獻給親愛的爸爸」。

話題先是病人，後來扯到天氣、嚴寒和夜晚在田野亂竄的狼。魯奧小姐在鄉間並不開心，尤其是眼前，莊園的管理幾乎全落到她一個人身上。房間裏寒氣逼人，她一邊吃飯，一邊打哆嗦。這便讓人看見了她那顯得肉感的嘴唇；平常不說話時，她總是輕輕咬住嘴唇的。

她雪白的翻領裏，露出頸脖。頭的正中，一條細細的弧線，微微傾斜，把頭髮分成兩半；頭髮油光發亮，看去宛若兩整片，呈波浪形推向鬢角，幾乎蓋住了耳朵尖，然後匯攏來，在腦後結成一個大髮髻。這樣的髮型，鄉村醫生有生以來，還是頭一回看到。她的面頰紅撲撲的。上衣的兩

❹密涅瓦爲古羅馬司掌各行業技藝的女神，後來又司理戰爭，常被人視爲與希臘女神雅典娜爲一體。

顆鈕扣間，像男人一樣，掛著一副玳瑁單片眼鏡。

夏爾上樓向魯奧老爹告辭後，又回到廚房，看見小姐佇立窗前，望著園子裏被風刮倒的扁豆架。她轉身問道：

「你找什麼東西嗎？」

「對不起，找我的馬鞭。」夏爾答道。

他在床上、門背後和椅子底下到處尋找。馬鞭掉在麥袋和牆壁之間的地上，艾瑪小姐瞥見了，便俯在麥袋上去撿。夏爾出於殷勤，搶前一步也伸手去撿。姑娘俯在他身子底下，他感到自己的胸部微微蹭到了她的後背。艾瑪直起腰，臉脹得通紅，側轉頭看他一眼，同時遞過鞭子。

夏爾臨走時說好三天後再來貝爾托，但是第二天就來了。此後一星期來兩趟，還不算假裝路過、出其不意的探望。

其實一切順利。魯奧老爹的傷勢，按常規日益好轉。過了四十六天，已經試著在房間裏走路，而不要人攙扶了。人們開始把包法利先生看成一個本領高強的人。魯奧老爹說，就是請來伊沃托甚至盧昂的一流名醫，也不見得痊癒得這樣快。

夏爾根本不去尋思，自己爲什麼有興致常去貝爾托。就是想到這上頭，他也多半會把自己這份熱心，說成是因爲病情嚴重，或者也許是爲了貪圖厚利。然而，難道眞的是爲了這些，出診這家莊園，就成了日常興味索然的業務之中令他迷戀的例外嗎？去的日子，他總是早早起床，跨上座騎，快馬加鞭，到了莊園門前，翻身下馬，在草地上擦淨馬靴，又戴上黑手套，才進去。每當發現自己到了那個院子，感覺到肩膀觸到轉動的柵欄門，看見公雞在牆頭啼鳴，僕人們出來迎接之際，他就歡欣雀躍。

他喜歡那車棚和馬廐，喜歡魯奧老爹拍著他的手喊他救命恩人，喜歡艾瑪小姐穿著小巧的木屐，踏著廚房裏擦洗得乾乾淨淨的石板在他面前走動。木屐的高跟略略增高了她的身材，走起來鞋底快速掀起，摩擦著皮靴，發出清脆的嘎吱聲。

每次她總送他至第一階台階。馬還沒牽來，她就站在那裏。再見已經說過，彼此再無話可說。清風裹住她，吹亂後頸蓬鬆的短髮，或者拂動腰間圍裙的帶子，小旗般舒捲。有一次，時逢化凍，院子裏樹木的皮滲著水，屋頂的雪在融化。她到了門口，回轉去找來陽傘，撐開來。陽傘是閃色緞子做的，陽光透過，在她白皙的臉龐上閃爍。傘底下，她臉上掛著微笑，領略著融融暖意；雪水一滴接一滴，打著緊繃的閃緞，澎澎有聲。

夏爾頭幾次去貝爾托，少夫人少不了詢問病人的情形，甚至在她記的複式帳簿裏，專門爲魯奧先生挑選了又白又乾淨的一頁。但當她得知魯奧先生有個閨女，便四處打聽，了解到魯奧小姐是在烏爾蘇拉會❺修道院長大的，據說受過「良好教育」，自然懂得跳舞、地理、繪畫、刺繡，還能彈彈鋼琴。這還得了！

「怪不得他每次打算去看她時，」她暗自嘀咕道，「總是容光煥發，總要穿上新坎肩，也不怕雨淋壞！啊！這個女人！這個女人……」

她本能地嫉恨魯奧小姐。爲了發洩心頭的惡氣，起初她旁敲側擊，夏爾聽不懂；接著，她偶

---

❺天主教女修會，專門從事女童教育。

爾挖苦幾句，夏爾怕吵架，不予理會；最後，她公然惡語相加，夏爾無言以對。

「既然那魯奧老頭子已經好了，那家人連診費也不付，他憑什麼還常去貝爾托？啊！原來那裏有個人兒，有個會花言巧語、會刺繡的人兒，有個女才子。他愛的就是這個，他要的是城裏的姑娘！」

她接著數落道：

「魯奧老頭子的女兒，一位城裏小姐！算了吧！他們的祖父是個管理羊群的人，他們一位表親同人吵架，大打出手，差點吃了官司哩！她何必那麼神氣，星期天到教堂，穿件綢袍，招搖過市，活像位伯爵夫人！再說，她爹那個可憐的老頭子，去年要不是油菜收成好，怕是一屁股債還不清呢！」

夏爾聽得心煩，就不去貝爾托了。愛洛伊絲愛情迸發，又是哭，又是吻，發作一通之後，要他把手放在彌撒經書上，發誓今後不再去。他順從了。行動上俯首帖耳，欲望叫他膽大妄爲，所以老大的不甘心，只好自欺欺人，天眞地認爲，這道不准他去看艾瑪的禁令，在他無異於一種愛她的權利。況且，這寡婦瘦巴巴的，牙齒又長，一年四季披條黑色的窄披肩，尖角垂在肩胛骨之間，枯瘦的身體，裹件袍子，就像劍插在鞘裏一樣；袍子又過短，露出踝和交叉搭在灰色長襪上的寬鞋帶。

夏爾的母親不時來看他們。可是，老太太沒待上幾天，就彷彿在兒媳的影響下，變得尖酸刻薄起來。於是，婆媳倆就像兩把刀，朝他又是刺又是砍，評頭品足，百般挑剔；你看他吃得那樣多，成何體統！爲什麼隨便來個人，都要以酒款待？法蘭絨衣服他死不肯穿，眞是固執得很！

開春，安古維爾的一位公證人，也就是杜布克寡婦的財產保管人，搭了順水船，將事務所的所有銀錢席捲而逃了。誠然，愛洛伊絲除擁有約六千法郎的船股之外，在聖・弗朗索瓦街還有一所房子。可是，這筆被她吹得天花亂墜的財產，除了幾樣家具和幾件舊衣裳，半點也沒帶進這個家門。這件事非查個水落石出不可。迪普那座房子，連打地基的樁子，都抵押給了別人；至於她在公證人那裏存了什麼，只有上帝知道：就是船股也頂多不超過一千銀幣。敢情她說的全是謊話，好個小娘兒們！老包法利先生一怒之下，當街把一張椅子摔得稀巴爛，指責老伴禍害兒子，給他套上這樣一匹瘦瘪馬，馬鞍連馬皮，分文不值！老倆口來到道斯特，要問個明白，結果吵了起來。愛洛伊絲一把鼻涕一把眼淚，撲到丈夫懷裏，要求他保護，免受公婆欺侮。夏爾試圖爲她說話，父母一怒，揚長而去。

但是，愛洛伊絲受到了打擊，過了一星期，在院子裏晾衣服時，突然吐了一口血。第二天，夏爾正要拉上窗帘，聽見她在背後叫道：「啊！天啊！」隨著一聲嘆息，便昏了過去。她就這樣死了！眞沒想到！

葬事一了，夏爾回到家，在樓下沒遇到任何人，便上到二樓臥室裏，看見愛洛伊絲的袍子還掛在床頭，便靠著書桌，沈浸在痛苦的思念之中。無論如何，她到底是愛他的啊！

3

一天上午，魯奧老爹給夏爾送來了醫腿的酬金：七十五法朗（全是四十蘇一枚的輔幣）。外帶一隻火雞。他已知道了夏爾的不幸，極力安慰他，拍著他的肩頭說：

「我知道這意味著什麼！我和你一樣，有過同樣的遭遇！我失去可憐的老伴時，經常跑到田野裏，一個人待著，撲倒在一棵樹下，灑淚怨天，說了上天不少渾話，恨不得像掛在樹枝上的田鼠一樣，肚子裏生蛆，一死了事。當時，一想到人家正摟著自己的嬌妻賢妻親熱，我就用棍子拚命敲打土地；我差不多瘋了，不吃不喝，一想到進咖啡館就膩味，這你也許不相信。咳！日子慢悠悠地過去了，冬去春來，夏去秋至，一分一秒，一點一滴挨過去，離遠了，淡忘了，我是說沈下去了，因爲總還有點什麼東西留在心底裏，就像常言所說的，沈甸甸的，留在那裏，壓在心頭！可是，既然我們每個人命該如此，總不能因爲有人死了，就糟蹋自己，就尋死覓活……應該振作起來，包法利先生。一切都會過去的！來看我們吧，你知道，我女兒常常想念你，還說你把她忘了呢。瞧！春天快到啦，我們陪你去林子裏打兔子，讓你散散心。」

夏爾聽從勸告，又去貝爾托。他發現一切依舊，和五個月以前一樣。梨樹已經開花。魯奧老爹已完全痊癒，走來走去，給莊園增添了生氣。

老頭子考慮到醫生痛苦的處境，覺得自己對他應該盡可能殷勤。他要他不必脫掉帽子，對他說話細聲細氣，倒彷彿他成了病人。看到沒有爲他預備點清淡的吃食，例如小罐奶酪或煮點梨子什麼的，他還假裝生氣呢。他不時講幾個故事，夏爾被逗得哈哈大笑，連自己也感到吃驚，便突然想起死去的妻子，又變得滿臉陰雲，等到端來咖啡，才把那份哀思拋到腦後。

夏爾慢慢過慣了獨身生活，對亡妻的思念也就日漸淡薄。再也沒有人處處管束，這種新獲得的快樂，使他覺得孤獨比較容易忍受了，現在，他可以隨意改變用餐的時間，出入自由，無需向人解釋；人累了，就往床上一躺，四肢伸開，盡量舒展。他自我憐惜，自我愛護，也接受別人的安慰。再說，妻子過世對他的業務不無好處，一個月以來，人家異口同聲地說：「這可憐的年輕人！多麼不幸！」他的名字傳遍鄉里，找他看病的人增多了。還有，如今他想去貝爾托，就去貝爾托，心裏懷著隱隱約約的希望和模模糊糊的快樂。當他對著鏡子理鬍子時，覺得自己的臉色也好看多了。

一天下午，將近三點鐘，他來到貝爾托。人都下田去了，他走進廚房，但起初沒發現艾瑪。外面放下了護窗板，從板縫隙漏進的陽光，在石板地面投下一道道細長的亮光，碰到家具犄角，一折爲二，顫悠悠的在天花板上晃動。餐桌上，一些蒼蠅，順著用過的玻璃杯往上爬，結果掉在杯底的殘酒裏，嗡嗡掙扎著。從煙囪裏照射進來的陽光，映得爐板上的油煙呈天鵝絨狀，爐膛裏的冷灰微微發藍。艾瑪坐在煙囪和爐灶之間作女紅，沒披披肩，裸露的兩肩沁出細細的汗珠。

她按照鄉間習俗，請他喝酒。他說不喝，她一定要他喝。最後，她笑嘻嘻地提議：他陪她喝一杯。於是，她從碗櫥裏找出一瓶柑桔酒，踮起腳尖取下兩個小酒杯，一杯斟得滿滿的，一杯等於沒有斟。碰過杯，端到嘴邊喝，但酒杯幾乎是空的，她不得不仰起頭來喝。只見她頭朝後，嘴唇前突，脖子伸長，但什麼也沒喝到，她笑起來，便從兩排細齒間伸出舌尖，一下一下，輕輕嘬著杯底。

她又坐下，撿起活兒來做。那是織補一隻白棉線襪子。她只顧低頭織補，不說話。夏爾也沒有出聲。從門底下進來的氣流，微微揚起石板地面的灰塵。他望著灰塵徐徐移動，只聽見自己的太陽穴在跳動，還有院子裏一隻剛下蛋的母雞在咯咯啼叫。艾瑪不時舉起攤開的手掌，捂一捂面頰，手心一發熱，又放在柴架的鐵柄上涼一涼。

她訴說自入夏以來，經常感到頭暈，問海水浴對她是否有好處。她談起修道院，夏爾則談起學校，兩個人的話多起來，便上樓去她的臥室。她讓他看她的舊樂譜和她獲獎的小書，以及扔在立櫃底層的櫟葉花冠。她還談起她母親、墳地，甚至指給他看園子裏的花壇，說她每月頭一個星期五，總要摘些鮮花，放在母親墳頭。可是，家裏那個花匠，對她這麼做一點不理解，這些下人簡直是廢物！她眞希望住到城裏，哪怕僅僅冬季也好，雖然夏季白天長，天氣又好，但住在鄉間，可能更無聊。她說話時，隨著內容的變化，聲音時而亮亮的，時而尖尖的，突然又變得有氣無力，拖得長長的，最後幾乎變成喃喃自語；不一會兒，又興高采烈，睜大一雙天眞的眼睛，馬上卻又眼皮半閉，目光充滿煩膩，思想不知跑到什麼地方去了。

晚上回到家，夏爾一句一句回味艾瑪講過的話，一邊回憶，一邊盡量揣測含義，試圖想像他們還不相識時她那段生活的情形。不過，他所想像的她，與他頭次見到的她或剛剛離開的她，總是沒有什麼區別。隨後，他又尋思她結了婚會變成什麼樣子。可是，她和誰結婚呢？唉！魯奧老爹很有錢，而她……又那樣俊俏！但艾瑪的臉總在他眼前晃來晃去，他耳朵邊彷彿有個單調的聲音，陀螺般嗡嗡響著：「要是你結婚呢！要是你結婚呢！」夜裏，他睡不著，嗓子發乾，口枯舌燥，便起床去罐子邊喝水。他推開窗子，滿天星斗，吹來一陣溫煦的風，遠處傳來狗吠。他轉頭向貝爾托望去。

夏爾想，反正不會失去什麼，決計一有機會就求婚，可是每次機會來了，他那張嘴又像黏住了似的，害怕找不到適當的詞句。

要是有人把女兒娶走，魯奧老爹倒不會生氣，因為女兒養在家裏，反正用處不大。他心裏並不怪女兒，只是覺得她有才情，不宜於種地。種地是連上天也瞧不起的行為。誰見過這行業出過百萬富翁？老頭子不但沒有發財，反而年年賠本。他精通的是做生意，幹那一行，要耍手腕，他興致就高。至於實實在在種地，以及田莊內部的管理，他是最不相宜的了。他愛清閒，生活方面，毫不吝嗇，衣食住樣樣考究。他喜歡香醇蘋果酒、帶血的烤羊腿、精心調配的光榮酒❶。他總在廚房用飯，一個人，一張小桌，向著爐火，菜由傭人端來、擺好，就像在戲台上一樣。

他發現夏爾一接近女兒就臉紅，斷定他出不了多少天就會來求婚，所以預先把事情盤算了一遍。他覺得夏爾人有些單薄，不是他理想的女婿；不過，大家都說他品行端正，生活節儉，又很有學問，大概是不會太計較陪嫁的。魯奧老爹欠泥瓦匠和馬具商不少錢，壓榨機又需要大修理，非把地產變賣二十二英畝不能應付，所以對自己說：

「他來求婚，我就把女兒嫁給他。」

❶ 燒酒摻咖啡配製的飲料。

聖米歇爾節❷期間，夏爾來貝爾托待了三天。他一刻一刻地往後拖，最後一天像前兩天一樣過去了。魯奧老爹送他一程，兩個人沿著一條窪路走，都快分手了。是時候啦！夏爾打算，走到籬笆拐角，一定開口。最後，拐角處都過去了，他才喃喃說：

「魯奧老爹，我有件事想對你說。」

兩個人停住腳步，夏爾又不作聲了。

「有話就說嘛！你當我什麼也不知道嗎？」魯奧老爹笑瞇瞇說道。

「魯奧老爹……魯奧老爹……」夏爾結巴著。

「我嘛，求之不得。」老農接著道，「小女也許和我是一個想法，不過總得問問她本人的意見。好啦，我不送你了，這就把話帶回去。如果她同意，請你聽明白，你就不必回轉來，一則防人口舌，二則免得她不好意思。不過，爲了不讓你等得心焦，我把窗子推開，推得貼住牆壁，你從籬笆上探過頭，打從後面就能看見。」

他說完就回去了。

夏爾把馬拴在一棵樹上，跑到小徑上，站在那裏等待。半個鐘頭過去了。他不斷看錶，又過了十幾分鐘。突然，只聽見牆壁「砰！」地一聲響，窗板推開了，掛鉤還在晃動哩。

第二天，剛九點鐘，他就來到了莊園。艾瑪看見他進來，臉騰地紅了，但出於禮貌，還是勉強露出笑容。魯奧老爹擁抱未來的女婿。於是談起了婚事的籌辦。不過，這件事並不急，因爲按

❷聖米歇爾是基督教傳說中七大天使之一，九月廿九日是紀念他的節日。

情理，辦喜事要等到夏爾服喪期滿，即第二年開春前後。

冬季在期待中度過了。魯奧小姐忙著預備嫁妝。一部分到盧昂訂做：內衣、睡帽之類，她照著借來的圖樣自己做。每次夏爾來到莊園，他們就談婚禮的籌劃，商量在哪間屋裏擺酒席，該上多少道菜，上什麼主菜。

艾瑪希望婚禮在半夜舉行，點著火炬。這個想法魯奧老爹覺得莫名其妙。婚禮舉行了，來了四十三位客人，喜酒吃了十六個小時，第二天接著吃，鬧騰了好幾天才結束。

4

客人們一大早就來了，坐著各種車子：有單匹馬拉的貨車，帶一排排座位的雙輪車，不帶篷的老式輕便馬車，帶皮篷的運貨車。鄰近村子的年輕人，一排排站在大車裏，手扶住欄杆，以免摔倒，因爲馬揚蹄奔跑，車顛得厲害。有從十公里以外的戈德維爾、諾曼維爾和卡尼趕來的。兩家的親戚都邀遍了；有隔閡的朋友，重修舊好；多年不來往的故舊，也都發了帖子。

籬笆外面不時傳來鞭子聲，柵欄門隨即打開，便見進來一輛小貨車，徑直駛到第一級台階前，猛地停住，上面的人從四方跳下來，揉揉膝蓋，伸伸胳膊。女賓們戴著寬邊帽，穿著城裏式樣的袍子，亮出金錶鍊，披著斗篷，下襬紮在腰間；有的披著小花披肩，背後由別針別住，露出後頸。男孩子們仿效父親，穿了新衣裳（其中不少這一天生平頭一回穿上靴子），倒像添了拘束。他們旁邊，悶聲不響站著一個十五、六歲的小姑娘，多半是他們的表姊或姊姊，個兒高高的，身上穿著初領聖體時穿過的白袍子，爲了這次來吃喜酒放長了，臉蛋緋紅，神色不安，頭髮上抹了厚厚的玫瑰油，直怕弄髒手套。沒有足夠的馬夫幫助卸車，男賓們便捲起袖子，親自動手。各人依社會地位的不同，或穿燕尾服、大禮服，或穿短外套、小禮服——講究的燕尾服，闔家上下敬重，不到隆重場合不從衣櫃裏拿出來；大禮服有隨風飄擺的寬尾垂，圓筒般的領子，大袋子般的口袋；短外套是粗呢料做的，尋常配一頂帽簷帶銅箍的大蓋帽；小禮服很短，背後綴兩顆扣子，聚在一起，像一雙眼睛，對襟像是一整塊料子用木匠斧子劈開的。少數人（這種人當然只配敬陪末座）穿著出門時穿的工裝，就是說，領子翻在肩頭上，背後打著小褶，腰間低低的紮著布腰帶。

襯衣在胸部脹鼓鼓的，活像盔甲！人人都新理了髮，露出了耳朵，刮光了鬍鬚。甚至有些人，天不亮就起床，刮鬍鬚看不清，不是鼻子底下劃了幾道筆直的口子，就是沿下頜剃掉一塊皮，三法郎一枚的銅板大小，路上經冷空氣一激，那喜氣洋洋、大理石般白淨的大臉盤上，添了一小片一小片玫瑰紅。

村公所離莊園半法里，步行前往；教堂的儀式完畢，又步行回來。起初，隊伍整整齊齊，在綠油油的小麥之間，沿著田裏蜿蜒的小徑，迤邐而行，宛然一條彩帶；不久拉長了，三三兩兩，步履款款，且聊且走。樂師走在最前頭，小提琴的卷軸上紮著彩帶，隨後是新郎新娘，再後是隨意結伴的親友，最後是孩子們，邊走邊玩，不是摘蕎麥桿尖頭的小花，就是偷偷搞小動作。艾瑪的袍子過長，有點拖地，她不時停下，往上提一提，用戴手套的手指，小心翼翼，除掉草葉和小刺。夏爾垂著雙手，站住等她。魯奧老爹頭戴新緞帽，黑色燕尾服的袖子連指尖也蓋住了，挽著老包法利夫人的手臂。至於老包法利先生，打心眼裏瞧不起這些人，來時只穿了一件帶一排鈕扣的軍式大衣，一路上只顧對一個金色頭髮的鄉村姑娘，賣弄小咖啡館調情的話。那姑娘恭恭敬敬，滿臉通紅，張口結舌。其他參加婚禮的人，有的閒扯各自的事務，有的在背後互相捉弄，提前激發歡樂情緒。你要是留意點，就會聽見樂師在繼續拉琴，咯吱咯吱的琴聲在田野迴蕩。他發現大家落遠了，就停住腳步，喘口氣，慢吞吞地給弓子上點松香，讓琴弦拉得更響亮，然後又舉步往前走，琴柄上下晃動，給自己打拍子，琴聲遠遠地驚飛地頭的小鳥。

喜筵擺在車棚裏。菜肴有四盤牛里脊，六盤炒子雞，一盤煨小牛肉，三盤羊腿，當中一隻油亮亮的烤乳豬，邊上拼了四根酸模香腸。桌子角上擺著幾壺燒酒。一瓶瓶甜蘋果酒，塞子周圍直冒厚沫子，所有酒杯早就斟滿了。大盤黃澄澄的奶酪，桌子稍動就晃蕩不止，光溜溜的表面，點綴著用新人姓名起首字母交織成的奇特圖案。從伊沃托請來一位糕點師傅，專做圓餡餅和果仁糕。這位師傅在當地初登場，做起來特別小心在意，上點心時，親自端上來一盤寶塔式糕點，引起一片喝彩聲。糕點的底層，是藍硬紙板剪成的有門廊有柱子的廟宇，四周神龕裏，塑著小神像，上面點綴著金紙做的星星；第二層是薩瓦蛋糕做的城堡，周圍是當歸、杏仁、葡萄乾和桔瓣拼成的玲瓏堡壘；最上一層平台，是綠茵茵一片草地，有蜜餞做的山石和湖泊，榛子殼做的小船，一個盪秋千的小愛神，秋千架是用巧古力做的，兩邊柱頭各插一朵眞玫瑰花蕾。

喜酒一直吃到天黑。客人們坐乏了，就到院子裏活動活動，或到庫房玩一局瓶塞遊戲❶，然後又回到餐桌邊。吃到最後，有幾個人睡著了，打起鼾來。不過咖啡一上來，又都來了精神，有人唱歌，有人扳腕子，有人舉重，有人鑽大拇指❷，有人試扛大車，還有人說下流話，找女賓親嘴。馬吃飽了蕎麥，吃得鼻孔裏都是，夜裏動身，橫豎不肯套車，又是跳，又是踢，把鞍繩也掙斷了，主子有罵的有笑的。

❶在瓶塞上放置一些硬幣，用彈子打，看誰打下的多。
❷將大拇指放平，自己從底下鑽過去的遊戲。

整個夜晚，月光照耀的鄉間大道上，一輛輛馬車，瘋狂奔馳，有翻進水溝的，有跳過石子堆的，有撞在土坎上的；婦女們頭探出車門，拚命抓住轠繩。

留在貝爾托過夜的客人，在廚房裏飲酒消夜，孩子們鑽在板凳底下呼呼大睡。

新娘子事先央求父親，勸客人們免除鬧洞房的習俗。不料表親中有位魚販子（此人甚至帶來一對比目魚作賀禮），嘴裏含滿水，對著鎖孔往新房裏噴。幸好魯奧老爹及時趕到，極力勸阻，說他女婿是有身分的人，這樣鬧不合適。經他好說歹說，那位表親才勉強依了，但心裏怪魯奧老爹傲氣，便溜到一個角落，與另外四、五個客人沆瀣一氣。那幾個人碰巧席間連續幾次吃了次等肉，認為主人薄待他們，便在一起冷言冷語，指桑罵槐，詛咒主人敗家。

老包法利夫人一天沒開口說話。兒媳的打扮、酒席的安排，統統沒徵求她的意見，她老早就上床睡了。她丈夫非但不陪她一起安歇，反而差人去聖維克多，買來雪茄，一直抽到天亮，同時拿櫻桃酒兌熱糖水烈酒喝。這種摻和方式，鄉下人沒見過，越發敬重他。

夏爾生性不幽默，婚禮期間，表現不佳。席間上湯之後，客人們照例對新郎說些俏皮話、繞口令、雙關語、恭維話和粗俗話，他只能勉強應付。

但第二天，他彷彿換了一個人，就像昨天的新娘子一樣活躍，而新娘子反倒不露聲色，諱莫如深，連最機靈的人也琢磨不透。當她打身旁走過時，大家心情高度緊張，打量著她。夏爾呢，什麼也不掩飾，喊她「我太太」，而且用昵稱，逢人問她，到處找她，常常把她拉到院子裏。大家遠遠看見他在樹下攬著她的腰，半彎著身子，一邊溜達，一邊用頭蹭她胸前襯衣的花邊。

婚後兩天，新婚夫婦離去，因為夏爾要看病人，不便久留。魯奧老爹讓他們坐他的小運貨馬車走，並親自送到瓦松維爾，最後一次親了閨女，跳下車，便往回走。走了百十來步，他站住了，目送車子遠去，車輪子在揚起的塵土中滾動，不禁深深嘆了口氣。這時，他想起自己結婚的情形，想起逝去的歲月，想起妻子頭一次懷孕。那天，他也歡天喜地，當他從岳丈家接回新娘子，讓她騎在自己身後，策馬踏雪奔跑，因爲當時臨近聖誕節，田野白雪皚皚。新娘子一隻胳膊摟住他的腰，另一隻胳膊挎著籃子；風吹動她頭上科式帽子的花邊飄帶，不時掃到他嘴上；他一回頭，就見金色帽簷下，她那紅撲撲的小臉蛋，緊貼他肩頭，默默地微笑。不時，她把手指伸進他的胸懷，讓它們暖和起來。這一切竟恍若隔世！他們的兒子如果活在今天，該三十歲了！魯奧老爹到這裏，看一眼身後，路上什麼也沒看到。他覺得自己活像一所搬空的房子，不好淒涼！酒勁上來了，他頭腦裏一片霧濛濛，充滿柔情的回憶和充滿悲涼的感慨交織在一起。一時之間，他眞想到教堂那邊去轉一圈❸，但又怕去了會愁上加愁，便徑直回了家。

六點鐘光景，夏爾夫婦回到了道斯特，鄰居們都湊到窗前，看他們醫生的新太太。

老女傭上前見了禮，小心陪著不是，說晚飯還沒準備好，請太太趁晚餐前的機會，熟悉一下她的新住宅。

❸因爲教堂旁邊的公墓安葬著他的太太。

5

住宅正面，一式磚牆，正好臨街，或者不如說臨路。門背後掛著一件小領子大衣、一副馬籠頭、一頂黑皮便帽；角落也上，扔了一副皮綁腿，沾了一層乾泥。右邊是廚房，就是說，飲食起居的地方。金絲雀黃糊牆紙，上方帶一條褪色花邊，由於底布沒有鋪平，顫顫悠悠的；窗口，滾紅邊的白布窗帘，交疊垂掛；窄窄的壁爐橫板上，放著一個雕有希波克拉底❶頭像的座鐘，明光閃閃，兩側各一個包銀燭台，扣在橢圓罩子裏。過道對面是夏爾的診室，一間六步來寬的小屋，裏頭有一張桌子、三張椅子和一張帶扶手的軟椅。一個六層格子的松木書架，幾乎被一套《醫學辭典》占滿了。辭典沒有裁開❷，但幾經轉賣，裝訂已經受損。看病時，聞得到隔壁廚房炒菜的油味，而在廚房裏，同樣聽得見病人咳嗽和講述病情。再往裏，正對院子和馬廄，是一間破舊的大房子，現在當作柴房、堆房、貯藏室，裏頭有一個爐子，不少破銅爛鐵、空桶、廢舊衣具，以及許多灰撲撲摸不清用途的東西。

園子呈長形，夾在兩堵土牆之間。沿圍牆一排杏樹，累累果實垂壓牆頭；盡頭一道荊棘籬

❶古希臘偉大的醫學家，約生於公元前四六〇年。
❷法國有些新書，書邊沒有切開，讀者購到手後要閱讀時才裁開。

笆，將園子與田野隔開。園子中央，一個磚壘的台子上，放置著一個青石日晷。四壇疏落的犬薔薇，布局對稱，環繞著一塊較有實用價值的菜地。盡裏端，冷杉掩映之中，有一座正讀經書的神父石膏塑像。

艾瑪去看樓上的房間。第一間沒有家具。第二間是兩夫婦的臥室，靠凹形裏牆，有一張桃花心木床，掛著朱紅帳幔。五斗櫃上，作爲裝飾品，擺了一個貝雕盒子；書桌靠窗，上面一個花瓶裏插了一束白緞帶紮的桔花。這是新娘子的花，前頭那位的花！艾瑪打量著。夏爾注意到，拿了放到閣樓上。艾瑪坐在一張扶手椅裏（她帶來的東西擺在旁邊），不禁想到她那束裝在紙盒裏的新婚花，恍惚之中，自問她萬一死了，那花又將如何？

初到幾天，她盡琢磨把家重新布置一番。她撤掉燭台的罩子，請人換上新糊牆紙，重新油漆樓梯，添做幾條板凳放在園子裏日晷四周，甚至籌劃修一口噴水魚池。丈夫知道她愛乘車兜風，便買了一輛小型雙座輕便舊馬車，換上新燈和凸紋皮擋泥板，儼然像一輛英國式雙座輕便馬車。

夏爾沈浸在幸福之中，沒有半點憂慮。夫妻倆面對面用餐，傍晚在大路上散步，艾瑪舉手理一理兩鬢的頭髮，她掛在窗鉤上的草帽映進他的眼帘，還有許多他過去從來沒有興致的事情，現在都給他帶來了無窮的幸福。早晨，雙雙同枕躺在床上，他凝視陽光映照著她面頰金色的寒毛，睡帽的花邊綴飾半遮住她的臉。挨得這樣近看去，他覺得她的眼睛比平常大，特別是當她剛睡醒，一連幾次睜開眼瞼的時候。她的眸子，在陰影裏呈黑色，在陽光下變成深藍色，彷彿重疊著多層顏色，越往裏越深，越接近琺瑯質表面越淺。他的視線消失在那眸子深處，看見那裏面有一個小我，僅到肩頭爲止，包括包頭帕子和敞開的內衣領口。他起了床。她來到窗前目送他出診，雙肘支著窗台，佇立於兩盆天竺葵之間，睡衣鬆鬆地披在身上。夏爾在路旁腳踏路程碑，扣牢馬刺，她在樓上繼續和他說話，用嘴叼一片花瓣或綠葉，向他吹去。就見它鳥兒似的，時而翻飛，時兒滑翔，在空中畫出一個個半圓，飄到門口安詳的白牝馬蓬亂的鬃毛上，停了停，這才落到地上。夏爾跨上馬背，給她一個飛吻；她點點頭，關上窗戶。夏爾策馬上路，一時行走在塵土飛揚的大道上，那路像一條帶子，伸向無盡的遠方；一時行走在低窪的小路上，兩旁樹木探出的枝葉相互交織，形成一條綠廊；一時行走在田間阡陌上，小麥一直齊到膝蓋。朝陽照在他肩上，清晨的空氣湧進鼻孔，他心裏充滿昨夜的歡情，心境恬靜，肉體滿足，獨自咀嚼他的幸福，就像飯後回味正在消化的香蘑的滋味一樣。

在這以前，他的生活幾時有過什麼甜蜜？中學時期嗎？那些年，關在高牆之間，孤單單一個人，班上的同學不是比他有錢，就是學習比他棒。他們嘲笑他的口音，奚落他的穿戴；他們的母親來看他們，手籠裏總是帶著點心。那麼，後來學醫時期呢？那時，錢袋子總是癟癟的，請一個小女工跳舞都請不起，本來可以作情婦的，也不敢妄想。至於後來與那寡婦共同生活的一年又兩個月，夜裏躺在床上，她那雙腳就像冰塊一樣涼。而現在呢，有了這樣一個窈窕女子作終生伴侶。他鍾愛她。在他心目中，天地之大不超過她羅裙的幅員，所以他責備自己愛她愛得不夠深，一出門就想回去看她，於是飛跑回家，蹬蹬跑上樓，心怦怦直跳。艾瑪正坐在房裏梳妝，他悄悄走過去，吻她的後背，驚得她叫起來。

他總是忍不住摸摸她的梳子、她的戒指、她的披巾；有時，他整個嘴貼在她臉上，來一個響亮的吻，或是順著她裸露的胳膊，從指尖一直小吻到肩頭。而她呢，露出半笑半惱的樣子，推開他，就像對待一個死纏住她不放的孩子。

艾瑪呢，結婚以前，覺得自己心裏充滿愛情，可是應當從這種愛情產生的幸福，現在卻沒怎麼感受到。她尋思，準是自己搞錯了。快樂、迷戀和陶醉這些字眼，從前在書本裏讀到，是那樣美，在人生中究竟意味著什麼，她渴望弄明白。

6

她讀過《保爾和薇吉妮》❶，嚮往那小竹屋、黑人多曼戈和小狗費戴爾。特別是那個好心的小哥哥，他友好溫存，爬到比鐘樓還高的大樹上給你摘來紅果子，或者赤腳在沙灘上跑，給你捧回來一個鳥窩。

她十三歲時，父親親自帶她進城，送進修道院。他們投宿聖日耳維區一家小客店，晚餐用的盤子上，畫著拉．瓦里埃小姐❷的故事。配畫的說明文字讚美宗教、心靈的高尚和王宮的富麗堂皇，但不少地方被刀叉磕碰掉了，連貫不起來。

初進修道院，她不但不覺得乏味，反而樂意與修女們相處。修女們為了讓她開心，常常帶她從用膳室出去，經過長廊，去看小禮拜堂。她休息時間很少玩，對教理問答記得很熟，教務辦理先生提問題，最難的總是由她回答。終日處在教室的溫馨氣氛之中，生活在這些佩帶銅十字架念珠、臉色蒼白的女人中間，加之神壇的香煙、清冽的聖水和煌煌的燭焰創造的神秘氛圍，使她漸

---

❶ 法國作家貝爾納丹．德．聖皮埃爾的小說，出版於一七八七年，為初期浪漫主義的代表作。描寫保爾和薇吉妮，兩小無猜，生活在一座小島上，與黑人多曼戈和小狗費戴爾為伴。

❷ 法國貴族小姐，以美貌著稱，受路易十四寵愛。

漸變得懶怠了。她不聽彌撒，只看書裏面帶天藍色框子的聖畫；她喜愛害病綿羊、利箭射穿的聖心，還有背負十字架倒在路上的可憐的耶穌。爲了苦修，她有時試著一天不吃東西，還絞盡腦汁，考慮許一個什麼願。

臨到懺悔，爲了在那裏久待一會兒，她面對口中念念有詞的教士，跪在暗影裏，雙手合十，臉貼在鐵欄杆上，編造出一些小過失。修女們在訓誡時，反覆拿未婚夫、丈夫、天國的情人和永恆的婚姻這些概念進行比較，在她的靈魂深處喚起意想不到的柔情。

黃昏做晚禱之前，總要在自修室裏讀宗教作品。星期一到星期六，讀的是《聖史》概要和佛來西魯❸院長的《講演錄》；星期日則讀幾節《基督教眞諦》❹，作爲消遣。浪漫主義憂傷的哀訴，回應著塵世和來生的呼喚，其聲朗朗，艾瑪頭幾回聽得多麼入神！大自然充滿詩情的感染，我們平常多是透過作家們的傳達接受的。

艾瑪的童年假若是在商販區店舖的裏面度過的，這種感染她也許十分容易接受。可是，她太熟悉鄉村，太熟悉羊群的叫喚，太熟悉奶製品和耕犁的作業情形。不過，正因爲她看慣了平靜的景物，所以轉過來就追求刺激。她愛大海只愛大海的驚濤駭浪，愛新綠只愛新綠點綴在廢墟之間。一切事物，她非要從中得到切身利益不可。凡是無助於她心靈直接宣洩的東西，她都視爲無用，不屑一顧。

❸法國宗教活動家（一七六五～一八四一），著有《基督教辯》（一八二五）。
❹法國天主教浪漫主義代表作家夏多布里昂的作品（一八〇二）。

她的氣質是多愁善感型的，而非藝術鑒賞型的，她尋求的是感情，而非景物。

有一位老姑娘，每個月來修道院做八天針線活。她是在大革命中衰敗的一個舊貴族家族的後裔，有大主教保護，所以在用膳室和修女們同桌吃飯，飯後與她們閒聊一會兒，再開始幹活兒。寄宿生們經常溜出自修室去看她。老姑娘記得不少上個世紀的情歌，常常一邊飛針走線，一邊哼哼唱唱。

她會講故事，告訴你各種消息，幫你進城買東西，圍裙兜裏總是藏有一本小說，私下借給大女孩子們看，而老姑娘自己，也利用歇息的時候，一章一章如饑似渴地讀。這些小說中所寫的，無非是戀愛、情男、情女、在偏僻的小屋裏暈倒的落難貴婦、站站被殺的驛夫、頁頁倒斃的馬匹、幽暗的森林、心靈的紛擾、盟誓、飲泣、眼淚與吻、月下扁舟、林中夜鶯，還有男人，一個個勇猛如雄獅，溫順似羔羊，人品蓋世，總是衣冠楚楚，哭起來涕淚滂沱。就這樣，十五歲的艾瑪天天雙手沾滿舊書租閱處的灰塵，足足達半年之久。後來讀瓦爾特・司各特[5]，她迷上了歷史事物，嚮往鞍形屋頂、警衛室和行吟詩人。她眞想生活在一座古老的小城堡裏，就像那些苗條修長的城堡主夫人，整天待在三葉形的尖頂拱門下，雙肘支撐石欄，雙手托著下巴，凝望一位白翎騎士，跨著一匹黑馬，從原野深處疾馳而來。那時，她崇拜瑪麗・斯圖亞特[6]，對出人頭地的和

---

[5] 蘇格蘭浪漫主義小說家（一七七一～一八三二），以中世紀歷史小說知名於世。

[6] 蘇格蘭女王（一五四二～一五八七），信奉天主教，新教執政後下獄，囚禁二十餘年被殺。

命途多舛的婦女，都懷著熱切的敬意。在她看來，貞德❼、愛洛綺思❽、阿涅絲・索勒爾❾、美人費羅麗葉❿和克萊蒙絲・伊佐爾⓫就像一顆顆彗星，光彩奪目，掠過歷史黑暗的太空，而聖路易和他的橡樹⓬、臨臨的巴亞爾⓭、路易十一的某些暴行⓮、聖巴托羅繆慘案⓯、貝亞恩人的翎飾⓰和人們還記得的吹捧路易十四的彩盤，居然也在歷史的太空閃現，但七零八落，彼此毫無關聯，更深地沈入了黑暗之中。

音樂課上所唱的抒情歌曲，不外乎是關於金色翅膀的小天使、聖母、環礁湖和威尼斯船夫等，這些曲子格調低下，音色輕浮，使艾瑪窺見了誘人而又變幻莫測的感情世界。有幾個同學作

---

❼貞德（一四一二～一四三一），是法國一農村姑娘，領導人民抗擊入侵英軍，被貴族出賣，死於敵手。

❽愛洛綺思（一〇九八～一一六四），法蘭克女修院院長，因與其老師亞伯拉爾私下相愛，遭家人反對入隱修院。

❾阿涅絲・索勒爾（一四二二～一四五〇），是法國國王查理七世的情婦，倍受查理七世寵愛。

❿美人費羅麗葉是巴黎一中產者的女兒，後成爲法王佛朗索瓦一世的情婦。

⓫克萊蒙絲・伊佐爾是十四世紀法國南方一位貴婦、女詩人，據傳她創立了歐洲最早的詩會。

⓬聖路易即法王路易九世（一二一五～一二七〇），據傳他常在橡樹下審案。

⓭巴亞爾（一四七三～一五二四），法國軍人、騎士，身經百戰的英雄，臨死還囑咐部下扶他面向敵人。

⓮路易十一（一四二三～一四八三），法國國王，即位之前，毒死其父的情婦，即位後，殺死許多反對他的貴族。

⓯聖巴托羅繆是耶穌門徒，八月廿四日爲其紀念節日。一五七二年八月廿三日，他在其母逼迫下，屠殺大批新教徒，引發第五次內戰。

⓰貝亞恩人指的是法王亨利四世，他是法國西南部貝亞恩人，在作戰之前曾囑咐部下，如軍旗丟了，就向他的翎飾靠攏。

爲新年禮物收到畫冊，帶到修道院來。這種東西必須小心收藏，查出來非同小可，只能在宿舍裏偷偷翻閱。艾瑪輕輕摩挲著那精美的錦緞封面，看到每幅畫下面作者的署名，大多數不是伯爵，就是子爵，她目光裏流露出讚嘆不已的神情。

她微微顫抖，吹開畫上面的絹紙，絹紙半折著掀起來，輕輕落在對面一頁上。畫上是一個披短斗篷的小伙子，在陽台欄杆後面，緊緊摟著一個身穿白袍、腰間掛錢袋的少女；要不就是註明姓名的英國貴婦肖像，一式的金色卷髮，圓遮陽帽，一雙明亮的大眼睛注視著你。有些貴婦舒坦地躺在馬車裏，在大花園中間輕疾地奔駛，馭手是兩個穿白褲子的矮子，一隻獵犬在馬前歡蹦亂跳。另外一些貴婦坐在沙發裏，旁邊一封拆開的情書，遙望窗外明月，凝眸遐想；窗戶半開，另一半垂著黑幔。天真爛漫的貴婦，腮上掛著晶瑩淚珠，隔著古色古香鳥籠的細杆，逗弄斑鳩，要不就是笑瞇瞇的偏著頭，一片片摘雛菊花瓣，勾起尖尖的手指，像一隻翹頭鞋尖。畫上面還有吸長煙斗的蘇丹[17]，在涼棚底下昏倒在舞姬懷裏；還有異教徒，土耳其刀，希臘帽，尤其是酒神故鄉[18]色調黯淡的風景，往往同時看到棕櫚、冷杉，右邊幾隻老虎，左邊一頭獅子，天邊聳立幾座塔塔爾尖塔，近景卻是古羅馬的斷壁殘垣，以及幾匹臥在地上的駱駝——所有這一切，被一片明麗的原始森林環繞，一大道陽光垂直傾瀉下來，在水面閃耀，而青灰色的湖面，或遠或近，微漾著幾道傷痕般的白色水波，那是幾隻天鵝在游動。

⑰ 某些伊斯蘭國家的最高統治者。
⑱ 酒神故鄉指希臘。

掛在牆上的煤油燈，正好在艾瑪頭頂上，燈罩聚下來的光，映照著這些世俗圖畫，一幅幅展現在她眼前；宿舍裏靜悄悄的，只有遠處偶爾傳來轔轔聲，那是遲遲未收的出租馬車，還在街上行駛。

母親去世的頭些日子，艾瑪哭了又哭。她請人用死者的頭髮黏貼了一幅畫，作爲悼念，又往貝爾托寄了一封家信，滿紙悲痛情思，請求在她死後，將她與母親安葬在一起。老頭子以爲她病了，趕來看她。艾瑪內心深處，未免暗暗得意，因爲蒼白的人生難得有理想，平庸的心靈永遠無法企及，而她一下子就達到了這種境界。因此，她聽任自己沈湎於拉馬丁[19]纏綿悱惻的詩篇，諦聽湖面豎琴的曲子和天鵝臨死的哀鳴，以及敗葉沙沙飄落、貞女裊裊升天和天父的聲音在幽谷中迴蕩。可是對這一切，她漸漸厭倦了，卻又不肯承認，只是靠習慣和虛榮心，才得以撐持下來，終於感到心境平靜了，心靈上不再有憂傷，就像額頭上沒有皺紋一樣，連自己也感到吃驚。

修女們本來斷定，魯奧小姐會接受神的感召，如今卻發現她似乎辜負了她們的關懷，不禁萬分驚異。她們的確在她身上花了不少心血，教她念日課經文、靜修、行九日經禮和聽講道，苦口婆心，一再教她如何克制肉體和拯救靈魂，豈料她像一匹馬，你牽住她，但韁繩拉得過緊，她猛一停蹄，馬銜便從嘴裏滑了出來。這姑娘的思想，雖然充滿熱情，但又講究實際，她愛教堂是愛裏面的鮮花，愛音樂是愛裏面浪漫的歌詞，愛文學是愛裏面感情的刺激；面對信仰的神秘古奧，

---

[19] 法國浪漫派詩人（一七九〇～一八六九），對自然有著親切的感受和誠摯的情感，早期詩多抒發個人感情和宗教信仰，流露出傷感情調。

她反抗了，同樣，對於與她的天性格格不入的院規，越來越惱恨。所以，當她父親把她接出來時，誰也不為她的離去而惋惜。院長甚至覺得，她在最後這段時間，變得對修道院極不虔敬。

艾瑪回到家裏，起初還樂意管管雇工，隨後討厭鄉村，又懷念起修道院來了。夏爾頭一次來貝爾托，正是她萬念俱灰，對一切都再也不想了解、不想感受的時候。

但是，對新生活的熱切渴望，或者也許是這個男人的出現帶來的刺激，足以使她相信，她終於得到了那種妙不可言的愛情。過去，這愛情像一隻玫瑰色羽毛的大鳥，在詩的絢爛天空迴翔；現在呢，她不能想像，眼前這種平靜生活，就是她曾夢想的幸福。

7

然而，有時她會想，現在是她一生中最美好的時光，是人們所稱的「蜜月」。要領略蜜月的甜蜜，無疑應該去那些名字最響亮的地方，去那些能給新婚夫婦帶來最愉快的閒情逸致的地方！人坐在驛車裏，藍綢子窗帘遮住陽光，沿著陡峭山路，緩緩駛去，聽馭手的歌聲在層巒疊嶂間迴蕩，應和著山羊的鈴噹聲和飛瀑低沈的喧響。夕陽西下，站在海灣邊，聞著檸檬樹的芳香；而後夜幕降臨，只有他們兩個人，坐在別墅的陽台上，雙手握在一起，一邊眺望璀璨星空，一邊計劃著未來。她覺得，世間某些地方應能出產幸福，就像一種植物，適宜於某地的土壤，移植到另一個地方就長不茂盛。她怎麼就不能倚在一座瑞士山區木屋的陽台上，或者把她的煩愁鎖在一所蘇格蘭茅屋裏，而她丈夫穿著活袖口、長尾垂的青絨燕尾服，足蹬軟皮靴，頭戴尖頂帽！

也許她希望對某個男人傾吐這些心聲。可是，這種難以捉摸的騷動不安，像雲一樣變幻，像風一樣旋轉，在人前怎麼開口呢？她找不到適當的措辭，也沒有這種機會和勇氣。

然而，假如夏爾希望聽她的傾訴，假如他想到了這一點，或者假如他看穿了她的心思，哪怕只有一次，她覺得話語就會滔滔不絕地從她心裏湧流出來，一如樹上熟透的累累果實，手一探就會紛紛掉落一樣。可是他們兩個人，生活上越接近，心卻離得越遠了。

夏爾這個人，談吐就像街邊的人行道一樣平板，見解又庸俗，恰似過往行人，連衣著也普普通通，引不起你半點激情、笑意或遐想。他自己就說過，他住在盧昂的時候，從來沒有起過好奇心，想去戲院看看巴黎來的演員。他不會游泳，不會擊劍，不會放槍。有一天，她在一本小說裏遇到一個騎馬的術語問他，他張口結舌解釋不了。

一個男人，難道不應該（和女子）相反，事事在行，無所不能，善於啓發你領會愛情、生活的意趣和種種奧秘？可是他這個人，什麼也不能教你，什麼也不知道，什麼也不企求。他以爲她快樂，而她怨懟他的，正是他這種安心若素的平靜，這種泰然自若的遲鈍，甚於她給予他的幸福。

艾瑪不時繪畫。這在夏爾，不啻是一個極大的樂趣，他直挺挺站在旁邊，看她俯向畫幅，眨動眼睛，運思於她的作品，要不然就拿點麵包心子，用大拇指搓成小球❶。至於鋼琴，她的手指彈得越快，他就越驚嘆不已。艾瑪叩擊音鍵，嫻熟自如，上下左右，彈遍整個鍵盤，一刻不停。那架老掉牙的鋼琴，鋼絲歪歪扭扭，經她一彈，聲音洪亮，窗戶若是開著，村頭也聽得清晰；送公文的見習生，光著頭，穿雙布鞋，手裏拿著公文從大路上經過，常常駐足傾聽。

另一方面，艾瑪善於管家。她打發人向病人催索診費，總是附一封信，措辭委婉，一點不露討帳痕跡。星期天，有鄰居來家裏吃晚飯，她總有辦法弄出一盤體面的菜來，還會拿青梅在葡萄葉子上碼成金字塔，將蜜餞罐倒扣在盤子上端出來。她甚至說要買幾個漱口盤，供吃果點之後漱口用。凡此種種，博得了人們對包法利的極大尊重。

❶充作橡皮，供艾瑪擦畫用。

夏爾有了這樣一位太太，最終也不免自命不凡了。艾瑪有兩幅小小的鉛筆速寫，他拿很寬的框子裱起來，用長長的綠色絲帶掛在客廳的牆上，驕傲地指給人看。大家做完彌撒回來，經常看見他穿一雙漂亮的繡花拖鞋，站在門口。

他每天回家很晚，常常十點鐘，有時半夜，一到家就要東西吃，女傭人已經睡下，便由艾瑪伺候。爲了吃得舒坦，他脫掉大衣。他把自己見過的人、到過的村莊和開出的藥方，一五一十講給艾瑪聽，一副自鳴得意的神態，吃完洋蔥燒牛肉，又吃光一片奶酪，啃掉一個蘋果，喝乾壺裏的酒，然後便上床，仰面一躺，鼾聲如雷。

他長年養成了戴棉睡帽的習慣，包頭絲巾在耳朵邊繫不牢實，早晨頭髮會亂蓬蓬搭在臉上，加之枕套帶子夜裏弄鬆了，羽絨粘得滿頭白花花的。他總穿一雙結實的靴子，從腳背到腳踝有條斜厚褶子，靴筒硬挺挺的，像緊繃在木頭腳上。他說：「在鄉下，這就相當講究啦！」

他母親贊成他這樣節儉。她像往常一樣，家裏吵得凶了點，就來看兒子。但是，包法利太太對兒媳似乎有成見，覺得她「派頭太大，和他們的家境不相稱」：柴呀，白糖呀，蠟燭呀，「用得那樣快，就像大戶人家似的」，灶裏塞的木炭，足夠炒二十五個菜！她替兒媳婦整理衣櫃，屠戶送肉來，也囑咐她瞧著點。這些教誨艾瑪只好聽著，老太太更嘮叨個沒完。婆媳倆整天「媳婦呀」、「媽呀」叫個不停，嘴唇卻不免有些哆嗦，雙方說的話都是溫和的，但顫顫的聲音卻透著怒氣。

杜布克夫人在世時，老太太覺得兒子是偏向她的。而今呢，夏爾對艾瑪的恩愛，在她看來，不啻是對她的慈愛的背棄，是對屬於她的感情的侵犯。她傷心地默默注視著兒子的幸福，就像一個破了產的人，隔著玻璃窗，看別人在自己的舊宅吃飯。她用回憶往事的方式，提醒兒子她所付出的辛苦和所做出的犧牲，並將之與艾瑪的漫不經心進行比較，證明他把愛全部傾注在艾瑪身上，是不明智的。

夏爾無言以對，他尊敬母親，更無比鍾愛妻子。他覺得她們倆的看法，一個無懈可擊，一個無可指責。老太太一定，他試著把從母親那裏聽到的一、兩句最無關緊要的批評，原原本本說給艾瑪聽。艾瑪一句話就駁得他低頭認錯，打發他去看病人。

然而，艾瑪根據自以爲正確的理念，還是願意培養自己的愛情的。明月皎皎的夜晚，她常常在花園裏，給夏爾吟誦她所記得的情詩，或者一面嘆息，一面給他唱憂傷的小調。可是，事後她發現自己仍和往常一樣平靜；夏爾呢，也看不出增添了一分愛情或激情。

就這樣，她像在自己心靈上敲擊著打火石，卻沒有迸發出一點火星。況且，沒有體驗過的東西，她不可能理解，正如沒有以習慣的方式表現出來的東西，她無法相信一樣。她輕易地認定，夏爾的愛情沒有絲毫超乎尋常的成分。他表示，感情早已成了例行公事，只在一定的時刻吻她一下。這僅僅是許多習慣中的一個習慣。如同在單調乏味的晚餐結束時，照例要上果點一樣。

一位獵場看守人，得了肺炎，經包法利先生治好了，送給他太太一隻意大利種小獵兔狗。艾瑪散步時便帶上它。她有時出去走走，一則爲了單獨待一會兒，二則免得一天到晚所看見的，老是那個花園和塵土飛揚的大路。她一直溜達到巴納維爾山毛櫸林子，即靠田野的牆角旁邊廢棄的小屋附近。那裏雜草叢生的界溝裏，生長著高高的、葉子鋒利的蘆葦。

她先望望四周，看自她上次來過之後有什麼變化。毛地黃和田芥菜仍在原地，大卵石堆周圍生長著一叢叢野蕁麻，三個窗戶框上覆蓋著一片片地衣；窗板總是關著，朽爛木屑落在鏽跡斑斑的鐵檔上。她的思想起初飄忽不定，漫無目標，宛似那隻小獵兔狗，在田野上兜著圈子，忽而吠黃蝴蝶，忽而追逐田鼠，忽而又去叼麥畦邊的紅罌粟。漸漸地，意識集中了，艾瑪在草地上坐下，用陽傘柄尖輕輕地刨著土，心裏一次又一次問自己：

「上帝！我爲什麼要結婚？」

她思忖，巧遇的機緣是否有可能讓她遇上另一個男人？她下意識地想像那未曾發生的情景，那不同的另一種生活，那個她不認識的丈夫。是的，那一位決不像一般男人。他可能相貌英俊，才氣橫溢，出類拔萃，人見人愛，大概就像昔日女修院她的同學們所嫁的男人。那些老同學現在都幹什麼呢？城市裏，街道熱熱鬧鬧，戲院人聲鼎沸，舞廳燈光飛旋，她們生活在那種地方，一定心花怒放，精神百倍。可是她呢，她的生活冷冰冰的，一如那天窗朝北開的閣樓；煩愁像一隻蜘蛛，在她的心靈各個幽暗的角落，無聲無息地結著繭。她記起一次次頒獎的日子，她走上台去，接受小花冠。那時，她結著髮辮，穿著白袍和敞口斜紋呢鞋，舉止招人喜愛；當她回到座位上時，男賓們都探過身子來恭維她。院子裏擠滿各種馬車，人們臨走時，還從車門裏探出頭來和她說再見；音樂教員挾著提琴匣，經過她身邊時還向她打招呼。這一切已多麼遙遠啊！多麼遙遠！她喚回小狗佳麗，抱在雙膝之間，撫摩著它細長的腦袋，對它說：

「來，親親你的女主人，你這個無憂無慮的小東西！」

瘦小的狗懶懶地打著呵欠，她端詳著它憂愁的面孔，不禁起了憐憫之心，把它比作自己，大聲和它說話，彷彿安慰一個落難的人。

有時，狂飆驟起，海風一下子掃過科地區的整個高原，把帶鹹味的涼颼颼的空氣，一直送到遠方的田野。燈心草伏在地面，簌簌作響，山毛櫸葉子颯颯地迅速抖動，而樹梢帶著呼嘯不停地搖擺。艾瑪趕忙裹緊披肩，站起來。

林蔭道上，樹葉濾下泛綠的陽光，映照著貼在地面的青苔；青苔在她的腳下微微發出沙沙聲。夕陽西沈，樹枝間露出的天空紅彤彤的，路兩旁排列筆直的樹幹，宛如金色底子襯托出兩排廊柱。艾瑪突然感到恐懼，到了佳麗，順大道匆匆返回道斯特，倒在一張扶手軟椅裏，整個傍晚一言不發。

可是將近九月末，她的生活中發生了一件非同尋常的事：昂戴維里耶侯爵邀請她去沃比薩爾作客。這位侯爵在復辟時期當過國務大臣，正力圖重返政治生涯，早就在準備競選衆議院議員。冬天裏布施過不少木柴；每次省議會開會，他都慷慨激昂，要求爲本區修幾條路。三伏天他生了一個口瘡，經夏爾用柳葉刀恰到好處拉了一刀，竟奇蹟般好了。管家到道斯特送手術費，傍晚回去稟報說，他看見醫生的小園子裏有極好的櫻桃。可是，那種櫻桃樹在沃比薩爾生長不好，侯爵便向包法利討了好幾枝去嫁接，因此覺得應當親自登門致謝，正好看見艾瑪，認爲她體態裊娜，禮數上又絲毫看不出是個鄉下女人。所以侯爵動了邀請這對年輕夫婦到古堡作客的念頭，覺得既不致於失身分，也不致造成別的不便。

一個星期三下午三點鐘，包法利夫婦坐上他們的輕便馬車，動身去沃比薩爾。車子後面放了一個大行李箱，檔板前面一個帽盒，夏爾兩膝之間還夾了一個紙匣。

他們抵達沃比薩爾，天剛擦黑，大花園裏掌了燈，給車子照亮。

古堡是意大利風格的現代建築，兩翼前伸，三座氣派的台階緊連一塊大草坪，草坪上有幾頭乳牛，兩邊幾片疏落有致的參天古樹，蜿蜒的細沙小徑兩旁，密密匝匝叢生著灌木，參差不齊，都是杜鵑花、紫丁香和繡球花；小橋下，淌著一泓清溪。透過晚嵐，依稀看見一些草房，散落在草甸子上，一邊一座坡度平緩的小山，覆蓋著樹木；後面密林掩映間，露出平行的兩排庫房和馬廄，是已拆除的老古堡遺留下來的。

夏爾的馬車在中間那座台階前停下，就見出來幾個僕人。侯爵迎向前，把手臂伸給醫生太太，引進門廳。

門廳很高，大理石地面，腳步聲和說話聲發出回響，彷彿在教堂裏一樣。正對大門一道筆直的樓梯，左手邊一向迴廊對著花園，通向撞球室，還沒到門口，就聽見象牙球碰撞的聲音。穿過撞球室去客廳時，艾瑪看見球台四周幾個男人，表情嚴肅，下巴緊貼凸起的領結，個個佩戴勛章，默默地露出微笑，推動著球杆。深色的護壁板上，掛著幾幅巨幅畫像，鑲在鍍金的框子裏，下面寫著黑體字姓名。艾瑪看見其中一幅寫的是：「尙・安托萬・德・昂戴維里耶・迪維蓬維爾，沃比薩爾伯爵、弗雷斯奈男爵，一五八七年十月二十日殉於庫特拉之役。」另一幅寫著：「尙・安托萬・亨利・居伊・德・昂戴維里耶・德・沃比薩爾，法蘭西海軍司令、聖米歇爾騎士團騎士，一六九二年五月廿九日於胡格聖瓦之役負傷，一六九三年一月廿三日卒於沃比薩爾。」後面的就看不大清楚了，因爲燈光聚在球台的綠氈上，房間裏燈影幢幢，把橫掛的畫幅映成一片褐色，遇到油彩裂口，分成魚刺般的細線，使那些金框裏黑乎乎的大畫面，僅僅東一塊，西一塊，偶爾顯露出比較清晰的部分，例如一個蒼白的腦門，一雙注視著你的眼睛，披在紅禮服撲粉的肩頭上的假髮，鼓鼓的小腿上一枚吊襪帶鈕扣。

侯爵推開客廳門，一位太太（正是侯爵夫人）站起來，迎接艾瑪，請她靠近自己在橢圓型雙人沙發上坐下，開始親切地和她交談，就像早就認識她似的。侯爵夫人四十歲光景，漂亮的雙肩，鷹勾鼻子，說話慢聲慢氣，這天晚上，栗色頭髮上披一條普通的鏤空花邊頭巾，一角搭在後頸。一位金髮少女，坐在旁邊一張高背椅上。幾位先生，禮服翻領飾孔上別一朵小花，坐在壁爐邊與夫人們閒談。

七點鐘入席。男賓人多，坐位擺在門廳的第一席。女賓坐位擺在餐廳的第二席，由侯爵兼夫婦作陪。

艾瑪一進餐廳，就感到被一股熱氣包圍了，熱氣中瀰漫著花香、漂亮台布香、肉味和香蘑味。枝形大燭台上點著蠟燭，燭焰長長的映在鐘形銀罩子上。多稜形水晶蒙上水氣，反射出淡淡的光；整個餐桌邊上，整齊地放著一束束鮮花；寬邊盤子裏，餐巾疊成主教帽形狀，分開的兩褶之間，擺著一個橢圓型小麵包。龍蝦赤紅的爪子一直伸到盤子外面，敞口籃子裏塞滿了水果，底上墊著青苔；連毛燒的鵪鶉熱氣騰騰。廚師一身上下是絲襪、短褲、白領帶、花襯衫，嚴肅得如同一位法官，端著切好的佳肴，伸到客人們肩頭之間，你選擇哪一塊，他一匙子就給你遞過來。

鑲銅條的大瓷爐上，立著一座女人雕像，寬鬆帶褶的袍子，連頸子也遮得嚴嚴實實，靜靜地望著滿屋子人。

包法利夫人注意到，好幾位夫人沒有把摘下的手套放在玻璃盤子上。

滿席的女賓之中，只有一個老頭兒，餐巾像小孩子似的從背後繫住，伏在滿滿一盤菜上，一邊吃，一邊嘴裏滴滴答答流湯汁。他眼瞼外翻，頭髮用黑絲帶在腦後結成小小的一束。此人是侯爵的岳丈德．拉維迪埃老公爵，孔夫蘭侯爵在沃德勒依舉行獵會的年代，曾一度得到阿爾瓦的寵幸，據說在他在庫瓦尼之後、勞曾之前，作過王后瑪麗．安東尼❶的情人。他荒唐一生，劣跡昭彰，決鬥、賭博、搶奪婦女，無惡不作，揮霍家財，害得全家人為他擔驚受怕。他的椅子背後站著一個僕人，當他指著盤子結結巴巴問時，就附在他耳朵邊，大聲告訴他菜的名稱。艾瑪的眼睛，總是情不自禁去看這個嘴唇耷拉的老頭子，就像看一件稀奇而又令人肅然起敬的東西。人家可是在王宮裏待過，而且在王后娘娘床上睡過覺啊！

席間飲的香檳酒是冰鎮過的，艾瑪一喝進嘴，感到那樣涼，渾身皮膚都發顫。她從沒見過石榴，也沒吃過波羅蜜。就連白糖，她也覺得比別處的更白更細。

用畢晚餐，女賓們都回樓上各自房間，準備參加舞會。

艾瑪著手梳妝，戰戰兢兢，格外仔細，就像一位初次登台的女演員。她按理髮師建議的髮型梳好頭髮，再穿上攤開在床上的巴勒吉紗羅裙。夏爾嫌他的褲腰緊，說：

❶瑪麗．安東尼（一七五五～一七九三），法國國王路易十六的王后。

「這褲腳下的帶子會妨礙我跳舞的。」

「跳舞？」艾瑪問道。

「是啊！」

「你昏了頭！人家會笑話你的，給我待著吧。」艾瑪說完，又補充一句：「再說，這更合醫生的身分。」

夏爾不吭聲了，開始踱方步，等艾瑪穿好衣服。

他站在艾瑪身後看去，鏡子裏映出她坐在兩支蠟燭之間，黑色的眸子似乎更黑了，頭髮在耳畔微微蓬起，藍幽幽泛光；髮髻上插一朵玫瑰，葉尖掛一滴人造露珠，隨著枝子搖來晃去；長袍是淺桔黃色底子，襯托著帶綠葉的三束凸繡玫瑰。

夏爾上前吻她的肩膀。

「別鬧！」她叫道，「看你把我衣服弄破了！」

樓下傳來小提琴拉的前奏曲和小號聲。艾瑪在門旁的一張長椅上坐下。

對舞結束，舞池裏只剩下男人，三三兩兩，站著閒聊；穿制服的僕人，端著托盤，來往穿梭。女士們坐成一排，搖動畫扇，花束半遮笑臉；手鬆鬆地捏著帶金塞子的鼻煙壺，在手心裏轉來轉去；潔白的手套緊緊箍住腕子上的肉，前面現出指甲的形狀。花邊綴飾、鑽石別針、鑲圓型肖像的鐲子，在衣襟上顫動，在胸前閃光，在光手臂上作響。前面梳得溜光、後面盤成髮髻的頭髮，裝飾著勿忘草、茉莉花、石榴花、穀穗或矢車菊紮成的花冠、花束或樹冠。母親節繫紅頭巾，面孔嚴肅，安詳地坐在自己的座位上。

當男舞伴輕輕住住她的指尖，艾瑪有點心跳；她站好位置，等待音樂開始。不過，沒有多久心情就不緊張了，她隨著樂曲的節奏左右搖擺，隨著頸子的微微晃動輕盈地向前滑步。有時，其他樂器全部停止，只有小提琴在演奏，她聽到精彩處，嘴邊泛出微笑。隔壁傳來金路易倒在台布上的聲音，叮叮噹噹，十分清脆。接著，所有樂器又響起來，小號尤爲嘹亮，腳再合上拍子，裙子飄開來，輕輕蹭過去，手時而相握，時而分開，原來在你面前低垂的眼睛，現在抬起來，盯住你的雙眼。

有些男人（十五個左右），年齡在廿五至四十歲之間，或分散在跳舞的人群中，或在門口閒聊。他們雖然年齡、服飾和相貌各不相同，但都有著豪門子弟的派頭，一看就與衆不同。

他們的衣服做工分外講究，料子看上去也格外柔軟，頭髮在兩鬢向後捲曲，油光發亮，因爲所抹的髮蠟也特別高級；他們有著富貴的膚色，白白的，經瓷器的釉彩、錦緞的閃光、家具漂亮的漆色一襯托，更顯得白皙，顯然是飲食考究又善於保養的結果；他們的領結打得較低，脖子轉動自如，長長的鬍子搭在翻領上；他們擦嘴用的手絹上大大的繡著姓名的起首字母，散發著怡人的香氣。他們之中，開始跨入老年的人，相貌顯著年輕，而青年人臉上透露著老成。他們的目光冷冰冰的，流露出情欲每天得到滿足的恬適；他們的舉止溫文爾雅，但隱含著一種獨特的粗暴，這是因爲他們常常運用暴力，控制不容易控制的東西，滿足自己的虛榮心，以馴服烈馬、追求蕩婦爲能事。

離艾瑪三步遠，有一個身穿藍色燕尾服的男子，正和一位臉色蒼白、戴珍珠項鍊的少婦談論意大利，盛讚聖・彼得教堂❷廊柱的粗大，蒂沃利❸、維蘇威❹、斯塔比亞海堡❺和卡西諾和卡西諾❻的名勝，以及熱那亞❼的玫瑰和月光下的科利西❽。艾瑪另一隻耳朵聽著另一場交談，但其中有很多話她聽不懂。那是一些人圍著一個年紀輕輕的小伙子，他上周賽馬贏了阿拉貝爾小姐和洛繆路❾，在英格蘭跨過一條壕溝，賺了兩千路易。這些人之中，一個嘆息自己幾匹馬越長越肥，另一個抱怨人家印錯了他的馬的名字。

舞場裏空氣悶人，燈光越來越暗。大家湧到撞球室。一個僕人爬上一張椅子，打破兩塊玻璃。聽見響聲，包法利夫人回頭一看，花園裏有一些農民，臉貼著窗玻璃往裏觀看。於是，她想起了貝爾托，眼前浮現出田莊、滿是淤泥的池塘、蘋果樹下穿工裝的父親，也浮現出她自己，像過去一樣，在奶品坊用指頭刮瓦罐裏的奶油。過去的生活，在記憶中一直十分清晰，現在卻完全消失在眼前的五光十色之中了，她幾乎不相信自己經歷過那段時光。現在她在舞廳裏；舞廳之外，黑乎乎的，一切都籠罩在黑暗之中。她左手端一隻貝殼狀鍍金的銀杯，正吃櫻桃冰淇淋，瞇

❷聖・彼得教堂位於梵蒂岡廣場，兩側遊廊有二八四根大圓柱。
❸蒂沃利為意大利拉齊大奧區城鎮，史前就有人居住，以瀑布聞名。
❹維蘇威火山，在那不勒斯附近。
❺斯塔比亞海堡為意大利著名避暑地和礦泉療養地。
❻卡西諾為意大利城鎮，以古蹟和玩具聞名。
❼熱那亞是意大利重要商埠。
❽科利西是古羅馬大圓型劇場，遺址現仍保存著。
❾二者都是當時著名的賽馬的名字。

縫著雙眼，把匙子送進嘴裏。

她旁邊一位夫人，故意讓扇子掉在地上，正好過來一位男舞客，她說道：

「先生，我的帽子掉在這沙發後面了，勞駕撿起來好不好？」

那男子欠欠身子。當他伸手去撿扇子時，艾瑪看見那位年輕夫人拿了一個折成三角形的白色東西，扔在他帽子裏。先生拾起扇子，恭恭敬敬遞給年輕夫人。她點點頭表示感謝，開始聞手中的一束鮮花。

宵夜有大量西班牙酒和萊茵酒，奶油杏仁蝦醬湯，特拉法爾加布丁，還有各色冷肉，四邊的凍子直在盤子裏顫動。宵夜過後，車子開始一輛接一輛離去。撩起細布窗帘的一角，可以看見車燈的亮光在黑暗中移動。長凳上人稀少了，賭桌邊還有幾個人沒有走，樂師們用舌頭舔著發熱的指尖。夏爾背靠著一扇門，幾乎睡著了。

凌晨三點鐘，開始跳花樣舞。艾瑪不會跳華爾滋。其他人都在跳，就連昂戴維里耶小姐和侯爵夫人也旋轉不止。剩下來的都是留宿的客人，總共十二、三個。

有一位男客，坎肩敞得很開，彷彿是嵌在胸脯上，大家親切地稱他「子爵」。他邀請包法利夫人跳過一輪子，這時又來邀她，說由他來帶，她會跳得很好的。

起初他們跳得慢，漸漸地越跳越快，不停地旋轉，周圍的一切也跟著旋轉，燈、家具、板壁和整個舞池，宛若一個圓盤在軸上旋轉一樣。經過門邊時，艾瑪的裙子飄起來，貼在對方的褲管上。他們的腿交錯進退；他兩眼俯視著她，她兩眼仰視著他。艾瑪感到頭暈目眩，停了停。接著兩個人又跳起來。子爵越轉越快，帶著她離開眾人，一直旋轉到迴廊盡頭。艾瑪氣喘吁吁，差點摔倒，把頭貼在子爵胸前靠了一會兒。隨後又繼續跳，只是慢了一些，子爵送她回原來的座位。她朝牆一靠，雙手蒙住眼睛。

她睜開眼睛，看見舞場中間，一位夫人坐在一條圓凳上，面前跪著三個男舞客向她邀舞。她挑選子爵，小提琴又奏起來。

大家看著，他們跳過去，又跳回來。那夫人身子一動不動，下巴低垂；子爵始終保持著同一個姿勢，身子如弓，肘彎圓屈，下巴前伸。這個女人眞是個華爾滋高手！他們跳了好長時間，把大家都看累了，還在不停地旋轉。

客人們還閒聊了幾分鐘，說過再會——不如說是早安，才去安歇。

夏爾扶著欄杆上樓梯，兩腿沈重，膝蓋都直不起來了。他在牌桌邊連續站了五個鐘頭，看人家打惠斯特牌⑩，一點門道也沒有看出來。所以，當他脫掉靴子時，眞如釋重負，長長地噓了一口氣。

艾瑪往肩上披條肩巾，推開窗子，雙肘支在窗台上。

夜色如墨，細雨淅瀝。她呼吸著溼潤的空氣，讓灼熱的眼皮涼下來。舞會的音樂還在耳畔縈迴，她努力趕走瞌睡，盡可能久地沈浸在這種奢華中。過一會兒她就不得不離開這種生活了。

天破曉了。她久久凝望著古堡的每個窗戶，竭力猜測夜裏注意到的每個人住在哪個房間。她多麼想了解他們的生活，加入進去，和他們打成一片。

⑩ 橋牌的前身。

但是，她打了個寒噤，這才脫掉衣服，鑽進被窩，蜷縮在已熟睡的夏爾身邊。

早餐人不少，但只吃了十分鐘，而且沒有酒，醫生大為詫異。昂戴維里耶小姐把奶油圓球蛋糕屑收集起來，放在一個小笸籮裏，拿去餵水池裏的天鵝。大家去花塢散步，只見各種珍稀植物，有的渾身是刺，層層疊疊擺在架子上，呈金字塔形狀，上面掛著花盆，一個個蛇窩似的，彷彿裏面蟠曲著許多蛇，裝不下，從盆邊倒掛下來，綠帶似的，交錯盤結。走出花塢是桔苑，繁枝綠葉連成一片，綠廊似的，直至古堡的平房。侯爵要讓年輕的醫生太太開心，帶她去看馬廐。馬槽呈籃子形狀，上面有瓷牌，黑字寫著每匹馬的名字。馬分櫪而食，人從面前走過，它們就騷動起來，舌頭捲得作響。馬具房的地板，如同客廳一樣光潔耀眼，當間兩根可旋轉的柱子上，掛著套牢的用具，沿牆根整齊地放著馬銜、馬鞭、馬鐙和馬勒。

這時，夏爾請一個僕人套好他的輕便馬車，停放在台階下面。行李裝上車之後，包法利夫婦向侯爵和侯爵夫人道謝告辭，便上路返回道斯特。

艾瑪默默地望著車輪轉動。夏爾坐在座位的外沿，雙臂張開，挽著轠繩。瘦小的馬在過寬的車轅間小跑著，鬆搭搭的轠繩，拍打著它的臀部，已被汗水浸溼。捆在後面的箱子，碰撞著車廂，發出有節奏的響聲。

他們正行駛在蒂布維爾高地，突然，幾個人騎著馬，嘴裏叼著雪茄，大笑著從他們身邊疾馳而過。艾瑪似乎認出其中有那位子爵，扭頭望去，只見天邊幾個人頭隨著馬的奔馳，忽高忽低地起伏。

又走了四分之一法里，後鞧斷了，不得不停下來，用繩子接好。

夏爾最後查看一遍鞍索，瞥見馬腿之間地上有樣東西，撿起來一看是個雪茄匣，綠緞滾邊，中間一個家族徽標，形狀像豪華馬車的車門。

「裏面還有兩支雪茄呢，」他說，「正好留著晚飯後抽。」

「原來你抽煙？」艾瑪問。

「偶爾抽抽，要看場合。」

夏爾把撿到的煙匣塞進衣兜，揚鞭趕小瘦馬。

回到家，晚飯還沒做好，太太火了，娜絲塔西竟然頂嘴，艾瑪說：

「滾！不把我放在眼裏啦，給我走！」

晚餐是洋蔥湯和一塊酸模牛肉。夏爾坐在艾瑪對面，搓著手，高興地說：

「還是回到自己家舒服！」

他們聽見娜絲塔西在哭。夏爾有點疼愛這個女傭人。從前他鰥居落寞之時，她陪他度過了多少個黃昏。在本地，她是他的頭一個病人和最早的熟人。

「你眞的就這樣打發她走？」夏爾終於問道。

「是的，誰想阻攔我不成？」艾瑪答道。

飯後，他們去廚房烤火，女傭人爲他們整理臥室。夏爾開始抽雪茄。他伸長嘴抽，不停地吐口水，每抽一口，脖子縮一縮。

「你會抽出病來的。」艾瑪鄙夷地說。

夏爾放下雪茄，跑到水泵前喝杯涼水。艾瑪抓起雪茄匣，猛地扔進碗櫥裏。

第二天，日子眞長！艾瑪到小花園裏溜達，總在那幾條小徑上走來走去，一次又一次在花壇，沿牆的果樹和石膏神父塑像前停下，現出驚愕的神情，打量著這些過去很熟悉的東西。舞會似乎已經非常遙遠！究竟是誰使前天早晨和今天傍晚相隔如此遙遠？沃比薩爾之行，在她的生活中留下了一條深淵，就像有時候，一夜之間，暴風雨把山崖沖刷出一道斷層。她無可奈何，只好懷著一片虔心，把穿過的漂亮衣裳和底部被地板蠟磨黃的緞鞋，珍藏進五斗櫃裏。她的心也像那雙緞鞋底一樣，與豪華的生活接觸過一回，上面留下了一些難以磨滅的東西。

因此，回憶舞會成了艾瑪生活中一件重要的事。每逢星期三，早晨一醒來，她就暗自說：「啊！我去那裏已經一個星期了……兩個星期了……三個星期了！」漸漸地，在她的記憶之中，所見過的面孔模糊了，對舞的曲子淡忘了，那些制服和房間的模樣也記不大清了，就是說一些細節淡忘了，但惆悵卻留在她心裏。

9

夏爾外出時，她常常打開碗櫥，從餐巾之中，拿出她扔在裏面的綠緞雪茄匣。

她端詳著它，打開蓋子，甚至聞一聞襯裏上馬鞭草和煙草混合的氣味。這匣子是誰的？……子爵的。說不定是情婦送給他的禮物。這花是在小巧的黃檀木綳子上，背著人偷偷地繡的。繡花人在上面不知花了多少個小時，現出一副沈思的面容，輕柔的雲鬢垂在綳子上。底布的每一個紗眼，都曾透過愛情的氣息，那一針針紮下去，不是紮下了希望，就是紮下了回憶。所有這些交織的絲線，正是綿綿無盡的愛情默默的表露。匣子繡好後，某天早晨，子爵帶走了。當它被放在寬寬的壁爐台上，躺在花瓶和彭帕杜爾座鐘之間時，子爵他們議論什麼呢？她在道斯特，人家子爵呢，如今在巴黎。在巴黎！巴黎是個什麼樣子？這名字真是如雷貫耳！她低聲重複著這兩個字，從中獲得樂趣。這名字像教堂的鐘聲在她耳邊迴蕩，像火炬在她眼前放光，連她的生髮油瓶子上的商標也被照亮了。

夜裏，魚販子們趕著大車，唱著牛至[1]小調，從她的窗戶底下經過時，她總驚醒過來，聽著鐵箍的車輪在村裏的路上隆隆作響，然後出了村口，上了土道，聲音很快就變小了。這時，她情

[1] 牛至草花艷紅，花瓣呈唇形，象徵幸福。

不自禁想道：

「他們明天就到巴黎了！」

於是，她的心跟隨他們，上坡下嶺，穿越村莊，在星光下沿著大路往前走。不知走了多遠，到了某個地方，眼前總變得模糊起來，她的想像就中斷了。

她買了一張巴黎地圖，經常隨著在地圖上移動的手指，遊覽京城，沿著一條條大馬路信步逛去，走到每個拐角處，走到代表街道的細線交叉處，或者到了代表房屋的白方塊前面，就逗留一會兒。最後，眼睛看累了，她閉上眼瞼，又見黑暗裏，路燈光在風中搖曳，一輛輛馬車駛到戲院的柱廊前停下，哐噹一聲放踏板。

她訂了一份婦女報紙《花藍》，又訂了一份《沙龍仙子》。什麼首場公演、賽馬和晚會的報導，她都貪婪地閱讀，一字不漏。無論女歌手的初次獻唱，還是店鋪的開張，她都關心。她知道各種新潮時裝，知道高級裁縫的地址，知道布洛涅森林和歌劇院有什麼節目。她閱讀歐仁·蘇❷，研究他的小說中有關室內家具裝飾的描寫；她閱讀巴爾札克和喬治·桑，懷著如飢似渴的欲望，尋求想像的滿足。甚至在餐桌上她也帶著書，夏爾一邊吃飯一邊和她談話，而她一頁頁看書。閱讀之中，她常想起子爵，並且把書裏虛構的人物和子爵聯繫起來。不過，以他為中心的圓圈漸漸擴大，原來集中照在他頭上的光環，輻射開來，照耀了更遠的空間，照亮了別的夢境。

在艾瑪心目中，巴黎比海洋還大，籠罩於紅霞之中；璀璨奪目。在這片汪洋大海裏，芸芸眾

❷歐仁·蘇（一八〇四～一八五七），法國著名通俗小說家，著有《巴黎的秘密》、《流浪的猶太人》等。

生，錯雜生息，但物以類聚，人以群分，還是可以分成若干部分，分成不同類型的。艾瑪只看到其中兩、三類，便以爲他們代表全人類，其實呢，其餘的只不過被這兩、三類掩蓋了，她看不見而已。首先是外交家社會：這類人出入的客廳，地板光潔，四壁都鑲嵌著鏡子，橢圓型桌子上鋪著帶穗子的絲絨台布；這裏有帶尾垂的禮服，有重大機密，有微笑掩飾的焦慮。其次是貴夫人社會：公爵夫人們個個臉色蒼白，下午四點鐘起床——女人們，可憐的天使！裙子下襬鑲針織的英國式花邊；而男人們，外表平平，懷才不遇，一心尋歡作樂，馬跑死了也不在乎，夏天去巴登避暑，到頭來，四十歲左右娶一位女繼承人拉倒。再其次是餐館的雅座間：一群文人的坤伶，花花綠綠，半夜過後來用宵夜，對著燭光，縱聲狂笑。這些人揮霍如王侯，充滿雄心和理想，神魂顛倒，荒唐無稽，放浪於天地之間，生活於狂風暴雨之中，傲視衆人，自鳴清高。至於其餘人世，一概不知，沒有確切的位置，簡直是子虛烏有。而且，越是近在身邊的東西，艾瑪思想上越是迴避。周圍近在咫尺的一切，無論是無聊的田野、愚蠢的資產者，抑或平庸的生活，在她看來，只是世間的一種例外，是她偶然陷入的特殊環境。在這以外，那廣闊無邊的，都是充滿幸福和感情的世界。

艾瑪在自己的嚮往之中，混淆了物質的享受與心靈的快樂、舉止的高雅與感情的高尚。愛情難道不是像珍稀植物一樣，需要有適宜的土壤和特定的氣候？月下的嘆息，長久的擁抱，灑在任你摩挲的手上的眼淚，肉體的騷動和情意的纏綿，凡此種種，都離不開充滿閒情逸致的古堡陽台，離不開有著絲絨窗帘和厚地毯的小客廳，離不開枝葉繁茂的盆景和豪華講究的牙床，也離不開寶石的晶瑩和制服的飾帶。

每天早上，驛站的小伙計來刷馬，穿著大木屐，進出都經過走廊，工作服破了許多洞，光腳套一雙便鞋。家裏只雇得起這種穿短褲的小馬夫！而且活一幹完，他整天就不再來了。夏爾從外邊回來，自己把馬牽進馬厩，自己卸馬鞍、戴馬籠頭，而女傭人抱來一捆乾草，用盡力氣扔進食槽。

艾瑪找了一個十四歲的小姑娘——一個長相挺溫順的孤女，來接替娜絲塔西（娜絲塔西終於走了，走時眼淚淌得像小河似的）。她不准小姑娘戴布帽，教她和主人說話要用第三人稱❸，端送茶水要用托盤，進房要先敲門，還教她熨衣服、漿衣服和伺候女主人穿衣服，一心想把她培養成貼身使女。這位新女僕怕辭退，服服帖帖，毫無怨言。太太平常總是不鎖食櫥，小女僕費麗西每晚偷一小包糖，做完禱告一個人躺在床上吃。

下午，太太待在樓上臥室裏，她便去對面和驛夫們閒聊。

艾瑪穿著室內便袍，領口敞得很開，交叉的圓翻領之間，露出帶褶襯衫，上面有三顆金鈕扣；腰間繫一根墜著大流蘇的絲帶；石榴紅小拖鞋，有一簇寬帶子搭在腳背上。她買了一本吸墨紙、一沓信箋、一支筆和一些信封，儘管她沒有什麼人要寫信。她撣掉擺設架上的浮塵，對著鏡子照了照，然後拿起一本書，看著看著走了神，書掉在膝蓋上。她渴望去旅行或者回修道院去生活。她想死，又想住到巴黎去。

夏爾天天騎著馬，四鄉奔波，風雨無阻。他在農民家吃便飯，把手伸進潮呼呼的被窩，給人

❸ 按貴族習慣，僕人對主人不以「你」相稱，而以第三人稱「他」或「她」相稱，以示尊敬。

放血時臉上濺滿溫熱的血，聽病人的喘氣聲，檢查病人的大小便，小心翼翼撩起病人骯髒的內衣。但是，每天傍晚回到家裏，等待他的總是一爐旺火，預備好的飯菜，擦得乾乾淨淨的家具，還有一位精心打扮、招人喜愛的妻子，渾身上下散發著幽香。他眞摸不清那香氣是從哪兒來的，是不是她的皮膚薰香了她的襯衫。

艾瑪總是有許多別出心裁的小花樣令他著迷，不是花樣翻新，給燭台做了個紙托盤，就是給裙子換了一道花邊，或者給一個簡單的菜，甚至女傭人燒壞了的菜，取一個別致的名字，使得夏爾高高興興。她在盧昂曾看見一些貴婦表鍊上墜一串小飾物，自己便也買一串。她還買了一對碧琉璃大花盆，擺在壁爐台上，過了一陣，又買一個象牙針線盒，裏面還帶一枚鍍金的銀頂針。這些東西，夏爾不懂得它們的妙處，越是不懂越發覺得迷人。它們爲他增添了感官的享受和家庭的溫馨，像金粉撒滿他人生的小徑。

夏爾身體好，氣色好；他的聲譽已經穩穩地確立。老鄉們都喜歡他，因爲他沒有架子，見到孩子就撫摩兩下，從來不進酒店，而且言行檢點，堪可信任。他最拿手的，是治傷風感冒和胸部疾病。其實呢，考慮到人命關天，一般他只不過是開些鎮靜劑，偶爾也開點嘔吐劑，再就是燙燙腳、放放血而已。他倒是不怕做外科手術，給人放血，一針下去，像給馬放血一樣；拔起牙來，那股狠勁，簡直是個「鐵腕子」。

爲了了解訊息，他訂了一份《醫學集錦》。這是新出的一種期刊，他收到過出版廣告。吃過晚飯，他總要讀一讀，但房間太暖，加之吃得過飽，才讀五分鐘，就瞌睡上來，下巴落在手上，頭髮馬鬃般搭到燈台上。艾瑪看他一眼，聳聳肩膀。要知道，有些男人，好學不倦，默默耕耘，夜夜伏案著述，最後熬到六十歲，雖然疾病纏身，但不合身的燕尾服上掛上了一排勛章。她怎麼就沒有嫁到這樣一個丈夫呢？她巴不得包法利這個姓——她現在姓這個姓——顯赫起來，在書店公開陳列，在報上經常出現，在全國家喻戶曉。可是，夏爾半點雄心壯志也沒有！前不久，伊沃托一位醫生和他一道會診，竟然就在病床前，當著病人家屬的面，幾乎弄得他下不了台。晚上他把這件事講給艾瑪聽，艾瑪氣壞了，大罵他那個同行。夏爾感動得熱淚盈眶，在她前額上吻了一下。但她屈辱得氣都透不過來，恨不得打他一巴掌。她去走廊裏推開窗戶，呼吸新鮮空氣，讓自己平靜下來，咬住嘴唇，低聲說：

「眞是沒出息！眞是沒出息！」

還有讓她更生氣的：夏爾隨著年齡的增長，動作越來越遲緩；吃果點的時候，拿空瓶塞子切著玩；吃過飯，用舌頭舔牙齒；喝湯時，喝一口，咕嚕一聲；人開始發福了，面頰虛胖，本來就顯小的眼睛，彷彿被擠向了太陽穴。

有時，艾瑪不是幫他把線衫的紅邊掖到坎肩底下，就是幫他正正領帶，或者手套舊了，他還想戴，被她奪過來扔到一邊。這一切，並非像夏爾所想的，是爲了他，而是爲了她自己，是出自膨脹的自私心理，是精神煩躁的表現。有時候，她也對夏爾講講她讀過的東西，例如一本小說或一個新劇本中的一段情節，或者報紙副刊登載的上流社會逸聞，因爲夏爾畢竟隨時準備洗耳恭聽，而且無論什麼都表示贊同。她對自己的獵兔犬，不就是有說不完的心裏話嗎？就是對壁爐邊的劈柴，對座鐘的擺錘，她也有話要傾訴呢！

然而，在心靈深處，她時時期待著某種事變。她睜大一雙絕望的眼睛，在自己孤寂的生活中搜索，就像遇難的水手，遙望水霧溟濛的天邊，尋找一葉白帆。她不知道會碰上什麼樣的機遇，不知道什麼風能把機遇吹到她跟前，會把她帶到什麼岸邊，也不知道是一葉扁舟還是一艘大船，它滿載的是憂患還是幸福。但是每天早晨，她一醒來就希望當天會出現奇蹟，伸長耳朵諦聽各種聲音，然後翻身爬起來，可是總不見機遇到來，心裏好生奇怪。於是多陽西下，又增添幾分惆悵，把希望寄託於明天。

春天又來了，梨樹開花，天氣轉暖，她心頭感到陣陣愁悶。

剛交七月，她就扳著指頭計算，還有多少個星期才到十月，暗暗希望昂戴維里耶侯爵會在沃比薩爾再舉行的次舞會。可是，整個九月份過去了，既沒收到信，也沒有人登門拜訪。

她陷入失望，無聊至極，心又變得空虛了，於是同樣的日子，無盡無期地重新開始。

如今，這種日子一天接一天，天天一個樣，數也數不清，什麼也沒帶來！別人的生活，不管怎樣平淡，起碼總有可能發生點什麼事；哪怕一個偶然事件，有時也會引發無窮的波折，使局面改觀。可是她呢，什麼也沒發生。這是上帝有意安排的！未來就像一條黑漆漆的走廊，裏端的門關得死死的。

鋼琴她也不彈了。彈它做什麼？有誰聽？她永遠不會有那樣的機會：在一次音樂會上，身穿短袖天鵝絨長袍，坐在一架艾拉爾❹鋼琴前，靈巧的十指彈著象牙琴鍵，聽眾的讚嘆聲微風般在身邊蕩漾。既然如此，還有什麼必要潛心練習！至於紙樣和編織，她統統扔進了衣櫃。有什麼

❹艾拉爾（一七五二～一八三一），法國著名鋼琴製造商。

用？有什麼用？縫紉也令她氣惱。她自言自語道：

「書嘛，我也讀遍了！」

她無所事事，不是拿火鉗燒得紅紅的，就是看窗外的落雨。

星期天，當晚禱鐘敲響時，她多麼惆悵！她恍恍惚惚，聽著那一下接一下的鐘聲。屋頂上，有一隻貓拱起背，在黯淡的夕照下慢吞吞地走動。風在大路上揚起陣陣塵土。遠處不時傳來幾聲吠叫聲。一下一下間歇均勻的鐘聲，單調地迴蕩著，最後消失在田野上。

人們相繼走出教堂。婦女們穿著打蠟的木屐，男人們穿著新工作服，孩子們光著頭，在大人前面蹦蹦跳跳。大家都往家裏走，只有五、六個人，而且總是那幾個，不急於回家，在客棧大門口玩打瓶塞遊戲，一直玩到天黑。

冬天寒冷，每天早晨，窗玻璃結滿了霜花，像毛玻璃，透進來的陽光灰白灰白的。有時整天灰濛濛的，一到下午四點鐘，就得掌燈。

遇到好天氣，艾瑪就下樓去花園。露水給白菜葉子鑲上了銀邊，還有一根根晶瑩的長線，從一棵白菜掛到另一棵白菜。聽不到鳥語，彷彿一切還沒有睡醒，牆邊的果樹裹上了稻草，葡萄藤像生病的大蛇，盤曲在牆根。走近了，就見有許多土鱉在牆根亂爬。籬笆旁邊的雲杉底下，戴三角帽的神父讀著經書，但右腳早掉了，而且由於霜凍，石膏剝落，臉上留下一片片白癬。

待沒多久，艾瑪便又上樓，將門一關，撥撥炭火，被火爐的熱氣烤得渾身酥軟，感到煩惱更沈重地向自己壓來。她未嘗不想下樓去與女傭人聊聊天，可是礙著面子，又打消那念頭。

每天同一時間，戴黑緞帽的小學教師，推開他住宅的護窗板；鄉警制服上挎著刀，從大路上經過。一早一晚，驛馬三匹一組，穿街而過，去池塘裏飲水。小酒店的門鈴不時叮鈴鈴叫。理髮店門口，兩根鐵杆挑兩個小銅臉盆，當作招牌，風一吹就碰得噹噹響；為了裝飾店面，玻璃窗上貼了一張舊時裝招貼畫，窗台上放著一尊黃頭髮女人半身蠟像。理髮師也叫苦連天，哀嘆生意停滯，前景慘澹，渴望去大城市開業，例如去盧昂，離戲院不遠的碼頭，那地方就不錯。他成天愁眉苦臉，在村公所和教堂之間遊來蕩去，等待顧客。包法利夫人一抬頭，總望見他在那裏，像一個值勤的哨兵，歪戴著希臘式無邊軟帽，穿著厚實的毛料上衣。

下午，起居室窗外有時會出現一個男人的腦袋，紫銅色面孔，黑黑的絡腮鬍子，臉上掛著微笑，又從容，又爽朗，又甜蜜，露出潔白的牙齒。接著就響起了華爾滋舞曲。手搖風琴上面，有一間小客廳，手指般高的人在裏面翩翩起舞：纏玫瑰紅頭巾的女人，穿禮服的狄洛耳[5]人，穿黑燕尾服的猴子，穿短套褲的紳士，一齊旋轉起來，在安樂椅、長沙發和茶几之間不停地轉呀轉。背後有一些小鏡子，對角用金紙黏牢，反映出他們的舞姿。那人一邊搖動曲柄，一邊左顧右盼，還往窗戶裏張望。他不時朝牆腳石上唾一口黏黃的老痰，同時用膝蓋頂住琴箱，因為硬皮帶勒得肩膀生疼。琴匣前面，有一排阿拉伯式小銅柱，上面綳一塊粉紅色塔夫塔綢帘。有時，她從那綢帘後面，嗚嗚的飄出陣陣音樂，時而淒切舒徐，時而歡樂急促。全是在別處，在舞台上經常演奏的曲子，在沙龍裏歌唱的曲子，在夜晚的燭光下伴舞的曲子。這些上流社會的回聲，一直傳到艾瑪的耳朵裏。舞曲一首接一首，無止無休，在她的腦海裏迴蕩；她的思想，就像在彩花地毯上起

[5] 狄洛耳是奧地利的一個地區，居民擅長歌舞。

舞的印度舞姬，隨著音符跳躍，飄忽無定，把她帶進一個個夢境，也引來一陣陣憂傷。那人摘下帽子，接住人們扔過來的銅板，然後拉下舊藍呢罩子，拎起手搖風琴往背上一扛，就拖著沈重的腳步走了。艾瑪目送他離去。

艾瑪最不堪忍受的，還是吃飯的時刻。樓下那間小餐廳，爐子冒煙，門吱嘎亂響，牆壁滲水，石板地面總是溼漉漉的。在她看來，人生的悲酸，統統盛在她面前的餐盤裏。肉湯的熱氣，會勾地她心靈深處種種令人噁心的聯想。夏爾吃飯總是慢吞吞，而她呢，除了嗑幾枚榛子，就是雙肘支在桌子上，用餐刀在漆布上劃道道消遣。

現在，家務事艾瑪統統撒手不管了。四旬齋期間，老包法利夫人來道斯特住了幾天，看到她的變化，很是詫異。可不是嗎？過去她那樣細心，那樣講究，如今成天不注意衣著打扮，穿灰線襪，點土蠟燭，還口口聲聲說應該節儉，因爲他們不富有，並聲稱她生活得很愉快，很幸福，她很喜歡道斯特這地方，等等。還說了其他許多漂亮話，目的無非是堵住婆婆的嘴。再說，婆婆的意見艾瑪似乎也不想再聽。甚至有一次，老包法利夫人壯起膽子，談起主人應該監督僕人，讓他們安分守己，艾瑪一聽，氣哼哼白了她一眼，還伴隨一聲冷笑，老太太再也不敢提這類話。

艾瑪越來越乖戾任性。她吩咐爲她作幾樣菜，菜作好了，連碰也不碰；今天光喝牛奶，明天喝十幾杯清茶。她經常賭氣不出房門，惱了又嫌氣悶，把所有窗戶全打開，換上薄薄的衣衫。她責罵女傭人，過後又送她禮物，或讓她去鄰居家散心。有時，她把錢包裏白花花的銀幣，統統倒給窮人，儘管她心腸並不軟，不容易對別人產生同情，正如大多數農村出身的人，靈魂深處始終保留著某種東西——類似他們父輩手上的老繭那樣的東西。

將近二月底，魯奧老爹念著女婿爲他醫好腿的情分，親自送來一隻又大又肥的火雞，在道斯特住了三天。夏爾天天外出看病，便由艾瑪在家陪他。魯奧老爹在臥室裏抽煙，往柴架上吐痰，閒聊起來總離不開莊稼、牛犢、奶牛、家禽和鄉鎮議會，所以他一走，艾瑪關上門時，竟有一種輕鬆感，連她自己也感到吃驚。此外，如今她再也不掩飾對任何事、任何人的蔑視態度，有時故意發表一些古怪議論，抨擊大家贊成的東西，稱道不合常情、傷風敗俗的東西，常常使她的丈夫目瞪口呆。

這種不幸的處境，難道會永遠繼續下去，就永遠擺脫不掉嗎？然而，瞧瞧那些生活幸福的女人，哪一個她比不上！在沃比薩爾，她就看見過一些公爵夫人，體態比她臃腫，舉止比她平庸。她怪上帝不公，常常頭倚牆壁，獨自落淚。她嚮往不平靜的生活，嚮往化裝晚會，嚮往放蕩不羈的快樂，嚮往醉生夢死的追求——這一切都是她未曾體驗而該享受的。

她的臉色日見蒼白，常常感到心跳急促。夏爾讓她服纈草根湯，洗樟腦水澡。可是，這種種努力，似乎更使她煩躁不安。

某些日子，她極度興奮，嘮嘮叨叨話特別多，隨後立刻陷入委頓之中，一個人待著不動，也不說話，直到自己往胳膊上灑一瓶科倫香水，才恢復過來。

由於她時時抱怨道斯特不好，夏爾心想，她的病根也許是環境的某種影響。他越想越覺得是這麼回事，便開始認眞考慮搬到別的地方去住。

從這時起，艾瑪常常喝醋，想使自己變瘦，結果得了乾咳小毛病，而且一點食欲也沒有了。

夏爾不得不爲此付出代價，離開他居住了四年，開始「站穩腳跟」的道斯特。這的確是不得已而爲之。他把她帶到盧昂，去看他過去的一位老師。艾瑪得的是神經官能症，應該換換空氣。

夏爾到處打聽，了解到新堡區有個富庶大鎮，名即永維寺。那裏的醫生是個流亡的波蘭人，上星期去了別處。夏爾趕緊給當地的藥店老闆寫了一封信，詢問鎮上有多少人口、離得最近的同行距鎮子有多遠、前任每年收入多少等等。得到的回答令人滿意，所以他決定開春就搬家，如果艾瑪的身體不見好轉的話。

一天，爲準備搬家，艾瑪整理抽屜，不小心手指被什麼東西扎了一下。原來是她得結婚花束上的鐵絲。那些桔花蓑上了灰塵，已經發黃，軟緞帶的銀色滾邊也開了線。她拿起花束扔進火裏。花束立刻燃燒起來，比乾草還快，不一會兒，就像一把紅紅的灌木枝條躺在灰堆上，慢慢地焚化。艾瑪看著它燒。硬紙小果一個個爆裂，黃銅絲一根根扭曲，緞帶化爲灰燼，紙花瓣慢慢捲曲，像一隻黑蝴蝶貼著爐膛壁飛舞，最後從煙囪裏飛走了。

三月間搬離道斯特時，包法利夫人已經懷孕。

第二部

D. Maclise, R.A.　　T. Landseer.

1

永維寺（之所以這樣稱呼，是因爲從前嘉布遺修會在這裏建了一座寺院，但那座寺院現在連遺址也看不見了）是距盧昂八法里的一座村鎮，地處阿伯維爾大路和波威大路之間、利約爾河盆地底部。利約爾河是一條小河，匯入昂代爾河之前，在河口推動三座水磨。小河裏有鱒魚，星期天，孩子們常到河邊釣魚玩。

在博瓦西埃離開大道，仍是平地，繼續走一段路，爬上嶗峪坡，就望見利約爾河盆地了。小河從盆地中間穿過，把它一分爲二，兩邊的景觀截然不同：左邊全是草場，右邊都是農田。草場沿著綿延、低矮的山巒，一直延伸到山後，與柏萊地區的牧場相連；東邊的平原，隨著地勢慢慢升高，越來越寬，遍地金黃的麥浪，望不到頭。河水從草場邊流過，宛似一條白練，隔開綠色的草場和金色的麥田。整個盆地恰似一件攤平的金色大斗篷，披肩式綠絨大翻領上，鑲了一條銀邊。

走到盆地盡頭，就見阿爾蓋橡樹林和陡峭的聖約翰山橫在面前。聖約翰山從上到下有一條條紅色長溝，寬窄不一，那是雨水沖刷的痕跡。含大量鐵質的山泉，順著這些溝流向山外。因此，這些溝都呈紅磚色，網一般交織在灰色的山坡上，分外醒目。

這裏是諾曼第、庇卡底和法蘭西島❶交界處，爲三大區居民雜居之地，當地人講話口音平板，就像風景沒有特色一樣。在新堡全區，這裏產的乾酪最差。此外，這裏種莊稼成本高，因爲土質差，沙多石子多，要施大量肥料才成。

一八五三年之前，去永維鎭連一條像樣的路都沒有，只是在這一年前後，才修了一條村間大路，連接阿伯維爾大道和亞棉大道。馬車從盧昂運貨去弗朗德勒地區，有時也走這條路。然而，永維鎭雖然有了新的出路，卻仍然裹足不前。人們不設法改良耕作，依然死守牧場，收入再低也不在乎。這座懶惰的鎭子不位於平原邊上，自然只好向河邊發展。遠遠望去，只見它平躺岸邊，就像一個牛仔躺在水邊睡午覺。

下了山坡，過了橋，就是一條堤路，兩旁栽了小山楊樹，筆直通到鎭口的房屋跟前。這些房屋都立在院子當中，四周有籬笆環繞；茂密的樹下，東一間西一間散布著一些棚舍，那是壓榨間、車棚和釀酒房；樹枝上掛著梯子、竿子或鐮刀。茅草屋頂的簷子特別低，把本來就低矮的窗口遮擋了三分之一，就像皮帽子罩住了眼睛似的。窗玻璃厚厚的，中間鼓出一個瓶底似的圓疙瘩。石灰粉刷的牆頭，斜穿出幾根黑黑的房梁，有時上面還掛著一段乾枯的梨木。底層的大門都有一道活動的矮柵欄門，防止小雞進屋，因爲小雞經常跑到門檻邊，啄食蘋果酒泡的麵包屑。從鎭口往裏走，就見院子越來越小，住宅越來越密，籬笆不見了。有的人家，掃帚把上綁一把乾

❶ 法蘭西島爲法國中北部行政大區，面積一萬二千零八平方公里，首府爲巴黎。最初巴黎周圍地區原叫作法蘭西島，法蘭西一名即由此演變而來。

蕨，掛在窗戶下面，不停地晃來晃去。過了馬掌鋪，是一家車坊，門口停放著兩、三輛新造的大車，堵住了路。再往前走，透過一道圍柵，看見一塊圓草坪，點綴著一尊愛神塑像，手指放在嘴唇上；草坪後面，是一所白房子，台階兩邊各擺一個鑄鐵花盆，大門上有塊盾形銅牌，閃閃發光。這是公證人的住宅，是全鎮最漂亮的。

再往前走二十步，街對面的廣場入口，便是教堂。旁邊不大的墓地，圍著齊胸高的圍牆，裏面墳塚遍布，一塊塊年久依舊的墓石，平躺在地面，整個墓地像鋪上石板似的，夾縫裏長出的野草，自然地形成了一方方規整的綠畦。查理十世在位的末年，教堂重建過一次。現在，木頭圓頂的上部已開始朽壞，藍色的頂蓋有些地方陷了下去，現出黑黑的坑。大門上方，本來放風琴的地方，闢成了男人祭廊，有一架樓梯盤旋而上，木屐一踩，咚咚直響。

陽光透過平整的彩繪玻璃窗，斜照在靠牆橫擺的一排排板凳上。有些板凳上放著一塊草墊，用釘子釘牢了，下面寫著幾個大字：「某某先生之座」。往裏去，大廳狹窄處，有一個懺悔間，正對面是一尊聖母小塑像。聖母身著緞袍，蒙著一塊珠羅面紗，上面綴有點點銀星，雙頰塗成絳色，看上去就像桑威奇❷的一尊偶像。大廳最裏面是主祭壇，上面掛著一幀「神聖家族」的複製品，書有「內務大臣贈」幾個字，下面一邊點著一對蠟燭。整個教堂到此爲止。唱詩台是杉木做的，一直沒有刷過油漆。

永維鎮的大廣場，約有一半給菜市場占據了。所謂菜市場，不過是一個瓦蓋的大棚子，由二

❷英國英格蘭肯特郡的一個教區，中世紀就十分繁榮，現仍保留有中世紀幾座教堂。

十來根柱子支撐著。廣場的一角，靠近藥店，是鎮公所。它是按照巴黎一位建築師設計的圖樣建造的，外觀頗似一座希臘神殿，底層有三根愛奧尼亞式圓柱❸，二樓一條半圓拱腹迴廊，盡頭的三角楣上繪有一隻高盧公雞，一個爪子托著憲章，一個爪子舉著公理天平。

不過，全鎮最引人注目的，當推位於金獅客棧對面奧梅先生的藥店。特別是晚上掌燈之後，紅的和綠的短頸大口玻璃藥瓶，把兩種彩色的光遠遠地投在地面，使店面顯得光彩奪目。透過紅紅綠綠的光，影影綽綽，宛如在孟加拉煙火輝映之下，依稀可見藥店老闆坐在櫃台後面。店堂四壁，從上到下貼了許多藥物名稱，有行書體、圓環體、印刷體，諸如維希水、塞爾茲水、巴萊吉水、淨化劑、拉斯巴耶劑、阿拉伯藥粉、達爾塞藥片、雷紐藥膏，還有綳帶、熱敷器、健身糖等等，不勝枚舉。整個鋪面上方，橫跨著一塊金字招牌：奧梅藥店。櫃台上有幾架固定的大天平。天平後面，店堂裏端，有一扇玻璃門，上方寫著「配藥室」，半中間裏底金字又一次寫著「奧梅」二字。

此外，永維鎮上就再也沒有什麼可看了。僅有的一條街，長超不過步槍的射程，兩邊有幾家店鋪，到大路拐彎的地方止步。出街口往右拐，沿著聖約翰山腳，走不多遠，就到了公墓。

霍亂流行那一年，爲了擴大墓地，推倒了一堵牆，又在旁邊買下三英畝地。不過，這片新墳場，幾乎無人安葬，墳墓還是密密麻麻朝大門那邊擴展。公墓看守人，又管掘墳，還兼教堂執事（這樣就從本堂區的死人身上獲得雙重好處），利用那片空地種馬鈴薯。然而，年復一年，那一

❸古典建築的五種柱式之一，與陶立克柱式同在古希臘時期形成。

塊土地還是逐漸縮小，所以遇到傳染病蔓延，他眞不知道該爲人死得多而高興，還是爲他的地縮小而難過。

「賴斯迪布杜瓦，你是靠死人養活自己。」本堂神父有一天終於這樣說道。

這句陰森森的話使他不得不考慮，有一段時間不再幹了。可是，今天他仍繼續種他的塊根（植物名稱），還硬說是地裏自然長出來的哩。

自從下文要講到的事情發生以來，永維鎭實際上沒有任何變化。白鐵皮做的三色旗，依然在教堂的鐘樓頂上轉動；鋪子門口的印花棉布幌子，依然迎風招展；藥店的胎兒標本，像一束束白色火絨，浸泡在渾濁的酒精裏，日漸腐爛；客棧大門口一對古老的金獅，日曬雨淋，早就黯淡無光，像兩隻捲毛狗望著過往行人。

包法利夫婦來到永維鎭那天傍晚，女店主勒佛朗索瓦寡婦忙得團團轉，大汗淋漓在鍋台邊燒菜。第二天鎭上趕集，必須事先切好肉，宰好雞，燒好湯和咖啡，還要爲幾個包飯的人以及醫生夫婦和他們的女傭人準備晚飯。撞球室裏傳來陣陣笑聲；小間三位磨坊老闆嚷著要燒酒。劈柴熊熊燃燒，火炭劈哩啪拉爆裂。廚房裏長條案板上，整塊的生羊肉之間，放著一摞摞盤子，砧板上在剁菠菜，震得盤子直晃動。雞舍裏的雞咯咯亂叫，因爲女傭人在捉它們，準備宰殺。

有一個人背向壁爐烤火。他穿一雙綠色皮拖鞋，臉上有幾顆麻子，頭戴金墜絲絨軟帽，一副怡然自得的神態，一看便知他生活得安閒自在，就像掛在他頭頂上柳條籠子裏的金翅鳥一樣。此人就是藥店老闆。

「阿特米絲！」女店主喊道。「多折些乾樹枝，水壺都灌滿水，把燒酒拿來，機靈點！你看，有這麼多客人要來，我都不知道拿什麼果點招待他們。老天爺！搬家的那幾個伙計又在撞球室鬧開了！他們的大車還停在大門口呢！等會兒『燕子』回來，非把它撞壞不可，快叫伊波力維推到車棚裏去。眞是的，奧梅先生，從早上起，他們這幫人大概已經打了十五盤啦，蘋果酒都喝光八罐了！」女店主手裏拿著漏勺，遠遠地望著撞球室那幾個人繼續說：「我的台氈都會給他們戳壞的！」

「戳壞了也沒什麼了不起，」奧梅先生答道，「買張新的就是了。」

「買張新球台！」寡婦叫起來。

「現在這張已經不能用了呀，勒佛朗索瓦太太。我早就對你說過，你的想法不對頭！很不對頭！再說，愛好撞球的人，如今都講究球袋窄，杆子沈，撞球的打法也不同了，一切都變啦！得跟著世道走，還是看看人家泰里耶吧……」

女店主氣得滿臉通紅，藥店老闆關不住嘴：

「不管你怎麼說，人家那張球台就是比你這張小巧。而且，他會想新花樣，例如為波蘭人❹和里昂遭水災的人❺舉行義賣比賽……」

「我們才不怕他那種窮光蛋哩！」女店主聳聳肥碩的肩膀，打斷藥店老闆道，「得了，得了，奧梅先生！只要我金獅客店在，總會有人來的。我們店底子厚嘛！倒是法蘭西咖啡館，你看

❹指一八三〇年波蘭革命失敗，大批人流亡法國。
❺指一八四〇年里昂發生嚴重水災。

好了，說不定哪天會關門大吉，窗板上貼一大張停業啓事哩……叫我換撞球桌！」女店主自言自語地繼續說，「它可以用來疊曬乾的衣服，方便得很哩！打獵的季節，上面可以睡六個客人……怎麼搞的，伊韋爾這個慢騰鬼還不來！」

「你是等他來好給客人開飯嗎？」藥店老闆問道。

「等他？比內先生怎麼辦？你看吧，比內六點鐘準到。像他這樣刻板的人，世間找不到第二個。吃飯總要在小房間，還非要他那個座位不可，死也不肯換地方！連喝蘋果酒都挑挑揀揀。一點也不像萊昂先生，人家有時七點鐘才到，七點半到的時候也有。有什麼吃什麼，看都不看一眼。多麼隨和的年輕人，說話又從來不大聲嚷嚷。」

「是啊，一個受過教育的人和一個當過騎兵的稅務員，就是不同嘛。」

六點鐘一響，比內果然進來了。

他身材瘦削，穿一件筆挺的藍色大衣，皮帽子的兩個護耳用帶子繫在頭頂，帽簷上翻，露出光禿的腦門，過去長年戴戰盔，上面留有一條印子。大衣裏面一件黑呢坎肩，一條硬領，下身是一條灰色長褲，腳上的靴子一年四季擦得賊亮，但腳面一邊被足趾拱起一塊，一張黯淡無光的長臉，生了一雙小眼睛，一個鷹勾鼻子；金黃色絡腮鬍子，齊著下巴，一根不亂，就像花圃的邊沿一樣整齊。他是推牌九的老手，打獵的能手，又寫得一手好字。他家裏有台車床，閒著沒事，就車一車套餐巾用的小環圈玩，懷著藝術家的收藏癖和小市民的占有欲，保存了一屋子。

他徑直朝小房間走去，但先得請那三位坊老闆出來。他在火爐旁邊那個位子坐下，一聲不吭，等人給他擺好餐具，然後像往常一樣，把門一關，摘掉帽子。

「他說兩句客套話，就會磨壞舌頭不成！」等沒旁人在場時，藥店老闆對女店主說道。

「他這個人從來話就不多。上星期，店裏來了兩個呢絨販子，是兩個很風趣的小伙子，說了一大堆笑話。我笑得都流眼淚了，而他呢，始終悶聲不響坐在那裏，像個悶葫蘆。」

「是啊，」藥店老闆說，「這種人沒有想像力，缺乏幽默，一點兒也不合群！」

「不過，有人說他很有本事。」女店主指出。

「有本事？他有本事？」奧梅先生反駁道，隨後換了緩和點的口氣補充一句：「幹他的老本行，也許吧。」

接著，他又說：

「嗯！要說一位商人由於各種聯繫太廣，或者法官、醫生、藥劑師由於潛心於業務，因此人變得古怪了，甚至變得喜怒無常，那我能夠理解。人們講故事，就常常講到這種情形嘛！但人家至少是在思考問題。就拿我來說吧，好多回，爲了寫標籤，在書桌上找筆，可是找來找去，最後發現夾在耳朵背上！」

這時，勒佛朗索瓦太太走到門口，想看看「燕子」到了沒有，但她愣住了，因爲一個穿黑服的男人出其不意進到廚房裏。藉著黃昏的餘光，可以看出這人氣色很好，身體健壯。

「神父先生有什麼事嗎？」客棧老闆娘一邊問道，一邊從壁爐台上一排銅燭台之中端起一盞。「要喝點什麼嗎？來點黑醋栗酒，還是葡萄酒？」

本堂神父彬彬有禮地謝絕了。他是來找雨傘的：前一天，他把自己的雨傘忘在埃內蒙修道院了，特來拜託勒佛朗索瓦太太今晚打發人去取來，送到他的住宅。他說完就朝教堂去了，教堂敲響了晚禱鐘。

等到廣場上再也聽不到神父的腳步聲時，藥店老闆就批評他剛才的舉止很不應該。人家請喝一杯酒都不肯喝，在他看來，實在虛偽透頂。其實呢，教士們都背著人們大吃大喝，而且巴不得讓社會倒退到什一稅❻那種時代去。

女店主卻爲神父說好話：「你怎麼不說，像你這種男人，他可以一把抓起四個，放在膝蓋上折爲兩半？去年，他幫助大家收麥穗，一次就扛六捆，好足的力氣！」

「好極了！」藥店老闆說，「你就讓姑娘們去向這種氣質的壯漢懺悔吧。我要是政府，就讓教士們每個月放一次血。是的，勒佛朗索瓦太太，每個月好好放一次血，以便維護社會治安和社會道德。」

「閉上你的嘴，奧梅先生！你眞是大逆不道！你不信教！」

「我信教，信我自己的教！我甚至比他們更虔誠，不像他們一個個假模假樣，裝腔作勢！與你所說的相反，我信奉上帝！我信奉天主，相信有一個造物主。這個造物主是誰，無關緊要，他安排我們來到這塵世間，就是讓我們盡公民的義務，盡家長的職責。但是，我用不著上教堂，去吻那些銀盤子，掏腰包養肥那一大幫可笑的傢伙。他們生活得比我們好得多！禮拜上帝嗎？無論在樹林裏還是在田野上，甚至像古人一樣仰望著蒼穹，都行！我的上帝，我所崇奉的上帝，就是蘇格拉底的上帝，富蘭克林的上帝，伏爾泰和貝朗瑞的上帝！我擁護《薩伏伊牧師的信仰宣

❻ 昔時天主教規定教民必須以收入的十分之一向教會繳稅。大革命中，這一制度被廢除。

言》❼和八九年的不朽原則❽。因此，我認爲根本不存在什麼仁慈的老好人上帝，拄著拐杖在花圃裏散步，而讓自己的朋友鑽進鯨魚的肚子，大叫一聲死去，三天後又復活過來❾。這種事本身就荒唐，而且違反物理學的全部原理。這也向我們證明，教士們一向陷於可恥的無知之中，還硬要其他人和他們一樣陷進去。」

藥店老闆住了口，環顧四周，看有沒有聽衆。他說得興奮，一時竟以爲自己是在鄉議會發表演說哩。但女店家已經不再聽他大發議論，而是伸長耳朵，傾聽遠處傳來的隆隆聲。她聽出那是車輛滾動和鬆了的馬蹄鐵踏在地面的聲音。「燕子」終於在門口停下了。

這輛車子的車廂是黃色的，兩個大輪子高及車篷，不僅擋住了裏頭乘客的視線，而且把塵土濺落到他們肩上。車窗窄小，車門一關，小小的窗玻璃就在框子裏砰砰震動，上頭積了厚厚一層灰塵，還東一塊西一塊泥巴，即使下暴雨，也很難完全沖洗掉。拉車的馬有三匹，其中一匹帶頭。車子下坡時，車廂底部就晃噹晃噹直碰地面。

永維鎮一些市民來到廣場上，七嘴八舌一齊嚷，有問消息的，有探聽情況的，也有找雞鴨筐子的，鬧得伊韋爾不知回答誰好。他去城裏爲本鎮人辦貨，剛剛回來，正要挨家挨戶去送呢：爲

❼ 指盧梭在《愛彌兒》一書中，借牧師薩伏伊之口，公開主張信仰自由，提倡把信仰建立在外界景物和內心感情上。詳見該書第四卷。

❽ 一七八九年即法國大革命爆發之年。這場大革命宣布的原則之一即宗教信仰自由。

❾ 《舊約》〈約拿書．第二章〉有一段說上帝耶和華爲懲戒約拿，讓大魚將他吞進肚裏，由於約拿在裏面懺悔，第三天又讓大魚把他吐出來。

鞋匠帶了幾捆皮子，爲馬掌匠（釘馬蹄的）帶回了一些廢鐵，給他的女東家帶回來一桶鮮魚，還從女帽店帶回幾頂帽子，從理髮店帶回幾束假髮。回來的路上，他就把這些東西分好了，只管隔著籬笆扔進各家的院子，站在車座上，扯開嗓門叫喊，連馬也顧不上了，讓它們自己走去。

今天車子回來遲了，因爲發生了意外：包法利夫人的獵兔犬，在田野跑得不見了。大家吹口哨找它，足足折騰了一刻鐘。伊韋爾甚至趕著車倒回去半法里，以爲望見了，走近一看又不是，只好掉回頭趕路。艾瑪又哭又氣，抱怨這件倒楣事是夏爾造成的。同車的布商勒樂先生，試著安慰她，說狗丟失許多年，也能找到主人，隨即舉了許多例子：據說，有條狗從君士坦丁堡跑回了巴黎。還有一條狗跑回的路程按直線距離算都有五十法里，而且泅過了四條河流。他父親本人曾經養了一條鬈毛狗，丟失了十二年，一天傍晚他進城去吃飯，在大街上，那條狗突然跳到了他的背上來。

2

艾瑪頭一個下車，接著下的是費麗西、勒樂先生和一位奶媽。夏爾呢，天一黑就在角落裏呼呼睡著了，不得不叫醒他。

包法利夫人一進廚房，就走到壁爐跟前，伸出兩個指頭，在膝蓋處抓住袍子，將下襬提到腳踝之上，抬起一隻穿黑靴的腳，從正在翻來翻去的烤羊腿上面，伸向火苗。火光照亮她的整個身子，是那樣暖和，透過袍料的經緯，滲進她那白皙皮膚上勻淨的寒毛孔，甚至滲透了不時眨動的眼皮。每當風從半開的門裏吹進來，她就被籠罩在一大片紅光之中。

在壁爐的另一邊，一個金黃頭髮的小伙子，默默地打量著她。

小伙子在公證人紀堯曼的事務所當見習生，名叫萊昂．杜普曼，生活在永維鎮這種地方，感到無聊得很，所以常常推遲用晚餐的時間（他是金獅客店第二個包飯的），希望店裏來個把客人，晚間可以聊聊天。有些時候，他工作幹完了，不知道做什麼好，便只好準時回客店，自始至終，從上湯到上奶酪，與比內先生面對面用餐。所以，當女店家提議他陪新來的兩個客人用飯時，他便欣然接受，連忙來到大間。勒佛朗索瓦太太愛體面，叫人擺了四份餐具。

奧梅先生怕傷風，請大家允許他不摘頭上的希臘式帽子。

接著，他轉向鄰座的包法利夫人問：

「夫人大概有些累了吧？我們這輛『燕子』顛簸得實在可怕。」

「的確有些累了，」艾瑪答道，「不過，搬家讓我覺得開心。我就喜歡常換換地方。」

「老待在一個地方的確沒意思！」見習生說著還嘆息一聲。

「你要是像我一樣，」夏爾說，「不得不騎著馬一天到晚四處奔波……」

「我倒覺得那再有意思不過了。」萊昂轉向包法利夫人說道，隨即又補充一句：「只怕作不到呢。」

「再說，」藥店老闆接過話說道，「在我們這個地方行醫，並不怎麼艱苦，因為道路寬闊平坦，馬車暢行無阻，而且農民普遍富裕，酬金相當豐厚。至於疾病嗎，除了腸炎、支氣管炎和膽道感染等常見病之外，收穫季節還不時會有人打擺子（患瘧疾）。不過總的來講，重病很少，特殊的病幾乎沒有，只是患瘰癧（老鼠瘡）的人比較多，這可能是因為鄉下居住環境的衛生條件很糟糕。啊！包法利先生，你會發現，倒是有許多偏見需要你去對抗。你努力按科學辦事，頑固的陳規陋習每日每時都會和你作對。時至今日，人們還是求救於上天、神靈和神父，而不按照常理，來找醫生和藥劑師。然而，我們這裏的氣候，說實話並不壞，本鄉甚至有幾個九十高齡的人。一年的氣溫（我觀察過寒暑表），冬天低到攝氏表四度，三伏天高到二十五度，頂多不超過三十度，合列氏表最多二十四度，或者按英國算法，合華氏表五十四度，絕不會更高！事實上，我們有阿爾蓋森林擋住北風。另一邊又有聖約翰山擋住西風。不過，河流蒸發，形成水氣，草原上有許多牲畜，而牲畜，正如你們所知道的，呼出大量阿摩尼亞氣，即氮氣、氫氣和氧氣（不，僅僅是氮氣和氫氣），吸收土地裏的腐殖物質，把散發的氣體混合在一起，彷彿結成了一束束，碰到大氣中有電，就自動與電化合，久而久之，就像在熱帶一樣，產生一種熱烘烘的、有害於健康的瘴氣。不過這種熱氣，在它產生的地方，或者說在它可能產生的地方，也就是說南邊，就被東南風沖淡了。這風一刮過塞納河，就變得涼爽了。有時，它會突然吹送到我們這裏，頗像俄羅斯的微風哩！」

「你們這附近總該有散步的地方吧？」包法利夫人繼續與年輕人攀談。

「咳！很少。」萊昂答道，「只在山坡上森林邊緣，有個叫做牧場的地方，星期天，我有時帶本書去那裏散心，看日落。」

「我覺得什麼也比不上落日好看，尤其在海邊。」

「啊！我就是愛大海。」萊昂說。

「你不覺得嗎，」包法利夫人說道，「面對浩瀚無垠的大海，縱目遠眺，思想會更自由地翔，靈魂會變得更高尚，進入無限和理想的境界？」

「山區風光也同樣誘人。」萊昂說，「我一位表兄去年去瑞士旅行，回來對我談起那裏湖泊的詩情畫意，飛瀑的瑰麗迷人，冰川的壯觀宏偉，實在超乎人的想像。那裏有挺立激流之中、高聳入雲的松樹，有掛懸崖之上的小屋，而在腳下千呎之處，當雲層露出罅隙時，可以看見一條條溪谷。那景致該多麼令人神往，令人讚嘆，令人陶醉啊！難怪有一位著名音樂家，爲了激發自己的想像，經常對著波瀾壯闊的景色彈鋼琴呢。」

「你是搞音樂的？」包法利夫人問道。

「啊！別聽他的，包法利夫人，」奧梅一邊俯向餐盤，一邊插嘴說，「他這完全是謙虛。怎麼，親愛的！那天你不是在臥室裏唱《守護天使》❶來著？唱得好聽極了，我在配藥室聽你唱，你的功力簡直抵得上一個演員。」

萊昂就寄住在藥店老闆家，住三樓對著廣場的一個小房間。聽到房東的恭維，他脹紅了臉。藥店老闆已轉身和醫生交談去了，一個接一個列舉永維鎮的主要住戶，講述一些軼聞趣事，介紹一些情況，例如誰也不知道公證人到底有多少財產，杜瓦施一家人最好擺架子等等。

艾瑪又問道：

「你喜歡什麼音樂？」

「啊！德國音樂，把人帶進夢幻境界的音樂。」

「你看過意大利歌劇嗎？」

「還沒有。不過，明年我要住到巴黎去，以便完成法科學業，那時就有機會去看了。」

「方才，」藥店老闆轉向艾瑪說道，「我和你先生談到雅諾達醫生，那個離開了本鎮的倒楣鬼。倒是多虧了他愛鋪張，你們就要住上永維鎮最舒適的一所房子。對於一位醫生來講最方便之處，那座房子有一扇朝小巷子的門，出入都沒人看見。此外，它又具備居家的種種方便條件，有水房、帶配膳室的廚房、客廳、水果貯藏室等等。雅諾達是一位出手大方的大少爺，他請人在花園盡頭靠水邊搭了一個花棚，專門夏天坐在那裏喝啤酒！夫人要是喜歡蒔花賞木的話，倒可以……」

---

❶《守護天使》是杜尚日夫人（一七七八～一八五八）作曲，曾流行一時。

書。」

「我太太對這些不感興趣。」夏爾說道，「有人勸她活動活動，可是她就老愛待在房裏看看書。」

「這和我一樣。」萊昂插嘴說，「說實話，晚上，就著燈光，捧本書坐在火爐邊，一邊聽風撲打玻璃窗，有什麼比這更富有情趣？」

「可不是嘛！」包法利夫人睜著一雙黑溜溜的大眼睛，注視著萊昂說道。

「坐在那裏什麼也不想，」萊昂接著說，「讓時間一小時一小時流逝。你不用邁步，就在一個又一個地方漫遊，而那些地方歷歷如在眼前。你的思想和小說混在一起，不是玩味一些奇遇的細節，就是沈浸在故事的發展變化裏，與其中的人物化為一體，在他們的衣裳裏，彷佛是你的心臟在跳動。」

「對！對極了！」艾瑪附和道。

「有時候看書，」萊昂繼續說，「會遇到你曾有過的一個模糊想法，或者是一個已經淡忘的形象，又從遠處回到你的眼前，就像你最細微的感情，被充分揭示出來了似的。你有過這種體會嗎？」

「我有過這種體會。」艾瑪答道。

「所以，」萊昂說，「我特別喜歡詩人，覺得詩歌比散文更動人、更催人淚下。」

「不過讀多了也會厭倦。」艾瑪說，「相反，我現在非常喜歡一氣呵成、驚心動魄的故事。我就討厭近似現實生活的那種平平庸庸的人物、溫吞水一樣的感情。」

「的確。」萊昂又說，「一部作品不扣人心弦，我覺得它就背離了藝術的真正目的。在遭受了人生的種種失望之後，能夠讓思想接觸高尚的性格、純潔的情感和幸福的情景，不啻是莫大的慰藉。對我來講，生活在這裏，遠離社會，讀書是唯一的消遣。永維鎮沒有什麼可消遣的！」

「大概像道斯特一樣，」艾瑪說，「所以我一直向一個閱覽室借書看。」

「夫人如果肯賞光，盡可以利用我的藏書。」藥店老闆聽到他們最後幾句話，說道，「我所收藏的書，都是出自最優秀的作家，如伏爾泰、盧梭、德利爾、瓦爾特·司各特，還有《副刊專輯》，等等。此外，我還收到各種報刊，其中《盧昂燈塔報》天天送來。之所以得到這種優惠，是因爲我擔任這家報紙在比希、佛爾日、新堡、永維鎮以及附近一帶的通訊員。」

晚餐已經吃了兩個半鐘頭，女傭人阿特米絲穿著舊拖鞋，懶洋洋地在石板地上呱嗒來呱嗒去，上菜有一道沒一道，丟三拉四，懵懵懂懂，進來出去總讓撞球室門半開著，門的插銷頭碰到牆壁砰砰響。

閒談之中，萊昂無意識地將一隻腳踏到了包法利夫人椅子上的橫檔上。包法利夫人打一條藍緞子小領帶，像一個縐領圈套在細麻布管狀褶高領外面，使高領硬挺挺的；她的臉的下半部，隨著頭部的動作，時而藏進時而露出高領，十分嫵媚動人。他倆離得很近。在夏爾和藥店老闆交談時，他們就這樣不著邊際地東扯一句，西扯一句，但總離不開一個固定的中心，即雙方都感興趣的話題，什麼巴黎的戲劇啦，小說的標題啦，時尚的雙人舞啦，還有他們所不熟悉的上流社會，夏爾居住過的道斯特，他們眼下所在的永維鎮，等等，山南海北，無所不談，直到晚餐結束，才停了下來。

上了咖啡之後，費麗西便先去新住宅收拾臥室。不多久，客人們離席而去。勒佛朗索瓦太太在快熄滅的爐火旁打盹兒。只有馬車夫提著燈，守在一旁，準備送包法利夫婦去安歇。他的紅髮沾著碎乾草，左腿一瘸一拐。當他用另一隻手拿起本堂神父的雨傘時，大家便上路了。

小鎮已進入夢鄉。菜市場的柱子投下長長的影子。大地灰濛濛，像夏天的夜晚。

艾瑪一邁進前廳，就感到一股涼颼颼的潮氣迎面撲來，雙肩像搭了一件溼衣服似的。原來牆壁剛粉刷過。木頭梯子踏上去嘎吱直響。二樓的臥室沒掛窗簾，窗戶裏透進灰白的光。窗外可望見影影綽綽的樹梢，更遠處是半隱沒在夜霧中的草地。月光照耀下，但見沿河一帶霧氣繚繞。房子中間，零亂地擱著五斗櫃抽屜、瓶子、帳杆、鍍金小棍，床墊子壓在椅子上，洗臉盆扔在地板上——搬家的兩個人，就這樣不負責任，把東西扔下就走了。

艾瑪有生以來是第四次在陌生的地方過夜。第一次是進修道院，第二次是嫁到道斯特，第三次是在沃比薩爾，如今是第四次。每一次都標誌著她的生活中一個新階段的開始。她相信，在不同的地方，事物不可能按老樣子重複，過去的那段生活既然很糟，未來的這段生活也許會好一些吧。

3

第二天早晨，艾瑪一起床，就看到見習生在廣場上。她穿著睡袍。見習生抬起頭向她打招呼，她點了點頭，就趕快關上窗戶。

萊昂一整天都在盼望下午六點鐘到來，但是走進餐廳，僅僅看見比內先生坐在餐桌邊。是破天荒頭一回。他們談了那麼多事情，過去他無論如何是表達不清楚的，怎麼在艾瑪面前竟講得那樣活潑生動呢？他一向靦腆，木訥寡言，這一半是生性羞怯，一半是故意裝的。在永維鎮，人人都認爲他舉止得體。遇到年長的人高談闊論，他總是老實聽著；別人談論政治問題，他也從不情緒激動。對一個年紀輕輕的人來講，這的確難能可貴。而且他多才多藝，會畫水彩畫，能認樂譜，晚飯後不打牌的時候，就興致勃勃地看文學書籍。

奧梅先生看重他有知識，奧梅太太則喜歡他爲人殷勤，因爲他經常陪奧梅家的孩子到花園裏玩耍。那幾個小傢伙，總是髒兮兮的，嚴重缺乏教養，而且像他們的母親一樣，有點無精打采。奧梅家照料孩子的，主要是一位保姆，還有藥房的學徒朱斯丹。朱斯丹是奧梅先生的遠親，奧梅先生出於憐憫，把他收留在家，同時當傭人使喚。

藥店老闆有意顯示自己是不可多得的好鄰居。他向包法利夫人介紹各店家的情況，特意請來他的蘋果酒供應商，親自爲她嘗酒，又下地窖監督把一桶桶酒擺好，還介紹怎樣才能買到物美價廉的黃油，甚至幫助與賴斯迪布杜瓦接上了頭。賴斯迪布杜瓦是教堂管事，除負責教堂差事和喪葬事項之外，還隨各家各戶的喜好，按年或按鐘點幫永維鎮主要的幾戶人家料理花園。

藥店老闆如此殷勤，以至曲意逢迎，並非單單出於關心別人的願望，而是另有所圖的。

十一年風月❶十九日頒布的法律第一條明文規定，任何人沒有執照，不得行醫。奧梅違犯了這條法律，經人暗中告發，被皇家檢查官傳到盧昂訓話。檢查官身穿袍子，肩上披著白鼬皮飾帶，頭戴一頂直筒無邊高帽，就站在辦公室裏接見了他。那是上午開庭之前。走廊裏傳來法警笨重的靴子來回走動的聲音，還有遠處沈重地落下大鎖的聲音。藥店老闆耳朵裏嗡嗡響，像中了風，眼看就要倒下了。他彷彿看見自己關進了地牢，全家哭哭啼啼的，藥店被出賣了，滿地藥瓶狼藉。

他不得不跑進一家咖啡店，喝了一杯加蘇打水的萊姆酒，讓自己鎮定下來。

日子一久，這次警告淡忘了，他仍和從前一樣，在店後爲人診治一些小毛病。但是，鎮長對他心存芥蒂，同行都妒忌他，必須時時小心提防。他對包法利先生禮數有加，極力套近乎，就是爲了讓他心存感激之情，日後就是有所覺察，也不便揭短。因此，他們每天早晨給包法利先生送報紙，下午總要抽點時間，離開藥店，去醫生家聊聊天。

夏爾滿面愁容，因爲沒有人登門求醫。一個人悶在家裏，常常幾小時不說話，不是在診室睡覺，就是看妻子做針線活兒。爲尋求排遣，他盡量在家裏幹些體力活兒，甚至用漆匠剩下的油

❶風月是法蘭西共和曆的第六個月，相當於公曆二月十九、廿或廿三日至三月廿一或廿二日。

漆，試著把閣樓又刷了一遍。

可是，銀錢的事令他犯愁：修繕道斯特的住宅，給太太購置衣服首飾，還有這次搬家，花的錢都不少，三千多銀幣的陪嫁，兩年下來，所剩無幾。再說，從道斯特遷居永維鎮，不少東西不是在運輸過程中損壞了，就是失散了。單說那尊神父石膏像，就由於車子顛簸太厲害，掉下來，在坎康布瓦的石板路上摔得粉碎。

有一件令人操心的好事，使他擺脫了煩愁，那就是太太有喜了。產期越臨近，他越發疼愛她。另一種血肉的聯繫正在形成，彷彿使他時時刻刻意識到一種更爲複雜的結合。當他在遠處看見她懶洋洋地行走，沒束緊身褡的腰身在臀部以上緩緩扭動，當他們面對面待著，她疲倦無力地坐在安樂椅裏，而他盡情地端詳著她，這時他眞是太幸福了，再也憋住了，便站起來，摟住她，撫摩她的面頰，叫她小媽媽，恨不得拉她一起跳舞，又是笑又是哭，心頭湧出充滿柔情蜜意的俏皮話，和她說個沒完。

一想到孩子即將出世，他就抑制不住滿腔的喜悅。現在他什麼也不缺了。他經歷了全部人生，如今坐在人生的筵席旁，怡然自得，盡情享受。

艾瑪起初驚異萬分，接著巴不得快快分娩，好學一學做母親的滋味。可是，由於家境窘迫，不能按她的意思，買一個吊式搖籃、一頂粉紅色小綢帳和繡花的嬰兒帽。她一賭氣，便什麼也不買，而把一切交給村裏一個女工去做，既不選擇，也不商量。這些準備工作是能喚起母愛的，做起來自有樂趣，她就體會不到了。

所以她對孩子的感情，也許從一開始就打了折扣。

不過，每天吃飯時，夏爾總要談起他們的小傢伙，因此不久她也時時放在心上了。她盼望生個兒子，身體結實，棕色頭髮，取名叫做喬治。這種生男孩的想法，是因爲自己生活得窩窩囊囊，希望出一口氣。男人至少是自由的，可以恣意放浪，周遊世界，衝破艱難險阻，就是天涯海角的幸福，也要去享受享受。女人呢，則經常受到束縛，缺乏活力，任人擺布，不僅身體上軟弱無力，而且法律上處於依附地位。女人的意志，就像用細帶子繫在帽子上的面紗，風一吹就飄來擺去；時時都有這望在引誘她，時時都有禮俗在限制她。

一個星期天早晨六點鐘左右，太陽剛升起的時候，她分娩了。

「是個女兒！」夏爾報告說。

她轉過頭，昏了過去。

奧梅太太幾乎立刻跑來親她，金獅客店的勒佛朗索瓦太太也趕了來。藥店老闆爲人謹愼，只在微開的門外隨口說了幾句道喜的話。他要求看看嬰兒，覺得長得挺好看。

在產後休養期間，艾瑪費盡心思給女兒取名字。首先，她考慮了所有帶意大利字尾的名字，諸如克拉拉、路薏莎、阿芒達、阿塔拉等等。她相當喜歡嘉爾珊黛這個名字，但更喜歡伊索爾和蕾歐卡蒂。夏爾希望孩子叫母親的名字，艾瑪反對。他們查遍了曆書，還請教外人。

「那天我和萊昂先生談起這件事，」藥店老闆說，「他很奇怪你們爲什麼不給她取名瑪德蘭，現在這個名字好時髦哩。」

但是，老包法利夫人堅決反對用這樣一個女罪人❷的名字。奧梅先生呢，凡是能使人聯想一位偉人、一個著名事件或一種崇高思想的名字，都特別喜愛。他的四個孩子，就是按這種方式取的名字：拿破崙代表光榮，富蘭克林代表自由，依爾瑪❸或許是對浪漫主義的歸附，而阿達莉❹則是表示對法國戲劇最不朽的傑作的崇敬。藥店老闆具有哲學信念，但這並不妨礙他對藝術的欣賞；他身上的思想家成分，並不窒息他感情豐富的氣質；他善於區別對待事物，不把想像和狂熱混為一談。就拿《阿達莉》這部悲劇來說吧，他抨擊其思想，卻欣賞其風格；詛咒其觀念，卻讚揚其全部細節；厭惡其中的人物，卻喜歡他們的對白；每讀到精彩之處，總不禁思潮澎湃，但一想到戴瓜皮帽者之流❺拿它去招攬生意，又不免黯然神傷。他陷於這種矛盾的複雜感情之中，既想親手給拉辛戴上桂冠，又想好好和他辯論一番。

最後，艾瑪想起在沃比薩爾莊園作客的時候，曾聽見侯爵夫人叫一個年輕女子貝爾特，於是選定了這個名字。由於魯奧老爹不能來，他們就請了奧梅先生作教父。奧梅先生送來的禮物，全是他店裏現成的東西：六盒黑棗、一整瓶爽身粉、三筒蛋白鬆糕，還有從壁櫃裏找出來的六根棍兒糖。施洗禮的當天晚上，擺了一大桌酒席，本堂神父也在座。大家興致很高，臨到行酒，奧梅

---

❷《路加福音》〈第七章〉有個抹香膏的女人『是個罪人』，一般人錯把〈第八章〉的馬德蘭（舊譯抹大拉）當成那個女罪人，便以訛傳訛，流傳下來。
❸依爾瑪是一部同名浪漫主義小說的女主人公。
❹阿達莉是十七世紀古典主義悲劇作家拉辛的同名傑作中的女主人公。
❺指市井商販。

先生唱了一首《善良人的上帝》，萊昂先生唱了一曲威尼斯船歌，老包法利夫人是教母，也唱了一首帝國時期的浪漫曲。最後，老包法利先生要求把孩子抱下樓來，說是要給她行洗禮，端了一杯香檳酒往她頭上澆。這種對初次聖禮❻的嘲弄，使布尼賢神父大為生氣。老包法利引用《衆神之戰》❼中一句話回敬他。神父站起來就要離席。太太們好言挽留，奧梅先生也從中調解，神父這才重新坐下，奉然自若地從碟子裏端起喝了一半的咖啡。

老包法利在永維鎮待了一個月。每天早晨，他總要到廣場上抽一袋煙，戴著他那頂帶銀色邊邊的漂亮橄欖帽，全鎮上的居民大為欣賞。他喝酒成癮，常常差女傭人去金獅客店買一瓶，記在兒子帳上。他往絲圍巾上灑香水，把兒媳所有的科倫香水全用光了。

兒媳並不討厭他。這位公公可是走南闖北見過世面的，經常講起柏林、維也納、斯特拉斯堡，還有他當軍官時的情況，他有過的情婦和他擺過的盛大酒宴。再說，他顯得和藹可親，甚至有時在樓梯上或花園裏，攬著兒媳的腰叫道：

「夏爾，你得當心哩！」

這樣一來，老包法利夫人不放心了，生怕久而久之，老伴會對兒媳產生不良影響的心思，危及兒子的幸福，所以催老伴盡早和她回去。老包法利夫人或許還存有更嚴重的不安哩，她的老頭子可是個什麼也不顧的人。

❻基督教徒一生要領受七次聖禮。
❼法國詩人帕爾尼一七九九年發表的作品，描述基督教戰勝外教，充滿嘲諷的語言，被認為是侮辱基督教。

一天，艾瑪突然心血來潮，渴望去探望託給木匠妻子哺乳的小女兒。她也不翻翻曆書、看聖母的六個禮拜❽是否過了，就一個人出了門，向羅萊家走去。羅萊家位於村頭山坡下，在大路和草原之間。

時值正午，家家戶戶放下了窗板，碧空中一輪烈日，照射得青石屋頂金光耀眼，山牆頂上彷彿冒著火花。連風都是灼燙的。艾瑪走著走著，感到體力不支，加之路上的石子又磨腳，她拿不定主意是折回去好，還是進到哪戶人家歇息一會兒。

正在這時，萊昂先生從路旁一家大門裏出來，腋下夾著一卷文件。他上前向艾瑪打個招手，隨即站到勒樂鋪子前面灰色涼篷下面。

包法利夫人說她去看她的孩子，但累得走不動了。

「要是……」萊昂欲言又止。

「你要去什麼地方辦事嗎？」艾瑪問道。

見習生說他沒有事，艾瑪便請他陪她一道去。一到傍晚，這件事便傳遍了永維鎮。鎮長夫人杜瓦施太太當著女傭人的面說：「包法利夫人眞是不要臉啊！」

去奶媽家與去公墓走的是同一條路，出了街向左拐，順著矮小的房屋和院子之間一條小徑走。小徑兩旁，女貞樹正花滿枝頭，婆婆納、野薔薇、蕁麻和灌木叢中高高伸出的木莓，也正開花。透過籬笆上的窟窿，可見破舊的房子前面，不是豬在糞土堆上拱來拱去，就是拴住的牛在用

---

❽指婦女產後需要休養的時間。

犄角蹭樹幹。兩個人肩並肩，慢步走著。艾瑪靠在萊昂身上，萊昂放慢腳步合著她的步子。悶熱的空氣中，一群蒼蠅在他們前面嗡嗡亂飛。

他們看見一顆老胡桃樹樹蔭下有座房子，知道那就是奶媽的家。房子矮矮的，蓋著褐色的與，閣樓天窗下掛有一串蔥。靠荊棘籬笆，立著一捆捆細樹枝，圈住一畦生菜、幾株薰衣草和架子上正開花的豌豆。草地上東一灘西一灘潑滿了髒水，房子旁邊晾曬著一些難以辨認的破衣爛衫、幾雙線襪、一件紅色印花布女上衣，籬笆上還搭著一條粗布床單。聽見柵欄門響，奶媽出來了，懷裏抱著一個吮著奶頭的嬰兒，另一隻手牽著一個瘦弱的小傢伙，臉上長滿瘰癧。小傢伙是盧昂一位帽商的兒子，父母忙於做生意，把他留在鄉下。

「請進。」奶媽說，「你的小寶貝在那裏睡著了。」

整個住宅只有樓下這個房間。靠裏壁有一張大床，沒掛帳幔；窗台下放著一口和麵缸；一塊窗玻璃破了一個洞，用藍色的紙剪了一個太陽，糊在上面。門後角落裏洗衣板下面，擺著一雙高幫皮鞋，底上的燈子閃閃發亮；旁邊有一個瓶子，盛滿了油，瓶口插著一根羽毛。落滿灰塵的壁爐台上，在一些火路、蠟燭頭和火絨之間，扔了一本《馬修氏曆書》。整個房間裏最沒有實用價值的東西，是一幅吹喇叭的榮譽女神畫像，多半是從一張化妝品廣告上剪下來的，用六枚木鞋釘子釘在牆上。

艾瑪的孩子睡在地上一個柳條搖籃裏。她將孩子和著被窩抱了起來，一邊搖晃，一邊低聲哼起兒歌。

萊昂在房間裏來回踱步。看到這位穿紫花布袍子的漂亮太太，置身在如此貧困的環境之中，他覺得十分奇特。包法利夫人給他看得臉紅了。萊昂連忙轉過身去，心想他這樣看她，也許有些失禮。過了一會兒，孩子吐奶，弄髒了艾瑪的綢領，她就把孩子放回搖籃。奶媽趕忙過來給她擦，連聲說不會留下印痕。「她往我身上吐的次數可多呢，」她說，「我一天到晚要不斷給她洗！你能不能向雜貨店老闆加繆打個招呼，讓他給我留一、兩塊肥皂，我要用的時候就去取。這樣你也方便，免得我常去打擾你。」

「可以，可以。」艾瑪連聲說道，「再見，羅萊大嫂。」

她說罷朝外走，在門檻上蹭了蹭腳。

奶媽一直送到院子盡頭，一邊訴說自己夜裏不得不經常起床的苦處：

「有時我實在困乏得不行，往椅子上一坐就睡著了。所以，無論如何你要給我一磅磨好的咖啡，讓我早上配牛奶喝。一磅夠喝一個月的。」

等奶媽道完謝，包法利夫人就上路了，在小徑上走了一段，聽見後面木頭鞋響，回頭一看，又是奶媽趕來了。

「又有什麼事？」

那鄉下女人把她拉到路邊一棵榆樹後面，開始談她的丈夫，說他幹那一行，一年才六法郎，船長還……

「有話直說。」艾瑪道。

「好吧，」奶媽唉聲嘆氣說道，「我擔心我丈夫看我一個人喝咖啡，心裏會不痛快，你知道男人都……」

「說了給你，我就會給的……」艾瑪說道，「眞煩人！」

「唉！好心的太太，就是因為他受過傷，所經胸口經常揪著疼得要命，他說喝點蘋果酒便可以減輕。」

「別拐彎抹角好不好，羅萊嫂子！」

「嗯，」奶媽行了一個禮，接著說，「要是你不嫌我要求太多……」她又行一個禮，眼睛裏流露出懇求的神色，終於說出了口：「如果你肯開恩，就給一小罐燒酒吧。我會拿一部分給你的小寶貝擦腳。你的小寶貝那雙小腳丫，像舌頭一樣嫩。」

艾瑪打發掉奶媽，又挽住萊昂胳膊，加快腳步走了一陣，才漸漸慢下來，東張西望的目光，突然落在小伙子肩頭上。萊昂身上的大衣有著黑絨大翻領，梳得又平又齊的栗色髮頭，搭在領子上。艾瑪還注意到他的指甲留得長長的。在永維鎮就沒見過那麼長的指甲。在見習生，保養指甲是件大事，他的文具盒裏有一把小刀，專修指甲用的。

他們沿著河岸返回永維鎮。時值暑季，河岸顯得寬了，連河邊花園的牆基也露了出來。每個花園有幾級台階，通到水邊。河水急速而無聲地流著，看上去十分清涼。細長的水草，在水流的推動下俯伏在一起，宛如被扔掉的綠色頭髮，散開在澄澈的水裏。不時可見一隻細腳蟲，在燈心草尖端或睡蓮葉面爬動或歇息。陽光照射下，水波上現出許多藍色的小氣泡，一個接一個，不斷破滅又不斷出現。枝條修剪過的老柳樹，在水裏倒映出灰色的樹皮。河對岸遠近的草地，顯得很空曠。正是農家吃午飯的時候，少婦和她的伙伴，只聽見小徑上他們自己有節奏的腳步聲、彼此的交談聲和艾瑪的袍子的窸窣聲。

頂上嵌有碎玻璃片的花園圍牆，像暖房的玻璃棚一樣發燙。磚縫裏長出一些桂竹香，包法利夫人打著陽傘經過時，傘邊一碰，枯萎的花就化成黃色粉末撒落下來。有時，牆頭裏探出的金銀花或鐵線蓮的枝子，倒垂下來，勾住傘邊的絲線，隨即在綢傘面上拖一下。

兩個人談起一個西班牙舞蹈團，不久要在盧昂的戲院演出。

「你要不要去看？」艾瑪問道。

「可以的話就去。」萊昂答道。

他們彼此就沒有別的話可談嗎？然而，他們的目光正在進行更嚴厲的對話；當他們努力搜尋一些無關緊要的話來說時，雙方都感到渾身酥軟無力，彷彿心靈裏有一種深沈、綿綿不斷的絮語，蓋過了聲音的絮語。這種新的甜蜜感覺使他們驚訝，但誰也不想道破它的存在，也不想找到它的根源。未來的幸福就像熱帶的河岸，把充滿鄉情的溫潤和馥郁的和風，吹送向兩邊廣闊無垠的原野，人們沈迷、陶醉在裏面，對那尙看不見的地平線，連想都不去想。

路上有個地方，被牲口踩得陷了下去，積了一片爛泥，裏面稀疏地擺了幾塊長綠苔的石頭，必須從上面蹬著過去。艾瑪常常停下來，看下一步在什麼地方落腳；有的石頭一踩就搖晃，身子也跟著晃動，她張開雙臂，身子前傾，眼睛裏現出猶豫的神色，生怕掉進泥水坑裏，但跨出一步之後就哈哈大笑。

自家的花園到了，包法利夫人推開小柵欄門，小跑著登上台階，就消失了。

萊昂回到辦公室。上司不在，他看一眼案卷，削好一枝羽筆，拿起帽子就走。

他來到阿爾蓋山上的牧場，躺在森林邊緣的松樹下，透過蓋在眼睛上的手指縫，望著天空，一邊自言自語：

「眞無聊！無聊透頂！」

他顧影自憐，恨不該生在這個小鎮，交上奧梅這樣的朋友，又偏偏碰上紀堯曼先生那樣的東家。紀堯曼先生戴一副金絲眼鏡，蓄棕紅色頰髯，打一條白領帶，心思全掛在業務上，對微妙的感情問題一竅不通，儘管他凜然擺出一副英國紳士派頭，最初曾令見習生傾倒。至於藥店老闆的妻子，那倒是諾曼第最賢慧的一類太太，性情溫順得有如綿羊，熱愛自己的兒女、父母和親戚，聽見別人有難就落淚，對家裏的事樣樣放手，還討厭穿胸衣，可是她行動那樣遲緩，言談那樣乏味，相貌那樣平庸，見識那樣狹隘。雖然她三十歲，萊昂二十歲，他們的臥室門對門，而且他每天同她說話，見習生卻壓根兒沒有想過，她在哪個男人眼裏會是一個女人，她除了身上那件袍子，還有什麼女性的特點。

此外還有什麼呢？比內，幾個生意人，兩、三個小酒館老闆，本堂神父，還有鎮長杜瓦施以及他的兩個兒子，倒都是一些有錢人，但粗俗不堪，孤陋寡聞，自己種地，關起門來大吃大喝，又假裝篤信宗教的。眞是令人無法忍受的一群！

在這班平庸的人之中，艾瑪猶如鶴立雞群，然而也離他更遙遠，因爲他隱隱覺得她與他之間，橫著一條鴻溝。

起初，萊昂曾與藥店老闆一道，去過艾瑪家幾次。夏爾似乎並不怎麼樂意接待他。而他呢，一方面惟恐自己冒昧，另一方面又想與艾瑪親近，但又覺得與她親近幾乎不可能，所以不知道該怎麼辦好。

4

天氣開始轉冷，艾瑪不再待在臥室，而來到客廳打發時光。客廳是間長形屋，天花板很低，壁爐台上靠鏡子，擺著一盆枝子密密層層的珊瑚。她坐在窗邊的軟椅裏，看著人行道上來來往往的人。

萊昂每天從事務所去金獅客店兩趟。艾瑪遠遠的就聽見他來了，便俯向窗台傾聽他的腳步聲。小伙子總是同一身打扮，悄悄從窗帘外面溜過去，頭也不回。但傍晚時分，艾瑪左手托著下巴出神，已開頭的刺繡落在膝蓋上，突然瞥見那溜過去的身影，禁不住渾身哆嗦一下。於是，她站起來，吩咐開飯。

奧梅先生常常在吃晚飯時過來，手拿希臘式無邊軟帽，為了不驚擾他們，腳步輕輕的，照例總說上一句：「二位晚安！」然後走到餐桌旁，在夫妻倆中間坐下，向醫生詢問看病的情況，醫生則向他請教，什麼情況該收多少診費。然後，就扯些報紙上的消息。這時，奧梅差不多已經把一張報紙記得滾瓜爛熟，就一五一十地介紹起來，連同記者的議論以及國內外發生的個別災難性事件。不過，報紙的內容很快就講完了。於是他話鋒一轉，就大談起面前的菜肴來。有時，他甚至現出體貼入微的樣子，欠起身子，指著一塊肉告訴包法利夫人說那是最嫩的一塊，或是轉向女傭人，教她怎樣燒肉和怎樣調味才合乎衛生。他談論香料、調味粉、肉汁和膠凍，頭頭是道，令人嘆服。還不止此呢！奧梅先生腦子裏所裝的各色各樣食品的做法，比他藥店裏所裝的藥瓶還多。他擅長製作各種蜜餞、醋和甜酒，又熟悉所發明的種種經濟爐灶，還掌握保存乾酪和治理壞酒的方法。

八點鐘一到，藥店該關門了，朱斯丹來叫他回去。這時，奧梅先生總是用嘲諷的目光先打量朱斯丹，尤其當費麗西在場的時候，因為他發現他的徒弟喜歡上醫生家來。

「這小子曉得動腦筋啦，」他說，「我看他愛上了你們家的傭人。我敢打賭！」

朱斯丹還有一個更嚴重的缺點，經常遭到奧梅先生責備，那就是主人談話的時候，他總愛待在一旁聽。例如星期天晚上，孩子們躺在沙發上睡著了，肩背把過鬆的沙發套蹭了下來，奧梅太太就叫他抱他們到臥室去睡，他總是磨磨蹭蹭，不肯離開客廳。

星期天晚上，來藥店老闆家聚會的人寥寥無幾。他愛說別人的閒話，加之他的政治觀點，使得各方面有臉面的人，漸漸地都不願與他過往了。見習生倒是每晚必到的。他一聽見門鈴響，知道是包法利夫人到了，就趕忙跑去開門，接過她的披肩。碰到下雪天，包法利夫人總在鞋子外面，套一雙布條編的大拖鞋，見習生也接過來，放在藥房櫃台下面。

大家先打幾盤「三十一點」❶，然後奧梅先生和艾瑪打「對甩」❷。萊昂站在艾瑪後面，給她出主意。他雙手扶著她的椅子靠背，打量著她插在髮髻裏的梳子。艾瑪每次甩牌時，胳膊一

❶一種紙牌遊戲，三張牌得三十一點為勝。
❷一種兩人玩的紙牌遊戲，自己手中不要的牌，得到對方允許可甩掉，然後再抓新牌。

抬，袍子的右下襬就提起來。她挽起的頭髮，把後背襯映成一片棕色，越往下越淡，漸漸沒入黑影之中。牌甩出手之後，她的袍子又鬆鬆款款垂落在椅子兩邊，盡是褶子，一直拖到地上。偶爾，萊昂感到自己的鞋底踩住了袍子，就趕忙往旁邊一閃，像是踩了什麼人的腳似的。

打完紙牌，藥店老闆和醫生開始打骨牌。艾瑪換了位子，雙肘支在桌子上翻閱《畫報》。這本時裝雜誌是她帶來的。萊昂坐在她旁邊，和她一道欣賞上面的畫。誰先看完，誰就等待著翻下一頁。艾瑪還常常請萊昂念詩給她聽。萊昂拖長聲音朗誦，每次總是刻意以描寫愛情的段落結束。但是，骨牌的聲音鬧得他十分惱火。奧梅先生是骨牌老手，常常贏夏爾滿雙六。打滿三輪一百分之後，兩個人便伸開手挖烤火，不一會兒就呼呼睡著了。火漸漸熄滅，茶壺也空了。萊昂還在朗誦，艾瑪一邊聽，一邊隨手轉動著燈罩。燈罩上畫著小丑坐馬車和拿著平衡竿的女演員走鋼絲。萊昂停下來，指一指兩個睡著了的聽眾。於是，他們低聲交談起來；這時的交談，由於沒有人聽見，他們覺得分外親切。

就這樣，他們之間建立起了一種密切的關係，彼此經常交換書和抒情歌曲。包法利先生是個不愛吃醋的人，並不引以爲怪。

包法利生日那天，收到一個研究骨相學用的藍色頭顱，上面標滿了數字，連胸廓也標得密密麻麻。這是見習生的一番盛情。他的盛情遠不只此，甚至跑到盧昂去替包法利買東西。當時有一位小說家寫了本書，引起了一股仙人掌熱，萊昂爲包法利夫人買了一盆，坐在馬車「燕子」裏，抱在膝蓋上，手指盡讓刺扎破了。

艾瑪叫人在窗口安了一塊帶欄杆的擱板，放她的花盆；見習生也在窗口吊了一個放花盆的架子。這樣，兩個人在窗口整理花的時候，彼此就能看得見。

全鎮子有一家窗口，常常呈現分外忙碌的景象。天氣晴朗的時候，每天下午和整個星期天，大家總看見那家的閣樓窗前，露出比內先生瘦瘦的側影俯在車床上。車床單調的轟隆聲，連金獅客店也聽得見。

一天傍晚，萊昂回來，看見房裏有塊呢絨掛毯，淺色的底子織著綠葉圖案。他叫奧梅太太、奧梅先生、朱斯丹、孩子們和廚娘過來看，又把這件事告訴他的東家。人人都想見識這塊掛毯。爲什麼醫生太太送見習生這份厚禮？這事有點蹊蹺、不合常理。最後大家認爲，醫生太太無疑是見習生的「相好」的。

見習生也讓人相信醫生太太是他的情人，逢人就誇她美貌多才。但比內聽得有些不耐煩了，有一回沒好氣地對他說：

「她美貌多才關我屁事，我又不同她往來！」

萊昂費盡腦筋，琢磨怎樣對艾瑪「表明心跡」，但總是猶豫不決，既怕討個沒趣，又爲自己如此膽怯而羞愧，既沮喪，又相思，簡直想哭。過了一段時間，他毅然下定決心給艾瑪寫信，但寫一封撕一封，一次次確定了時間，一次次往後推。他常常打算什麼也不顧了，馬上採取行動，但一到艾瑪面前，決心立刻冰化雪消。這時，夏爾往往突然進來，請他一塊坐馬車去附近看一個病人。他連忙答應，向太太欠欠身子，轉身就走。和艾瑪的丈夫待在一起，不是等於和她的一樣東西待在一起嗎？

艾瑪呢，壓根兒就沒有尋思過她是愛萊昂。在她想來，愛情應當是突然到來，猶如狂風驟颪，夾著電閃雷鳴——自天而降的暴風雨，把生活攪得動蕩不停，把意志像落葉般捲起，把整個心兒刮進無底的深淵。她不知道，倘若排水管堵塞了，暴雨會使屋頂的平台變成汪洋。她還以爲住在下面安然無事呢，驀抬頭，卻發現牆壁出現了一道裂縫。

5

那是二月一個星期天下午，天上飄著雪花。

包法利夫婦、奧梅先生和萊昂先生，一塊去離永維鎮半法里的一條山谷裏，參觀正在建設的一座麻紡廠。藥店老闆帶上了拿破崙和阿達莉，讓他們鍛鍊鍛鍊。一路上由朱斯丹照顧他們，爲他們扛著雨傘。

本來以爲會很有趣的這次參觀，卻再乏味不過。一大片空地上，在幾堆砂子和卵石之間，亂扔著幾個已經生鏽的齒輪，當中一座長方形建築物，開了許多小窗子。樓還沒有完工，透過屋頂的椽子，望得見天空。山牆的小梁上，拴著一捆麥穗，裏頭夾雜著麥穗，上面的三色彩帶，在風中嘩啦啦地飄蕩。

奧梅倒是滔滔不絕，向大家介紹未來的這座麻紡廠的重要性，還估算樓板的承載力和牆壁的厚度，直後悔沒帶根米度尺來。比內先生就有一根米度尺，可以供他使用。

艾瑪挽住奧梅先生的胳膊，微微靠著他的肩膀，望著遠處一輪圓圓的太陽，透過霧氣，放射著耀眼的白光。她轉過頭，看見夏爾站在那裏，帽簷一直拉到了眉毛上，兩片厚厚的嘴唇哆嗦著，使他那張臉更顯出一副蠢相。甚至他的背，他那一動不動的背，也讓人看不順眼。就是他的大衣，在她看來，也和他的一樣，俗不可耐。

艾瑪這樣打量著丈夫，氣不打一處來，但卻從中學到一種反常的樂趣。

正在這時，萊昂朝她走了一步。由於寒冷，他臉色發白，看上去一副文弱的樣子，更加柔嫩動人。他的領帶和頸子之間，襯衣領子稍稍鬆開，露出皮膚；一綹頭髮蓋住了耳朵，只有耳垂露在外面；一雙藍色的大眼睛，凝望浮雲，在艾瑪看來，比群山環抱中倒映藍天的湖泊，還要清澈迷人。

「該死的！」藥店老闆突然叫起來。

他向兒子跑過去：那孩子想使鞋子變白，跳進了一堆石灰。拿破崙挨了一頓好罵，又哭又嚎；朱斯丹拿了一把麥穗，幫他擦鞋。但是需要刀子，石灰才刮得下來。夏爾掏出隨身攜帶的刀子遞了過去。

「啊！」艾瑪暗自說，「他口袋裏居然帶把刀子，像莊稼人一樣！」

開始下霜了，大家返回永維鎮。

這天晚上，包法利夫人沒去鄰居家玩。夏爾一走，她感到孤單單，下午的對比又自心頭湧起，幾乎就在眼前。不過，那畢竟已成記憶，可望而不可即。她躺到床上，瞧著壁爐裏通亮的火，下午的情景又在眼前晃動起來：萊昂站在那裏，一隻手折彎細細的手杖，另一隻手牽著安靜吮著冰塊的阿達莉。她覺得萊昂可愛，不想他根本辦不到。於是，又想起他別的時候的姿態、他講過的話、他的聲音和他的整個人，不知不覺，像要與人接吻一樣，嘴唇前伸，喃喃說道：

「是的，可愛！可愛！……他在愛嗎？」她問道，「愛誰？愛我啊！」

萊昂愛她的一個個證據，一齊展現在眼前，她的心突然跳起來。壁爐裏的火焰放出的亮光，在天花板上歡快地搖曳。她翻身仰臥，舒展雙臂。

接著，她連連哀嘆起來：

「咳！要是老天爺肯這樣安排該多好！為什麼不呢？有誰阻擋嗎……」

半夜時分，夏爾回來了，她佯裝剛睡醒。夏爾脫衣服弄出響聲，她就抱怨偏頭疼，過了片刻，又懶洋洋地問他晚上玩得怎麼樣。

「萊昂先生很早就上樓歇息去了。」夏爾答道。

艾瑪禁不住露出了微笑，心中充滿新的奇妙感覺，很快進入了夢鄉。

第二天傍晚，時新服飾商勒樂來看她。這位店主是個很精明的生意人。

勒樂出生於加斯康，在諾曼第長大，所以既像南方人愛饒舌，又有科地區人的狡猾。他一張虛胖的臉，沒有留鬍子，彷彿抹了一層淡淡的甘草水；滿頭銀髮，把一雙烏黑的小眼睛襯托得更加賊亮。誰也不知道他的來歷，有人說他當過流動小販，也有人說他在盧托開過錢莊。但有一點確實無疑，就是他善於算計，連比內都怕他幾分。他對人謙恭，幾乎有點諂媚逢迎，見誰都點頭哈腰，姿勢既像鞠躬，又像邀請。

他摘下飾有縐紗的帽子，掛在門口，進得屋來，把一個綠色紙盒放在桌子上，一開口就客客氣氣向太太抱怨，至今他尚未得到她的信任。當然，像他那樣一家小店，不足以吸引「高雅女士」（這幾個字他說得特別重），不過太太要什麼儘管吩咐，他會盡心盡力，滿足她的願望，不管是縫紉用品、床單台布、帽子，還是時興服裝，樣樣保證提供，因為他每月定期進城四趟，與所有實力最雄厚的商號都有聯繫。不管在「三兄弟」、「金鬍子」還是「大野人」，提起他，沒有一家掌櫃不熟悉，而且熟得不能再熟哩！今天他順路登門，是因爲他遇到難得的機會，進了幾樣商品，送來給太太瞧瞧。說罷，他從紙盒裏抽出半打繡花領子。

包法利夫人仔細看了看說：「我全用不著。」

於是，勒樂先生小心翼翼拿出三條阿爾及利亞披肩、幾包英國針、一雙草編拖鞋，還有四個椰子殼蛋杯，是由囚犯精心鏤刻的。然後，他手扶桌子，伸長脖子，探著身子，半張著嘴，兩眼隨著艾瑪猶豫不決的目光，在貨物上溜來溜去，還不時用指甲撣一撣完全攤開的絲披肩，像是要撣掉上面的灰塵。披肩被撣得微微顫動，發出輕微的窸窣聲，上面金色的閃光片，在薄薄青幽幽的光輝中，星星般閃爍。

「多少錢一條？」

「要不了幾個錢，」勒樂答道，「要不了幾個錢，也不必急著就給。你什麼時候方便什麼時候給好了，我們又不是猶太人！」

艾瑪考慮片刻，最後還是婉言謝絕了。勒樂先生毫不介意地說道：

「不要緊，生意不成仁義在。和太太們我向來是談得攏的，只有和我家那口子除外。」

艾瑪微微一笑。

「我的意思是說，」勒樂開了句玩笑，露出憨厚的樣子又說道，「我並不把錢放在心上……錢嗎，你要是手頭緊，我可以借給你。」

艾瑪顯得有點吃驚。

「哎！」勒樂趕忙低聲說，「你若缺錢，也不用跑去老遠借，相信我好了。」

他說罷話頭一轉，又打聽法蘭西咖啡店老闆泰里耶的情況。包法利先生正在給泰里耶治病。

「泰里耶老爹究竟得了什麼病？……他咳起嗽來，整個屋子都給震動了。我擔心他很可能不再需要買法蘭絨內衣，而要買松木外套啦！他年輕的時候荒唐得夠可以的！這種人呀，太太，一點約束都沒有。他是讓燒酒給燒壞了！不過，眼睜睜看到一個老相識就這樣離開我們而去，總叫人心裏不好受。」

樂勒說道，一面把東西重新裝進紙盒，一面又對醫生診治的病人大發議論。

「這些病大概與天氣有關。」他露出陰沈的臉色，望著玻璃窗說道，「我最近也感到不適，背部經常疼痛，少不得哪天要來找你家先生給瞧瞧。得啦，再見吧，包法利夫人，我是你忠實的僕人，隨時願爲你效勞！」他輕輕帶上門。

艾瑪叫女傭人用托盤把晚餐送到臥室，讓她坐在火爐邊吃。她細嚼慢嚥吃了好長時間，因爲她心情很舒暢。

「我眞是老實！」她想到那些披肩，自言自語說道。

樓梯上傳來腳步聲：是萊昂來了。她忙站起來，從五斗櫃上等待繰邊的布裏順手拿起一塊。當萊昂進來時，她顯得正忙著呢。

談話沒有一點生氣。包法利夫人經常一句話說了半截就打住。萊昂呢，顯得非常拘謹，坐在壁爐邊一張矮椅子上，手裏轉動著象牙針線盒。艾瑪只顧穿針走線，不時用指甲在布邊上打褶子。她不說話；萊昂也默不作聲，彷彿被她的沈默迷住了，就像往常被她的談話迷住了一樣。

「可憐的小伙子！」艾瑪暗自說道。

「我什麼地方惹她不高興啦？」萊昂暗自問道。

然而，他終於打破了沈默，說他最近要去盧昂爲事務所辦事。

「你訂的音樂雜誌就要到期了，要不要我幫你續訂？」

「不用啦。」艾瑪答道。

「爲什麼？」

「因爲……」

艾瑪緊閉雙唇，慢慢騰地扯起長長的灰色的線，縫了一針。

萊昂一看她手裏的活兒，心裏就有氣。艾瑪的手指尖似乎都扎粗了，他腦子裏閃過一句獻殷勤的話，但沒敢貿然說出口。

「那麼你不再學啦？」他又問道。

「什麼？」艾瑪反問道：「音樂嗎？咳！上帝，只好半途而廢啦。你沒見我要操持一個家，要照顧我丈夫，有幹不完的事情，盡不完的義務，哪裏還顧得上音樂！」

她說著看一眼座鐘。這麼晚了夏爾還沒回來，她裝出擔心的樣子，甚至連說了兩、三遍：

「他這個人可好呢！」

見習生很喜歡夏爾先生，但此時此刻看到艾瑪對他如此深情，感到又意外又不是滋味。然而，他繼續讚揚他，說人人都說她好，尤其是藥店老闆。

「是啊，他爲人挺正直。」艾瑪又說一句。

「的確。」見習生附和道。

他接著開始議論奧梅太太，說她很不注意穿著打扮，經常引起他們發笑。

說完，她又陷入了沈默。

隨後幾天，情形都是如此。艾瑪的言談、舉止，統統變得與從前不一樣了。大家都注意到，她比以前更把家務事放在心上，每天準時上教堂，對女傭人也管得比較嚴了。

她把貝爾特從奶媽家接回。家裏來了客人，費麗西就領她出來，包法利夫人撩起她的衣服，讓客人看她的小胳膊小腿。她宣稱自己愛孩子，孩子是她的安慰，她的歡樂，她的寶貝。她愛撫孩子，總帶著奔放的感情。永維鎮以外的人見了，一定想起《巴黎聖母院》裏的莎謝特❶。

夏爾每天回到家，總發現拖鞋放在火爐邊烤得暖暖的。現在，他的坎肩不再缺襯裏，襯衫不再缺鈕扣；他如果有興趣打開衣櫃看一看，會發現一頂頂睡帽擺得整整齊齊。他提議去花園裏轉轉，艾瑪再也不會表示不樂意，他的建議，艾瑪即使不明白他的意圖，也會百依百順，沒有半句怨言。每天晚飯之後，他往火爐角落一坐，雙手放在肚皮上，雙腳擱到柴架上，臉因爲食物正在消化而通紅，眼睛因爲幸福而熠熠生輝。孩子在地毯上爬來爬去；身材苗條的妻子走到他身後，隔著椅子靠背吻他的前額。

萊昂看到這情形，禁不住暗自說：

「我眞要瘋了！怎能和她親近呢？」

在他看來，艾瑪是那樣貞潔，那樣高不可攀。他放棄了一切，連最渺茫的希望也不敢再存。

❶莎謝特是雨果著名小說《巴黎聖母院》中女主人公愛絲梅哈達的母親，對女兒感情特別深厚。

但是，這種自暴自棄，反而使艾瑪在他心目中所占的地位更加不同尋常。在他看來，既然肉體上他得不到什麼，艾瑪的可貴之處也就不再在肉體方面；她在他心頭扶搖直上，超凡脫俗，冉冉升入仙境。這是一種純潔的感情，它並不妨礙日常生活，具備它是一種慰藉，一旦丟了，就會特別痛苦。人們培養這種感情，就在於它的珍貴。

艾瑪日漸消瘦，面頰蒼白，臉顯得長了，頭髮烏黑，大眼睛，直鼻梁，步履像鳥兒一樣輕盈，現在更經常默默不語。看上去，她不是身處濁世而純潔無瑕，額頭上隱約打著命數高潔的印記嗎？她那樣鬱悒又那樣安詳，那樣溫柔又那樣持重，整個人透露出一種冷冰冰的魅力，就像教堂那馨香的鮮花，點綴著冰冷的大理石，令人禁不住打寒噤。就連其他人也經受不住這種誘惑，藥店老闆就常說：「這是一個才智超群的女性，就是嫁給縣太爺，也沒有什麼不配！」

家庭主婦們稱讚她節儉，登門求醫的人稱讚她注重禮節，窮苦人則稱讚她慷慨仁慈。她那張愛面子的嘴，絕不說出內心的痛苦。她愛萊昂，卻尋求孤獨，以便更自由自在地思念他的音容笑貌。但一見到他本人，這種想念的樂趣就全給攪亂了。只要聽見萊昂的腳步聲，她的心就蹦蹦亂跳；及至萊昂來到面前，激動的心情立即冷卻了。她自己莫名其妙至極，最後陷入了鬱悒。

萊昂每次離開她家，總是心灰意冷，卻不知道他一出門她就站起來，目送他在街上行走。她關心他的行蹤，窺伺他的表情，甚至有鼻子有眼地編造一件事，作爲藉口，去看他的房間。在她看來，藥店老闆的妻子眞幸福，能夠和萊昂住在同一個屋頂下。她的思想經常飛到那個家，就像金獅客店的鴿子，常常飛到它的簷槽裏，打溼它們粉紅色的腳和雪白翅膀。可是，艾瑪越是意識到自己的愛情，就越是把它壓在心底，不讓它流露出來，而讓它慢慢淡薄。她希望萊昂猜出她的心事，並且想像出種種偶然機會或意外變故，幫助萊昂明白她的心跡。她之所以沒有付諸實際行動，大概是由於怠惰或畏懼；怕羞也是原因之一。她想來想去，覺得自己拒人於千里之外，的確做得太過分了，現在後悔已晚，一切都無法彌補了。她認爲這是一種犧牲，只有當她暗自說：「我守貞操」，並且擺出認命的樣子，照照鏡子，這才產生一種驕傲、喜悅之感，稍稍得到一點安慰。

於是，肉體的欲望、金錢的渴求和感情的壓抑，糾纏在一起，使她深深地陷入痛苦。她的思想不但不能從中擺脫出來，反而愈陷愈深，甚至處處自尋煩惱，增添自己的痛苦。一個菜沒燒好或一扇門沒關嚴，她都會氣惱；她哀嘆自己沒有絲絨衣裳，沒有幸福，哀嘆自己幻想太多，居室太窄了。

最令她氣不過的是，夏爾對她的痛苦麻木不仁。夏爾深信他使她幸福。這對她簡直是一種愚蠢的侮辱；他由此產生的安全感，不啻是忘恩負義。請問，她如此忠貞，究竟是爲誰？難道他夏爾不正是一切幸福的障礙，一切痛苦的根源？他不正像皮帶上密密麻麻的扣釘，把她箍得緊緊的，讓她喘不過氣來？

因此，艾瑪把煩惱而生的種種怨恨，統統發洩到夏爾頭上。她有時也想減輕這種怨恨，但任何努力只能使它愈積愈深。因爲這種徒勞無益的努力，反而進一步給她造成種種失望，越發擴大了他們之間的距離。她對自己的溫順生了反感。家庭生活的平淡無奇使她幻想奢華的生活；夫妻間感情的現狀使她產生了偷情的欲念。她巴不得夏爾揍她，那樣她就更有理由憎恨他，報復他。

有時，她發覺思想上竟產生了這樣冷酷的念頭，自己也不免大吃一驚。可是，還得繼續強裝笑臉，一再聽別人講她眞幸福，並且裝出幸福的樣子，讓別人相信她的確如此。

她厭惡這種虛僞作法，多次躍躍欲試，想與萊昂一道私奔，逃得遠遠的，到天涯海角去嘗試一種新的命運。可是，每想到這裏，她的靈魂裏就現出一個黑洞洞的深淵。

「況且，他不再愛我了。」她尋思道，「怎麼辦好呢？指望誰來搭救我，安慰我，來減輕我的痛苦？」

她經常精疲力竭，胸悶氣短，痴痴呆呆，低聲啜泣，滿臉垂淚。

「幹嘛不和先生談談呢？」

女傭人進來，正趕上她發作，免不了這樣問道。

「這是神經性質的，」艾瑪答道，「別和他談，他會著急的。」

「哦！對了，」費麗西接過話說道：

「你就像小蓋蘭一樣。小蓋蘭是波萊的漁夫蓋蘭老爹的女兒，我來你家之前在迪普認識的。她是那樣憂鬱，一天到晚愁眉不展，往自家門口一站，人家還以爲她家門口掛著一塊裏屍布呢！她的病，從她的表現看，就像是她腦子裏起了霧，醫生治不了，本堂神父也無能爲力。病得厲害時，她就一人跑到海邊。海防官員巡邏時，常常看見她趴在亂石灘上哭泣。不過，據說後來嫁了人，病就好了。」

「可是我，」艾瑪說道，「是嫁人以後才得這病的。」

6

一天傍晚，艾瑪坐在敞開的窗前，看教堂執事賴斯迪布杜瓦在修剪黃楊枝，突然聽見晚禱的鐘聲響了。

正當四月初頭，報春花開了，和煦的風吹拂著花圃；家家的花園都像婦女一樣，正在著意換裝，準備迎接歡樂的夏天。透過花棚的空隙放眼望去，就見河流悠閑自在地在草原上蜿蜒流過。晚嵐在尚未長出葉子的楊樹之間浮動，像薄紗掛在枝頭，比薄紗顏色還淡，還更透明，飄忽不定，把楊樹的輪廓襯托成淡紫色。遠處有牲畜在走動，但既聽不見它們的腳步聲，也聽不見它們叫喚。鐘還在響，像一聲聲哀嘆，繼續在空中平靜地傳播。

這一下下的鐘聲，在少婦的思想上，勾起了少女時代和在修道院寄宿時期的回憶。她記起祭壇上那些比插滿鮮花的花盆還高的大燭台，記起那帶小立柱的聖體龕。她多麼想像過去一樣，加入修女們的行列，跪在跪凳上低頭禱告；從旁邊望去，只見一長溜雪白的面紗，間忽露出一頂硬挺挺的黑色修女帽。星期天做彌撒的時候，她常常抬起頭，透過繚繞升騰的淡藍色香煙，瞥見聖母慈祥的面容。回想到這裏，她心頭頓生感觸，覺得自己軟弱無力，無依無靠，像一根羽毛飄搖在風暴之中。她不知不覺地向教堂走去，準備作任何虔誠的祈禱，只要能讓她的整個靈魂投入進去，只要能徹底忘掉現實的生活。

在廣場上，她碰到剛敲完鐘的賴斯迪布杜瓦正往回趕。此人每天的時間一分一秒都不放鬆，工作撂下了，趕回去接著幹。至於敲鐘，全看他什麼時候方便。再說，敲早點也有好處，可以提醒孩子們，上教理問答課的時間到了。

有些孩子已經到了，在公墓的石板上玩彈子。還有一些騎在矮牆上，兩腿晃來晃去，木頭套鞋踢著矮牆和新墳之間高高的蕁麻。這塊蕁麻是唯一的一塊綠地；其他地方都是石板，上面總是覆蓋著一層浮塵，儘管教堂管事經常打掃。

穿布鞋的孩子在墓地追逐打鬧，彷彿這是專供他們玩耍的地方。噹噹的鐘聲也蓋不住他們的喧嚷。從鐘樓上垂下一根粗繩子，末端一直拖到地上。隨著它擺動幅度的變小，鐘聲也越來越小。燕子呢喃著掠空而過，迅速飛回簷瓦下黃色的窩巢。教堂裏亮著一盞燈，即一根燈芯點亮在一個玻璃罩子裏，懸掛在半空。那燈光遠遠望去，猶如油上面顫悠悠漂著一個灰白色的點子。一道長長的陽光照亮整個大殿，卻使兩旁的側道和角落反而顯得更暗了。

「神父在哪裏？」包法利夫人問一個男孩兒。那男孩正晃動著已有些鬆動的柵欄門玩。

「就快來啦。」男孩答道。

果然，本堂神父住宅的門嘎吱一聲，布尼賢先生就出現了。孩子們一窩蜂似的逃進教堂。

「這幫調皮鬼，」神父低聲說道，「總是這樣！」

他的腳碰到一本破破爛爛的《教理問答》課本，便彎腰撿起來。

「什麼也不尊重！」

但是，他一看見包法利夫人，就連忙說道：

「對不起，我沒有認出你。」

他把《教理問答》塞進口袋，停住腳步，聖器室沈甸甸的鑰匙，夾在兩個指頭之間，一直不停地來回晃動。

落日的餘暉照亮他的整個面孔，也使他那件兩肘處磨得發亮、下襬脫線的道袍微微泛白。在他寬闊的胸部，沿著那一排小鈕扣，布滿了油漬和煙草斑點，離領巾越遠就越多；領巾上搭著脖子皺巴巴的紅皮膚；皮膚上面散布著黃色斑點，直到又粗又硬的灰白鬍鬚，才看不見。他剛吃過晚飯，呼呼喘著氣。

「你身體怎麼樣？」神父補充一句。

「不好，」艾瑪答道，「我感到難受。」

「哦！我也感到不舒服。」教士說，「這些天乍一熱起來，人都感到渾身軟綿綿的，不是嗎？可是有什麼法子呢？我們生來就是要受苦的，正如聖．保羅所說的。倒是包法利先生，他怎麼想？」

「他！」艾瑪鄙夷地說道。

「怎麼！」好心的教士十分意外，說道：「他沒有開點什麼藥給你吃吃？」

「唉！」艾瑪說，「我需要的不是吃的藥。」

神父不時往教堂裏看幾眼。孩子們在裏頭跪成一排，用肩膀你撞我，我撞你，撞來撞去，一個倒下，其他人跟著全倒下。

「我想知道……」艾瑪接著說。

「請等一等，等一等。里布德，」神父生氣地喊道，「看我不揪你的耳朵，搗蛋鬼！」

然後，他轉向艾瑪：

「這是木匠布德的兒子。父母有幾個錢，對他十分嬌縱。其實，只要肯學，他是學得好的，因爲他很有天分。我有時爲了打趣，叫他里布德（去馬洛姆經過的那座山就叫這個名字），我甚至叫他：蒙里布德。啊，啊！蒙里布德❶！那天，我把這個名字學給主教大人聽，主教大人哈哈大笑……他居然不顧身分笑了。嗯，包法利先生怎麼樣？」

艾瑪彷彿沒聽見。神父繼續說道：

「大概總是忙得不亦樂乎吧！我和他無疑是本教區最忙的兩個人。不過，他是醫治肉體的醫生，」說到這裏，神父憨厚地笑了笑，「而我是醫治心靈的醫生！」

艾瑪用哀求的目光看著神父。

「是啊……」她說，「你減輕所有人的苦難。」

「咳！別提啦，包法利夫人。就在今天早上，我還不得不去下迪維爾跑了一趟。那裏有頭母牛腹腫脹，村裏人以爲是中了邪。不知道怎麼回事，全村頭頭母牛都……哦，對不起！尼格馬爾，布德！兩個鬼東西！你們到底有完沒完！」

❶法語裏mon（我的）和mont（山）諧音，中文均可音譯爲「蒙」。「蒙里布德」既可聽爲「我的里布德」，又可聽爲「里布德山」，一語雙關。法語裏mon（我的）和mont（山）諧音，中文均可音譯爲「蒙」。「蒙里布德」既可聽爲「我的里布德」，又可聽爲「里布德山」，一語雙關。

神父一個箭步衝進了教堂。

於是，孩子們一窩蜂擁擠到大講經台四周，爬上唱詩班的凳子，打開彌撒經書。有幾個躡手躡腳，眼看就要溜進懺悔室。但是，神父冷不防給了他們一頓巴掌，抓住他們的衣領子，一個個拎起來，狠狠摜在唱詩台前的石板地上，讓他們雙膝下跪，就像要他們在那裏生根似的。

「好啦！」神父回到艾瑪身邊，抖開一塊寬大的印花布手帕，用牙齒咬住一個角，說：「莊稼人實在可憐！」

「可憐的何止他們。」艾瑪說道。

「當然囉！比方說城裏的工人。」

「我指的不是工人……」

「對不起！在工人之中我認識一些家庭主婦，一些很賢慧的婦女，我向你保證，可以說都是眞正的女聖人，可是她們連麵包都沒有。」

「可是，有些女人，」艾瑪說道（她說話時嘴角抽動），「有些女人，神父先生，她們有麵包，卻沒有……」

「冬天沒有火。」神父接著說道。

「哎！沒有火有什麼要緊？」

「怎麼！有什麼要緊？看來，凡是溫飽有保障的人……嗯，說到底……」

「我的上帝！我的上帝！」艾瑪連連哀嘆。

「你感到不舒服嗎？」神父關心地走到艾瑪面前，「莫不是消化不良吧？應該回家去喝點茶，包法利夫人，那可以幫助你提提神，或者喝杯加粗紅糖的涼水也行。」

「爲什麼喝那種東西？」

艾瑪的神態彷彿剛從夢中醒來。

「因爲我看你用手摸額頭，以爲你頭暈。」

說罷，神父話鋒一轉，問道：

「你剛才問我什麼來著？問的是什麼？我都想不起來啦。」

「我嘛？沒有……什麼也沒問……」艾瑪連連否認。

她環顧四周，目光慢慢落到穿道袍的老頭兒身上。他們面對面，默默地對望著。

「那麼，包法利夫人，」終於還是神父打破沈默，「請原諒，你知道，責任比什麼都重要，我得去管這批淘氣鬼。初領聖體的日子眼看就要到了。我擔心我們又要措手不及。所以從耶穌升天節起，我要他們每星期三準時來，多上一小時課。這些可憐的孩子！務必盡早把他們引上我主指引的道路，正如我主透過他的聖子之口親自教導我們的那樣……多保重，夫人，請替我向你先生致意！」

神父說完向教堂走去，一到門口就做了個屈膝下跪的姿勢。

艾瑪看見他在兩排長凳之間拖著沈重的腳步往裏走，頭略歪向一邊，雙手抄在背後，手掌向外微微張開，一會兒就看不見了。

她就像安在一根軸上的木頭人，一下子側轉身子，往家裏走去。但神父粗大的嗓門和孩子們清脆的聲音，仍繼續傳進她的耳朵：

「你是基督徒嗎？」

「是的，我是基督徒。」

「什麼叫作基督徒？」

「就是經過洗禮……洗禮……洗禮的人。」

艾瑪扶著欄杆爬上樓梯，回到臥室，倒在一張扶手椅裏。從窗戶裏透進的灰白的光，顫悠悠地，漸漸變暗。家具都待在原來的位置，似乎變得更加呆板了，湮沒在黑沈沈的大海般的黑暗之中。壁爐熄滅了，座鐘照例滴答走動。艾瑪約略有些驚異：周圍竟這樣寧靜，而她自己心裏正煩亂不堪！這時，站在窗戶與做針線活兒的桌子之間的小貝爾特，穿了一雙毛絨織的小靴子，搖搖晃晃走到母親面前，伸手想抓住她的圍裙的帶子。

「走開！」母親說著用手推開她。

不一會兒，小姑娘又來了，越發緊貼母親的膝蓋，雙臂放在上面，抬起一雙藍色的大眼睛望著她，而一絲清亮的哈喇子（口水）從小嘴裏流出來，掉在綢圍嘴上。

「走開！」少婦生氣地重複道。

孩子被她的臉色嚇得哭喊起來。

「哎！叫你走開嘛！」艾瑪說著用胳膊肘將女兒一推。

貝爾特摔倒在五斗櫃前，臉碰在銅拉手上，破了一道口子，流血了。包法利夫人慌忙跑過去將她扶起，伸手拉鈴叫女傭人，把鈴繩拉斷了，便聲嘶力竭叫起來。她正要詛咒自己，看見夏爾進來了。是吃晚飯的時候了，他剛回來。

「你瞧，親愛的，」艾瑪以平靜的聲音對丈夫說，「瞧這小東西在地上玩摔傷了。」

夏爾安慰她，說傷勢並不嚴重，隨後便去找藥膏。

包法利夫人不肯下樓，要一個人待在臥室裏看護孩子。當她看到孩子睡著了時，心頭的擔心才漸漸消失。她覺得自己眞是又傻氣，又善良，居然爲了這麼點小事就六神無主。貝爾特的確不再抽泣，呼吸也均勻了，身上的棉被隨之微微起伏；眼角停著兩顆大淚珠，眼瞼半閉，透過睫毛，可以看見深陷在眼眶裏的淺白色眸子；貼在面頰上的藥膏，把皮膚綳得緊緊的，使臉蛋有點拉歪了。

「眞奇怪，」艾瑪想道，「這孩子怎麼長得這樣醜！」

夏爾夜裏十一點鐘從藥店回來（晚餐後，他把用剩的藥膏送回藥店），發現妻子站在搖籃旁邊。

「我不是對你說過嗎，不要緊的，」他在妻子額頭印一個吻，說道，「親愛的，不要太擔心啦，不然你要病倒的！」

今晚他在藥店老板家待了好長時間。他倒是沒有顯得心煩意亂，但奧梅先生還是一個勁安慰他，叫他不要垂頭喪氣。於是，他們談起孩子們可能遇到的種種危險和傭人們的粗心大意。這方面，奧梅夫人深有體會。她胸前還有一個灼燙的痕跡，就是小時候，廚娘不當心把一碗熱湯打翻在她的小罩衫上燙的。所以他們這對慈愛的父母，總是處處留意，刀子從不磨快，地板從不打蠟，窗口都裝有鐵欄杆，壁爐前也裝了牢固的欄杆。奧梅家的孩子們，別看全部無拘無束，但後面沒有人跟著，全不准挪動一步；稍一傷風感冒，父親就給他們灌藥；直到四歲多，還讓他們戴一頂厚厚的防跌軟墊帽，半點都不可憐他們。不過，說實話，這種怪主意是奧梅太太出的；她的丈夫心裏發愁，擔心那樣緊緊箍著頭，長久下去，會影響大腦的正常發育。他甚至禁不住說出這樣的話：

「你難道打算把他們培養成加勒比人❷或博托庫多人❸嗎？」

夏爾幾次想打斷閒聊，早點離開。

下樓梯時，他附到走在前面的見習生耳朵邊，悄聲說：

「我有話和你說。」

「難道他覺察出什麼了嗎？」萊昂暗自嘀咕開了，心怦怦亂跳，胡思亂想起來。

出了藥店，帶上門，夏爾才央求萊昂幫他去盧昂看一看，照一張講究的達格雷相片要多少錢。他一直想照一張穿黑禮服的照片，送給妻子，給她感情上一個意外的欣喜，表明他是一個感情細膩的丈夫。但在去照相之前，他想做到心中有數。求萊昂先生辦這點事，大概不至於使他爲難，因爲他差不多每星期都進城。

萊昂常進城幹什麼？奧梅先生疑心是年輕人幹荒唐事，和什麼女人勾搭上了。其實他錯了，萊昂根本不尋花問柳。現在他比任何時候都心事重重。這一點，勒佛朗索瓦太太從他每餐所剩飯菜的多少，已經有所覺察。爲了摸清底細，她還向稅務員比內先生打聽，但比內沒好氣地回答

---

❷指拉丁美洲的印第安人。
❸居住在巴西米納斯吉拉斯州的南美印第安人。

說，他不是「警察局雇的包打聽」。

不過，比內先生覺得這位同桌用餐的伙伴很古怪，因爲萊昂常常往椅子上仰，雙臂一攤，沒頭沒腦抱怨生活沒意思。

「這是因爲你不注意消遣。」稅務員說。

「怎樣消遣？」

「我要是你，就弄它一台車床！」

「可是，我不會車呀。」見習生答道。

「哦！這倒是！」比內現出輕蔑而自得的神氣，撫摩著下巴。

萊昂已經厭倦沒有結果的愛情。再說，生活天天是老一套，千篇一律，既沒有興趣支持，也沒有希望指引，他也感到難以忍受。他煩透了永維鎮和永維鎮人，一看到某些人和某些房屋，他就氣不打一處來。藥店老闆可謂老好人一個，可是在他眼裏也變得完全不可忍受了。然而，換一個新環境的前景，固然有誘惑力，但也令他畏懼。

這種畏懼很快變成了焦躁。於是乎，巴黎遠遠地召喚著他，用化裝舞會的鼓樂聲和輕佻姑娘們的笑聲。既然他要去那裏完成法科學業，何不現在就去呢？有誰阻擋他嗎？於是，他開始在思想上準備起來，預先想好到了那裏幹些什麼。他在想像中給自己佈置了一套公寓。他要去那裏過藝術家生活！他要去那裏學彈吉他！他將置一件室內便袍、一頂巴斯克無邊軟帽、一雙藍絨拖鞋！甚至，他已經在欣賞壁爐上交叉掛著的兩把花劍，以及上頭掛的死人頭顱和吉他。

難的是取得母親的同意，儘管他這樣做是非常明智的。連他東家也建議他到別的事務所看看，能否在那裏求得更好的發展。他採取折衷辦法，去盧昂找第二個見習生的位置，但沒有找到。最後，他給母親寫了一封長信，詳詳細細說明他務必馬上去巴黎的理由。

母親同意了。

然而，他並不急於動身。整整一個月，伊韋爾每天從永維鎮到盧昂、從盧昂到永維鎮，幫他運送箱匣包裹。他重新添置了衣服，請人修理了三張軟椅，買了許多綢巾。總之，所預備的東西，足可以周遊一趟世界，而行期卻一週又一週推遲，直到收到母親第二封信。

母親催他趕快動身，既然他希望在放暑假之前通過考試。

告別的時刻到了，奧梅太太潸然淚下，朱斯丹泣不成聲，奧梅先生是堅強的男子漢，才掩飾住激動的心情。他要親自幫朋友拿大衣，一直送到公證人家門口。公證人順便讓萊昂搭他的馬車去盧昂。萊昂只有一點時間去向包法利先生告別。

他上到樓梯口時，感到喘不過氣來，只好停了停。當他跨進房門，包法利夫人忙站起來。

「我又來啦！」萊昂說道。

「我就知道是你。」

艾瑪咬住嘴唇，血往上湧，從頭髮根到脖子，滿臉緋紅。她仍然站著，肩頭靠著護牆板。

「先生不在家嗎？」萊昂問道。

「不在家。」

艾瑪又重複一次：

「他不在家。」

接著一陣沈默。兩個人對視著。他們的思想，像兩個騷動不已的胸脯緊貼在一起，沈浸在同樣的痛苦之中。

「我很想親親貝爾特。」萊昂說。

艾瑪下了幾級樓梯，喚費麗西。

萊昂向周圍深情地打量一眼，目光停留在牆上、擺設架上、壁爐上，彷彿想穿透一切，帶走一切。

艾瑪回來了，隨即女傭人領來了貝爾特。小姑娘手裏擺動著一根細繩子，繩子末端拴著一個頭朝下的風車。

萊昂在她的脖子上連親幾下，說：

「再見啦，可憐的孩子！再見，親愛的小寶貝，再見！」

說罷他把孩子交給她母親。

「把她帶走吧。」艾瑪對女傭人說。

房裏只剩下的他們兩個人。

包法利夫人背過臉去，貼在一塊窗玻璃上；萊昂手裏拿著便帽，在大腿上輕輕拍著。

「要下雨。」艾瑪說。

「我有斗篷。」萊昂說道。

「哦！」

艾瑪轉過身來，微低著頭，陽光映在額頭上，就像照在一塊大理石上，直到彎彎的眉毛。誰也不知道她在地平線上望見了什麼，也不知道她心裏想些什麼。

「那麼，再見吧。」萊昂嘆口氣說道。

艾瑪猛地抬起頭：

「好，再見……走吧。」

兩個人同時向對方走去。萊昂伸出一隻手，艾瑪猶豫一下：

「哦，英國式的！」她說著把手伸過去，勉強笑了笑。

萊昂感覺到她的手握在自己的手裏，覺得自己的全部生命活力都傳給了那個汗津津的手掌。握了一會兒，他鬆開手，再次四目相對。萊昂轉身出了房門。

走到菜市場，他停住腳步，躲在一根柱子後面，最後一次打量那座有四扇綠色百葉窗的白房子。他似乎看見一個人影在臥室的窗戶後面；窗簾好像沒有人碰，就自動從掛勾上解了下來，斜斜的長褶緩緩移動，最後一下子抖落開了，直挺挺垂掛在那裏，靜靜的猶如一面牆壁。萊昂拔腿跑起來。

他遠遠瞥見東家的有篷雙輪輕便馬車停在路上，旁邊一個細粗麻布圍裙的人拽住馬轡。奧梅與紀堯曼先生在閒談：他們在等待他。

「擁抱我一下吧。」藥店老板眼裏噙著淚花說道，「這是你的大衣。我的好朋友，當心受涼！照顧好自己，多多保重！」

「好啦，萊昂，上車吧！」公證人喊道。

奧梅向擋泥板探著身子，用淚水哽住的嗓音，淒淒切切說出四個字：

「一路順風！」

「晚安！」紀堯曼先生答道，「撒手，上路！」車子開動了，奧梅才轉身回家。

包法利夫人推開朝花園的窗子，觀察風雲。

西邊盧昂的方向，烏雲密布，似黑浪洶湧，滾滾而來；後面，一道道陽光，越過雲頭，像一枝枝金箭，高懸空中，而天空的其餘部分，看不到一絲雲翳，瓷器般白晃晃的。一陣狂風，刮得棵棵白楊彎下腰，接著一陣驟雨，嘩嘩啦啦打在碧綠的葉子上。不多一會兒，雨霧日出，母雞咯咯叫喚，麻雀在水淋淋的灌木叢裏拍打翅膀，沙地上的積水帶著粉紅色的金合歡花，汩汩流淌。

「啊！他該走了好遠啦！」艾瑪想道。

奧梅先生一如往常，在六點半鐘吃晚飯的時候來了。

「喂，」他一邊坐下一邊說，「我們的年輕人今天下午總算是走了吧！」

「算是吧！」醫生答道。

說著他在椅子上轉過身子：

「府上怎樣？」

「沒怎麼樣。只是我太太下午有點難過。你知道，女人嘛，芝麻大一點小事就搞得心神不寧，尤其我那一口子！不過，我們大可不必抱反感，因爲女人的神經組織比我們的敏感得多。」

「可憐的萊昂！」夏爾說道，「他在巴黎怎麼生活？習慣得了嗎？」

包法利夫人嘆口氣。

「擔什麼心！」藥店老板咂舌道，「高雅的聚餐呀！化裝舞會呀！香檳酒呀！一切都如魚得水，放心吧！」

「我相信他不會亂來的。」包法利指出。

「我相信他也不會！」奧梅先生忙附和道，「儘管他如果怕人家說假正經，就得隨波逐流。你不了解拉丁區那些浪蕩公子與女戲子們所過的生活！再說，大學生在巴黎是很被看好的，只要有一點點尋歡作樂的才情，上流社會就會接納他們。連聖日耳曼區的貴婦人也有愛上大學生的。交上這樣的桃花運，當然不愁沒有機會攀高枝結婚。」

「不過，」醫生說，「我替他擔心的是那裏……」

「你的擔心不無道理。」藥店老板打斷醫生的話，「正是嘛，事情還有壞的一面！在那種地方，你得時時刻刻留心自己的錢包。譬如在公園裏，過來一個人，穿得很講究，甚至佩著勳章，你還以爲是個外交官呢。他走近你，和你攀談，你們就聊起來。他還乖巧地拿鼻煙給你聞，或者幫你拾起掉在地上的帽子。這之後，你們的交往多起來。他帶你上咖啡館，邀請你去他的鄉村別墅，把盞喝酒之時，介紹你認識形形色色的人。這十之八九不是要騙你的錢包，就是要拉你去幹壞事。」

「你說的不錯。」夏爾說道，「不過，我考慮的主要是生病，例如傷寒，外省去的學生容易得這種病。」

艾瑪哆嗦一下。

「那是飲食習慣改變造成的，」藥店老板說，「是因爲飲食習慣改變，整個機體的協調被打亂了的緣故。此外，還有巴黎的水，你是知道的！還有餐管裏的菜，樣樣都加香料，吃多了準上火，無論如何比不上青菜肉湯。我嘛，向來喜歡吃家裏燒的菜，衛生多了！所以我在盧昂學藥劑學的時候，就在私人家裏搭伙，和老師們一起吃。」

奧梅先生繼續就一般見解和個人愛好，侃侃而談，直到朱斯丹來找他回去做蛋黃甜奶。

「喘息一會兒都不讓！」他沒好氣地說，「成天拴得牢牢的，出來一分鐘都不行！硬得像牛馬一樣幹個沒完，流血流汗！還不如苦役犯！」

走到門口，他又回頭問道：

「哦，對了，那消息你知道了嗎？」

「什麼消息？」

「下塞納地區的農業評比會，」奧梅眉毛一揚，煞有介事地說道，「今年很可能在永維鎮開，至少據說是這樣。今天早晨，報紙上還提到呢。對我們縣來講，這可是一件頭等重要的大事！嗯，以後再聊吧。謝謝，看得見，朱斯丹拎著一盞燈呢。」

7

第二天，對艾瑪來說是個黑暗的日子。眼前愁雲密布，籠罩一切，氣氛沈鬱；痛苦鑽進心靈深處，低聲哀號，就像冬天的風，在荒涼的古堡裏呼嘯。那是某種東西一去不復返的悵惘，又像是每次完成一樁重任之後身心感到相當疲勞，也像中斷一個習慣動作或長久擺動驟然停止而產生的不適之感。

像那次從沃比薩爾回來時一樣，對舞還在腦子裏旋轉，直感到鬱悒、沮喪、絕望、麻木。萊昂還浮現在她眼前，顯得更高大，更英俊，更可愛，也更模糊。他雖然走了，但並沒有離開她，還待在她身邊，房子的四壁似乎留下了他的身影。她的眼睛盯住他踩過的地毯、他坐過的椅子，不願意掉開。外面那條河依然流淌不息，滑溜溜的河岸間，細浪潺湲。多少次，他們曾踏著青苔覆蓋的卵石，款款漫步，一邊諦聽清波的絮語。多麼溫煦的陽光沐浴著他們！還有下午，兩個人單獨待在花園深處的樹蔭下，多麼銷魂！萊昂坐在乾樹枝釘的凳子上，高聲朗誦；從草原徐徐吹來的清風，翻動著書頁，撫弄著棚架上的旱金蓮……啊！他走了，她生活中唯一的魅力，幸福唯一的希望！這幸福本已來到她身邊，她怎麼竟沒有抓住！當幸福要跑的時候，爲什麼沒有雙膝下跪，伸出雙手，挽留住它呢？艾瑪詛咒自己沒愛上萊昂；她現在特別渴念他的嘴唇，恨不得追上他，撲進他懷裏，對他說：「是我呀，我是你的！」但事先想到這樣做困難重重，她便退縮了。

她很懊惱，但越懊惱，欲望越強烈。

從此，她的煩惱有了一個集中點，就是回憶萊昂。這回憶光芒閃爍，比俄羅斯草原上旅人在雪地上的篝火還明亮。她趕緊跑過去，在旁邊蹲下，小心翼翼撥著快要熄滅的火，又四下裏尋找所能找到的一切，試圖把火燒旺些。許久以前的模糊回憶和親近會面的情景，她所感受到的和她所想像到的，還有正在消散的對歡愉的渴望，像枯枝在風中折斷的追求幸福的計劃，空守無益的忠貞，破滅的希望，家庭的累贅，等等，這一切她統統撿拾、歸攏，把火燒旺，給她淒涼的處境以溫暖。

然而，不知道是柴火不足，還是柴火堆得太多了，火越燃越小。人不在眼前，愛情便慢慢熄滅；日子久了，懷念也漸漸淡漠。那把她灰白的天空映得通亮的火光，漸漸被黑暗吞沒，消失了。心靈處於麻木不仁的狀態，她甚至把對丈夫的厭惡當成是對情人的懷念，把憎恨造成的痛苦當成是柔情留下的溫暖。但是，狂風仍然在刮，熱情卻已化作冷灰，沒有人來救援，也不見太陽出來，四面八方，黑夜重鎖，冷得可怕，寒氣徹骨。

於是，艾瑪重新經歷了在道斯特那種惡劣的日子，而且她認爲自己現在比那時不幸得多，因爲她學夠了煩愁的滋味，而且肯定這煩愁沒有盡頭。

一個女人強迫自己做出了這樣大的犧牲，大抵不會再一味地異想天開了。艾瑪買了一條哥特式跪凳，每個月花十四法郎買檸檬洗指甲，又往盧昂寫信訂購了一件藍色喀什米爾袍子，還在勒樂店裏挑選了一條最漂亮的披肩。平常，她拿這條掛肩往腰間室內便袍上一纏，打扮得怪模怪樣，關上窗戶，手裏拿本書，躺在長沙發上看。

她常常改變髮型，不是按中國式樣，梳成鬆鬆的髮卷或結成辮子，就是像男子一樣，靠一側梳出一條分線，讓頭髮向下捲。

她想學意大利語，買了幾本詞典、一本語法和一疊白紙。她試著讀歷史和哲學方面的一些正經書。夜裏，夏爾有時被驚醒，以爲是有人來找他看病。

「我就去。」他咕噥道。

卻原來是艾瑪擦火柴點燈弄出的聲音。不過，艾瑪讀書也像刺繡一樣，拿起一件，開個頭，又放下，又換另一件來做；她的五斗櫃裏，堆滿了開了頭又扔下的活兒。

趕上怪脾氣發作，別人兩句話一激，她就會幹荒唐事。有一天，她在丈夫面前逞強，說她喝得完大半杯燒酒，夏爾一時糊塗，硬說不相信，結果她端起大半杯燒酒一飲而盡。

艾瑪舉止輕浮（這是永維鎮的太太們的評價），但並不見得快活，嘴角總是閉得緊緊的，使得臉上也現出了皺紋，就像老姑娘和失意的野心家一樣。她面無血色，像紙一樣蒼白，鼻子上皮膚朝鼻孔抽縮，一雙眼睛看人時一點神色也沒有。她發現鬢角有三根灰白髮，便大談老了。

她常頭暈，有一天甚至咯出一口血，夏爾急得坐立不安。

「哎！得啦！」她說道，「這算得了什麼？」

夏爾躲進診室，坐在辦公桌前的扶手椅裏，雙肘支在桌面，對著頭顱標本，哭了起來。

他給母親寫了封信，把她請來。母子倆商談艾瑪的問題，談了好長時間。

有什麼法子呢？一切治療她都拒絕，究竟怎麼辦？

「你知道你媳婦需要什麼嗎？」包法利老太太對兒子說，「需要強迫她幹活兒，幹體力活兒！她如果也像許多人一樣掙錢餬口，什麼鬱氣頭暈，就都沒有啦！這都是她成天無所事事，滿腦子胡思亂想造成的。」

「可是，她也挺忙的。」夏爾說。

「哼！挺忙的！忙什麼啦？看小說，看邪書，看反對宗教的書。書裏盡引用伏爾泰的話來嘲笑教士。這一切危害不淺，我可憐的孩子，不信教的人，總不會有好結果。」

於是，決定不讓艾瑪看小說。這一點實行起來看來不容易，老太太主動承擔下來，準備路過盧昂時，親自去租書處，聲明艾瑪停止訂閱圖書。如果書店還是繼續幹毒害人的勾當，難道不能去警察局告他們嗎？

婆媳倆的告別冷冰冰的。她們在一起待了三個禮拜，但彼此沒說幾句話，除了餐桌上和就寢前的問候和客套話。

包法利老太太離開那天是星期三，永維鎮剛好趕集日。

一大早，廣場上就擠滿了大車，全都車頭著地，車轅朝天，一輛挨一輛，從教堂到客店，沿店鋪擺了長長的一溜。另一邊是一個接一個的帆布棚子，賣棉布、毯子、毛襪以及馬籠頭和一捆捆藍色緞帶；帶子頭迎風飄擺。地上擺著粗笨的金屬器皿，旁邊是一堆堆雞蛋和一筐筐乾酪，裏面露出黏糊糊的麥秸；割麥機旁邊，擺著好些扁扁的雞籠子，一隻隻母雞從裏面伸出脖子，咯咯叫喚。人全擠在一堆，誰也不肯挪動地方，有時幾乎要把藥店的門面擠倒。

每星期三，藥店裏總是人頭鑽擁，其中有買藥的，但更多是看病的。奧梅先生在周圍的鄉鎮很有名，他那把握十足的樣子使鄉下人信服，在他們的心目中，他比所有醫生都高明。

艾瑪倚窗而立（她經常倚窗而立：在外省，窗戶的作用不啻相當於戲院和散步場所），觀看熙來攘往的鄉巴佬，正看得有趣，瞥見一位穿綠絨大衣的紳士，戴一雙黃手套，裹著厚厚的護腿，向醫生家走來，後面跟著一個農民，低著頭，滿腹心事的模樣。

「我可以見先生嗎？」紳士向正在門口與費麗西閒聊的朱斯丹詢問道。

「請告訴他，拉于謝特的羅德夫・布朗赫先生求見。」

來人在姓名之前特意強調地名，並非想炫耀他是莊園園主，而是想讓人一聽就知道他是誰。拉于謝特是距永維鎮不遠的一座莊園，其中的古堡和兩個農莊，是新近買下來的。農場的地自己耕種，但也不讓農活過分捆住手挖。他是單身漢，據說每年的收入起碼有一萬五千里弗爾❶！

夏爾來到客廳。布朗赫先生向他介紹自己的僕人，說他想放放血，因爲他渾身癢得厲害。

「放放血我就清爽啦！」包法利吩咐拿來一卷繃帶和一個臉盆，請朱斯丹將臉盆端住，對那個已經臉色發白的鄉下人說。

「不要害怕，朋友。」

「不，我不怕，」那人說道，「動手吧。」

他裝出滿不在乎的樣子伸出粗壯的胳膊。柳葉刀一拉，血便湧出來，濺到鏡子上。

「盆子端近點！」夏爾叫道。

「瞧！」農民說道，「眞像一眼小小的泉水在流哩！我的血多紅！這是好現象，不是嗎？」

❶ 法國古代的記帳貨幣單位，一里弗爾相當於一古斤銀的價格。

「有時候，」醫生說，「起初什麼感覺也沒有，但過了一會兒就會暈倒，尤其像你這樣身體壯實的人。」

鄉下人聽了這話，鬆開了在手裏轉動的柳葉刀匣子，肩頭猛搐動幾下，碰得椅子背吱嘎作響，帽子也掉了。

「我就料到會這樣嘛！」包法利說著用手指按住血管。

朱斯丹手裏的臉盆開始晃動；他膝蓋發抖，臉色蒼白。

「太太！太太！」夏爾叫道。

艾瑪三步併作兩步跑下樓梯。

「拿醋來！」夏爾又叫道，「啊！天哪，同時兩個人！」

慌亂之中，他連紗布也包不好了。

「沒什麼。」布朗赫先生鎮靜地說道，同時把朱斯丹抱起來。

他讓朱斯丹背靠牆坐在桌子上。

包法利夫人著手幫朱斯丹解領帶，襯衣的飾帶打了個死結，她輕巧的手指解了幾分鐘才解開，然後往細麻布手絹上灑了些醋，輕輕地拍溼他的太陽穴，一邊小心翼翼地吹。

趕大車的農民清醒過來了，但朱斯丹仍然不省人事，白色鞏膜之下的瞳孔模糊不清，就像藍色的花浸泡在牛奶之中。

「應該把這個藏起來不讓他看見。」夏爾說道。

包法利夫人端起臉盆放到桌子底下。她一彎腰，身上的連衣裙（是一件夏天穿的連衣裙，黃色，有四道鑲褶，腰身長，下襬寬）就撒開在周圍的石板地面上；她彎著腰，身子有點失去平衡，雙臂一伸，本來繃得緊緊的連衣裙，隨著上身的曲線，有些地方凹了下去。她去拿來一壺水，放幾塊糖在裏面。這時，藥店老闆來了。是剛才接連兩個人暈倒時，女傭人去找來的。看到自己的學徒已睜開眼睛，他才噓了口氣，繞著朱斯丹轉來轉去，上下打量。

「廢物！」他罵道，「眞是個小廢物，十足的廢物！放點血也算了不得的大事！好一個頂天立地的男子漢啊！你們瞧呀，一隻多可愛的小松鼠，一點不怕頭暈，爬到高高的樹梢上去摘核桃哩。啊！是的，說呀，吹噓呀！多好的一塊材料，將來要開藥店哩！遇到嚴重情況，你還可能被傳到法庭上去，啓迪法官們的良心呢！到那時，就得保持冷靜，善於說理，表現得像個男子漢大丈夫，不然的話，只好被別人當成低能兒！」

朱斯丹一聲不吭。藥店老闆繼續說道。

「誰請你來的？你總是來打擾先生和太太！再說，星期三我離不開你，現在店裏來了二十幾個人。還要爲了你，我把一切都扔下跑過來。好啦，快給我回去，快跑！等我回來，照看好藥瓶！」

朱斯丹穿上衣服走後，大家議論了幾句有關暈倒的情況。包法利夫人從來沒有暈倒過。

「女人不暈倒眞是不尋常！」布朗赫先生說道，「要說神經脆弱的人，眞還不少。有一回決鬥，我親眼看見一個證人聽見槍推上子彈的聲音就暈倒了。」

「我嘛，」藥店老闆說，「看見別人流血，倒還沒有什麼，但一想到自己在流血，想得多了點，就會覺得頭暈。」

這時，布朗赫先生打發走了他的雇工，叫他安下心來，既然他的願望已得到滿足。

「他的願望倒是使我有機會結識你。」

布朗赫先生說這句話的時候注視著艾瑪。

然後，他在桌子角上放三法郎，漫不經心地欠欠身子，就走了。

不一會兒，他就到了河對岸（這是他返回拉于謝特的必經之路），艾瑪目送他在草原的白楊樹下走著，步子漸漸放慢，就像想什麼心事。

「她非常可愛！」布朗赫自言自語道，「這位醫生太太非常可愛！雪白的牙齒，烏黑的眼睛，嬌小的腳，身材趕得上巴黎女子。乖乖，從什麼地方冒出了這樣一個女子？那個笨小子從哪兒把她搞來的？」

羅德夫·布朗赫先生現年三十四歲，性情粗暴，聰明機敏，交了許多女人，是風月場中的老手。他覺得艾瑪長得俊俏，就禁不住想她，也想她的丈夫。

「我覺得他是笨蛋一個。她看來已對他感到厭倦。瞧他指甲髒兮兮的，鬍子長茬，準三天沒刮了。他成天在外東奔西跑治病，而她待在家裏補襪子。那該有多無聊！一定盼望住到城裏去，天天晚上跳波爾卡舞！這嬌小的女子眞可憐！她準眼巴巴渴望愛情，就像案板上的魚兒渴望水一樣！三句調情的話，她準會深深愛上你，我敢肯定！一定溫柔！迷人！……是的，不過事後如何甩掉呢？」

想望中的快樂遇到了障礙，他不由得想起自己的情婦，便兩下比較起來。他的情婦是他供養的一個盧昂女戲子。一想到記憶中她那副模樣，他就覺得膩味。

「啊！包法利夫人比她漂亮多了，」他想道，「尤其嬌嫩得多。維爾吉妮顯然開始發胖啦。她那樣令人生厭，玩也玩得沒味兒，而且吃長臂蝦吃成了癮！」

田野裏見不到人，羅德夫只聽到雜草拂拭皮鞋有節奏的沙沙聲，還有躲藏在遠處蕎麥地裏蟋蟀的鳴叫。他眼前浮現出艾瑪的倩影，仍是剛才見到的裝束，但他把她脫得精光。

「啊！我一定要把她弄到手！」他叫起來，攏起手杖敲碎面前的一個土塊。

他立刻開始琢磨行動方略，暗自問道：

「在什麼地方幽會呢？用什麼方法？她的孩子與她形影不離，還有女傭人、鄰居、丈夫，麻煩事一大堆。咳！這太費時間啦！」

過了片刻，他又想道：

「她那雙眼睛像錐子似的，簡直要穿透你的心，還有那蒼白的臉色……我就喜歡臉色蒼白的女人！」

到了阿爾蓋山崗上，他已拿定主意：

「現在就是要找機會啦。對啦，我不時送去幾隻野味、家禽什麼的，必要的話，就去放血。彼此成了朋友之後，就邀請他們上我家來……啊，有啦！」他靈機一動，又想道，「農業評比會不是快舉行了嗎？她肯定會去，我就能見到她，不就行了嗎？大膽進攻吧，萬無一失。」

8

引人注目的農業評比會開幕的日子終於來到了！開幕式那天早上，所有居民都站在自家門口，議論著評比會的準備工作。鎮公所大門的三角楣上裝飾著長春藤；草坪上支起了一個帳篷，預備在那裏開宴會；廣場中央正對教堂，架了一門火炮，預備在省長駕到和宣布獲獎農民名單時鳴放。比錫的國民自衛隊（永維鎮沒有）被調來壯大消防隊的聲勢。消防隊隊長是比內。這天，他戴的假領子比平時還高，制服腰間束得緊緊的，上身挺得筆直，一動不動，彷彿全身的活力都灌注到了兩條腿上，它們按節奏抬起，齊刷刷邁著大步。稅務員和自衛隊隊長有意競爭，各自指揮自己的隊伍進行操練，顯示自己的能力。就見佩紅肩章和穿黑胸甲的隊伍交替走來走去，一次又一次重複，沒完沒了。如此壯觀的場面，前所未有。許多市民事先就把房屋打掃得乾乾淨淨。各家各戶半開的窗口，懸掛著三色旗。家家酒店客滿。晴空下，上漿的帽子、金十字架和花披肩，五顏六色，散布各處，映著明亮的陽光，熠熠生輝，雪一般耀眼，使深色的禮服和藍色的工袋，顯得不那麼單調了。四鄉的農婦，生怕裙子濺上泥點，便撩起來，用別針別在腰間，下了馬又都放下來。她們的丈夫則相反，都愛惜帽子，在上面包一塊手絹，用牙齒咬住手絹的一角。

人們絡繹不絕從鎮子兩頭湧進大街。也有許多人從小巷、夾道和住宅湧向大街。不時聽見門環響，那是戴線手套的婦女拉上身後的門，準備去看熱鬧。最引人注目的是兩棵高高的紫杉掛滿了彩燈，當中搭了個台子。官方人士將在那上面就座。此外，鎮公所大門口的四根柱子上，綁了四根竿子，每根竿子挑一面淺綠色小布幡，上面寫著金字。第一面寫的是：「促進商業」；第四面是：「促進農業」；第三面是：「促進工業」；第四面是：「促進藝術」。

這歡樂的場面使大家笑逐顏開，卻似乎使女店主勒佛朗索瓦太太愁眉不展。她站在廚房前台階上，獨自嘟囔道：

「眞愚蠢！搭那樣的帆布棚子，蠢透了！讓省長到那裏頭去吃飯，像個跑江湖的，能吃得舒服嗎？眞是瞎胡鬧，還說是爲地方增光呢！還去新堡請來一個蹩腳廚師，眞犯不上！再說，都是爲了誰？爲了幾個放牛的，幾個叫化子！」

這時，藥店老闆打客店門前經過。他穿著黑燕尾服，米黃色長褲，海狸皮鞋，尤其與平日不同的是，他還戴了一頂禮帽——一頂矮筒禮帽。

「你好哇！」他打招呼道，「請原諒，我正忙著哩！」

胖寡婦問他去哪兒，他答道：

「你覺得奇怪是不是？我平常總站在配藥室裏不出門，就像好好先生❶筆下鑽在乾酪裏的老鼠一樣。」

「什麼乾酪？」客棧老闆娘問道。

「啊，沒什麼，沒什麼！」奧梅答道，「我只不過告訴你，勒佛朗索瓦太太，我平常不出

❶即法國著名寓言作家拉·封丹。他曾描寫一隻老鼠鑽進一塊乾酪裏，與世隔絕，長得又肥又胖。

門，可是今天情況特殊，所以我要……」

「哦！你也要去那裏嗎？」勒佛朗索瓦太太輕蔑地說。

「是啊，我正要去那裏。」藥店老闆愕然答道，「我不是咨詢委員會成員嗎？」

勒佛朗索瓦大媽打量他一會兒，笑道：

「原來是這麼回事！不過，種莊稼與你有什麼相干？你也在行嗎？」

「我當然在行，因為我是藥劑師，也就是化學家！而化學，勒佛朗索瓦太太，就是研究自然界一切物體分子的相互作用的。農業當然也屬於它所研究的範疇！事實上，肥料的構成，液體的發酵，煤氣的分解，疫氣的作用，這一切不是道道地地的化學問題，是什麼？」

女店家沒答腔，藥店老闆接著說：

「你以為要成為農學家，就非得親自種地，親自餵雞鴨不可嗎？其實，更重要的是了解有關各種物質的成分，地質的構成，大氣的作用，土壤、礦石和水的品質，各種物體的密度及微觀作用，等等。還必須透徹了解所有衛生標準，以便指導和評論房屋的布局、牲口的管理和雇工的伙食。還必須精通植物學哩，勒佛朗索瓦太太，才會辨認各種植物，明白嗎？懂得哪些對身體有益，哪些對身體有害，哪些產量低，哪些有營養，是否應該在這裏撥了移栽到別的地方，是應該推廣還是應該毀掉。總之，應該透過小冊子和報紙，跟上科學的發展，隨時掌握足夠的資料，指出改良的辦法……」

女店主眼睛死死盯住法蘭西咖啡館門口。藥店老闆繼續說：

「但願我們的農民都是化學家，或者至少能更多地按科學辦事！為此，我最近寫了一本小冊子，是一篇長達七十二頁的論文，題目是：《論蘋果酒及其釀造與效用，附有關這個問題的新見解》。我把這篇論文寄給了盧昂農學會，因而榮幸地被接納為該會農學部果學分部成員。嗯，要是我的作品公開發表……」

藥店老闆看出勒佛朗索瓦太太心事重重，這才住口。

「瞧瞧那些人！」勒佛朗索瓦太太說，「真讓人莫名其妙！居然上那種飯館！」說罷聳聳肩，撐得胸前的毛衣現出了針眼。她的競爭對手的餐館裏飄出歌聲，她雙手朝那餐館一揮又說道：

「其實兔子尾巴長不了，再過一星期就完蛋！」

奧梅驚愕地後退一步。勒佛朗索瓦太太跨下三級台階，附到他耳邊說：

「怎麼，你還蒙在鼓裏嗎？那家店這星期就要給扣押啦。是被勒樂給逼的，幾張期票就把它坑垮啦。」

「竟有這等橫禍！」藥店老闆嚷道。他特別善於辭令，碰到任何場面，話都說得恰如其分。於是，女店家開始向他講述事情的經過。一切她都是聽紀堯曼先生的男僕泰奧多講的。她憎恨泰里耶，對樂勒也很不滿，認為他是個騙子、馬屁精。

「啊！瞧，」勒佛朗索瓦太太說，「他正在菜市場向包法利夫人打招呼哩。包法利夫人戴頂綠帽子，居然由布朗赫先生挽著她的胳膊！」

「包法利夫人！」奧梅說，「我得趕快去向她致意。她也許很希望在場子裏面的過道邊找個座位。」

勒佛朗索瓦太太叫他他，要繼續向他介紹。他不願再聽，趕緊離開她，一路上左邊點點頭，右邊招招手，不停地向熟人打招呼，臉上始終掛著微笑，腳步邁得特別快，黑禮服的燕尾被風吹得鼓起來，寬寬的在身後飄蕩。

羅德夫遠遠看見他，便快步朝他走來，但包法利夫人氣喘吁吁跟不上，他這才放慢腳步，滿面笑容地大聲對藥店老闆說：

「我是要避開那個胖子，你知道，老闆。」

艾瑪用胳膊肘碰一下羅德夫。

「她這是什麼意思？」羅德夫心裏想。

他一邊走，一邊用眼角打量艾瑪。

從側面看去，艾瑪顯得非常平靜，什麼也看不出來。她的臉沐浴著陽光，側面的輪廓特別分明；頭上戴頂橢圓形帽子，淺色的飄帶宛似蘆葦葉子；長睫毛彎彎的，眼睛睜得大大的看著前方，但彷彿略略受到顴骨的壓迫，這是因爲細膩的皮膚下，血液在輕輕搏動；兩個鼻孔之間的中隔呈粉紅色；頭向一側微偏，兩唇當中露出潔白、晶瑩的齒尖。

「她是在嘲笑我嗎？」羅德夫想道。

其實，艾瑪那個動作並沒有別的意思，只是提醒他注意，樂勒先生在他們身邊，像有意加入他們的交談，不時插上一句：

「今天這天氣可是好極了了！人人都從家裏出來啦！這刮的是東風。」

無論包法利夫人還是羅德夫，都不怎麼搭理他，而他呢，只要看見他們動一動，就連忙走攏來，手碰一碰帽子，問道：「什麼？」

到了馬掌鋪前面，羅德夫不繼續沿大路走向柵欄門，卻拉著包法利夫人突然拐進一條小道，一邊喊道：「晚安，樂勒先生！好好玩你的去吧！」

「瞧你就這樣把人家打發掉！」艾瑪笑著說道。

「爲什麼要讓別人插進來呢，既然今天我有幸和你……」

艾瑪臉紅了。羅德夫沒有把話說完，轉而開始談論天氣以及在草地上散步的樂趣。草地上長出了一些雛菊。

「瞧這些美麗的雛菊，」羅德夫說，「足夠供本地落入情網的女子去求神問卜啦。」

他又加上一句：「我去摘幾朵來，你說怎麼樣？」

「莫非你落入了情網？」艾瑪輕咳一聲，問道。

「啊！啊！那誰知道？」羅德夫答道。

草地上漸漸擠滿了人。婦女們撐著大傘，提著籃子，抱著孩子，在人群裏擠來擠去。經常不得不繞過一隊長長的鄉下女人和女傭人。她們都穿藍色長襪、平底鞋，戴銀戒指；從她們身邊經過時，可以聞到一股牛奶氣味。她們手拉手溜達著，從那排山楊樹到舉行宴會的帳篷，到處都能見到她們。評審的時刻到了，農民們一個接一個走進一個類似的賽馬場的地方。那地方是用一根長繩拴在樁子上圈出來。

裏面圈著牲口，全都頭衝著繩子，臀部高低錯落，參差不齊地排成了一行。豬睡得迷迷糊糊，嘴拱進土裏；牛犢哞哞，羊羔咩咩；母牛曲腿匍伏在草地上，慢悠悠反芻著胃裏的草料，不停地眨著沈重的眼皮，因爲牛蠅在頭上嗡嗡亂飛。車夫們光著膀子，拽住公馬的絡繩，而公馬竭力掙脫，衝著旁邊的母馬嘶鳴。母馬倒挺安靜，伸長披著馬鬃的脖子；馬駒不是躺在它們的影子裏，就是湊到它們的肚皮下來吃奶。

在這高低起伏的牲口群裏，只見波濤般雪白的馬鬃隨風擺動，或是這裏那裏露出尖尖的犄角和走動的人頭。在場子旁邊一百米遠的地方，有一頭大黑公牛，嘴上套著鐵絲籠頭，銅牛般一動不動，一個衣衫襤褸的孩子拽住牛繩，牽著它。

在兩排牲口之間，幾位先生挪動著沈重的步子，逐頭進行檢查，每檢查完一頭就低聲討論一番。其中一位先生看上去比其他人地位高，一邊走，一邊在一個小本子裏記著什麼。此人就是評審團主席德洛澤萊先生，邦維爾人。他認出了羅德夫，忙走過來，和藹可親地笑著對他說：

「怎麼，布朗赫先生，你扔下我們走啦？」

羅德夫說他一會兒就回來。可是等主席一離開，他就對艾瑪說：

「老實說，我才不回去呢，和他在一起還不如和你在一起。」

羅德夫雖然嘲笑評比會，但爲了通行無阻，他還是掏出自己藍色的請柬給警察看，甚至遇到出色的展品，還停下來觀看。可是包法利夫人一概不感興趣，他注意到了這一點，便開始挖苦永維鎮的太太們的穿著打扮，然後又爲自己不修邊幅表示歉意。他的穿著頗不協調，既俗氣，又考究。常人憑習慣，認爲這顯示出生活的荒唐、感情的紛亂、藝術的束縛和社會習俗的某種蔑視。所以，他的穿著令一部分人著迷，而令另一部分人反感。這天他穿的是一件細麻布襯衫，袖口打褶，風一吹，在灰布坎肩敞開的地方就鼓起來；寬條紋的長褲，在腳踝處露出一雙南京布靴子，上面貼了幾塊漆皮，擦得鋥亮，連草都照得見。他穿著靴子在馬糞上踩來踩去，一隻手插在上衣口袋裏，頭上歪戴著草帽。

「再說，」他接著說道，「一個人住在鄉下……」

「就什麼也別想指望啦。」艾瑪接口道。

「你說對了！」羅德夫附和道，「想一想吧，那些老實透頂的人，連燕尾服的款式都沒有一個能說得出所以然！」

於是，他們談起鄉下的庸俗，人生活在這裏都要給憋死，幻想都要破滅。

「所以，」羅德夫說道，「我感到非常鬱悶。」

「你？」艾瑪吃驚地說，「我還以為你很快活呢！」

「啊！表面是這樣，因為在人面前，我總是裝出一副樂呵呵的樣子。可是，有多少回，我在月色下看見墓地，便不由得問自己，我是不是像那些人一樣長眠於九泉更好一些……」

「噢！那麼你的朋友們呢？」艾瑪說道，「你就不留戀他們？」

「我的朋友？誰是我的朋友？我有朋友嗎？有誰關心我？」

羅德夫說到最後一句時，像是不勝唏噓。

這時，一個人扛著高高的一摞椅子從後面走來，他們倆不得不分開一下。那人扛的椅子實在多，從旁邊看去，除了一雙木鞋的鞋尖，就只看見他的兩條胳膊伸得開開的，露出一雙手來。他就是掘墳人賴斯迪布杜瓦，正把教堂裏的椅子扛出來讓大家坐。凡是有利可圖的事，他這人總會動腦筋的，所以想出這個辦法，趁評比會召開之際撈點外快。他的打算果然奏效，都忙得應付不過來，因爲鄉下人感到很熱，都爭搶椅子坐。那些椅子的墊草散發出香火氣味，寬大的靠背沾有蠟油，他們搶到手後，都懷著某種虔敬之心坐在上面。

「是的！我錯過的機會太多了，至今還是孤單單的！唉！如果我的生活有個目標，要是我能遇到一個眞情實意的人……啊！我一定會竭盡全力，克服一切困難，衝破一切障礙！」

「可是在我看來，」艾瑪說道，「你並沒有什麼不如意的地方啊。」

「噢！你覺得是這樣嗎？」

「因爲，不管怎樣……」艾瑪又說，「你自由。」

她猶豫一下，補充說：「又富有。」

「別取笑我啦。」羅德夫說道。

艾瑪賭咒她不是取笑。這時，突然一聲炮響，人們立刻亂哄哄往鎭子裏擁去。

但炮放錯了，省長大人並沒有到。評委們非常尷尬，不知道該馬上開會還是該繼續等待。揮動鞭子不停地抽打。比內忙喊口令：「扛槍！」自衛隊長也喊了聲，隊員們便都向支在一塊的槍跑去。大家爭先恐後，有幾個連假領都忘了戴了。但省長的馬車似乎想到了大家會措手不及，兩匹並駕的駑馬拉著鏈子，搖搖晃晃，小步緊跑，到了鎭公所前面，正遇到國民自衛隊和消防隊敲著鼓，列隊相迎。

「原地踏步！」比內喊道。

「立定！」自衛隊長喊道，「向右看齊！」

接著是行舉槍禮。槍箍相互碰撞發出的聲音，就像一把銅壺從樓梯上滾下來似的。行禮完畢，槍全部放下。

於是，就見從車上下來一位先生，短燕尾服上繡著銀花，禿頂，僅後腦勺有一綹頭髮，臉色蒼白，人看上去極和善，一雙眼睛很大，厚厚的眼皮眯縫起來，打量著群眾，同時揚起尖尖的鼻子，癟癟的嘴唇浮現出微笑。他從綬帶認出了鎮長，便上前告訴鎮長，省長大人因故沒有來，他自己是省府的參事，謹向諸位表示歉意。鎮長杜瓦施一味客套，參事表示不敢當。兩個人面對面站著，幾乎前額碰到了前額，四周圍著評審團成員、鄉議會議員、鄉紳以及國民自衛隊和群眾。參事先生把黑色三角帽抱在胸前，向大家頻頻施禮。杜瓦施腰彎得像張弓，滿臉堆笑，結結巴巴，詞斟句酌，一方面保證自己效忠於王室，另一方面保證珍惜永維鎮所獲得的榮譽。

客店伙計伊波力特，趕過來從車夫手裏接過馬韁，瘸著一條畸形的腿，把兩匹馬牽到金獅客店的門廊下，許多農民擠在那裏看省長坐的車子。鼓聲大作，禮炮齊鳴，先生們一個接一個登台，在向杜瓦施夫人借來的紅絨軟椅裏就座。

這些先生們一個個模樣都差不多：皮肉鬆弛的臉，被太陽曬得有點黃中透黑，與甜蘋果酒的顏色差不多；硬挺挺的寬衣領裏，露出蓬茸茸的鬍子；硬領由白色領帶箍住，前面勻稱地結著領花；個個都穿著鑲邊的絲絨坎肩，懷錶的絲帶末梢掛一個紅玉橢圓圖章；人人都把一雙手放在兩條大腿上，讓雙腿分開現出褲襠；呢料的褲子都沒有褪色，光閃閃的，比厚厚的皮靴還亮。

先生們的後面是上流社會的夫人們，坐在門廊下的柱子之間。普通群眾則全在對面，有站著的，也有坐在椅子上的。賴斯迪布杜瓦把草地上的椅子全搬了過來，還在繼續去教堂裏尋找，一直忙個不停。由於他做這個生意，會場的通道都被堵塞了，誰想登上主席台，要費很大勁才能擠到小梯子腳下。

「我覺得，」樂勒先生向正準備就座的藥店老闆說道，「應當豎兩根威尼斯式杆子，弄點新式東西掛上去，又莊嚴又富麗，那才好看哩！」

「那當然。」奧梅答道，「可是有什麼辦法呢！一切全是鎮長一手包辦的。這可憐的杜瓦施可沒有什麼審美觀點，甚至可以說，他這個人半個藝術細胞都沒有。」

這時，羅德夫領著包法利夫人上到鎮公所二樓，進到會議室。一看裏邊沒有人，他就說在這裏可以更自由自在地欣賞整個會議的場面。他從國王半身像下的橢圓形會議桌旁邊，搬過三張圓凳，放在一個窗口，兩個人緊挨著坐下。

主席台上有點騷動，經過長時間的低聲商量，參事先生終於站起來。直到這時，大家才知道他的名字叫略萬，群衆正一個挨一個傳開去。他拿起幾頁講稿湊近核對一下，才開口說：

諸位先生：

請允許我在談到今天這次盛會的目的之前，首先向最高當局、政府和國王表示敬意。我相信，先生們，諸位都有這種感情。我們的聖上，我們擁戴的國君，對凡是與繁榮有關的事情，無論公私，一律關懷備至。他堅定而明智地引導著我們的航船，不畏艱險，在波濤洶湧的大海上勇往直前；他像重視戰爭一樣重視和平，也重視工業、商業、農業和藝術。

「我應該後退一點坐。」羅德夫說道。

「爲什麼？」艾瑪問。

但這時參事的嗓門提得異乎尋常高，只聽見他說：

先生們，國民不和、血染公眾廣場的時代，業主、商人甚至工人夜裏在平靜的睡夢中突然被警鐘驚醒、人人膽戰心驚的時代，邪說橫行、肆無忌憚煽動顛覆社稷的時代，已經一去不復返了……

「因爲下面的人看得見我。」羅德夫答道，「這樣一來，我得費半個月口舌，去東賠情西解釋，而且，以我這樣的壞名聲……」

「哎！你存心糟蹋自己。」艾瑪說道。

「不，不。實不瞞你說，我的名聲壞透頂啦！」

省府參事繼續他的演說：

先生們，撇開往昔那些黑暗的景象，放眼我們美麗祖國的現狀，展現在我們面前的是什麼情景呢？到處商業興旺，藝術繁榮；新的交通線四通八達，猶如國家的身體裏了許多新的血管，交往聯繫大大增進；我們各大工業中心都恢復了活力；宗教更加鞏固，給所有心靈以撫慰；我們的港口泊滿了船隻。我們恢復了信心，總之，法蘭西充滿了蓬勃生機！

「再說，」羅德夫補充道，「按世俗之見，人們對我的看法也許不無道理。」

「這話怎講？」艾瑪問道。

「怎麼！」羅德夫說，「難道你不知道，有些心靈在時時受折磨？他們此時需要幻想，彼時又需要行動，抑或需要最純潔的愛情、極度瘋狂的歡樂。這樣，就不可避免地要幹出種種怪誕、荒唐的事情。」

聽了這番話，艾瑪抬眼打量他，就像打量一位遊歷過許多奇異國度的人。打量一陣，她說道：「就是這種消遣，我們這些可憐的女人也得不到啊！」

「可悲的消遣，從中找不到幸福。」

「可是，幸福難道找得到嗎？」艾瑪問道。

「找得到。有一天它會降臨的。」羅德夫答道。

省府參事繼續說道：

> 這些你們想必都懂得。你們，鄉村的農民和工人；你們，文明事業和平的開拓者；你們，維護進步和道德的人；我相信你們都懂得，政治上的風暴比自然界的風暴更可怕……

「有一天它會降臨的。」羅德夫重複道，「有一天，當你已經萬念俱灰時，幸福會突然降臨。於是，天地豁然開朗，彷彿有個聲音在高喊：『幸福在這裏！』你感到需要向這個人傾吐衷曲，需要把一切託付給他，需要爲他犧牲一切！這種事不可言傳，只可意會。兩個人似曾夢裏相逢（他注視著艾瑪）。他終於到來了，這個踏破鐵鞋無覓處的寶貝，終於在你面前了。他閃閃發光，熠熠生輝。可是，你還有疑心，不敢相信；你覺得眼花撩亂，彷彿剛從黑暗裏走進光明。」

羅德夫說到最後一句話，打了個手勢，接著抬起一隻手蒙住臉，就像眞的頭昏眼花似的，隨後又將那隻手放下，讓它落在艾瑪的手上。艾瑪抽回了自己的手。

省府參事仍在照本宣讀講稿：

諸位先生，有誰對此感到吃驚嗎？只有那些閉眼不看現實的人，那些死抱舊時代的偏見不放的人（我這樣說不怕得罪誰），才不承認農村的民眾有頭腦。而實際上，哪裏能找到像農村的民眾那樣多的愛國心，那樣多對公眾事業的獻身精神？一句話，哪裏能找到那樣多智慧？我這裏所說的智慧，先生們，不是表面的智慧，不是無所用心的頭腦的點綴，我說的是那種深刻而穩健的智慧。這種智慧致力追求的，首先是實際的目標，增進個人福祉，改善公眾情況，支援國家建設。這種智慧是尊重法制和履行義務的結果……

「哼！又來了，」羅德夫說，「開口閉口總離不開義務！這兩個字我都聽膩了。這是一群穿法蘭絨坎肩的老朽，一群離不開腳爐和念珠的道學先生。他們一刻不停地在我們耳朵邊絮叨：『義務！義務！』哼，眞見鬼！什麼是義務？義務就是感受一切崇高的事物，熱愛一切美好的東西，而不是接受社會的種種清規戒律和它強加於我們的屈辱。」

「可是……」包法利夫人想反駁。

「哎，不！爲什麼要口口聲聲攻擊愛情呢？它難道不是世間唯一美好的東西，不是英雄主義、熱情、詩歌、音樂、藝術，總之一切東西的源泉？」

「不過，」艾瑪說道，「總還是應該稍稍順從社會輿論，服從社會道德吧。」

「啊！道德有兩個，」羅德夫說道，「一個是低級、流俗之道，朝三暮四，吵吵嚷嚷，在下面胡鬧，庸俗不堪，就像你現在看見的這群蠢傢伙一樣；另一個是萬古常存之道，存在於天地萬物之間，一如我們周圍的景物和我們頭頂上光輝燦爛的藍天。」

台上，略萬從口袋裏掏出一塊手帕擦擦嘴，又繼續說道：

先生們，農業的作用，還用得著我在這裏向諸位闡述嗎？我們的日常之需要是誰供應的？我們的衣食是誰提供的？難道不是農民？是農民。先生們，用他們勤勞的雙手播種，使鄉村肥沃的土地長出小麥，小麥經精巧的機器磨成粉，即我們所稱的麵粉，運到城市，隨即送進麵包坊，製成食品，不分貧富供應所有居民。難道不也是農民，餵養了許許多多牛羊，使我們有衣服穿？試問，沒有農民，我們哪來的衣穿，哪來的飯吃？先生們，這方面的例子，用得著費腦筋去尋找嗎？就拿我們家禽棚裏那小小的、可愛的雞鴨來說吧，誰不經常想到它們的重要性呢？它們不僅爲我們提供鬆軟的枕頭，還爲我們提供鮮美的肉食和蛋品。經過精耕細作的土地，就像慷慨的慈母，向兒女們提供各種各樣的產品，這樣的產品是舉不勝舉的。這裏是葡萄，那裏是蘋果，再那邊是油菜，還有奶酪、亞麻。先生們，千萬不要忽視亞麻！近年來，亞麻發展可觀，我特別提請諸位注意……

參事其實沒有必要提請大家注意，因爲與會群衆個個張大著嘴，彷彿要把他說的話全吞食掉似的。坐在他旁邊的杜瓦施睜大眼睛聽著；德洛澤萊先生則不時微微閤上眼睛；更遠一點，藥店老闆兩腿間夾著兒子拿破崙，把手拱在耳朵邊，生怕漏掉一個字。其他評委都慢條斯理地點著頭，表示贊同。台下，消防隊員們拄著上刺刀的槍歇息著：比內胳膊肘朝外，刀尖朝上，一動不動地站立著。他也許在聽，但肯定什麼也沒有看見，因爲他的頭盔壓得太低，前簷都罩到了鼻子上。他的副手，即杜瓦施先生的小兒子，頭盔壓得更低，因爲他戴的頭盔太大，在頭上晃晃蕩蕩，連襯在裏面的花綢帕子也露出一角。他在頭盔底下甜甜地、稚氣地微笑著，一張小臉顯得蒼白，淌著汗珠子，表情是高興的，但又困又乏。

整個廣場直到居民住宅前面都擠滿了人。所有窗口都擠滿人，門口也站滿了人。朱斯丹站在藥店前面發愣地張望。儘管全場鴉雀無聲，隔遠了略萬的聲音還是聽不清楚，傳到耳朵裏只有間忽的一句半句，而且往往被人群中這裏那裏挪動椅子的聲音打斷。還有，後面會冷不防傳來長長的一聲牛哞，或者羊在街角處咩咩叫喚。放牛和放羊的把牲口趕到了會場邊上，牛羊時不時叫幾聲，同時伸出長長的舌頭，捲沾在鼻子上的樹葉子。

羅德夫貼近艾瑪，急速地悄聲說：

「對世人的居心叵測你不反感嗎？有哪一種感情不受到世人的譴責？最高尚的本能、最純潔的同情，也逃不脫迫害和誹謗；兩顆可憐的心靈好不容易碰到了一起，世人會千方百計阻撓他們結合。然而這兩顆心靈偏要試一試，他們拍動翅膀，相互呼喚。啊！遲早有什麼關係，半年，十年，他們終舊要結合，要相愛，因爲這是命中注定的，他們是天生的一對。」

羅德夫雙臂交叉放在膝頭，抬起臉，湊近艾瑪，兩眼直勾勾看著她，艾瑪看見他黑色的瞳孔四周，放射出一道道細細的金光；她甚至聞到他那賊亮的頭髮上生髮油的香味。於是，她感到渾身酥軟，不禁想起在沃比薩爾陪同她跳舞的那位子爵。子爵的鬍鬚像羅德夫的頭髮一樣，散發著香子蘭和檸檬的清香。她不自覺地瞇縫起眼睛，盡情地領略那香味。可是，就在她身子往椅背上一靠時，她遠遠地瞥見，天邊盡頭，那輛舊驛車「燕子」正緩緩駛上嶗岭，後面揚起一股長長的塵土。萊昂就是經常乘坐那輛黃色的驛車，來到她身邊，後來卻打那條路走了，永遠不回來了！她彷彿看見萊昂在她所坐的窗口對面，隨後一切變得模糊了，眼前掠過一團團雲霧。她又彷彿還在吊燈的照耀下，在子爵的臂彎裏，隨著華爾滋舞曲旋轉；萊昂離得也不遠，馬上就要來到她身邊……然而，她感覺到羅德夫的頭一直貼近著她。這種怡人的感覺與往昔的欲望摻和在一起，彷彿風刮起的沙粒，在瀰漫於她心靈間的幽香中旋轉。她好幾回盡力翕動鼻子，聞纏繞在柱子上的長春藤的清香。她摘掉手套，擦擦手，用手絹在臉旁扇風，感到太陽穴快速跳動，同時聽見下面人群中發出嗡嗡聲，也聽見參事念講稿的聲音——

諸位應該繼續努力，堅持不懈，既不要墨守成規，也不要憑魯莽的經驗主義輕率行事！尤其應該致力於改良土壤，積好肥料，發展良種馬、牛、羊和豬。但願這次評比會成爲大家的和平競賽場；但願評比中的獲勝者向失敗者伸出友誼之手，共同爭取更好的成績！可敬的臣民們，卑賤的人們，你們辛勤的勞動，過去從沒受到任何政府的尊重，現在請來接受對你們沒沒無聞的品德的獎賞吧。請你們相信，從今以後，政府會時時關注你們，鼓勵你們，保護你們，滿足你們的正常要求，並盡可能減輕你們沈重的負擔！

略萬先生回到座位上。德洛澤萊先生站起來，開始另一篇演說。他的演說也許不像參事的演說那樣詞句華美，但自有其特點，有一種講求實際的風格，就是說見解比較專門，意見比較高明，對政府的頌揚比較少，更多的是談宗教和農業，把兩者的關係闡述得十分清楚，並且闡明了它們一向是怎樣促進文明的。羅德夫和包法利夫人談論著做夢、預感和人與人之間的吸引力等問題。演說者追溯到人類社會的搖籃時代，向大家描繪人類棲息在深山老林裏，以橡樹子爲生的蠻荒歲月。後來，人類才不披獸皮，改穿布帛，學會了翻耕土地，種植葡萄。這種進步好不好呢？這種發現是否弊多於利呢？德洛澤萊給自己提出這個問題。羅德夫則從人與人之間的吸引力，漸漸談到親姻關係。主席列舉事例：辛辛納圖斯❷掌犁耕地，戴克里先❸栽種白菜，中國皇帝以播種標誌新春開始。而這時，年輕的羅德夫向少婦解釋說，人與人之間不可抗拒的吸引力，是前世就注定了的。

「所以，就拿你我來講吧，」他說，「爲什麼我們會相識呢？是什麼機緣促成的？這是因爲我倆特定的秉性，促使我們走到一起來了，就像兩條河流，經過漫長的行程，最後匯集到一

❷辛辛納圖斯（公元前五一九～？），羅馬政治家，據傳他被羅馬城居民推舉爲獨裁官，去援救被埃魁人（古義大利民族）圍困於阿爾基多斯山上由一位執政官率領的軍隊。他接到此項任務時，還在自己的小農莊上耕作。

❸戴克里先，羅馬皇帝（二八四～三〇五年在位），在位時極力振興農業，老年退歸鄉野，過田園生活，後有人促請他重新執政，他回答說種白菜更有樂趣。

起。」羅德夫說著握住艾瑪的手，艾瑪並沒抽回去。

「全面精耕細作獎。」主席喊道。

「比方說，剛才我去你家時……」

「授予坎康普瓦的比澤先生！」

「我當時知道會有機會陪伴你嗎？」

「七十法郎！」

「多少次我想離開，但還是跟著你，留了下來。」

「肥料獎。」

「今天下午我留在你身邊了，明天，以後，一輩子我都要留在你身邊！」

「授予阿爾蓋的卡龍先生！金質獎章一枚！」

「因爲我從與自己相處過的人身上，從來沒有發現誰像你這樣有魅力。」

「獎給吉伏里—聖馬丁的班先生！」

「所以我會永遠把你記在心上。」

「美麗奴羊[4]獎……」

「可是你會忘記我，我將像一個影子般消失。」

「獎給聖母院的貝洛先生……」

[4] 產於西班牙的細毛綿羊。

「啊！不會的。我將在你的思想和生活中占有一定的位置，是不是？」

「良種豬獎，兩名：授予萊厄里賽和庫朗保先生，每人六十法郎！」

羅德夫抓住艾瑪的手，覺得它熱呼呼，瑟瑟發抖，就像一隻被捉住而想飛走的斑鳩。艾瑪呢，不知是想把手抽回，還是爲了回應他那樣抓著不放，她的手指動了動。羅德夫激動地說：

「啊！謝謝！你沒有推開我，你眞好！我知道我是屬於你的！讓我看看你、好好看你！」

窗外吹進一股風，吹縐了台布。樓下廣場上，農婦們的帽子被掀起，像白色蝴蝶扇動翅膀。

「還有施用豆餅，」主席繼續說。

他加快速度念道：「施用佛蘭德肥料，種麻、排水、長期租賃、家庭服務等項。」

羅德夫不再說話。兩個人相互注視著，烈火般的欲望使他們發乾的嘴唇直哆嗦；他們的手指軟綿綿的，不用力抓就黏在一起。

「薩斯托－拉－蓋里埃的卡特琳．依麗莎白．勒魯在一家莊園服務了五十四年，授予銀質獎章一枚——價值二十五法郎！」

「卡特琳．勒魯在哪裏？」參事先生問道。

卡特琳不肯上前領獎，只聽見一些人低聲催她：

「去呀！」

「我不去。」

「往左邊走！」

「別害怕！」

「唉！瞧她多蠢！」

「卡特琳．勒魯到底來了沒有？」杜瓦施大聲問道。

這才見一位矮小的老婦人，畏畏縮縮走向主席台。她枯瘦的身體像在破舊的衣服裏縮成一團，腳上穿一雙木底皮面大套鞋，腰間圍一條寬大的藍色圍裙，頭戴一頂沒有滾邊的小風帽，一張老臉皺巴巴的，比一個風乾的斑皮蘋果還皺得厲害，紅色短上衣的袖口裏，伸出一雙長手，關節疙里疙瘩。那雙手由於長年接觸穀倉的灰塵、洗濯的鹼水和羊毛的油脂，皮膚又粗又硬，布滿裂痕，雖然經常用清水沖洗，看上去總髒兮兮的，而且由於長年勞動，總是半張開著，彷彿它們本身就是一個不起眼的證據，證明它們的主人所受的千辛萬苦。她那張臉表情呆板，活像一個苦修的道姑；毛光黯淡、冷漠，沒有半點憂傷或多愁善感的流露。她經年累月與牲口打交送，變得和牲口一樣沈默寡言，安安靜靜。這是頭一回她看見自己周圍這麼多人。會場裏的旗幟、鼓聲，台上穿黑禮服的先生們，還有省府參事的榮譽勛位勛章，這一切使她心裏很害怕，連步子都挪不動，不知道該往前走，還是向後逃，也不知道大家爲什麼催促，評委們爲什麼衝著她微笑。這位給人當了半輩子僕役的老太婆，就這樣呆立在那些喜氣洋洋的老爺們面前。

「請過來，可敬的卡特琳．依麗莎白．勒魯！」參事說著從主席手裏接過獲獎人員名單。他看一遍名單，又看看老婦人，以慈父般的聲音重複道：

「過來吧，請過來！」

「你聾了嗎？」杜瓦施從座位上跳起來問道。他開始對著老婦人的耳朵喊道：

「幹了五十四年僕役！授予銀質獎章一枚！二十五法郎。這是給你的。」

老太太拿到獎章，端詳一陣，臉上浮現出幸福的微笑，隨即走開了。大家聽見她一邊走一邊咕噥道：「我把它送給我們那裏的本堂神父，請他給我作彌撒。」

「信教都信得入了迷！」藥店老闆側過身對公證人說。

會議結束，群眾散去。演說稿念過了，人人回到原來的位置，一切照舊，主子依舊粗暴對待僕人；僕人依舊鞭打牲口。得了獎的牲口，頭上掛著綠枝花環，無動於衷地返回牲口棚。

人群散去之時，國民自衛隊上到鎮公所二樓，每人刺刀上紮一串點心；隊上的鼓手拎著一筐酒。包法利夫人挽住羅德夫的胳膊，讓他送回家。他們在包法利家門口分手，羅德夫獨自去草場溜達，等待酒宴開始。

宴會拖拖拉拉，吵吵鬧鬧，招待很不周到。席間坐得很擠，連胳膊肘都活動不了。充當凳子的窄木板不堪重負，差點給壓斷了。大家一味地吃，拚命把自己的那份塞完，吃得額頭上直冒汗。餐桌上方掛著幾盞馬燈，浮動著一片白濛濛的熱氣，看去頗似秋日早晨籠罩河上的霧氣。羅德夫背靠帳篷，一心想著艾瑪，什麼也沒聽見。在他身後，僕人們把髒盤子放在草地上。鄰桌的人邊吃邊說話，他始終不答不理。不斷有人給他斟酒，嘈雜聲越來越大，他腦子裏卻悄無聲息。他在想艾瑪對他說過的話，想她的嘴唇的模樣。艾瑪的臉出現在一個個帽徽上，就像映照在魔鏡裏似的，光彩照人；艾瑪打褶的袍子，順牆壁垂落下來。放眼未來，充滿愛情的日子無盡無期地展現在他面前。

夜晚觀賞煙火的時候，他又見到了艾瑪，但艾瑪與她丈夫及奧梅夫婦在一起。藥店老闆擔心騰空而起的煙火會發生危險，不時離開身邊幾個人，去關照比內幾句。

花炮事先都送到杜瓦施那裏，由他保管。他過分小心，全藏在地窖裏，結果火藥受潮，大都點不著。尤其主要的一套，燃放開來應現出一條首尾相銜的龍，可是根本點不著。只是不時升起一個萬花筒，可憐巴巴地懸在空中。人群張著嘴，發出一片歡呼，其中夾雜著女人的尖叫，那是有人趁黑暗撓了她們的腰。艾瑪一聲不響，輕輕地靠在夏爾肩頭，仰望著漆黑的夜空裏光彩奪目的煙火。羅德夫則藉花燈的光亮，打量著她。

花燈漸漸熄滅，夜空中現出星星。天上掉下幾個雨點，艾瑪把披肩挽在沒戴帽子的頭上。

這時，省府參事的馬車駛出客店。車夫喝醉了酒，突然睡意上來，便迷糊過去了。遠遠望去，只見他的身體伸在車篷外面，隨著車身的顛簸，在兩盞馬燈之間左搖右晃。

「實在有必要嚴懲酗酒！」藥店老闆說，「我希望鎮公所門口專門掛出一塊牌子，每星期把酗酒者的姓名公諸於衆。再說，這類統計資料就像年鑒，需要的時候會派上用場……對不起。」

他又跑到消防隊長比內身邊。比內正要回家，去擺弄他的車床。

「你也許應該派手下一個隊員去，要不你自己去……」奧梅對他說。

「讓我安靜點好不好，」比內答道，「什麼事也不會發生！」

「大家放心好啦。」藥店老闆回到朋友們身邊說，「比內先生肯定地告訴我，已經採取了措施，不會有火花落下來。水龍裏盛滿了水。咱們回去睡覺吧。」

「說實話，我眞想睡啦。」奧梅太太連打了幾個大呵欠說道，「不過沒關係，今天這節日過得挺開心。」

羅德夫含情脈脈地低聲附和道：

「啊！是呀，過得挺開心！」

大家道過晚安，轉身離去。

兩天後，《盧昂燈塔報》登出一篇有關這次農業評比會的長文章，是奧梅先生在評比會後第二天懷著激情寫的。他寫道：

「爲什麼那麼多彩燈、鮮花和花環？那像大海洶湧波濤般的人流，在田野上冒著炎熱的陽光，正朝什麼地方趕去？」

接著，他談到農民的境況。誠然，政府已經做了不少事情，但還不夠！「加油啊！」他大聲疾呼，「千百項改革刻不容緩，讓我們努力完成！」隨後，他描述了省府參事駕到的情形，既寫到「我們雄赳赳的民兵」，又寫到「我們非常活潑的鄉村婦女」，也沒有忘記「已經禿頭的老年人，他們像古代的族長來參加會議，其中有幾位曾參加過我們不朽的軍隊，現在聽到雄壯的鼓聲，心還咚咚跳呢。」他把自己列在評審委員會最前面幾個委員之中，甚至加了一條注，提醒說，藥店老闆奧梅先生給農業場會寄過一篇關於蘋果酒的論文。在寫到頒獎的情形時，他以抒情筆調描寫獲獎者的喜悅：「父親吻抱兒子，哥哥吻抱弟弟，丈夫吻抱妻子。許多人自豪地把小小的獎章給別人看；不消說回到家裏，回到賢慧的妻子身邊，多半是一邊哭一邊把獎章掛在茅屋黯淡的牆上。」

「六點鐘左右，在里耶吉亞先生的草坪上舉行了宴會。參加評比會的主要人物相聚一堂，宴會自始至終洋溢著親切友好的氣氛。席間，大家頻頻舉杯祝酒：略萬先生提議爲國王乾杯；杜瓦施先生提議爲省長乾杯；德洛澤萊先生提議爲農業乾杯；奧梅先生則提議爲農業的兩姊妹——工業和藝術乾杯；勒普里謝先生提議爲各方面的改善乾杯。天黑之後，絢麗奪目的煙火突然照亮了夜空。那眞可說是道道地地的萬花筒，道道地地的歌劇布景，簡直讓人以爲，我們這個小地方，移到了《天方夜譚》的夢境之中。」

「値得一提的是，沒有發生任何不愉快的事情，來擾亂這次以家庭爲單位參加的盛會。」

文章最後補充一句。

「唯一引人注意的是教士沒有來參加。教士們對於進步大概另有看法。那就悉聽尊便，羅耀拉[5]的信徒們！」

[5] 羅耀拉（一四九一～一五五六），天主教耶穌會創始人。

9

六個星期過去了，羅德夫一直沒有再來。一天晚上，他終於露面了。

農業評比會第二天，他對自己說：

「不能太早返回去看她，那樣反而會把事情搞砸了。」

頭一個周末，他動身去打獵。打獵回來考慮已經太晚了，但他又分析道：

「既然頭一天她就愛上了我，她一定急切地盼望見到我，越是急切，愛我就愛得越深。還是讓她繼續等待吧！」

一進客廳，他就注意到艾瑪的臉色刷地變得煞白，便明白自己的算計對了。只有艾瑪一個人在家。天色向晚，玻璃窗上掛著洋紗小窗帘，暮色越發顯得濃重。一抹夕陽投在鍍金的晴雨表上，金光閃爍，穿過珊瑚枝的空隙映照在鏡子裏，彷彿一團火。

羅德夫一直站著。艾瑪只是勉強地回答了他最初的幾句問候。

「我嘛，」羅德夫說，「事情忙，又生了一場病。」

「病得嚴重嗎？」艾瑪急忙問道。

「啊，」羅德夫在她身旁一條圓凳上坐下，「病得倒不嚴重，主要是我不想來看你。」

「爲什麼？」

「你還猜想不出來？」

他又看她一眼，目光那樣熱烈。艾瑪不禁臉一紅，低下了頭。他喚道：

「艾瑪……」

「先生！」艾瑪說著稍稍挪開一點。

「啊！你看得出來，」羅德夫用憂傷的聲音說，「我不想來看你是有道理的。艾瑪這個名字，這個占據我的整個心靈的名字，我情不自禁叫出了口，你卻不准我叫！包法利夫人！……不論男女老幼，所有人都這樣叫你！再說，這並非你的姓氏，而是別人的姓氏！」

他重覆道：

「是別人的！」

他用雙手捧住了臉。

「是的，我沒有一刻不想你……一想念你，我就陷入絕望之中。啊！對不起！我要離開你，永不再見你！我要到很遠的地方去，跑到天涯海角去，你再也聽不到別人談論我……可是，今天……不知是什麼力量支使我又來到你身邊！看來，天意不可違抗，天使的微笑不可抗拒！人會情不自禁被美好、迷人、可愛的東西所吸引！」

艾瑪是頭一回聽到有人對她說這類話。她的虛榮心隨著這熱烈的話語，舒舒服服地擴展開來，整個兒膨脹起來了，就像身心完全放鬆，在進行桑拿浴一樣。

「雖然我沒有來，」羅德夫繼續說，「雖然我沒有看見你，啊！至少我默默地注視你周圍的東西。夜裏，每天夜裏，我都從床上爬起來，一直來到這裏，凝望你的住宅，凝望在月光下熠熠生輝的屋頂，凝望花園裏在你的窗前搖曳的樹木；透過玻璃窗，我看見一盞小燈，一個如豆的亮光，在黑暗裏閃爍。啊！你哪裏知道，一個可憐的、不幸的人，就在你窗外，離你那樣近，又那樣遠……」

艾瑪轉向羅德夫，嗚咽道：

「啊！你眞好！」

「不，是我愛你，這並不說明別的！這你不會不知道吧！告訴我吧，對我說一句話！一句就夠了！」

羅德夫不知不覺地從凳子上溜到了地板上。但這時，廚房裏傳來木鞋的響動，而且他注意到客廳的門沒有關，於是，他站起來，接著說：

「我有一個怪念頭，請你發發慈悲，滿足我吧！」

他的怪念頭就是想參觀艾瑪的家，他渴望了解艾瑪的家。包法利夫人覺得這並沒有什麼不方便。兩個人剛站起來，夏爾進來了。

「你好，大夫。」羅德夫忙打招呼。

夏爾聽到這意外的稱呼，大爲高興，便顯得格外殷勤，極力恭維。羅德夫利用這個機會，稍稍鎮定下來，說道：

「尊夫人剛才向我談到她的健康……」

夏爾打斷他的話，說實際上，他也正爲此焦慮萬分；他妻子胸悶的毛病又患了。羅德夫聽了，便問騎騎馬是否有好處。

「當然，好得很，再好不過了……啊，這眞是個好主意！你應該騎騎馬。」

艾瑪說不行，她沒有馬。羅德夫先生表示願意借一匹給她，她卻謝絕了。羅德夫也不堅持。停了停，爲了給他這次來訪找個理由，他說上次來放血的那個車夫還常感到頭暈。

「我哪天去給他看看。」包法利說。

「不，不，我叫他來。我們來，對你更方便。」

「啊！那太好啦，謝謝。」

送走羅德夫，包法利便問妻子：

「布朗赫先生主動借馬，如此好意，你爲什麼不接受？」

艾瑪裝出賭氣的樣子，找出許多理由，最後說：「別人可能會少見多怪。」

「啊！我才不在乎呢！」夏爾說著旋轉一圈，「身體最要緊！這你可錯了！」

「哎呀！我連騎馬的衣服都沒有，你叫我怎麼騎馬嘛！」

「倒是該給你訂做一套。」夏爾說道。

夏爾答應做騎馬服，她才同意。

衣服做成，夏爾給布朗赫先生修書一封，說：「賤內整裝恭候，不勝翹企。」

第二天中午，羅德夫牽著兩匹出色的馬，來到夏爾家門口，其中一匹耳朵旁飾著粉紅色絨球，背上套了一副供女人用的麂皮馬鞍。

羅德夫穿了一雙長統軟靴，心想這樣的靴子艾瑪多半從沒見過。果不其然，當他穿著寬大的絲絨外衣和白色針織馬褲，出現在樓梯口時，艾瑪被他的翩翩風度迷住了。她早已打扮停當，正等待著他。

朱斯丹從藥房溜出來看她。藥店老板也放下工作跑了來，再三囑咐羅德夫先生：

「意外說來就來，千萬當心哪！你這兩匹馬性情烈不烈啊！」

艾瑪聽見頭頂上有響聲：那是費麗西在敲窗玻璃，逗貝爾特玩。孩子遠遠地飛來一個吻，母親揮揮馬鞭的圓頭，表示回答。

「一路愉快！」奧梅先生喊道，「千萬小心！小心！」

他揮動報紙，目送他們遠去。

一到田野上，艾瑪的馬就奔跑起來，羅德夫策馬跟在她身邊。兩個人不時交談一句。艾瑪坐在鞍子上，微微低著頭，手高高抬起，胳膊伸得筆直，任憑自己隨著馬兒的節奏上下顛簸。

跑到山腳下，羅德夫撒開韁繩，兩匹馬同時一躍，飛馳上山，到山頂，突然停住。艾瑪寬大的藍色面網垂落下來。

正值十月初，四野霧氣迷漫，籠罩了天邊，順著山勢浮動。有些地方，霧氣撕裂成一片片，繚繞升騰，消失在空中。有時，雲霧的罅隙間，漏下一道陽光，遠遠望去，永維鎮的屋頂、水畔的花園、院落、牆壁和教堂的鐘樓，便都歷歷在目。艾瑪眯縫著雙眼，想認出自己的住宅。她所生活的這個可憐的村鎮，從來沒顯得現在這樣小。站在他們所處的山上眺望，整個盆地就像一個白茫茫的大湖，向空中蒸發著水氣。間或一叢叢樹木，岩石般黑魆魆的；一排排參天白楊，聳立於白霧之上，令人想起風吹沙移的海灘。

旁邊，蒼鬱的松樹間有一塊草坪。黃橙橙的陽光，在暖融融的大氣裏游動。像煙草屑一樣褐黃色的土地，踩上去幾乎沒有聲音。馬朝前走，鐵掌踢得落在地上的松果亂滾。

羅德夫和艾瑪沿樹林的邊緣走去。艾瑪不時把頭轉向一邊，躲避他的目光。這時她就只看見松樹的樹幹，一排排連綿不斷，未免有點頭暈。馬喘著氣，皮鞍嘎吱作響。

他們走進森林，太陽剛好破雲而出。

「上帝保佑我們！」羅德夫問道。

「你相信眞是這樣嗎？」艾瑪問道。

「前進！前進！」羅德夫又說。

他用嘴唇打了個響哨，兩匹馬揚蹄奔跑起來。

路旁長長的蕨類植物，捲進艾瑪的腳蹬。羅德夫一面讓馬跑著，一面俯下身去，隨時幫她把蕨草拽掉。有時，爲了撥開樹枝，他緊挨她行走，艾瑪感到他的膝蓋蹭到她的腿。頭頂的天空變得藍，樹葉一動不動。有些大片林間空地上，長滿正開花的歐石楠。一片片紫堇菜，一片片灌木叢，間雜交錯，枝葉千姿百態，有的呈灰色，有的呈褐色，有的呈金黃色。灌木叢裏經常傳來輕輕拍動翅膀的聲音；橡樹林裏，烏鴉飛來越去，發出沙啞而柔和的鳴叫。

他們下了馬。羅德夫將兩匹馬拴好。艾瑪踏著車轍間的青苔，在前面走著。

但她的袍子太長，儘管撩起來，行走還是不便。羅德夫跟在後面，出神地看著她的黑呢裙與黑靴子之間細柔的白襪。在他眼裏，那部位簡直與裸露的一樣。

艾瑪停住腳步，說：

「我累啦。」

「哎！再走一段試試。」羅德夫說，「加油！」

又走了百來步遠，艾瑪再次停下來。她戴著一頂男人帽子。面網從帽簷下斜斜地垂下，直及腰部；透過透明的淡藍色面網，依稀看得清她的臉，彷彿浸沒在碧波之中。

「我們到底去什麼地方？」

羅德夫並不回答。她急促地呼吸著。羅德夫環顧一下四週，咬著鬍子。

他們來到一個比較開闊的地方。那裏有些小樹被砍倒了。兩個人在一棵橫躺在地面的樹幹上坐下，羅德夫開始對艾瑪傾吐愛情。

一開頭，他避免說恭維話，以免引起艾瑪不安。他顯得平靜、嚴肅、憂鬱。

艾瑪低頭聽著。用腳尖撥弄著地面的碎木片。

但是，當聽到他說：「現在我倆的命運不是連在一起了嗎？」時，她連忙回答道：

「不。你很清楚，這是不可能的。」

她站起來想走，羅德夫抓住她的手腕子。她只好站住，抬起一雙含情脈脈、水汪汪的眼睛，注視他幾分鐘，慌張地說道：

「啊！得啦，不要再說了……馬在什麼地方？回去吧！」

羅德夫現出生氣、心煩的樣子。她重覆道：

「馬有什麼地方？馬在什麼地方？」

羅德夫目不轉睛，咬緊牙關，現出古怪的微笑伸開雙臂，向她走過去。她瑟瑟發抖，後退幾步，結結巴巴說道：

「啊！你這副樣子讓我害怕！讓我難受！咱們走吧！」

「你一定要走就走吧。」羅德夫換了一副樣子說道。

他立刻又變得恭順、溫柔、畏縮了。她把胳膊伸給他，他們往回走。他說道：

「你怎麼啦？爲什麼？我真不明白！你大概誤會了吧？在我心裏，你就像一位聖母，高高供奉在一個牢固、潔白無瑕的神座上。不過，沒有你，我活不下去！我不能沒有你的眼睛、你的聲音、你的思維，作我的朋友、我的妹妹、我的天使吧！」

他伸出胳膊，摟住她的腰。她輕輕地試圖擺脫他。他依然摟著她朝前走。

他們聽見了兩匹馬嚼樹葉的聲音。

「啊！等一等，」羅德夫說，「別忙走，再待一會兒吧！」

他拉著她走到更遠的地方，繞著一口小水塘溜達。滿地浮萍，碧綠地漂於清波之上；萎謝的睡蓮，一動不動地浮在燈芯草之間，他們的腳步聲驚動了草叢裏的青蛙，一隻隻跳開躲藏起來。

「我錯了，我錯了！」艾瑪說，「聽信了你的話，我真是瘋了！」

「爲什麼？……艾瑪！艾瑪！」

「啊！羅德夫！」少婦慢悠悠說著，把頭伏在他的肩上。

她的呢袍與他的絲絨外套黏貼在一起。她仰起白皙的、鼓鼓的頸子，發出一聲嘆息，渾身酥軟，滿臉淚水，從頭到腳猛一震顫，將臉藏起，順從了他。

薄暮降臨，夕陽橫穿過樹枝照射過來，使她睜不開眼睛。在她周圍，樹葉叢中，地面上，到處是晃晃悠悠的亮點子，宛如翻飛的蜂鳥，抖落片片羽毛。四下裏靜悄悄的，樹叢之中彷彿散發著溫馨的氣息。她感覺到自己的心臟又開始跳動，血液像一江乳汁在她的肉體裏流淌。這時，她聽見這樹林子外面，從別的山丘上，遠遠地傳來一聲模糊而悠長的叫喊，一個經久不絕的聲音。她靜靜地聽著，那聲音有如一曲音樂，與她的心弦震顫的餘音融合在一起。有一匹馬的韁繩斷了，羅德夫嘴裏銜著雪茄，正用小刀在修理。

他們順原道返回永維鎮，一路上看見去時他們兩匹馬開排印在泥地裏的蹄印，看見去時見過的灌木叢和草叢裏的石頭。他們周圍的一切都沒有變化。可是對艾瑪來說，卻發生一樁重大的事情，比大山移動了位置還異乎尋常的事情。羅德夫不時探過身子，抓起她的手，在上面印一個吻。

艾瑪騎在馬上，眞是風姿綽約！纖細的腰肢挺得筆直，彎曲的膝蓋貼著馬鬃，一張臉經清風吹拂，又映著晚霞，微微透紅。

進入永維鎮，她騎著馬踏著街石小跑。大家跑到窗口看她。

晚餐時，丈夫發現她氣色很好，便問她騎馬散步的情形，她卻裝作沒聽見。她雙肘支在餐盤邊，一邊點一支蠟燭。

「艾瑪！」丈夫喚道。

「什麼事？」

「嗯，今天下午我去亞歷山大先生家了。他有一匹老母馬，看上去還挺漂亮，只是膝蓋受了點傷。我相信出個百把銀幣就能買下來……」

他停頓片刻又說：

「我想你準會喜歡的，就要了……就買了下來……我做得對嗎？告訴我呀！」

她點點頭表示贊同。過了一刻鐘，她問道：

「今晚你出去嗎？」

「出去。有什麼事嗎？」

「啊！沒什麼，沒什麼，親愛的。」

打發走夏爾，她立刻上樓，進到臥室裏把門一關。

起初，她彷彿感到暈眩，眼前總浮現出樹木、小徑、壕溝、羅德夫；她還感覺到他雙臂緊緊摟抱著她，枝葉抖動，雜草沙沙作響。

但是，在鏡子裏看見自己的臉，她大吃一驚。她從沒有發現自己的眼睛這樣大，這樣黑，這樣深邃。某種神奇的東西注入了她的體內，使她煥然一新。

她一遍又一遍自言自語道：「我有了一個情人！我有了一個情人！」這想法令她心花怒放，彷彿她回到了情竇初開的少女時期。愛情的歡樂，幸福的迷醉，她原以爲此生此世不會再有，現在終於要得到了。她走進了一個神奇的境界，一個充滿戀情、痴迷和夢幻的世界；她的周圍海闊天空，一片蔚藍，感情的極峰在她的心間爍爍生輝，日常生活則沈到了這些山峰之間遙遠、低窪、陰暗的地方。

於是，她想起自己所讀過的書裏的女主人公。那些通姦的女性集合爲熱烈多情的一群，用修女般的嗓音在她的記憶裏唱起歌來，令她著迷。這類情婦，她曾經那樣羨慕，現在認爲自己也與她們一樣了，眞正成了自己所幻想的情婦中的一分子，實現了青春妙齡時代長期的夢想。另一方面，艾瑪也感到一種報復的滿足。難道她沒有受夠活罪！可是現在她勝利了，長期壓抑的愛情，毫無保留地奔湧而出，歡暢淋漓，沸騰激蕩。她品嘗著這滋味，沒有內疚，沒有不安，也沒有慌亂。

第二天是在新的柔情蜜意中度過的。兩個人海誓山盟。艾瑪向情人追述自己的種種苦憐，羅德夫則用親吻打斷她。她半閉眼睛，凝神地看著他，要他再叫一遍她的名字，要他再說一遍他愛她。他們還是在昨天那片森林裏，躲在一個製木鞋工人的茅棚裏。茅棚的四壁是乾草編的，棚頂非常低，待在裏面老是彎著腰。他倆依偎著，坐在一張乾樹葉鋪的床上。

打這天起，他們天天晚上給對方寫信，長此不斷。艾瑪把信送到花園盡頭的河邊，放進河岸的牆縫隙。羅德夫來取走，同時把自己的信放進去。艾瑪總是嫌他的信太短。

一天早晨，夏爾天不亮就出去了，艾瑪心血來潮，想即刻見到羅德夫。她估計可以很快趕到拉于謝特，在那裏待上一小時再返回永維鎮，人們還在睡夢之中。她這樣一想，不免欲火攻心，心跳氣喘。不多一會兒，她就到了草原上，步履匆匆，頭也不回，只顧朝前走。

天邊露出了曙色，艾瑪遠遠地就認出了情人的住宅。屋頂兩個燕尾風標，聳立在熹微的晨光之中。穿過院子，有一座建築，想必是庭園的宅邸，她便徑直進去，彷彿牆壁見她到來，就自動閃開了似的。有一座大樓梯筆直通向一條走廊。她抓住一扇門的把手一擰，往房間裏一瞧，只見一個男人正在睡覺。那正是羅德夫，她不禁發出一聲驚叫。

「啊，是你！啊，是你！」羅德夫連聲說道，「你怎麼來的？……你的袍子打濕啦！」

頭一次大膽行動成功了，以後每當夏爾出門早，艾瑪就趕快穿好衣服，躡手躡腳走下通到河邊的台階。

但是，遇到牛走的木板橋被抽掉，就得沿著河邊的牆根走。河岸邊滑溜溜的，她不得不抓住一叢叢枯萎的桂竹香，以免跌倒。隨後要穿過剛翻耕的土地，深一腳淺一腳，踉踉蹌蹌，小巧的皮靴常常陷進泥土裏。耕地過後是牧場，她的頭巾在晨風中飄動；她害怕遇上牛，便跑起來。跑到莊邸，已是氣喘吁吁，面頰緋紅，渾身上下，散發著樹液、青草和晨風的清新香味。這時羅德夫還沒睡醒，而她像春天的早晨來到了他的臥室。

黃色的窗帘間，無聲無息漏進一道強聯的、黃橙橙的光。艾瑪眨著眼睛，摸索往前走。掛在鬢髮上的露珠，宛似一個黃玉光圈，環繞在臉旁。羅德夫笑嘻嘻地把她拉到身邊，摟在懷裏。

完事之後，她把他的臥室仔仔細細看個遍，打開一個個抽屜和櫃子，又對著他刮鬍子的鏡子，用他的梳子梳頭，甚至經常從床頭櫃上水瓶邊的檸檬和方塊糖之中，拿起他的大煙斗，叼在嘴裏。

臨到分別之時，說再見得足足說上一刻鐘。每當這時，艾瑪總是熱淚濟濟，眞想永遠不離開羅德夫。總是有一種不可抗拒的力量，推她推到他身邊。竟至有一天，羅德夫見她不期而至，不禁皺起眉頭，看上去似乎不高興。

「你怎麼啦？」艾瑪問道，「不舒服嗎？告訴我呀！」

羅德夫沈吟良久才嚴肅地說，她來看他，越來越不小心謹愼，會引起別人蜚短流長的。

10

漸漸地，羅德夫的擔心感染了艾瑪。當初，愛情令她陶醉，除了愛情，她一切都不放在心上。可是如今，愛情已經成了她生活中不可缺少的一部分，她擔心它會失去點什麼，甚至擔心它會遭到破壞。每次從羅德夫家返回時，她總以不安、警惕的目光四下張望，窺伺天邊走過的每個身影和村裏能夠看見她的每個窗口，傾聽腳步聲、叫喊聲和犁地的聲音。她經常停住腳步，臉色比頭頂上的白楊樹葉子還煞白，身子比白楊樹葉子抖得還厲害。

一天早晨，她正戰戰兢兢往回走，突然覺察到似乎有一管長長的獵槍瞄準了她。那槍管從一個小木桶的邊上斜斜地伸出來，一半掩藏在一條溝邊的草叢裏。艾瑪嚇得魂不附體，但還是繼續往前走。這時，從木桶裏站出一個人來，就像玩具盒子裏彈出一個小鬼頭似的。那人護腿一直裹到膝蓋，帽簷拉得幾乎遮住眼睛，嘴唇顫抖，鼻子通紅。原來是消防隊隊長比內先生，埋伏在那裏打野鴨子。

「你應該遠遠的就出聲！」他嚷嚷道，「看到一管槍，總該吆喝一聲呀！」

稅務員說這話，是想掩飾他剛才的恐慌，因爲省府有令，規定除划船捕獲之外，禁止以其他任何方式打野鴨子。

比內先生雖然一向遵紀守法，在這方面卻違了禁令，所以時時刻刻彷彿聽見鄉村警察走了過來。但這種不安也激起一種樂趣，一個人藏在木桶裏，心裏樂滋滋的，慶幸自己辦法巧妙。一看到是艾瑪，他心頭一塊石頭落了地，立刻和她搭訕：

「今兒不暖和，冷颼颼的！」

艾瑪不答話，他又說：

「這麼早就出來啦？」

「是的。」艾瑪結結巴巴，「我從孩子的奶媽家來。」

「啊！很好！很好！我嘛，你看到啦，天一亮就來了。不過，這天陰沈沈的，除非鳥兒撞到槍口上……」

「早晨愉快，比內先生。」艾瑪打斷他，轉身就走。

「請便吧，夫人。」比內冷冷地說道。

他馬上又鑽進了木桶。

艾瑪後悔不該這樣冷淡地離開稅務員。他可能會往壞處聯想。剛才她說從奶媽家來，這是再糟糕不過的托辭。永維鎮上誰都知道，包法利家的小女兒接回家已經一年了。再說，這附近根本無人居住，這條小路只能通到拉于謝特。因此，比內肯定猜出了她從什麼地方來，不會把這件事存在心裏，而會到處去說，這是確定無疑的！直到天黑，她還在挖空心思，編造種種假話，準備應付人家，但那個掛獵袋的傢伙，始終在她眼前晃來晃去。

晚飯後，夏爾見她心事重重，便想帶她去藥店老板家解解悶。到了藥店，遇見的頭一個人就是稅務員！他站在櫃台前面，身上映著紅藥瓶透過的燈光。他說：

「請給我半兩硫酸。」

「朱斯丹，」店家喊道，「拿硫酸來。」

看見艾瑪想上樓去奧梅太太臥室，他對她說：

「別上去啦，沒有必要，就待在這兒吧，她馬上下來。請坐在爐子邊烤火吧……對不起……你好，大夫（藥店老板喜歡說「大夫」這兩個字，似乎這樣稱呼人家，他自己臉上也增添了光彩）……請當心，別碰翻研缽！最好去小客廳搬椅子，你知道，大客廳那些軟椅是不能亂挪動的。」

爲了把軟椅放回原處，奧梅從櫃台裏跑出來。這時比內又問他要半兩糖酸。

「糖酸？」店家不屑一顧地答道，「我不知道這東西，沒聽說過！你莫不是要草酸吧？是要草酸，對吧？」

比內解釋說，他需要一種腐蝕劑，準備自己配除銹水，用來擦拭各種獵具。艾瑪聽了渾身一哆嗦。店家說道：

「的確得擦擦。這天氣不怎麼樣，潮呼呼的。」

「不過，」稅務員現出狡黠的樣子說，「也有人不在乎。」

艾瑪都透不過氣來了。

「再給我……」

「他沒完沒了，再也不會走啦！」艾瑪想道。

「半兩松香和樹膠，四兩黃蠟，一兩半骨炭，用來擦獵具上的漆皮。」

店家正開始切蠟，奧梅太太懷裏抱著伊爾瑪，旁邊走著拿破崙，後面跟著阿達莉，從樓上下來了。她走到靠窗的絨凳邊坐下，小男孩往一條小圓凳上一蹲，他姊姊跑到爸爸身邊，在棗盒周圍閒晃。她爸爸用漏斗裝藥，蓋瓶塞，貼標簽，包成小包，店堂裏鴉雀無聲，只是不時聽見天平的砝碼響和店家低聲指點學徒的聲音。

「你的小千金怎麼樣？」奧梅太太突然問道。

「安靜！」她丈夫正在記帳，大聲說道。

「你幹嘛不把她帶來呢？」奧梅太太壓低聲音又問道。

「噓！噓！」艾瑪用手指指店家。

比內先生專心在看帳單，看看有沒錯誤，大概什麼也沒聽見。他終於出去了，艾瑪如釋重負，深深吐了口氣。

「你出氣出得好用力呵！」奧梅太太說。

「啊！因爲有點悶熱。」艾瑪答道。

第二天，兩個情人商量如何安排他們的幽會。艾瑪想送一件禮物，把女傭人收買過來，但是，最好還是在永維鎭找一所不引人注意的房子，羅德夫答應去找。

整個冬天，羅德夫趁黑夜來包法利家花園，每週三、四回。艾瑪拔掉了柵欄門的插銷，夏爾以爲是丟了。

羅德夫一到，就往艾瑪的百葉窗上扔一把沙子。艾瑪慌忙起床，但有時她必須等待，因爲夏爾愛坐在火爐邊閒聊，聊起來就沒個完。她急得像熱鍋上的螞蟻，眞希望自己的眼睛有魔力，瞪他一眼就能讓他滾到窗外去。最後，她開始睡覺前的梳洗，然後捧本書安安靜靜看起來，似乎看得很有味。但夏爾已經上床，叫她也去睡。

「來吧，艾瑪，」他說，「該睡覺了。」

「好，我就來！」她答道。

燭光晃著、眼睛，夏爾轉身面牆，很快就睡著了。艾瑪屏住呼吸，臉上露出微笑，不穿衣服就溜出去，心怦怦亂跳。

羅德夫有一件很寬大的大衣，將她整個兒一裹，胳膊攬住她的腰，一聲不響，帶她向花園盡頭走去。

他們來到花棚下，坐在爛木棍做的凳子上。過去，夏日的黃昏，就是在這裏，萊昂那樣含情脈脈地注視著艾瑪。現在，她很少想念萊昂了。

星星在光禿的茉莉枝條上頭閃爍，河流在身後靜靜流淌，岸邊不時傳來乾蘆葦的爆裂聲。這裏那裏，叢叢樹影突起在黑暗之中，有時不約而同，寒顫般搖曳，忽起忽伏，宛若巨大的黑浪，翻滾向前，要將他們吞沒。夜裏寒意襲人，他們摟抱得越來越緊，嘴唇邊的嘆息更加深沈，彼此隱約可見的眼睛，顯得比平時更大；萬籟俱寂，悄聲說出的話語，句句落在心頭，水晶般清脆，彼此回應，餘音繚繞。

夜裏下雨，他們就躲避到車棚與馬廐之間的診室裏。艾瑪從廚房裏拿了一枝蠟燭，藏在書後面，這時便點起來。羅德夫往椅子上一坐，像在自己家裏一樣自在。看到書架、寫字台，總之看到整個房間，他覺得很有趣，便一個勁地拿夏爾開玩笑，讓艾瑪不免尷尬。艾瑪希望看到他更嚴肅，甚至希望他在遇到某種情況時，顯得膽戰心驚，就像有一回，她彷彿聽見小徑上有越來越近的腳步聲。

「有人來了！」她說。

羅德夫慌忙吹熄蠟燭。

「你帶手槍了嗎？」

「做什麼？」

「爲了……爲了保護你自己呀。」艾瑪說道。

「對付你丈夫嗎？咳！那可憐的傢伙！」

羅德夫說著做了個手勢，表示：「我動一動指頭就能把他壓扁。」

他這種無畏的氣概，令艾瑪驚愕，雖然出語粗野、無禮，不免令她反感。

關於手槍這句話，羅德夫反覆琢磨，私下想，艾瑪說這話如果是當眞的，就很可笑，甚至可惡了，因爲他沒有任何理由恨善良的夏爾，他不是那種妒忌成性的人；關於這一點，艾瑪硬要他賭咒發誓，他覺得也不夠大方。

此外，艾瑪變得過於多情。當初，她硬要彼此交換小照，還各自剪下一綹頭髮作爲信物。現在又要求一枚戒指，一枚眞正的結婚戒指，表示百年好合。她常常談起晚鐘和天籟，後來又談她自己的母親和羅德夫的母親。羅德夫的母親已去世二十年，她還是極力安慰，細言軟語，就像安慰一個人年幼孤兒似的，有時甚至望著月亮說：

「我相信我們的母親在天上肯定會贊成我們相愛。」

不過，她長得實在漂亮！而且，在羅德夫弄到手的女人之中，這樣眞誠的實在少有。這種不放蕩的戀愛，在他是一種新鮮的體驗，使他拋棄了淺薄的習慣，自豪感和情欲同時得到了滿足。艾瑪那股狂熱的勁頭，雖然按資產階級的標準，他看不上眼，可是又打心底裏覺得可愛，因爲那是對他而發的。一旦確信艾瑪眞的愛自己，他就不再約束自己，態度不知不覺地改變了。

他不再像當初那樣，一來就甜言蜜語，感動得艾瑪熱淚盈眶，也不再熱烈撫摸擁抱，使她神魂顛倒。他們之間的偉大愛情，艾瑪盡情地沈溺其中，現在卻日見減弱，宛似一條河流，河水慢慢乾涸，露出了河床的汙泥。艾瑪不願意相信，越發百般溫柔，羅德夫卻越來越不掩飾他的冷漠。

艾瑪搞不清楚，自己現在究竟是後悔依順了他，還是不想進一步愛他。她覺得自己軟弱，因而感到羞愧。漸漸地，這種羞愧變成了怨恨；只是還得到快樂，怨恨不那麼深罷了。他們之間並不相互依戀，而只有持久的誘惑。羅德夫征服了艾瑪，而艾瑪對之幾乎感到恐懼。

然而，表面上比任何時候都平靜。羅德夫成功地使通姦按照他的意願進行，一晃半年，冬去春來，他們便經常守在一起，簡直像與夫婦，安逸地過著家庭生活。

每年這個時候，魯奧老爹都要送來一隻火雞，表示記得醫好他的腿的情分。隨同禮物，照例有一封信，用繩子拴在籃子上。艾瑪一刀將繩子割斷，打開信只見寫道：

親愛的孩子們：

祈願你們見到這封信時，身體都很好。這次捎來的火雞，與以往捎的一樣好，甚至我覺得，還要嫩一些，肥一些。下一回我準備給你們捎隻公的，換換花樣，除非你們更喜歡母的。請將這個籃子連同以前的兩個，一併捎回給我。最近車棚發生了一件倒楣的事：一天夜裏刮大風，棚頂給刮到樹林裏去了。收成也不很好。總之，我也說不準什麼時候去看你們。自從只剩下我一個人，我可憐的艾瑪，我要離開家可難啦！

寫到這裏留了一塊空白，似乎老頭子擱了筆，想了一會兒心事——

我嘛，身體尚好，只是前不久去伊沃托趕集，得了傷風。我去那裏是想找一個放羊的。前頭那一位辭退了，因爲他嘴太刁。這些無賴實在不好對付。再說，那傢伙也不老實。

有一個小販，去年冬天到過你們那裏，還拔了一隻牙。據他說，包法利工作還是那樣賣力，這在我意料之中。那小販還拿牙給我看；我和他一塊喝了咖啡，問他見到你沒有，他說沒有，不過他看見馬厩裏有兩匹馬。這樣看來，你們的事業還挺順利。這就好，親愛的孩子們，願仁慈的上帝賜至福於你們。

直到如今，我還沒見到寶貝外孫女貝爾特・包法利，心裏眞不好受。我在花園裏你的臥室下面，爲她種了一棵烏李樹。樹上結的李子我不准任何人碰，統統留著給她做蜜餞，做好了保存在櫃子裏，等她來的時候吃。

再見，親愛的孩子們。讓我親親你，我的女兒，還有你，我的女婿；讓我親親我的小外孫女的臉蛋。

祝你們萬事如意！

你們慈愛的父親

泰奧多・魯奧

艾瑪手裏捏著紙質粗劣的信箋，待了好幾分鐘。信裏滿是錯別字，可是透過字裏行間，她感到父親的想法充滿溫暖，就像一隻母雞，躲在荊棘籬笆裏對兒女們咯咯叫呢。墨水看來是用爐灰吸乾的，信上有些灰色粉末落到她的袍子上。她眼前幾乎浮現出父親向爐子彎下腰，去拿火鉗的樣子。她好久不在父親身邊了！那時，她常常坐在父親身邊的小板凳上，蘆葦桿在壁爐裏燃得劈啪響，她拿根棍子，將一頭伸在熊熊大火裏燒……她記起夏天的黃昏，夕陽輝映著一切；人一走過，馬駒就嘶叫起來，接著揚蹄奔馳，奔馳……她臥室的窗子底下有一箱蜜蜂，有時蜂子在陽光裏飛旋，撞在玻璃窗上，又像金彈子般彈開。那時多麼幸福！多麼自由！一切充滿希望！一切充滿幻想！現在什麼也沒有了！她把這一切全消耗光了，在心靈的幾次際遇中，在環境接二連三的變化中，在作姑娘、結婚和戀愛中消耗光了——在整個人生道路上把它們丟光了，就像一位旅客，在沿途的每個旅店都落下一點錢財。

可是，是誰使她這樣不幸呢？到底發生了什麼異乎尋常的變故，搞得她心神不寧呢？她抬起頭，環視周圍，彷彿要找到她痛苦的緣由。

四月的陽光映照著擺設架上的瓷器，晶瑩耀眼；壁爐裏火燃得正旺；拖鞋下的地毯軟綿綿的。陽光明晃晃，空氣暖融融，只聽見小女兒在放聲大笑。

哦！小姑娘正在草裏打滾。那草剛割下來，攤在地上晾曬。她趴在一個草堆上頭，女傭人拽住她的裙子，以防她摔下來。賴斯迪布杜瓦在旁邊翻草，每次一走近，小傢伙就從草垛上探出身子，掄起兩條小胳膊，在空中亂打。

「給我把她抱過來！」小姑娘的媽媽說著快步迎上去親她，「我多麼愛你，可憐的孩子！我多麼愛你啊！」

過了一會兒，她發現女兒耳朵稍有點髒，就趕快拉鈴，叫人端熱水來，給她洗乾淨，又給她換了襯衫和鞋襪，再三詢問她的身體情況，就像出遠門剛回來似的。最後又親一次，才眼裏噙著淚水，把她交給女傭人。女傭人見艾瑪突然這麼過分地疼愛孩子，覺得莫名其妙。

這天晚上，羅德夫發現她比往常嚴肅。

「就會過去的，」他想道，「她正使性子呢。」

這之後，他三次爽約。再見面時，艾瑪顯得很冷淡，對他幾乎不屑一顧。

「啊！你在白白糟蹋時間，我的小寶貝……」

羅德夫這樣想道，假裝沒注意到她憂傷地嘆氣、掏手絹。

於是乎，艾瑪開始悔恨了！

她甚至問自己，憑什麼要嫌惡夏爾，是不是最好還是愛他。可是，她回心轉意，夏爾並不怎麼理會。所以，她雖然想作出犧牲，卻不知該怎麼辦，正在左右為難，藥店老板給她提供了一個機會。

11

藥店老板最近讀到一篇文章，內容是讚揚醫治畸形腳的一種新方法。他一向倡導進步，於是產生了一種服務鄉里的想法：永維鎮要想跟上一般的發展水平，就應當能施行畸形足手術。

「這樣做有什麼風險嗎？」他對艾瑪說道，「請仔細想一想吧（他扳著指頭列舉這種嘗試的好處）：成功幾乎十拿九穩，爲病人消除痛苦和美化外表，施手術的人很快成名，等等。譬如說你丈夫吧，爲什麼不搭救一把金獅客店可憐的伙計伊波力特呢？你想吧，他的腳醫好後，準少不了對所有旅客講。再說（奧梅壓低聲音，掃一眼四周），誰能阻止我給報紙寄篇小文章，談談這件事？嘿！我的上帝！一篇文章傳播開去……大家談論這件事……一傳十，十傳百，說不定名揚天下哩！誰說得準？誰說得準？」

的確，包法利是可以成功的。艾瑪找不出他不能勝任的理由。如果她能鼓動夏爾幹這件事，使他名利雙收，她該會多麼心滿意足！現在，她盼望的是獲得一種比愛情更可靠的東西，作爲自己的靠山。

藥店老板和艾瑪一齊勸說，夏爾被說服了。他託人從盧昂買來杜瓦爾博士的一本專著。每天晚上雙手捧著頭，專心致志地攻讀。

他研究馬蹄型腳、內翻型腳、外翻形腳，就是說，趾畸形足、內畸形足、外畸形足（或者說得更明白些，就是形形色色的歪腳，包括向下歪、向裏歪、向外歪），以及踵畸形足和底畸形足（就是說，向下蹺和向上蹺的腳）。

奧梅先生則鼓動三寸不爛之舌，鼓動著客棧的伙計動手術：

「那可能只稍微有點疼，就像稍稍放點血那麼簡單，還沒有挖一個雞眼那麼疼呢！」

伊波力特傻呼呼轉動著眼珠子，沈吟不語。

「其實，」藥店老板又說，「這不關我事！我是為你好，純粹出於人道主義！瞧你走路，一瘸一拐，腰椎扭來扭去，實在難看。儘管你聲稱不礙事，實際上對你現在的工作影響大得很。我就是希望看到你擺脫這種情況，我的朋友！」

接著，奧梅向他描繪，手術之後，人會變得多麼矯健，步履會多麼輕盈；他甚至向他暗示，那時他更有可能討女人喜歡，伙計露出了微笑，傻呵呵的。奧梅又抓住他的虛榮心，再一次發動進攻：「瞧瞧你，到底算不算男子漢？如果叫你去當兵吃糧，拚殺疆場，你怎麼辦……咳！伊波力特！」

奧梅說罷，扭頭就走，說竟有人這樣冥頑不靈，盲目拒絕科學帶給他的好處，真莫名其妙。

可憐的伊波力特到底還是同意了，因為所有人，包括一向只掃自家門前雪的比內，還有勒佛朗索瓦太太、阿特米絲、街坊們，甚至鎮長杜瓦施先生，都像串通好了似的，一個勁勸說他，給他講道理，使他再也不好意思拒絕。不過，他之所以最終下了決心，還是因為動手術「不用他花費分文」。連做手術的一座機具，包法利也負責提供。這種慷慨是出自艾瑪的意思，包法利欣然同意，打心底裏覺得自己的妻子真是一位天使。

按照藥店老板的意見，夏爾請了一位木匠，還請了一位鎖匠作幫手，試做了三次，才做成一個匣子樣的機具，重達八磅，鐵、木頭、鋼板、皮子、螺絲釘、螺絲帽等等，可沒少用。

然而，要確定爲伊波力特切除哪一根腳筋，先得弄清楚他屬於哪類畸形足。

伊波力特有一隻腳幾乎與腿成直線，但並不妨礙向裏拐，因此是一隻略內翻的馬蹄型足，或者說是有嚴重馬蹄型傾向的輕度內翻足。這個馬蹄型腳，確實與馬蹄一樣寬，皮膚粗厚，腱子堅硬，足趾粗大，黑乎乎的指甲令人想起馬掌上的釘子。

一個腳如此畸型的人，卻一天到晚要像一頭鹿一樣跑來跑去！大家時時看見他在廣場上，兜著一輛輛大車蹦蹦跳跳，兩條不一樣長的腿，往前一邁一甩，看上去，那條瘸腿似乎比那條好腿還有勁。久而久之，猶如思想品質經受了鍛鍊，這條腿變得堅韌、有力；有什麼重活，他寧願依靠這條腿。

既是馬蹄型足，就要先切掉跟腱；至於矯正內翻，就得動前脛骨，只能下一步再作。醫生不敢冒險一次動兩個手術，甚至做一個他都有點膽怯，生怕傷及他不了解的某個重要部位。自塞爾蘇斯❶之後，間斷了一千五百年而有昂布洛瓦茲·帕雷❷，第一次施行動脈結紮止血術；而後有迪波特倫❸，穿過厚厚一層腦髓切開一個膿包；又有尙素爾❹，首次切除了腭骨。但他們在作這

❶公認的最偉大的羅馬醫學家，其《醫學》一文，至今仍被認爲是最重要的醫學經典著作之一。
❷帕雷（一五一〇～一五九〇），文藝復興時期一位非常著名的法國外科醫生。
❸迪波特倫（一七七七～一八五八），法國外科醫生，以施行危險手術著稱。
❹尙素爾（一七〇七～一八五八），法國外科醫生，在醫學上首次成功地移切了上　骨。

些手術時，心之亂跳，手之顫抖，神經之緊張，想必都不如包法利拿截腱刀，走到伊波力特跟前時那樣厲害。像在醫院裏一樣，醫生身旁的台子上，放了許多舊布紗團、蠟線和綳帶——小山般高的一堆綳帶，藥店的存貨統統拿來了。準備工作全是奧梅先生做的，他一清早就忙個不停。這一方面是爲了叫衆人看了稱道，另一方面也是爲了給自己吃定心丸。夏爾拉開皮肉，接著聽見喀嚓一聲，十分乾脆。筋腱截斷了，手術完成，伊波力特緊張得還沒回過神來。他慢慢向包法利的雙手探過身子，在上面親了好幾次。

「行啦，安心休養吧，」藥店主說道，「回頭再謝你的恩人不遲。」

伊波力特下了手術台，把結果告訴院子裏五、六個好奇的人。他們還以爲伊波力特一下手術台就會不再跛了呢。夏爾把病人的腿套進那個機具，才回家去。艾瑪正焦急不安地倚門等待，立刻上前勾住他的脖子。夫妻倆坐下來用餐，夏爾吃得很多，甚至在甜點之後還要了杯咖啡。這種奢侈的享受，只有禮拜天家中有客人，才偶爾可得。

這天晚上過得很愉快。夫妻倆一塊閒聊，共同幻想，談到他們未來的財富，以及家中哪些方面尚需改善。夏爾看到自己聲名遠揚，生活越來越幸福，妻子永遠鍾愛自己；艾瑪呢，終於對這個傾心愛她的可憐男人產生了某種柔情，沈浸在一種新的、更健康、更美好的感情之中，頗有清新之感，心頭樂融融的。羅德夫的影子也偶爾掠過她的腦海，但她立刻又把目光投向夏爾，甚至驚異地發現，他的牙齒一點也不難看。

他們已經上床了，奧梅先生卻不顧廚娘的阻攔，突然闖進他們臥室，手裏拿著一張墨跡未乾的稿紙。那是他寫了準備寄給《盧昂燈塔報》的捧場文章，特地送來給他們看。

「你自己念吧。」包法利說道。

奧梅念道：

「成見像一張羅網，依然罩著歐洲的一部分土地，然而光明已開始照進我們的鄉村。就拿我們這座小小的永維鎮來說吧，在這裏，星期二就進行了一次試驗性的外科手術。這次手術也是一個充滿博愛的行動。我們最卓越的醫生之一包法利先生……」

「啊！言過其實！言過其實！」包法利說道，激動得喘不過氣來。

「不，一點也不言過其實！怎麼言過其實呢？……『給一個跛子患者動了手術……』這裏我沒有用科學術語。你知道，登在報紙上，並不是所有人都能看懂的，應當讓群衆……」

「當然，」包法利說，「繼續念吧。」

「我接著念。」藥店主說，「我們最卓越的醫生之一包法利先生，給一個跛子患者動了手術。這人名叫伊波力特·多坦，在金獅客店當了二十五年馬夫。這家客店是由寡婦勒佛朗索瓦太太開的，位於閱兵廣場。由於這次嘗試是新事物，加之出自對接受手術者的關心，全鎮居民紛紛跑來觀看，以至客店前面擠得水泄不通。手術之成功，堪用『神妙』二字來形容，只出了幾滴血，彷彿是表明，堅韌的筋腱終於在高超的技藝面前降伏了似的。更不同凡響的是，病人一點也不覺得疼痛（我們親眼所見，可以作證）。到目前爲止，他情況良好，相信不久即可復原。誰說得準，在下一次村鎮節日之時，我們勇敢的伊波力特不會隨著歡快的樂曲，大跳酒神舞，向所有人展示他的興致和舞姿，表明他不再是個跛子！光榮屬於胸懷博大的科學家！光榮屬於日夜辛勞，孜孜不倦改善同胞命運、減輕同胞痛苦的人！光榮！三倍的光榮！讓我們藉此機會歡呼：瞎子將重見光明，聾子將聽到聲音，跛子將行走自如！過去宗教向其信徒許諾的東西，如今科學爲全人類實現了。關於這次不平凡的醫療以後各個階段的情況，我們將繼續向讀者報導。」

文章歸文章，五天後，勒佛朗索瓦太太驚慌失措地跑了來，大聲喊道：

「救命呀！他要死啦……我不知道怎麼辦好啦！」

夏爾三步併兩步趕到金獅客店。藥店老板看見他沒戴帽子，匆匆從廣場上經過，便連店也不顧了，跑了出來。他趕到時已氣喘吁吁，滿臉通紅，焦急不安，見一個上樓的人問一個：「我們關心的那位瘸腿朋友怎麼啦？」

動過手術的瘸子正疼得渾身抽動扭曲，套在腳上的匣子撞著牆，像要把牆撞穿似的。

他們小心在意，不讓手術的部位錯位，輕輕把匣子取下來。呈現在眼前的情形十分可怕：腳腫得已不成樣子，整個皮膚就像要脹破了似的，上面現出匣子壓迫造成的許多瘀斑。伊波力特早就抱怨過，套上這匣子很疼，但誰都沒在意。應當承認，他並沒有完全錯，所以決定把匣子拿掉幾個鐘頭。可是，剛剛開始消了點腫，兩個有學問的人，就認爲應當再次把腳套進匣子，而且扣得更緊，以求好得更快。三天後，伊波力特再也忍受不住了，不得不再次給他拿掉匣子。但他們所看到的結果，令人大吃一驚。現在腳又腫又紫，而且正向腿部發展，好多地方起了水泡，往外冒黑水。情況變得嚴重了。伊波力特開始不耐煩了，勒佛朗索瓦太太把他安置在小餐廳裏，靠近廚房，讓他多少能分分心。

但是，天天在小餐廳吃飯的稅務員，看到把這樣一個人安頓在旁邊，大發怨言。於是，不得已，只好把伊波力特挪到撞球室。

他躺在那裏，蓋著厚毯子，哼哼唧唧，臉無血色，鬍子拉雜，眼眶下陷，頭冒虛汗，沈在髒兮兮落滿蒼蠅的枕頭上，不時轉來轉去。包法利夫人常來看望他，還給他帶來敷藥用的布，好言安慰和鼓勵。其實，他倒不缺陪伴的人，尤其鎮上逢集的日子，農民紛紛跑開來，在他身邊打撞球，拿起杆子比比劃劃，抽煙，喝酒，又喝又叫，好不熱鬧。

「怎麼樣？」他們拍拍他的肩膀問道，「啊！看樣子，你有點垂頭喪氣！不過，這也怪你自己。事情嘛，總是有的該做，有的不該做。」

他們還給他舉例子，說有些人徹底治好了，但不是用他這種方法，而是別的方法。臨了，他們又用安慰的口氣說：

「這是你太嬌慣自己啦！起來吧！瞧你把自己嬌養得活像一位國王！哎！不要緊的，裝出一副熊樣的老小子！你身上的氣味可不怎麼香！」

壞疽果然越來越往上發展。包法利自己也急得不得了。他時時過來看看，伊波力特用充滿恐懼的目光望著他，嗚嗚咽咽地結巴道：

「我什麼時候能好？啊！救救我吧……我好命苦呀！我好命苦！」

醫生離開時，總囑咐他要忌口。

「別聽他那一套，我的孩子。」勒佛朗索瓦太太總是說，「他們把你折騰得夠慘啦！再忌口你會越來越虛弱的。來，大口吃吧！」

勒佛朗索瓦太太不是給他端來噴香的肉湯，就是給他端來幾片羊腿肉和幾塊肥肉，有時還給他斟一小盅燒酒，但他沒有勇氣送到嘴邊。

布尼賢神父聽說他病情惡化，傳話說想來看他。神父一到，就對他的痛苦說幾句同情的話，同時宣稱應當樂天知命，因爲這是上帝的意旨，應該趁此機會，求得上天寬宥。

「因爲，」神父用長者的口吻說，「你過去多少有點不盡本分，做禮拜時很少見到你。你有多少年沒有走近聖餐台啦？工作繁忙，世事紛擾，使你無暇顧及拯救自己的靈魂，這我理解。可是現在，是該考慮這個問題的時候了。不過，你也不要灰心喪氣。我認識不少罪孽深重的人，快到上帝面前受審之時（你根本還沒有到那一步，我知道），祈求上帝慈悲爲懷，終於落得個平靜安樂之死。但願你像他們一樣，也給世人作個好榜樣！這可事不宜遲啊！誰礙著你從現在起就早早晚晚念一遍：『禮敬您，恩德無邊的瑪利亞！』和『我們天上的父！』對，早早晚晚念吧！看在我的份上，就算給我賞個臉吧。這樣做又有什麼虧可吃呢？答應我這樣做，好嗎？」

可憐蟲只好答應。往後幾天，神父天天來。他和女店家閒聊，甚至還講些趣聞軼事，其間穿插一些笑話和伊波力特聽不懂的雙關語。然後，一等氣氛適宜，他又回到宗教問題上，同時擺出一副相應的面孔。

他這番熱心看來沒有白費，不久病人就表示，只要他的腳能治好，他就去普濟教堂作禮拜。布尼賢聽了這話，說去那毫無問題。從兩方面早作努力總比一方面好。「反正不會失去什麼。」

藥店老板把這一切稱爲「神父的勾當」，對之大爲惱火，聲稱這是危害伊波力特的康復。他一再對勒佛朗索瓦太太說：

「別打擾他！別打擾他！你們這神秘主義的一套，會擾亂他的思想！」

可是，這位好心腸的太太再也不願聽他的。一切都是他造成的。她故意作對，在病人床頭掛了滿滿一缸聖水和一根黃楊枝。

然而，宗教不見得比醫術更有效，同樣救不了伊波力特。潰爛不斷從腳向腹部方向擴展，無法制止。吃的藥、敷的藥怎麼換都無濟於事，肉爛得一天比一天厲害。最後勒佛朗索瓦太太見再也無計可施，便問夏爾，是否可去新堡，把名醫卡尼韋請來。夏爾只好點頭表示同意。

這位同行是醫學博士，現年五十歲，有地位，又有自信心，一看那條腿已經爛到膝蓋，便毫無顧忌，發出輕蔑的冷笑。接著，他毫不含糊地宣布，必須截肢。說罷，他跑到藥店，大罵那些蠢驢，把一個可憐的人折騰到這種地步。

他一把抓住藥店主的衣領，一邊搖，一邊罵道：

「這是巴黎的新花樣！是京城那些先生們的花花點子！這種手術像治斜眼、用氯仿進行麻醉、粉碎膀胱結石一樣，總之像一大堆畸形病的治療一樣，都應在政府禁止之列！可是，有人逞能，亂塞藥給你吃，不問後果。我們可沒有這種本事，我們不是專家，不是花花公子，不是風雅之士。我們是醫生，是治病的，不是會異想天開，給一個身體非常健康的人動手術！治跛子！誰能治好跛子？這就好比要把駝背拉直！」

奧梅聽著這番話，心裏很不好受，但還得裝出奉承的笑臉，掩飾住自己的不快。這位卡尼韋先生可得罪不得，因為他開的藥方有時也到永維鎮來配藥。奧梅也不為包法利辯解，甚至沒有說一句話，而是為了商業上的更大利益，放棄了原則，犧牲了自己的尊嚴。

由卡尼韋大夫給病人的鋸腿，在這個村鎮可是了不得的一件大事！這天，全鎮居民比什麼時候都起得早。鎮上那條大街擠滿了人，籠罩著一種陰慘慘的氣氛，就像有人要被斬首似的。在食品雜貨店，一些人在議論伊波力特的病；家家店舖都不賣東西。鎮長杜瓦施的夫人站在窗口，寸步不離，迫不及待想看看過來的手術師。

手術師自己駕著雙輪輕便馬車來了。那馬車行駛起來有點歪斜，因為他人太肥胖，久而久之，右邊的彈簧被壓得塌了下去。他身旁另一個座墊上，放著一個老大的紅色軟羊皮匣子，三副銅搭扣亮晶晶地，十分氣派。

馬車旋風般駛進金獅客店的門廊，大夫立刻大叫大嚷，叫人卸馬。然後，他又跑到馬廄，看給他的馬餵的是不是燕麥。他每到一個病人家裏，掛在心上的頭一件事，就是他的馬和馬車。關於這一點，有人甚至說：「啊！卡尼韋先生，那可是個怪人！」他總是一副不慌不忙，雷打不動的樣子，反而更為大家所敬重。世界可以毀滅，直至一個人不剩，他的習慣是斷乎改變不了的。

奧梅出面相迎。大夫說：

「我得靠你幫忙。準備好了嗎？開始吧！」

可是，藥店老板紅著臉說，他太過敏感，不敢在旁邊看這樣的手術。

「你知道，」他說，「單是在一旁觀看，思想就容易緊張。再說，我的神經系統非常……」

「唔！」卡尼韋打斷他，「我看你相反，是個容易中風的人。這也難怪，你們這些藥坊老板先生，成天鑽在配藥室裏，久而久之，氣質必然改變。你瞧我，每天四點鐘起床，用涼水刮鬍子（我從來不覺得冷）；我不穿法蘭絨，從來不得傷風感冒，身子骨結實得很！我生活沒有定律，今年這樣，明天那樣，像聖哲先賢，隨遇而安。所以，我不像你們嬌嫩。而且對我來講，給基督徒開刀，與殺雞宰鴨完全一樣。聽了這些話，你們要說這是習慣……習慣……」

兩位先生就這樣拉開了話匣子，根本不考慮在被窩裏急得滿頭大汗的伊波力特。藥店老板說，外科醫生的沈著冷靜，堪與將軍相比。這話卡尼韋聽了特別舒服，於是滔滔不絕，大談行醫的職業要求。在他心目中，醫道是一個神聖的事業，儘管一些低級醫生玷汙了它。最後話題回到病人身上，他檢查了奧梅拿來的繃帶，全是上次作挑筋手術時用過的那些。他要求一個人來幫他扶住要鋸的腿。奧梅便派人去找賴斯迪布杜瓦。卡尼韋先生捲起袖子，進到撞球室。藥店老板與阿特米絲和女店主待在一起。兩個女人臉色比她們的圍裙還白，耳朵貼在門上傾聽。

這時，包法利待在家裏不敢出來。他在樓下客廳裏，坐在沒生火的壁爐角落裏，垂著頭，雙手交疊，兩眼發直，腦子裏想道：多倒楣！多令人失望！可是，一切預防措施，凡能想到的，他都採取了呀。是命運從中作怪。扯到命運又有什麼用呢？這些時候要是伊波力特死了，人家還不是要說是他害死的？再說，以後看病的時候，人家問起，他如何解釋？不過，莫非他什麼地方做錯了。

他反覆尋思，就是想不出錯在什麼地方。最著名的外科醫生也會犯錯誤。可是，這話誰願意相信！相反，人家會嘲笑，會嚼舌頭！事情會傳到浮日！傳到新堡！傳到盧昂！到處傳遍！誰說得準不會有同行寫文章攻擊他呢？那樣會引起一場筆戰，他不得不到報紙上去回答質問。伊波力特甚至可以讓他吃一場官司。他看到自己身敗名裂，傾家蕩產，死路一條！五花八門的假設一齊湧進他的腦海，他的思想在這些假設衝擊下，就像一個空桶，被捲向大海，在波濤上翻滾。

艾瑪坐在對面看著他。她不分擔他的恥辱，而是感到另一種恥辱：他這個人的平庸無能，已經多少次她沒有看透，居然還想像他會有某種出息！

夏爾在房間裏走來走去，靴子踩得地板嘎吱嘎吱響。

「坐下吧，」艾瑪說，「煩死人！」

夏爾重新坐下。

怎麼搞的，艾瑪會又一次估計錯呢？（她本來是聰穎過人的！）再說，是什麼鬼使神差，讓她這樣痴迷不悟，再三做出犧牲，白白糟蹋自己的人生？她回首往事，想起自己嚮往奢華生活的天性、心靈的空虛、婚姻和家庭生活的平庸，想起她那像受傷的燕子落進汙泥的夢想，想起她渴望得到的一切、她放棄的一切、她本來可以得到的一切。為什麼？這一切究竟為了什麼？

整個鎮子死一般寂靜，突然一聲尖叫劃破天空。包法利頓時臉色煞白，臉些昏倒。艾瑪煩躁地皺了皺眉頭，又接著尋思道：然而，這一切都是為了他，為了這個人，為了這個什麼也不懂、對一切都痲木不仁的男人。瞧他坐在那裏，心安理得，根本就沒想到，他那可笑的姓名，從今以後不但玷辱了他自己，也會玷辱她。這樣一個人，她曾經極力去愛他，而且哭哭啼啼，後悔不該順從了另一個男人。

「唔，他也可能是外翻型！」一直沈思的包法利，突然驚叫起來。

這突如其來的一句話，撞擊著艾瑪的思想，就像一個鉛球砸在一個銀盤裏。她渾身一哆嗦，抬起頭，揣摩他是什麼意思。兩個人互相對望著，突然意識到彼此坐在對方眼前，不勝驚訝，可見他們思想上相距多麼遙遠。

夏爾看著她，醉漢般視線模糊，同時靜靜地聽著被截肢者最後的叫喊。那叫喊拖得長長的，忽高忽低，其間夾雜聲聲尖叫，就像遠處在宰殺牲口，發出嚎叫。

艾瑪咬著發白的嘴唇，手裏搓著一根她掰斷的珊瑚枝，怒目盯住夏爾，一雙眸子像兩支隨時準備發射出去的火箭。現在夏爾的一切都令她生氣：他的面孔，他的穿著，他沒有說出來的話，他的整個人。總之，他的存在，統統令她生氣。

她後悔過去不該那樣貞潔賢淑，就像那是一種罪孽似的；尚殘存的一點點貞節，也在傲氣的狂烈衝擊下土崩瓦解了。她想到自己的偷情成功了，心頭湧出種種惡意的嘲諷，不禁洋洋自得。情人又回到了心頭，充滿魅力，令她迷醉。一股新的熱情把她推向那形影，讓她獻上自己的靈魂。夏爾呢，彷彿脫離了她的生活，永遠不會再回來，永遠消失得無影無蹤，就像他馬上就要死去，正在她眼前嚥氣似的。

人行道上傳來一陣腳步聲。夏爾隔著放下的百葉窗向外望去，看見卡尼韋大夫正走到陽光照耀的菜市場邊上，一邊用手絹擦前額的汗；奧梅手裏拎個大紅匣子，跟在後面。兩個人向藥店那邊走去。

頹喪之中，夏爾突然感到需要溫存，轉身對妻子說：

「吻我一下吧，心愛的！」

「別煩人！」艾瑪氣得滿臉通紅說道。

「怎麼啦？怎麼啦？」夏爾驚愕不已地連聲問道，「冷靜點！好好想想吧！你知道我愛你的……來吧！」

「夠啦！」艾瑪嚷道，神色可怕。

她立即跑出客廳，砰的一聲拉上門，把牆上的晴雨表也震了下來，掉在地上摔得粉碎。

夏爾倒在扶手椅裏，心煩意亂，捉摸不透妻子是怎麼回事，猜想她又來了神經官能症，不禁淚涕交流，感到有某種不祥的、無法理解的東西在他周圍遊蕩。

當天晚上，羅德夫來到花園裏，發現他的情婦在台階最底下一級等他。兩個人緊緊擁抱在一起，一切怨恨都像雪一樣在熱吻中融化了。

12

他們再度相愛了。甚至在大白天，艾瑪往往會突然坐下來給羅德夫寫信。信寫好後，她隔著玻璃窗給朱斯丹作個手勢，朱斯丹連忙解下圍裙，飛也似向拉于謝特跑去。羅德夫接到信馬上趕來。艾瑪叫他來，是爲了告訴他：她感到煩悶無聊，她的丈夫可憎可恨，她的生活不堪忍受。

「我難道有什麼辦法可想嗎？」有一天，羅德夫不耐煩了，這樣說道。

「啊！只要你願意……」

艾瑪坐在地上，靠在他兩腿之間，頭髮蓬鬆，目光渙散。

「願意什麼？」羅德夫問道。

艾瑪長嘆一聲：

「我們去別的地方生活……隨便什麼地方……」

「你眞是瘋了！」羅德夫笑著說，「這怎麼行？」

艾瑪說來說去又扯到這上頭，羅德夫只裝不懂，把話題岔開。

他不懂的是，戀愛這麼簡單的事情，何來這麼多紛擾。而在艾瑪呢，卻自有一種動機，一種理由，就像她的戀情的一種補充。

事實上，對丈夫的憎惡使她對羅德夫的感情與日俱增。越是傾心於這一個，就越是嫌惡另一個。與羅德夫幽會之後再與夏爾待在一起，在她眼裏，夏爾不用提多討人嫌，連指甲都粗得不能再粗，思想又那樣遲鈍，舉止那樣庸俗。所以，她表面上裝出賢妻模樣，可是一想到另一個男人，就情欲如火，按捺不住。人家的頭髮，油光烏黑，捲曲成一圈，搭在被太陽曬黑的前額上；身體那樣強壯，體態那樣俊美；審時度世，那樣富有經驗；情欲宣泄，又那樣如痴如狂！就是爲了他，她才像金銀首飾匠那樣細心修剪指甲，皮膚上抹的冷霜和手絹上灑的香水總嫌不夠，又是戴手鐲，又是戴戒指，又是戴項鍊。每次羅德夫要來，她總是將兩個碧琉璃大花瓶插滿玫瑰，把房間和自己本人裝點得講究體面，就像一個高等妓女等候王公駕臨。女傭人費麗西一天到晚有洗不完的衣服，離不開廚房半步，好在小朱斯丹常常來陪伴她，看她幹活兒。

朱斯丹雙肘支在費麗西衣服的長木板上，貪婪地打量著攤在她身邊的女人穿戴的東西：花格細布裙、披肩、縐領、上面寬鬆下面窄小的背帶褲子。

「這是幹什麼用的？」小伙子伸手摸摸硬襯布和搭扣問道。

「你眞的從來沒見過嗎？」費麗西笑著說道，「就像你的老板娘。奥梅太太是不穿這種衣服的。」

「啊，是的！奥梅太太的確不穿！」

朱斯丹現出沈思的樣子又加一句：

「難道她能和你家太太比嗎？」

費麗西見他在自己身邊轉來轉去，有點沈不住氣了。她比朱斯丹大六歲，而且紀堯曼先生的聽差泰奥多已開始追求她了。

「讓人家清靜點好不好！」她挪動一下漿子罐說道，「你還是去搗杏仁吧。總在女人身邊瞎混，壞小子！要想沾女人的邊，等你嘴上長了毛再說！」

「得啦，請息怒吧，我替你擦她的靴子。」

朱斯丹立刻從壁爐框上拿下艾瑪的靴子。靴子上全是泥巴——幽會地點的泥巴，手指一碰，就變成粉末掉下來。他望著那泥粉在一抹陽光裏慢慢揚起。

「看你！生怕把它擦破了嗎？」廚娘說道。她自己動手爲主人擦鞋時，可不會這麼小心翼翼，反正鞋子一舊，艾瑪就會扔給她穿。

艾瑪櫃子裏放著許多鞋子，穿一雙扔一雙，隨意糟蹋，夏爾決不敢抱怨一句半句。

她認爲應該送給伊波力特一條木頭腿，夏爾照例不敢說半個不字，立刻掏了三百法郎去買一條。那義肢是一個複雜的機械，軟木包頭，彈簧關節，外面套一條黑色長褲，下面一隻漆皮靴子。一條如此漂亮的義肢，伊波力特不好天天用，央求包法利夫人給他另弄一條更方便的。醫生當然又得掏腰包。

馬夫漸漸又忙起來了。人們看見他像從前一樣，在鎮子上到處跑。夏爾遠遠聽見街石上他的拐杖清脆的響聲，就趕快換條道走。

那條義肢是商人勒樂自告奮勇去訂做的。這樣他有機會接近艾瑪，與她閒扯巴黎新的廉價商品、形形色色的婦女飾物，向她大獻殷勤，而從來不開口要錢。這麼容易到手的便宜，艾瑪何樂而不得，便乘機滿足自己變化無窮的喜好。聽說盧昂一家陽傘店裏有種很漂亮的馬鞭，她想弄到手，送給羅德夫。第二個星期，勒樂就買來往她桌子上一放。

但是，第二天他來到艾瑪家，掏出一張發票，數額是二百七十法郎，還沒計零頭。艾瑪尷尬至極：書桌的個個抽屜都空無分文，家裏還欠賴斯迪布杜瓦兩周的工錢，欠女傭人半年的工資，其他該付而未付的款項更不少。包法利正急得什麼似的，只盼望德洛澤萊先生送錢，因爲他每年都是在聖彼得節❶前後付清診費的。

艾瑪起初總算把勒樂對付過去了。但後來，勒樂也沒了耐心，說人家逼他要錢，而他的資金都散在外面，如果收不回來一部分，他就只要把艾瑪所買的商品拿走。

「哼！拿走好了！」艾瑪說。

「哎！只不過逗著玩的！」勒樂說，「其實，我只是捨不得那條馬鞭。好吧！我去向你先生討。」

「不！別向他討！」艾瑪說。

「哈！這下子我可把你攥在手心裏啦！」勒樂心想。

他自信抓住了艾瑪的把柄，一面往外走，一面帶著習慣的噓聲連連低聲說道。

「行啊！咱們再說吧！再說吧！」

艾瑪正琢磨如何解說，廚娘進來，把一個藍色的小紙卷擱在壁爐上，說「是德洛澤萊先生送來的」。艾瑪撲過去抓在手裏，打開來，裏面是十五塊金拿破崙❷，即德洛澤萊先生的診費。她

---

❶聖彼得節在六月廿九日。

❷有拿破崙頭像的舊時法國金幣名，值二十法郎。

聽見夏爾上樓來了，忙把那包金幣扔進自己的抽屜，拔下鑰匙。

三天後，勒樂又來了。

「我來向你提出一個解決辦法，」他說，「如果不提前面那筆錢，你願意再借……」

「這就是那筆錢！」艾瑪說著將十四塊金拿破崙往他手裏一塞。

商人傻了眼，爲了掩飾他的狼狽，一個勁兒又道歉，又是表示願意效勞。艾瑪不需要他任何效勞。勒樂走後，她站了幾分鐘，摸著圍裙口袋裏兩枚五法郎金幣。那是勒樂找回的，她決心積攢下來，以後好還……

「唔！」她想道，「他不會再想起來的。」

除了鍍金的銀柄馬鞭之外，羅德夫還收到一枚紋章，上面銘刻著「心心相印」四個字：此外還有一塊可作圍脖用的披巾，最後是一個雪茄匣，與夏爾在路人拾到、艾瑪還保留著的子爵那個一模一樣。可是，羅德夫覺得接受禮物有失他的面子，送了好幾回他不接受，艾瑪硬要他收下，他才順從，但心裏覺得艾瑪太專橫，太強加於人。

另外，她經常產生一些稀奇古怪的想法。例如，她說：

「半夜聽見時鐘敲響十二點，你要想著我！」

如果羅德夫承認他沒有想她，她就會劈頭蓋腦責備他，而且最後總要問這麼一句：

「你愛我嗎？」

「當然，我愛你。」羅德夫答道。

「很愛嗎？」

「那還用說！」

「你沒有愛過別的女人吧，嗯？」

「你當初找到我時，以爲我是處男嗎？」羅德夫笑呵呵地大聲反問。

艾瑪哭起來。羅德夫極力安慰她，用幽默的俏皮話進行分辯。

「咳！這是因爲我愛你！」艾瑪說道，「愛到離開你，我就活不成了，你知道嗎？有時候，我渴望見到你，因爲愛折磨著我，把我的心都要揉碎了。我獨自嘀咕：『現在他在什麼地方？也許和別的女人在談心吧？她們對他嫣然一笑，他走過去……』啊！不，別的女人你一個也看不上，是嗎？更漂亮的女人有的是，但我更懂得愛！我是你的女僕，你的相好；你是我的君王，我的偶像。你善良！你英俊！你聰明！你強壯！」

這類話，羅德夫聽過千百遍，一點也不覺得新鮮。艾瑪與其他情婦沒有什麼不同；愛情的新鮮勁一過去，恰好一件衣服被脫掉了，只剩下赤裸裸的、單調乏味的老一套，從方式到語言都千篇一律。羅德夫雖然是情場老手，卻分辨不出以同樣的方式所表達的感情並不相同。因爲不少放蕩或貪財的女人都對他說過這類話，他就幾乎不相信艾瑪這些話是出自眞心。他認爲，掩飾貧乏感情的誇張言辭，聽的時候應該大打折扣。這就是說，空洞的比喻，往往不可能表達心靈裏豐富的感情。任何人都不可能把自己的欲望、想法和痛苦不折不扣地表達出來；人類的語言就像一口破鍋，我們想敲出悅耳的聲音，感動星宿，卻只引得狗熊跳舞。

羅德夫像一個旁觀者那樣清醒冷靜，而不像當局者那般癡迷；但他看出，這種愛情樂趣尙多，盡可享受。在他心目中，任何廉恥只會束縛手腳。他待艾瑪，隨心所欲，把她變成一個服服帖帖、自甘墮落的女人。這是一種痴迷的依戀。艾瑪對他，五體投地，自己也拚命行樂；人沈湎於極樂之中，渾渾噩噩，靈魂也泡在裏頭，醉生夢死，不能自拔，就像克拉倫斯公爵泡在馬爾瓦西酒桶裏❸一樣。

包法利夫人縱欲行樂，積習已深，僅此一點，就連行爲舉止也改變了。她的目光變得更大膽，談吐更隨便，甚至與羅德夫先生一塊散步，嘴裏還叼著一支香煙，似乎故意以這種放肆行爲，嘲弄世人。有一天，她從驛車「燕子」上下來，竟像男人一樣穿件背心，最後就連那些還將信將疑的人，也確信她變了。老包法利夫人與丈夫大吵了一架之後，躲到兒子家來了，看到兒媳婦那副模樣，自然和其他女人一樣感到丟臉。還有其他許多事不合她的心意：首先是夏爾把她的話當耳邊風，沒有禁止艾瑪看小說；其次，他們理家的方式令她不快。老太太斗膽說了幾句，尤其是有一次爲費麗西的事說了幾句，結果婆媳倆鬧翻了。

吵架的前一天晚上，老包法利夫人經過走廊，看見費麗西與一個男人在一起。那男人四十歲上下，棕色絡腮鬍子，聽到老太太的腳步聲，慌忙打廚房溜走了。艾瑪聽了，哈哈大笑。這可惹火了老太太，說除非不把道德放在眼裏，否則對下人的品行，就不能不監督。

「請問你是從哪個階層出來的？」兒媳問道，目光凶狠無禮。老太太禁不住問她是不是在爲自己辯護。

❸克拉倫斯公爵（一四四九～一四七八），英王愛德華四世之弟，因叛亂被處死刑，問他想怎樣死，他要求泡在一桶馬爾瓦西酒裏淹死。馬爾瓦西酒產於希臘馬爾瓦西島，香醇名貴。

「滾出去！」少婦跳起來嚷道。

「艾瑪！……媽媽！」夏爾喊道，試圖從中勸解。

但是，婆媳倆盛怒之下，都走開了。艾瑪跺著腳罵道：

「哼！眞懂規矩啊！鄉巴佬！」

夏爾跑到母親面前，母親怒不可遏，結結巴巴說道：

「這是個蠻不講理的傢伙！是個輕狂東西！可能還要更壞！」

老太太要馬上就走，除非兒媳婦來向她賠不是。夏爾於是跑到妻子面前，懇求她讓步，給她跪了下來。艾瑪好不容易答應了：

「好啦！我去。」

她果然向婆婆伸過手去，擺出一副侯爵夫人的端莊樣子，對她說：

「原諒我，夫人。」

然後，她跑上樓，撲倒在床上，頭埋在枕頭裏，孩子般哭起來。

她與羅德夫約好的，如果發生了不尋常的大事，她就在百葉窗上掛一片白紙，萬一羅德夫剛巧在永維鎮，看到暗號，就跑到房後的巷子裏來與她相會。艾瑪做了記號，等了三刻鐘，突然瞥見羅德夫在菜市場角上，情不自禁打開窗戶，準備喊他。可是，羅德夫已經消失。她感到失望，又撲倒在床上。

然而，沒多久，她似乎聽見有人在便道上行走。可能是他。她下了樓，穿過院子。羅德夫站在外邊。她撲進他懷裏。

「當心點。」羅德夫說。

「啊！要是你知道！」艾瑪答道。

於是，她開始把所發生的事情，講給他聽，講得急促，前後一連貫，又誇大事實，還捏造了好幾條，並且穿插許多離題的話，結果弄得他稀里糊塗，沒聽明白。

「行啦，我可憐的天使，振作起來，想開些，忍耐點！」

「可是，我都忍耐了四年啦，我受的什麼罪！……像我倆之間這樣的愛情，完全可以當著上天公諸於世！他們存心折磨我，我實在受不了啦，救救我吧！」

艾瑪緊偎在羅德夫胸前，兩眼噙滿淚水，閃閃發光，像波浪下面燃著兩團火焰；胸部急劇起伏。羅德夫從來沒像此刻這樣愛她，一時沒了主張，問她道：

「該怎麼辦？你要我怎麼辦？」

「帶我走吧，」艾瑪大聲說，「把我拐走吧……啊！我求求你！」

她猛地把嘴伸到羅德夫的嘴邊，似乎的吻會出其不意地冒出來一樣，她要把它接住。

「可是……」羅德夫欲言又止。

「可是什麼？」

「你的女兒呢？」

艾瑪考慮片刻，答道：

「只好帶上她！」

「眞是個不尋常的女人！」羅德夫望著她離去的背影，對自己說道。艾瑪剛剛溜進花園裏去了，有人叫她。

隨後幾天，老包法利夫人對兒媳的變化大感意外。艾瑪的確變得隨和了，對婆婆也顯得尊重了，甚至向她請教醃小黃瓜的方法。

艾瑪這樣作，是爲了更好地矇騙他們母子倆，還是想經由心甘情願的忍讓，更深地感受她就要拋棄的東西的苦澀！實際上，她並沒有在這方面花心思，而是相反，完全沈醉在即將到來的幸福之中，事先就盡情地品嘗。她每次與羅德夫幽會，一開口就不離這個話題，靠在他肩頭上，悄悄說道：

「哎！等我們一搭上郵車……你想到這上頭沒有？這可能嗎？在車子開動那一剎那，我們準會感覺像乘坐著氣球，向天上飛去哩！知道嗎？我現在天天扳著指頭數日子啊！……你呢？」

包法利夫人從來沒有這個時期漂亮，簡直漂亮得難以形容。這是喜悅、熱情和成功所致，是性情與環境協調的結果。她的貪欲、苦惱、聲色方面的體驗和永遠天眞浪漫的幻想，猶如肥料、雨水、風和陽光之於花木，使她天生的特質逐步展露，最後鮮花怒放般徹底展開了。天生俊秀的眼皮，配上含情脈脈的目光，眸子隱隱沈在裏頭，好不嫵媚迷人；呼吸急促之時，纖小的鼻孔翕動，肉感的嘴角提起，嘴唇上微現黑色茸毛，陽光一照，似有若無；頭髮盤在腦後，繞成一個沈甸甸的圓髻，就像是一個淪落風塵的巧匠信手挽成，而且因爲翻雲翻雨之故，天天弄得披散開來；她的嗓音如今變得更加圓潤優柔，身材更加裊娜動人，甚至她帶皺褶的衣裙和彎彎的腳背，也流露出無窮的風韻，誰見了都會麻酥酥不能自己。夏爾像在新婚期間一樣，覺得她楚楚動人，無法抗拒。

每天夜裏回來，他不敢叫醒她。床頭的小瓷燈，在天花板上投射一道圓圓的、顫悠悠的光；放下帳幔的搖籃，像一個小白屋子，隆起在床邊的暗影裏。夏爾望著帳幔，彷彿聽見女兒輕微的呼吸。女兒正在長大，每個季節都要長高不少。他似乎已經看她每天傍晚放學回家，小罩衫上濺滿墨跡，背著書包。然後，就要讓她上寄宿學校，那可要不少錢，怎麼辦呢？他不由得沈思起來，想在附近租一塊地來種。每天早晨出去看病時，順便料理一下。所得收入積攢下來，存進儲蓄所，然後再拿去買股票，隨便買哪裏的都行。此外，看病的人也可能增多。他指望著這些，因為他要貝爾特受到良好教育，有才學、會彈鋼琴。啊！等她長到十五歲時，模樣兒肯定會和她母親一樣，夏天也像她母親一樣戴頂草帽，該多漂亮！遠遠看去，人家還以為她們是兩姊妹哩。他想像晚上女兒就著燈光，在他們夫婦倆身邊幹活，為他繡拖鞋，料理家務；她是那樣可愛、愉快，使整個家裏充滿歡樂。最後，他們要考慮她的終身大事，給她找一個為人正直、地位穩固的小伙子。他要使女兒幸福，永遠幸福。

艾瑪其實沒有入睡，只是裝作睡著了。當夏爾在她身邊昏昏欲睡時，她仍睡意全無，沈浸在別的夢想之中。

四匹馬不停地奔馳，八天來她被它們帶往一個新的國度，永遠不再回頭。她與羅德夫拉著手，不說一句話，只顧往前走啊，走啊。他們往往到達一座山頂，突然一座輝煌燦爛的城市呈現在眼前，那裏有一座座圓頂建築，一座座橋，還有船，檸檬樹林子，白色大理石教堂，尖尖的鐘樓頂上有仙鶴築巢。馬緩緩地邁著步子，因為道路是大塊石板鋪的，地上撒滿穿紅緊身褡的婦女扔給他們的鮮花。他們聽見鐘鳴，騾嘶，六弦琴低吟，泉水淙淙；涼絲絲的水氣，在堆得像金字塔的水果上面飄蕩，後面聳立著幾座白色的雕像，臉上浮著笑容，頭頂噴著清泉。一天傍晚，他們來到一座漁村，峭壁和簡陋的小屋旁邊，晾曬著一張張棕色魚網。他們將在這裏定居。他們住的房子，是一座低矮的平頂屋，位於海邊一個港灣裏，屋前如蓋如亭有棵棕櫚樹。他們駕著輕舟出海漫游，躺在吊床搖來晃去；他們的生活輕鬆寬裕，一如他們身上的綢衫，溫暖而又星光閃爍，一如溫煦的夜晚他們仰望的星空。然而，她想像中的未來，雖然海闊天空，卻全無奇特之處，日子一天接一天，天天美好，但也天天一個樣，就像海上的波浪，在天邊搖蕩著，望不到盡頭，柔和的、藍盈盈的展現在陽光之下。可是，孩子在搖籃裏咳起嗽來要不就是夏爾鼾聲如雷。艾瑪直到黎明窗戶上發白了才入睡，而此時，小朱斯丹已在廣場上卸下藥店的護窗板。

艾瑪請來勒樂先生，對他說：

「我需要一件大衣，一件寬大的、帶長領披和夾裏的大衣。」

「你要出門旅行嗎？」樂勒問說。

「不！不過……管這麼多幹什麼？這事就託付你啦，行嗎？要快！」

樂勒欠欠身子。

「我還要一口箱子，」艾瑪又說，「……不要太重，要輕便的。」

「好，好的，我聽清楚了，大約九十二公分長，五十公分寬，目前時興這種尺寸的。」

「還要一個旅行袋。」

「很顯然，」樂勒尋思，「這裏面一定有名堂。」

「給，」包法利夫人從腰帶上摘下了錶，說，「拿去。就用它抵帳。」

商人嚷起來，說她這就不對了，大家都是熟人，難道他還信不過她？真是孩子氣的做法！但包法利夫人堅持，至少要他收下錶鍊。樂勒已經把錶鍊放進口袋，轉身要走，包法利夫人又叫他他。「這些東西全留在你鋪子裏。至於大衣嘛……」她現出考慮的樣子。「也不要送來，只告訴我裁縫的地址，叫他預備好，我隨時去取。」

他們預定下個月私奔。艾瑪從永維鎮出發，裝作去盧昂買東西。羅德夫負責訂驛車座位、辦護照，甚至往巴黎去信，包一輛直達馬賽的驛車，到馬賽再買一輛敞篷四輪馬車，馬不停蹄，直奔熱那亞而去。她要小心謹慎，把行李送到樂勒店裏，從那裏直接搬上「燕子」。這樣就誰也不會懷疑。這一切安排，獨獨沒有考慮孩子的問題，羅德夫避而不談，她自己可能也沒有放在心上。

羅德夫表示還需要兩個星期，最後作些安排。一個星期後，他又提出還要兩個星期。然後，他說自己有病，隨後又外出一趟。八月份過去了，行期已一再推遲。他們最終決定九月四日（星期一）私奔，絕不再改日期。

終於，到了最後的一個星期六。天一黑，羅德夫就來了，比往常早。

「全部準備好了嗎？」艾瑪問道。

「準備好啦。」

他們繞花壇溜達一圈，走到望台旁邊圍牆的石欄上坐下。

「你愁眉苦臉的。」艾瑪說。

「哪裏，怎麼會呢？」

他現出多情的樣子，古怪地看著她。

「是不是因爲要離開？」艾瑪又問道，「因爲要拋棄你心愛的東西和你現在的生活？啊！我理解……可是我呢，在這個世界上就什麼也沒有嗎？你是我的一切，我是你的一切。我是你的家，你的祖國；我會照顧你，永遠愛你。」

「你眞可愛！」羅德夫說著把她摟在懷裏。

「眞的？」艾瑪嫣然一笑問道，「你愛我嗎？你發誓！」

「問我愛不愛你！問我愛不愛你！我愛你愛得五體投地啊，我的心肝！」

草原深處，地平線上，現出一輪紫紅的圓月，在白楊樹枝間迅速上升；白楊樹像一塊帶許多窟窿的帷幕，月亮在它後面時隱時現。最後它升到寥廓的天空，光華皎皎，把夜空映得澄澈透亮。這時，它放慢了腳步，朝河面拋下一個大光斑，於是滿河閃耀著無數星星；這銀輝宛似一條無頭的蛇，遍體鱗片熠熠生輝，在水裏盤曲浮游，一直鑽到河底；這銀輝也像一支巨大的蠟燭，上面滴落著熔化的鑽石。溫馨的夜色包圍著他們，枝葉叢中重影密布。艾瑪瞇縫著雙眼，一邊大聲嘆息，一邊呼吸著舒徐的清風。兩個人都不說話，深深地沈浸在各自的夢想之中。昔日的柔情，猶如一條河流，滿盈盈，靜悄悄，又流回他們的心裏，綿綿無盡，帶著山梅花般的芳香，同時在他們的記憶中投下一個個影子，比靜靜地伸展在草地上的柳樹影子還要巨大，還要淒迷。刺蝟或黃鼠狼等夜間動物，經常出來追逐什麼東西，碰得樹葉沙沙響；有時，聽見牆邊果樹上落下一個熟透的桃子。

「啊！多美的夜晚！」羅德夫說道。

「以後我們有的是！」艾瑪接著說。

隨後，她彷彿自言自語說道：

「是的，肯定會一路順風……可是，我心頭怎麼有些惆悵？是擔心未知的生活，還是因爲要拋棄多年的習慣，抑或……不，這是因爲太幸福的緣故！瞧我眞是感情脆弱，不是嗎？請你不要在意！」

「還來得及，好好想想吧！」羅德夫大聲說，「你可能會後悔的。」

「我絕不會後悔！」艾瑪激昂地說。

她更靠近羅德夫，說道：

「我擔心會發生什麼危險嗎？與你在一起，沒有什麼沙漠、絕壁和大洋我闖不過去。我們生活在一起，就像相互擁抱在一起，一天比一天更緊，一天比一天心連心！沒有任何東西來打擾我們，沒有憂慮，沒有困擾，只有我倆，除去你和我，還是你和我，永遠這樣……說話呀，你也該有個表示嘛！」

羅德夫每隔一會兒，就說一聲：「是的……對！……」

艾瑪伸手擾弄著他的頭髮，大顆的眼淚簌簌往下淌，孩子似的一疊連聲地說：

「羅德夫！羅德夫！……啊！羅德夫，親愛的小羅德夫！」

時鐘敲響了十二點。

「半夜了！」艾瑪說，「好啊，明天到啦！還有一天！」

羅德夫站起來準備走。他這個動作彷彿是他們私奔的信號，艾瑪突然顯得興高采烈：

「護照拿到了嗎？」

「拿到了。」

「你沒有忘記什麼吧？」

「沒有。」

「肯定沒有？」

「肯定沒有。」

「你在普羅旺斯旅店等我，對嗎？時間是中午十二點？」

羅德夫點點頭。

「那麼明天見！」艾瑪最後親他一下說道。

她看著他離去。

羅德夫沒有回頭。她追上去，跑到河邊的灌叢間站住，探著身子喊道：

「明天見！」

羅德夫已經到了河對岸，在草原上大步流星走去。

走了幾分鐘，他才停住腳步，看見艾瑪身穿白衣服，像個幽靈，漸漸融進夜色之中，他突然感到心跳不止，連忙扶住一棵樹，以免摔倒。

「我眞是個笨蛋！」他狠狠罵自己一句。「不過也沒什麼，這可是個如花似玉的情婦！」

於是，艾瑪的美貌，以及與她偷情的種種歡樂，又一次浮現在他心間。開始他還眞動了感情，接著又對艾瑪生出反感，揮了揮手大聲說道：

「說到底，我不能離鄉背井，還弄一個孩子來負擔。」

他說這些話是爲了進一步堅定自己的決心。

「再說，還有種種難堪，還有開銷……啊！不，不行，絕對不行！那樣做太蠢啦！」

13

羅德夫一進屋，就急匆匆地走到寫字台前坐下，面前牆上掛著一隻鹿頭，是獵獲物的一種陳設。可是，筆一拿到手裏，他卻沒有話好寫，於是雙手支著下巴，沈思起來。在他心目中，艾瑪已經退到遙遠的過去，彷彿他剛剛下定決心，突然在他們之間已橫隔了很大的距離。

爲了追憶她的一點什麼東西，他從床頭的五斗櫃取出一個舊蘭斯餅乾盒。那裏面向來放著女人的信件，散發著一股潮濕的塵土味和凋謝的玫瑰味。他第一眼看到一塊帶灰白色點子的手絹。這塊手絹是艾瑪的，有一回散步時，她流鼻血用過。這件事他本來已忘得一乾二淨。手絹旁邊有一張艾瑪的小照，四角全捲了。他覺得艾瑪的打扮太過矯飾，拿眼睛瞟人的樣子給人的印象也十分惡劣。他久久地端詳著這張照片，回憶著艾瑪本人的模樣。不料艾瑪的容貌在他的記憶中卻愈來愈模糊，彷彿活人的臉和照片上的臉，相互摩擦，結果二者都給抹掉了。最後，他讀艾瑪的信，裏面所寫的，全是關於這次私奔的話，寫得簡單、匆忙，談的都是有關安排方面的問題，很像事務性的便條。羅德夫想看過去那些長長的信。那要一直翻到盒子底下，把其他信都挪開，才能找到。他在那堆紙和東西裏翻來翻去，亂糟糟的翻到幾個花束、一根鬆緊帶、一副黑面具、幾個別針和一些頭髮——頭髮！棕色的，金黃色的，甚至有幾根掛在盒子上，開盒蓋時扯斷了。

羅德夫就這樣在故物之中翻來翻去，欣賞著那些信裏與五花八門的字體和文筆。那些信或情意纏綿，或活潑愉快，或風趣詼諧，或憂鬱傷感；有的問他要愛情，有的問他要錢。有時候，一句話能使他想起一張面孔、某些動作或某個聲音的語調，然而有時候他卻什麼也想不起來。

說實話，這些女人同時跑進他的思想，相互擠來擠去，結果都變小了，都落在同一個愛情水平之下，彼此都不相上下了。於是，他胡亂抓起一把信，讓它們一封封從右手裏落到左手裏，又一封封從左手裏落到右手裏，以此消遣了幾分鐘。最後，他感到膩了，睏了，便把盒子放回五斗櫃，自言自語說道：

「全是扯淡！」

這句話概括了羅德夫的看法。他的心已被一樁又一樁的風流艷事折騰夠啦，就像操場被學生們踩過來踩過去，已經寸草不生；他的心靈所經歷的那些事情，甚至比孩子們還漫不經心：孩子們還可能在牆上塗畫上自己的姓名，它們呢，什麼也沒留下。

「好吧，」他對自己說，「寫吧！」他寫道——

拿出勇氣來，艾瑪，拿出勇氣來！我不忍心使你的生活變得不幸……

「事實上，的確是這樣，」羅德夫想道，「我這樣做是爲她著想，我是誠實的。」

你的決定是否經過深思熟慮，經過反覆掂量？你知道我會把你帶向怎樣的深淵嗎？可憐的天使，不知道，是嗎？你充滿自信，但喪失理智，一味相信幸福，相信未來……唉！我們眞是不幸，眞不冷靜！

寫到這裏，羅德夫停下來，尋找有說服力的藉口。

「對她說我破產了怎麼樣？啊！不。再說，這也無濟於事。過些時候還會重新開始。這樣的女人難道可以理喻嗎？」他考慮一會兒，又寫道——

我不會忘記你的，請相信。我會始終如一地忠於你。不過，遲早總有一天（人間的事注定會這樣的），這種熱情也許會減弱！我們會感到厭倦，甚至我會看到你後悔而痛苦萬分。我自己也會後悔，因爲你的後悔是我造成的。這種事誰說得準呢？單單想到你的苦惱，我就心如刀絞，艾瑪！忘掉我吧！爲什麼偏偏我認識了你？

爲什麼偏偏你這樣漂亮？這難道是我的過錯嗎？啊，上帝！不，不，要怪也只能怪命運了！

「對，」羅德夫想道，「命運二字什麼時候都有說服力。」

唉！假若你是我們司空見慣的那類淺薄女子，我出於自私的目的，當然可以進行某種嘗試，那對你也不成其爲什麼風險。可是，你這種可愛的衝動，既是你的魅力所在，也造成你的痛苦，使你這樣可敬可愛的女性，無法理解我們將來地位的虛假性。我也一樣，起初也沒有考慮到這一點，而是躺在理想幸福的蔭涼之中，就像躺在芒齊涅拉樹❶的蔭涼之中一樣，沒有考慮可怕的後果。

「我放棄私奔，她也許以爲我是捨不得花錢呢……啊！管它呢！以爲就以爲吧，反正該一刀兩斷啦！」

人世是無情的，艾瑪，我們不管走到哪裏，總擺脫不了人世。你少不了要受到好奇的盤問、誹謗、鄙視，甚或侮辱。侮辱你！啊！而我希望把你供奉在寶座上呢！我要讓你的思想像護身符時時伴隨我！我給你造成了許多痛苦，該受到懲罰，爲此我要流放自己。我走啦！去什麼地方？我也不知道。我瘋啦！永別了！願你永遠善良！請把這個失去你的可憐人記在心裏吧，把我的名字告訴你的孩子，讓她在祈禱時念叨著它吧！

兩支燭焰搖曳不止。羅德夫起身去關上窗戶，坐下之後想道：

「看來也就是這些啦。哦！還得加上一筆，免得她再糾纏不休。」

當你讀到這些傷心話時，我已經走遠了。要盡快逃走，以免禁不住再去看你。不能軟弱！我會回來的，說不定將來你我會再坐到一起，非常平靜地談起我們的舊情哩。再見！

❶產於南美州，其果實有毒。

最後，他還加了一個分開寫的：「再——見！」自己覺得非常夠味兒。

「現在到底該怎麼落款呢？」他嘀咕道，「『全心全意忠於你的』？……不好。『你的朋友』？……對，就是它。」於是，他又寫上——你的朋友

他把信重念一遍，覺得很好。

「可憐、嬌小的女人！」他不無動情地想道，「她準會認爲我是鐵石心腸。應該灑幾滴眼淚在信箋上才好，可是我這個人不會掉淚。這不能怪我。」於是，羅德夫往一個玻璃杯裏倒了點水，蘸濕手指，抬在半空滴下一大滴水，落在墨跡上，形成一個淡淡的斑痕。然後，他找圖章封火漆，找到的正好是「心心相印」那一枚。

「這幾個字與眼前的情況很不協調……哎！管它那麼多！」

封好信，他抽了三袋煙，就睡覺了。

第二天，羅德夫起床後（將近下午兩點鐘，因爲他睡晚了），叫人摘了一籃杏子，把信放在底下，蓋上葡萄葉子，馬上吩咐犁地的雇工吉拉爾，小心翼翼地送去給包法利夫人。他平時就是用這個方法與包法利夫人通信，隨季節的變化，給她送水果或者野味。

「要是他向你問我的情況，」羅德夫說，「你就說我旅行去了。必須把這籃杏子交到她本人手裏……去吧，要當心！」

吉拉爾穿上新工裝，拿帕子將杏蓋住，再穿上帶鐵釘的木底皮面大套鞋，不緊不慢地邁著沈重的大步，向永維鎮走去。

他到達包法利夫人家時，包法利夫人正和費麗西在廚房桌子上整理一包衣物。

「這是我們老爺叫我送來的。」雇工說。

包法利夫人一驚，一面伸手在口袋裏摸小錢，一面用驚惶的眼色打量雇工。吉拉爾也驚愕地望著她，不明白這麼一點禮物，何以讓她如此激動。最後，吉拉爾退出來。廚房裏只剩下費麗西。艾瑪實在憋不住了，裝作把杏子送到廚房，跑了出來，倒翻籃子，拿掉葉子，發現了信，拆開一看，彷彿背後起了可怕的大火，驚恐萬狀地逃向臥室。

她瞥見夏爾在臥室裏。夏爾和她說話，她一個字也沒聽見，繼續往上跑，慌慌張張，氣喘吁吁，一副喪魂落魄的樣子，手裏始終拿著那頁可怕的紙，像一張鐵皮在手指間作響。她一直跑到三樓，停在關著的閣樓門前。

這時她才意識到要鎮靜下來。她想起那封信，應該把它看完。可是，她不敢看。再說，去哪兒看？怎麼看？人家會看見她的。

「啊！就在這裏看吧，」她想道，「這裏就挺好。」

艾瑪推開門，進入閣樓。

屋頂是石板蓋的，熱氣直透進來，閣樓裏悶熱得太陽穴直跳，透不過氣來。她吃力地走到天窗前面，打開窗子，陽光一湧而入，照得睜不開眼。

從對面的屋頂上望去，田野一望無垠。樓下，廣場上寂寥無人，人行道的街石閃閃爍爍，家家屋頂的風向標都靜止不動：街角，有一家二層樓傳來一陣陣轟隆聲和尖銳刺耳的聲音。那是比內先生在用車床車東西。

艾瑪倚在天窗口，再看那信，氣得直冷笑。她越是想集中注意力看信，思想就越是混亂。她眼前又浮現出羅德夫的身影，耳邊聽見他的聲音，雙臂摟住他，感覺到他的心跳像鐵錘猛撞著她的胸脯，一下緊似一下，很不均勻。她四下裏掃一眼，恨不得地面塌陷下去。爲什麼不了此一生呢？有誰留住她嗎？她是自由的。她向前走去，望著下面的街石對自己說：

「跳吧！跳吧！」

從下面筆直反射上來的陽光，明晃晃的，彷彿在把她的身體往深淵裏拉。她感覺廣場的地面在搖晃，沿牆根的部分在升高，閣樓的地板一端傾斜，就像一艘船縱搖的時候一樣。她站在天窗邊上，幾乎懸在空中，四周是浩瀚無垠的空間，藍天要融匯她，空氣在她空洞洞的頭腦裏暢流，她只要心一橫，讓身體墜落下去，那就成了。可是，車床在不停地轟鳴，就像一個憤怒的聲音在喊她。

「太太！太太！」夏爾在叫她。

艾瑪站住不動。

「你在哪兒？來呀！」

一想到自己差點送了命，艾瑪嚇得幾乎暈倒。她閉上眼睛，感到有隻手抓住她的衣袖，不由得渾身一哆嗦。原來是費麗西。

「先生等你呢，夫人。飯菜擺好啦。」

唉！不得不下樓！不得不坐到餐桌邊！

艾瑪勉強吃飯，送進嘴的東西堵得她透不過氣來。於是，她展開餐巾，好像要觀察上面的織補之處，而且眞的認眞觀察起來，一根一根數著上面的紗。突然，她想起剛才那封信。她把它丟了嗎？到什麼地方去把它找回來？可是，她感到精神上非常疲勞，根本不想編造一個藉口離開餐桌。再說，她心虛，害怕夏爾。夏爾肯定什麼都知道！可不是嘛，你聽他這句話就顯得古怪：

「看來，我們最近見不到羅德夫先生啦。」

「誰對你講的？」艾瑪心裏一咯登，問道。

「誰對我講的？」夏爾聽出艾瑪的口氣有點生硬，吃了一驚。「是吉拉爾告訴我的。我剛才在法蘭西咖啡店門口碰到他。據他說，羅德夫先生去旅行了，或者要去旅行。」

艾瑪哼了一聲。

「這有什麼好奇怪的？」他過一段時間就出去尋歡作樂一陣。「眞的！我倒贊成他這樣作。一個人有錢，又是單身漢……再說，我們的朋友可會玩哩！他是一個浪蕩子弟。朗格洛瓦先生對我講過……」

女傭人進來了，夏爾很有分寸地住了口。

女傭人把散落在擺設架上的杏子撿進籃子。夏爾沒有注意到妻子臉紅，叫女傭人把杏子拿過來，撿了一個，咬一口。

「啊！好極啦！」他說，「嘗一嘗吧。」

他把籃子伸過去，艾瑪輕輕推開。

「聞一聞吧，這味兒多香！」他把籃子幾次伸到艾瑪的鼻子底下。

「我氣悶得很！」艾瑪霍地站起來，大聲說道。

她極力忍住，將痙攣壓下去，說道：

「沒有什麼！沒有什麼！只不過有點煩躁，坐下來吃吧。」

她怕夏爾問長問短，照料她，不再離開。

夏爾順從地坐下吃杏子，把杏核吐在手裏，然後放在盤子裏。

突然，一輛藍色輕便雙輪馬車急速駛過廣場，艾瑪大叫一聲，直挺挺仰面倒在地上。

羅德夫經過考慮，決定離家去盧昂了。然而，從拉于謝特出發，除經過永維鎮，並沒別的路可走，所以不得不穿過這座村鎮。剛才艾瑪在夜色中看到一閃而過的馬的燈光，認出了他。

藥店老板聽見醫生家亂烘烘的，趕了過來。餐桌連同盤子，統統打翻了；醬油、肉、餐刀、鹽瓶和油瓶，狼藉遍地。夏爾連喊救命；貝爾特嚇得又哭又嚷；費麗西雙手哆嗦，正給全身抽搐的太太解衣服鈕扣。

「我去藥房找點香醋來。」藥店老板說道。

艾瑪聞了香醋，不一會兒就睜開了眼睛。

「我就是有把握，」藥店老板說，「死人聞了也會醒來。」

「說話呀，」夏爾對艾瑪說，「和我們說話呀！醒醒！是我，愛你的夏爾！你認得我嗎？瞧，這是你的寶貝女兒，親親她呀！」

小姑娘向母親伸出胳膊，想吊在她脖子上。可是，艾瑪掉開頭，上氣不接下氣地說：

「不，不……都走開。」

她又昏了過去。大家把她抬到床上。

她平躺在床上，嘴唇張開，眼瞼緊閉，兩手平放，一動不動，臉色煞白得像蠟人，眼睛裏湧出兩行淚，慢慢流在枕頭上。

夏爾站在床頭。藥店主站在他身邊，若有所思，但保持沈默，正如在一般嚴肅場合一樣。

「放心吧，」藥店老板用胳膊肘碰一下包法利，「我相信最危險的關頭已經過去了。」

「是的，她現在平靜下來了。」夏爾望著睡著了的艾瑪說道，「可憐的女人！可憐的女人！……瞧她又病倒了！」

奧梅這才詢問事情是怎樣發生的。夏爾回答說，艾瑪是在吃杏子的時候突然暈倒的。

「眞奇怪！」藥店老板說，「不過，也可能是杏子引起昏厥的！有些人天生對某些香味就過敏！這一點無論從病理學還是生理學角度講，都是一個很有意思的研究課題。教士們懂得香料的重要性，不管舉行什麼儀式都要用香料。這正是爲了麻醉感官，使人處於精神恍惚的狀態。這種效果在女人身上比較容易達到，因爲她們比男人更敏感。據說，有些人聞到燈鹿角或新鮮麵包的氣味，就會暈倒！」

「當心別吵醒她！」包法利低聲說。

「這種反常現象，」藥店老板繼續說，「不僅人類有，動物也有。你想必知道，有一種植物，學名叫荊芥，俗名叫貓兒草，具有刺激貓類發情的奇特作用。在這裏不妨另舉一個例子。這個例子我保證屬實。布里杜（我過去的一位同事，如今住在馬帕侶街）有一條狗，給它聞一下煙盒，它就會驚厥。他常常在紀堯姆林子別墅裏，做試驗給他的朋友們看。這樣一種普普通通、讓人打噴嚏的東西，居然對一個四腳動物的機體，能產生這樣大的破壞作用，這誰能想得到呢？太奇怪啦，不是嗎？」

「是的。」夏爾答道，其實並沒在聽。

「這說明，」藥店老板帶著幾分得意的神情，微笑道，「神經系統反常的情況數不勝數。至於你夫人嘛，老實說，我一直覺得她是一個眞正神經質的女人。因此，我的好朋友，我根本不想建議你用那些所謂良藥。那些藥名爲治病，實則損害體質。不，別吃那些沒有用的藥！只要注意飲食就行了！藥嘛，用點鎭靜劑、止痛片和糖漿就夠了。除此之外，也許要開導開導思想，你不覺得嗎？」

「開導什麼思想？怎麼個開導法？」包法利問道。

「啊！問題就在這裏！"That is the question!"❷ 正如我最近在報上讀到的。」

這時，艾瑪醒了。她喊道：

「信呢？信呢？」

大家以爲她是說胡話。到了半夜，她果眞開始說胡話了，因爲她患了腦熱病。

夏爾在艾瑪身邊整整守了四十三天，行醫完全停止了，也不睡覺，不斷地爲她診脈，敷芥子膏，貼冰水布。他派朱斯丹去新堡弄冰塊；冰塊在路上化了，就叫他再去。他約卡尼韋先生來會診，又去盧昂把他過去的老師拉里維埃爾大夫請來。他一籌莫展。最令他擔心的是艾瑪委靡不振，不說話，也聽不見人家說話，甚至似乎不感到痛苦，彷彿肉體和靈魂都擺脫了衝動，安靜下

❷ 英語，意爲：「問題就在這裏。」

來了。

將近十月中旬，艾瑪可以靠著枕頭，在床上坐起來了。夏爾看她吃下頭一片抹果醬的麵包，都落淚了。體力漸漸恢復，下午可以起床幾個小時了。有一天，艾瑪感到好一些，夏爾攙扶著她，嘗試著去花園散了一回步。細沙小徑上鋪滿落葉，她穿著拖鞋，一步一步走著，靠在夏爾肩頭，臉上始終浮著笑容。

他們一直走到花園深處的土台子旁邊。艾瑪慢慢直起腰，手舉到額前，搭起涼棚，極目遠處，只看見天邊山丘上有幾大堆燒著的草在冒煙。

「別累著了，親愛的。」

夏爾說著，輕輕扶著她走到花棚底下。

「坐在這條凳子上吧，你會覺得舒服。」

「啊！不，不坐那裏，不坐那裏！」艾瑪有氣無力地說。

她又是一陣頭暈。天一黑，她的病又患了，而且病勢更加捉摸不定，症狀更加複雜，一會兒心臟疼，一會兒胸口疼，一會兒頭疼，一會兒又是全身都疼，加上不時嘔吐，夏爾覺得這是癌症的早期症狀。

這個可憐的人，除了這些之外，還要爲缺錢用而犯愁！

首先，他在奧梅先生的藥店拿了那麼多藥，眞不知如何補償；雖說作爲醫生，他可以不付錢，但這筆情分，一想起來就未免臉紅。其次是家用開銷，現在由廚娘當家，所以大得驚人；帳單雪片般飛來，債主們口出怨言。尤其是樂勒先生，時時跑來糾纏。實際上，在艾瑪病得最厲害的時候，他乘人之危，爲加大帳目數額，匆匆忙忙將大衣、旅行袋、兩個箱子（而不是一個）和其他許多東西送過來。夏爾說他不需這些東西，但這位商人傲慢地說，這些商品都是向他訂購的，想退貨他可不接受；再說，那樣作會使夫人不快，影響她的康復，望先生三思。總之，他下了決心，寧可打官司，也不放棄自己的權利，接受退貨。事後，夏爾吩咐費麗西把東西送回去，但費麗西忘了送，而他自己操心的事情太多，沒再過問。樂勒先生又來討債，威脅和訴苦的手法交替使用，逼得包法利只好簽了一紙半年的借據。可是，借據剛簽字，包法利腦子裏就生出一個大膽的念頭：索性向樂勒再借一千法郎。於是，他一副窘相，問樂勒有沒有辦法弄到這筆錢，並補充說，期限一年，利息多高都成。樂勒跑回店裏，取來一千法郎，由他口授，讓包法利再立一張借據，規定翌年九月一日，向債權人還清一千零七十法郎，連同已欠的一百八十法郎，總共一千兩百五十法郎。利息爲百分之六，外加四分之一的佣金，還有那些貨物至少盈利三分之一，這樣一年下來，樂勒可以白撈一百三十法郎。他指望這筆交易不會就此止步，對方到期無力償還，還會向他續借。他這點可憐的本錢，放在醫生家，就像住進了療養院，大補大養，有朝一日回到他身邊，將變得膘肥體胖，錢袋子都會讓它撐破。

再說，他現在是萬事如意：他戰勝了競爭對手，負責向新堡醫院供應蘋果酒；紀堯曼先生答應讓他購買格梅尼爾泥炭廠的股份；他正考慮在阿爾昂至盧昂之間另開一輛公共馬車。他這輛車跑得更快，價格更低，行李運得更多，一定能把永維鎮的生意抱攬過來，使金獅客店那輛老爺車很快破產。

夏爾一次又一次尋思，背了這麼多債，來年怎麼還得清。他設想了種種權宜之計，例如求助於他父親或變賣東西。可是，父親絕不會理睬，而他又沒東西可以變賣了。他發現自己落到如此窘迫的處境，越尋思越喪氣，很快就乾脆不去動這個腦筋了。他責備自己忘掉了艾瑪，似乎他的全部思想都是屬於這個女人的，不時時刻刻想念著她，就等於偷竊了她的一點什麼東西似的。

這個冬天好難熬！艾瑪的病好得很慢。晴朗的日子，讓她坐在扶手椅裏，推到臨廣場的那扇窗子跟前。因爲現在她對花園生了反感，朝花園那邊的百葉窗總關得嚴嚴實實。她要求把馬賣掉。凡是過去她喜歡的東西，現在無不令她反感。她心裏似乎只想著如何照顧自己。她坐在床上吃點心，不時按鈴叫女傭人來，不是問藥煎好沒有，就是要她陪自己聊天。這段時間，菜市場天棚頂上的積雪，把白光反射進她的臥室，冷冷清清；隨後，又沒完沒了下起雨來。艾瑪似乎天天懷著焦慮不安的心情，盼望著那些不可避免而又與她無關的小事重複發生。其中最大的事情，就是傍晚時分「燕子」回鎮。這時，女店主人大聲吆喝，其他聲音相互應和，伊波力特到車篷頂上取行李，手提燈宛似一顆星星在暮色中閃爍。夏爾中午回來，吃了飯又出去。他走後不久，艾瑪開始喝肉湯。快到五點鐘，將近黃昏，孩子們放學了，木頭套鞋在便道上拖得呱嗒呱嗒響，尺子敲打著一家又一家店鋪護窗板的鉤子。

每天這個時候，布尼賢先生來看望艾瑪，問她身體如何，同時給她帶來一些消息，和她聊一小會兒，勸她信教，輕言細語，不無風趣。艾瑪只要看見他那身黑道袍，就精神許多。

艾瑪病危之時，有一天以爲自己已到彌留關頭，要求領聖體，家裏人在她臥室裏爲這聖事做準備，把堆滿藥瓶的五斗櫃改成祭壇，費麗西在地板撒滿大麗花。這時，艾瑪漸漸覺得，有一種充滿活力的東西流遍她的全身，她的病痛以及一切感覺和情感，頓時徹底消失了。她的肉體變得輕飄飄的，沒有一點重量：新的生命開始了。她覺得自己正向上帝飄升，恰似一炷香點著了，化作一道青煙，融進了對上帝的愛之中。教士往床單上揮灑聖水，從聖杯裏取出白白的聖餅，送到她嘴邊。艾瑪伸長嘴，領取救世主的聖體，心裏充滿無與倫比的快樂，差點昏迷過去。鬆鬆撐起的幃帳，環繞床的四周，宛似祥雲；點在五斗櫃上的兩支蠟燭，就像耀眼的光輪。她讓頭重新落在枕頭上，彷彿聽見上品天神在空中彈奏豎琴，同時隱約望見碧落當中，天父端坐於金子的寶座上，光彩照人，威儀無比；諸神手執綠棕櫚枝，侍列左右。只見上帝揮一下手，就有帶火焰翅膀的天使，飛下地來，將她托起，帶往天上。

這壯麗的景象留在她的記憶裏，是所能夢想到的最美好的事物。所以，至今她常常盡量回味當時的感覺；那感覺依然存在，雖不再那麼獨特，但更加溫馨雋永。她的心靈被虛榮心弄得疲憊不堪，現在終於在基督的謙卑精神中得到了休息，品嚐著弱者的快樂。她注視著自己的意志在自己心靈裏被摧毀，爲聖恩的進入騰出一片寬闊的地方；原來的幸福，已爲更崇高的極樂所取代，在一般的愛之上，存在著另一種愛，延綿不斷，無盡無期，永遠不斷地加深！在希望的種種幻覺之中，她瞥見一個純潔的境界，飄浮空中，與天融爲一體。她嚮往進入那純潔的境界，願意成爲一位聖者。她買念珠，佩護身符，希望在自己臥室的床頭，擺一個鑲嵌祖母綠的聖體盒，每天夜裏吻它一吻。

艾瑪的這些心情，本堂神父知道後驚嘆不已，儘管他感到，艾瑪在宗教信仰問題上熱心過分，有可能沾染異端邪說，甚至悖逆情理。但是這方面的問題，一旦超過一定的範圍，他也不甚瞭然。所以，他給主教大人的書商布拉爾先生寫信，請他寄「一些好書，供一位聰明絕頂的女人閱讀」。書商漫不經心，就像給黑奴寄五金器具一樣，把時下坊間行銷的善書，胡亂包一包，寄了來。其中有小本的問答手冊，有用德·麥斯特❸先生那種傲慢口氣寫的小冊子，還有一些類似小說的書，粉紅色書皮，文筆令人肉麻，作者不是充當行吟詩人的神學院學生，就是悔過自新的女作家。例如《三思而行》，曾多次榮獲勛章的某某先生所著的《拜倒在瑪利亞腳下的社交家》，青年讀物《伏爾泰的謬誤》，等等。

包法利夫人的腦力尚未完全恢復，還不能專心致志幹任何事情。其次，她著手看這些書，又未免過於性急。她對宗教禮儀規則十分反感，也討厭論戰性的文章，因爲那些文章都口氣傲慢，其猛烈抨擊的對象又都是她不認識的人；那些且具有濃厚宗教色彩的世俗故事，在她看來，對社會一無所知。她原本指望透過閱讀這些書來驗證眞理，結果卻不知不覺地離眞理愈來愈遠了。然

---

❸德·麥斯特（一七五三～一八二一），法國政論家，主張恢復上帝、教皇和國王「三權」。

而，她堅持閱讀，每當一本書讀完放下之時，總覺得自己沈浸在最純潔、最正直的傷感之中，而這種感情只有高尙的心靈才可以想見。

至於對羅德夫的回憶，她把它埋在心靈的最底層。它待在那裏，比墳墓裏國王的木乃伊還要莊嚴肅穆。他們之間那不尋常的愛情，彷彿塗了防腐香料，散發著一股芳香，滲透一切，連她立意生活其中的純潔空氣，也清香繚繞，平添幾分柔情。現在她在哥特式跪凳上跪下，向上帝祈禱時，唧唧噥噥所說的溫柔的話，正是過去通姦最熱烈之時，她向情人輕言細語所傾吐的話。她禱告是爲了萌生信仰，可是天上沒有降下任何時是樂，於是她站起來，四肢疲軟酸疼，隱隱覺得上了大當。艾瑪認爲，自己如此追求信仰，不啻是又一功德。她爲自己的虔誠而自命不凡，拿自己與昔時的貴婦相比。她曾經渴慕她們的榮耀，對著拉瓦莉葉❹的畫像出神；她穿著長袍，鑲金繡銀的後襬拖在地上，何等莊重氣派，但卻退隱空門，把一顆受生活傷害的心靈流出的淚水，滴滴灑在基督的腳前。

於是，她大行善事，縫製衣服送給窮人，給產婦送劈柴。有一天，夏爾回到家，看見廚房裏有三個無賴漢，坐在桌子邊喝湯。在她生病期間，丈夫把他們的小女兒送到了奶媽家，她現在又接了回來。她想教小女兒認字，不管貝爾特怎麼哭，也不發脾氣。她拿定主意，一切忍讓，一切寬容。不管談論什麼問題，她所使用的語言總充滿至善至美的詞句。例如她問孩子：「你肚子疼好了嗎，我的小天使？」

❹拉瓦莉葉（一六四四～一七一〇），法國著名美女，曾爲路易十四寵姬，生活於宮廷，後來當了修女。

老包法利夫人再也找不到任何可抱怨之處，除非是嫌她熱心給孤兒打毛衣，而不修理自家的拖把。老太太在家裏動不動吵架，早已煩透，樂得在兒子家圖個清靜，有時甚至待到復活節過後才走，免得回去受包法利老爹挖苦。老頭子也不管是不是耶穌受難日，一到禮拜五就要做香腸給他吃。

婆婆判事公正，態度嚴肅，使艾瑪的信念更堅定幾分。她除了有婆婆陪伴之外，幾乎每天還有別的人陪伴。其中有朗格洛瓦太太、卡龍太太、杜布洛意太太、杜瓦施太太等；心慈面善的奧梅先生每天兩點至五點鐘準來看她，而且對外面有關這位鄰居的流言蜚語，一概不相信。奧梅家幾個孩子也常來看望艾瑪，總由朱斯丹陪同。他和他們一塊上樓，進到臥室；他站在門旁，一動不動，一聲不響。包法利夫人往往沒注意他們進來，正著手梳頭，取下別住頭髮的梳子，把頭髮猛一甩。朱斯丹這可憐的孩子，頭一回看見那烏黑的頭髮一綹綹整個兒披散開來，一直垂到膝彎，彷彿突然窺見一個嶄新奇妙的世界，那樣輝奪目，簡直有點嚇壞了。

艾瑪也許沒有留意他那默默的殷勤和膽怯。她絕沒想到，從她的生活中消失的愛情，竟然會在自己身邊，在這個穿粗布衫、爲她的美貌所傾倒的少年心裏躍動。再說，她現在把一切都看得那樣淡漠，說話那樣親切，目光卻那樣高敖，態度那樣變化莫測，使人都無法區分她是自私自利還是慈悲爲懷，是誘人墮落還是維護道德。例如有天晚上，女傭人想請假外出，結結巴巴尋找藉口，她一聽大爲生氣，卻出其不意地問道：

「你眞的愛他？」

不等滿臉通紅的費麗西回答，她神情憂傷地補充說：

「好吧，快去，快去好好玩吧！」

開春之後，艾瑪不顧夏爾的勸告，叫人把花園前前後後整了一遍。夏爾見她終於表現出某種意志，倒也高興。艾瑪隨著身體日漸康復，自我的意志表現得越來越強烈。她首先想辦法攆走了奶媽羅萊大嫂。這女人在她養病期間，經常帶著兩個餵奶的孩子和一個食量大得驚人的寄宿生，進到廚房裏飽餐一頓。艾瑪攆走了這女人之後，又擺脫了奧梅一家，接著又一個一個謝絕其他經常來訪的人，甚至連教堂也去得不那麼勤了。她不上教堂，藥店老板非常贊成，友好地對她說：

「前段時間你有點被教士迷住啦！」

布尼賢先生像往常一樣，每天上完教理課，就來看艾瑪。他喜歡待在室外，在「綠蔭叢裏」——他這樣稱呼花棚——呼吸新鮮空氣。這正是夏爾回來的時候。他倆都感到熱，女傭人給他們拿來甜蘋果，他們一道爲太太的徹底康復乾杯。

比內也在那裏，也就是說在稍下面的地方，即望台的牆腳下撈蝦。包法利先生邀請他來喝兩杯。他很會拔起酒瓶塞子。

比內通常得意地抬眼看一下四周，一直望到天邊，說道：「應當把瓶子攥緊在桌面上，紋絲不動，剪斷小繩子，然後輕輕地往外撥軟木塞，就像餐館伙計開蘇打水瓶一樣。」

但是，每回他表演的時候，蘋果酒往往濺得他們一臉。神父溫厚地一笑，少不了風趣地說道：「眞是酒香撲鼻啊！」

本堂神父的確是個仁厚的人。有一天，藥店老板建議夏爾讓太太散散心，帶她去盧昂劇院，聽著名男高音拉嘉爾狄唱歌，他也沒有流露出反感。奧梅見他默不作聲，反倒驚詫了，問他持何意見，他回答說，他認爲音樂傷風敗俗沒有文學嚴重。

藥店老板爲文學辯護，說戲劇就是抨擊偏見的，表面上給人以娛樂，實際上是宣揚道德。

「在笑聲中移風易俗嘛，布尼賢先生！你看伏爾泰的大部分悲劇，裏面都巧妙地融匯了哲學思想，成了百姓學習道德和處事之道的眞正學校。」

「我嘛，」比內說，「就看過一齣戲，叫做《巴黎浪子》，裏面有位老將軍，那性格塑造得棒極了！一位闊少爺勾引一個女工，這老將軍狠狠教訓了他一頓，使他後來……」

「當然，」奧梅接著說，「低劣的文學是有的，就像有壞藥店一樣。但是，不問青紅皀白，將美學中最重要的一門藝術全盤否定，我認爲不僅是愚蠢的，而且是一種過時的觀念，令人想起伽利略遭到監禁的那種可憎的時代。」

「我知道，」神父反駁道，「存在一些好作品和好作家。可是，盡讓人不分男女待在同一個房間裏，加上迷幻般的氣氛，浮華的陳設，一律世俗的化裝，塗脂抹粉，燈光燭影，說話嬌聲嬌氣，這一切必然在某種程度上造成思想紛亂，使人萌生邪念，受到淫穢的誘惑。這至少是所有神父的看法。總而言之，」說到這裏，本堂神父突然換成神秘的口氣，同時大拇指搓著一撮鼻煙，「教會禁止演戲，自有禁止的理由；禁令下來，我等總該服從才是。」

「爲什麼教會把演員都逐出教門？」藥店主說道，「這是因爲過去他們公開在宗教儀式上演出一種叫做『神秘劇』的鬧劇。在這些戲裏，禮法往往受到嘲笑。」

神父只是哼了一聲，藥店主繼續說：

「這就像《聖經》裏一樣。你知道，《聖經》裏頭就有挑逗的情節……眞正放蕩的東西……

還不只一處哩！」

他見神父做了一個生氣的手勢，忙搶著說：

「啊！你也同意這不是一本能讓女孩子看的書。所以我一定會生氣，如果阿達莉……」

「可是，」神父按捺不住嚷起來，「勸人讀《聖經》的是新教徒，不是我們！」

「誰提倡的並不重要！」奧梅說，「在如今這樣的開明時代，一種非但無害，還勸人勸世，甚至有益於身心健康的精神娛樂方式，有人卻頑固地要予以禁止，這不能不令人吃驚。你說是嗎，大夫？」

「是吧。」醫生懶洋洋答道。他並不與藥店主抱同樣看法，但不想得罪人，或者根本就沒有看法。

談話看來結束了，可是藥店主認爲有必要最後刺一劍：

「我就認識一些教士，他們常常俗家打扮，去觀看舞女跳大腿舞哩。」

「瞧你盡瞎扯！」本堂神父說道。

「啊！我認識好幾個！」

緊接著，奧梅一字一頓重複一遍：

「我——認識——好幾個！」

「唉！他們那樣作是不對的。」布尼賢只求息事寧人地說道。

「是嗎？他們幹的事還多著哩！」藥店主大聲說。

「先生！」教士的目光咄咄逼人，把藥店老板鎮住了。

「我只不過是想說，」藥店主換了比較緩和的口氣，「寬容是引導人們信教最可靠的。」

「說得對！說得對！」老實的教士以妥協的口氣說著，重新坐下。

但他坐了不到兩分鐘就走了。他一走，奧梅就對醫生說：

「這就叫做舌戰！你看見的，我把他打敗啦，而且敗得……最後呢，還是希望你信我的話，帶太太去看戲吧，哪怕就是為了你這一輩子，氣氣這些黑烏鴉❺一回，也他媽的過癮啊！要是店裏有人替我，我就親自陪你們去。事不宜遲！拉嘉爾狄只演出一場，英國已經出高薪聘請了他，據說，這傢伙十分了得，腰纏萬貫呢！他隨身總帶著三個姘頭、一個廚子！哪個大藝術家不是揮金如土！他們需要過紙醉金迷的生活，激發激發想像力，但最終都死在救濟院，因為他們年輕的時候沒有想到攢錢。好啦，祝你晚餐好胃口。明天見！」

去看戲這個打算，很快在包法利頭腦裏生了根。不一會兒，他就把這打算告訴了妻子。艾瑪起初不肯去，理由是累人、麻煩又花錢。但夏爾這回一反常態，堅持非去不可，因為他認為這次散心，對艾瑪大有好處。他看不出有什麼困難妨礙他們去。他母親剛給他們寄來三百法郎，這筆錢他本來沒指望了的。日常債務數額不算大。樂勒先生的借據為期尚遠，用不著考慮。其次，他覺得艾瑪不去看戲，是出於體諒他的一番苦心，所以更堅持要去。艾瑪經不起他左說右說，最後只好下決心去。第二天早上八點鐘，他們就登上了「燕子」。

藥店老板並沒有什麼事脫不開身，只是自己認為鎮上需要他，離不開。看到包法利夫婦出

❺ 指穿黑道袍的教士。

發，他長嘆一聲。

「好啊，一路順風！」他對他們說道，「你們眞是幸運的一對！」

隨後，見艾瑪穿著一件鑲四條荷葉花邊的藍緞長袍，對她說：

「我覺得你漂亮得像個愛神！到了盧昂你會大出風頭的！」

驛車駛到波瓦辛廣場的紅十字旅館前停下。這是省城市郊常見的那種旅店，馬廄大，客房小；院子裏停放著流動推銷員的輕便馬車，上上下下沾滿泥巴，一隻隻母雞鑽在底下，啄食燕麥；客房雖舊，倒還舒適，陽台的木頭欄杆，早被蟲子蛀空，冬天夜裏風一刮，嘎吱直響；店裏經常住滿人，吵吵鬧鬧，吃喝不斷；餐桌被摻酒的咖啡弄得黑乎乎，黏糊糊；厚厚的窗玻璃給蒼蠅叮得發黃；潮濕的餐巾盡是酒漬發霉的斑點。這類客店總帶有幾分村野情調，臨街開個咖啡廳，靠田野那邊種片菜園子，活像一個農家雇工打扮成城裏人模樣。

夏爾馬上去買戲票。他分不清花樓和樓座、前廳和包廂，問了一遍，還是莫名其妙，票房叫他去問經理，於是他跑回客店，然後又跑到戲院，這樣來回幾趟，從劇場到林蔭道，跑熟了半座城市。

太太買了一頂帽子、一副手套、一束鮮花。先生直怕誤了開場戲，連肉湯都沒來得及喝，就和太太趕到戲院門前，一看門都還沒開呢。

15

人都靠牆站著，被欄杆分隔成對稱的兩排。附近街道拐角處，一張張巨幅海報上，全部用奇形怪狀的字體寫著——「露茜・德・拉梅穆爾……歌劇❶……拉嘉爾狄主演」。天氣晴和，大家都感到熱，卷曲的頭髮裏汗津津的，人人都掏出手絹擦通紅的腦門。有時，從河面吹來一股熱風，輕輕拂動咖啡店布涼篷的邊。然而稍下面一點，風卻是涼颼颼的，夾帶著脂肪、皮革和菜油的氣味。這氣味是風從夏萊特街吹過來的。那條街兩邊盡是黑洞洞的大貨棧，裏面傳出大木桶滾動的聲音。

艾瑪怕站在劇院門口讓人笑話，要在進去之前，去港口溜達一圈。包法利分外小心謹慎，手捏著兩張戲票，插在褲兜裏，緊貼著肚子。

艾瑪一進門廳，心就怦怦亂跳。她看見許多人由另一條走廊向右邊湧去，而自己卻踏上通往包廂的樓梯，虛榮心油然而生，臉上露出了笑容。她伸手推開寬大的、帷幔子的門時，像小孩子一樣覺得好玩。她大口吸著走廊裏塵土飛揚的空氣。到了包廂裏一落座，她身子微微前傾，嫻雅大方，儼然像是一位公爵夫人。

❶根據司各特小說《拉梅穆爾的新娘》改編的三幕歌劇。

劇場裏漸漸坐滿了人。有人從套子裏取出望遠鏡；一些常來的觀衆，彼此望見了，遠遠地打招呼。他們大多是生意人，天天爲買賣心煩意亂，來這裏向藝術尋求消遣，但仍然不忘生意經，相互議論的還是棉花、三六燒酒❷或藍靛。觀衆之中還可以看到一些老年人，安安靜靜，面無表情，頭髮和皮膚都是灰白色，腦袋就像一枚枚蒙了一層厚水氣的銀質勛章，黯然無光。風度翩翩的青年人，神氣活現地坐在大廳的前排座，坎肩領口露出玫瑰紅或蘋果綠領帶，黃手套綳得緊緊的手掌，握住手杖的包金頭。包法利夫人居高臨下，欣賞著他們。

這時，樂池的蠟燭點亮了，天花板上垂下分枝吊燈，多面的玻璃燈罩光芒四射，突然給整個劇場增添了歡快的氣氛。不一會兒，樂師們一個接一個入座。先是低音樂器嗚隆嗚隆，小提琴咯吱咯吱，小銅號嘀嗒嘀嗒，長笛和豎琴咿咿唔唔，亂奏亂吹了好一陣。接著，舞台上咚咚咚三聲，定音鼓敲響，銅管樂齊奏，布幕徐徐升起，一片景色呈現在觀衆面前。

那是一座樹林子裏的交叉路口，左邊一泓清泉，旁邊如蓋如亭有一棵橡樹。農夫和領主，肩上搭著蘇格蘭格子花呢長巾，一同唱著狩獵歌。不一會兒，來了一位狩獵總管，向蒼天伸出雙臂，呼喚惡魔降臨；少頃，又來了一位總管。他們走了之後，獵人們又引吭高歌。

艾瑪彷彿又回到了少女時代在書裏領略到的情景，回到了瓦爾特·司各特描寫的世界裏。她彷彿透過霧靄，聽見蘇格蘭風笛聲在荒原上迴蕩。另一方面，小說的回憶有助於她對劇情的理解，她一句一句往下聽，情節非常明瞭。湧向腦際的種種難以琢磨的想法，立刻隨著急驟的音樂

❷舊時一種八十五度的燒酒，取三份這種酒，兌三份水，即成六份普通燒酒。

旋律，消失得無影無蹤。她任憑自己隨著音樂節奏搖蕩，感到自己整個身心都為之震顫，彷彿提琴的弓弦就在她的神經上拉來拉去。舞台上的服裝、布景、人物、人一走動就搖搖晃晃的樹木布景畫，還有絲絨帽、斗篷、寶劍，所有這些富有幻想色彩的東西，令她目不暇給，在和諧的音樂中抖動，充滿了另一個世界的氣氛。一個年輕女子走向前來，將一個錢包扔給一位騎士侍從。台上只剩下她一個人，這時笛子聲起，宛若山泉淙淙、小鳥啁啾。露茜一副善良的樣子，開始唱G大調卡瓦蒂那：她悲嘆愛情，希望長出翅膀。艾瑪與她一樣，也希望逃避人生，在擁抱中飛走。突然，艾德加．拉嘉爾狄出場了。

他臉色蒼白而神采飛揚，正如熱情的南方人，有著大理石雕像那種莊嚴的氣度。他身體健壯，穿一件棕色緊身短上衣；左邊大腿上，掛一把鏤刻花紋的小匕首；一雙眼睛無精打采地轉來轉去，露出一口白牙齒。據說，一天黃昏，他在比亞里茨海灘一邊修理小艇一邊唱歌，讓一位波蘭公主聽見了。爲了他，那位波蘭公主傾家蕩產，可是他甩掉了她，而愛上別的女人。愛情方面的這種知名度，恰恰提高了他藝術上的聲譽。這位擅長外交手腕的蹩腳演員，經常伺機往廣告裏塞進一句富有詩意的話，吹噓他人如何有魅力，心靈如何感情豐富。一副好嗓子，一種冷靜而大膽的性格，體魄強於智力，誇張多於激情，這些就是這位兼具理髮匠和鬥牛士氣質的江湖藝人走紅舞台的資本。

從第一場起，他就激起了觀衆的熱情。他把露茜緊摟在懷裏，離開她，又返回來，似乎絕望了，時而暴跳如雷，時而大動悲聲，流露出無限柔情。他引吭高歌，喉嚨裏吐出的音符，充滿悲泣和熱吻。艾瑪探著身子看他，指甲抓破了包廂的絲絨。那如怨如訴的哀歌，在大提琴伴奏下拖得長長的，宛似呼嘯的風暴中，翻船落海的人在呼救，一句句全唱到了她心裏。那種種痴迷和焦慮之情，她十分熟悉：她險些在這上頭枉送了卿卿性命。她覺得，那女歌唱演員的聲音，是她心靈的回聲，而令她陶醉的幻覺，正是她生命的一部分。可是，世界上沒有任何人如此這般愛過她。最後一個晚上，在月光下說「明天見，明天見」的時候，羅德夫就沒有像艾德加這樣熱淚滾滾……喝彩聲震撼了整個劇場，最後一段整個兒童重唱一遍：一對情人唱著他們墳頭的鮮花、誓言、流放、厄運和希望，一直唱到最終訣別。艾瑪不禁尖叫一聲，與結尾的樂曲融匯在一起。

「那位領主為什麼要這樣虐待她？」包法利問道。

「哪裏？」艾瑪答道，「那是她的情人。」

「可是，她發誓要報復她的家庭，倒是剛才上來的另一個男人說：『我愛露茜，我相信她也愛我。』而且和她父親手挽手走了出去。那個帽子上插根公雞毛、長相醜陋的矮子是她父親，對不對？」

儘管艾瑪作了講解，可是聽到吉爾貝向主人阿斯東介紹他的惡毒陰謀那段宣敘調二重唱時，夏爾又糊塗了，把艾德加為欺騙露茜送給她的假結婚戒指，誤認為是定情的信物。他承認故事他沒看懂，由於音樂的緣故，許多歌詞聽不明白。

「有什麼關係？」艾瑪說，「別講話好不好！」

「你知道，」夏爾俯向她的肩頭說，「我對什麼事情總喜歡搞個一清二楚。」

「別說了！閉嘴！」艾瑪急了。

露茜由侍女們半攙扶著，走上前來，頭上戴一個桔樹花冠，臉色比她所穿的白緞子長袍還白。艾瑪回想自己結婚的日子，彷彿看見自己在麥田中間，踏著阡陌向教堂走去。爲什麼她當時沒有像露茜這樣反抗、哀求呢？相反，她當時還滿心歡喜，根本沒有意識到自己是往深淵裏跳……唉！在她還是如花似玉的青春妙齡之時，在她陷入結婚的泥坑，陷入通姦的幻滅之前，假如她把自己的終身許給了一顆偉大而堅強的心，那麼道德、愛情、歡樂和義務，不是就可以得而兼之，她也絕不至於從幸福的頂峰跌落下來了嗎？可是現在看來，那樣的幸福可能也是編排出來的謊言，是用來安慰那些欲望不能滿足、陷於絕望的人的。現在她懂得了，藝術所渲染的愛情，實際上一文不值。她盡量不再往這上頭想，而把眼前這令她想起往昔痛苦的表演，看成是爲供耳目之娛，而刻意編出的一個荒誕的故事。當戲台裏端絲絨門簾裏走出一個披黑斗篷的男人時，她甚至暗自發笑，心頭萌生了輕蔑、憐憫之感。

那男人手一揮，頭上的西班牙式大草帽落在地上，樂隊和合唱隊立刻開始六重唱。艾德加怒不可遏，嗓門特別宏亮，壓倒了其他歌手的聲音。阿斯東唱腔低沈，用惡毒的言語激他；露茜尖聲哀訴；亞瑟待在一旁，用中音歌唱；牧師的男低音嗚嚕嗚嚕，像一架風琴；而侍女們齊聲重複他的唱詞，唱的優美動聽。大家站成一排，一邊唱，一邊做手勢，從半張開的嘴裏同時傾吐出憤怒、報復、妒忌、恐怖、慈悲和驚愕。那被激怒的情人拔出寶劍揮舞著，打皺褶的頸圈隨著胸部的起伏而起伏；他邁著大步，左右來回走動，軟皮靴在腳踝處露出口子，鍍銀的馬刺碰得地板鏗鏘作響。艾瑪想，這位情郎的滿腔愛情一定無窮無盡，不然怎麼能如此狂熱地向觀眾傾泄？這個角色詩一般的感染力吸引住了她，使她把嘲笑他的意念拋到了九霄雲外。劇中人造成的幻覺，使她對演員本人動了心。她下意識地想像他的生活：他的生活一定有聲有色，不同凡響，充滿榮耀。假如機緣巧遇，她也早該過上那種生活，他們早就相識，早就相愛了！她早就跟他一道遊歷了歐洲各個王國，從一個京都到另一個京都，分擔他的勞頓，共享他的榮華，撿起人們拋向他的鮮花；她親手爲他縫繡戲服；晚上，她進到包廂裏，在鍍金的欄杆後面坐下，聚精會神，屏息靜聽這顆只爲她歌唱的心靈傾吐感情，而他在台上表演之時，也一定注視著她。她突然產生了一個不可思議的感覺：他正注視著她，眞的！她眞想跑過去撲進他懷裏，尋求他力量的庇護，猶如尋求愛情的化身的庇護一樣，對他說，對他喊：「把我拐走吧，把我帶走吧！咱們一塊走！我是你的，我屬於你！我的全部熱情和所有夢想，統統屬於你！」

布幕徐徐落下。

煤氣燈的氣味和人呼出的氣混合在一起。扇子扇的風使空氣更加悶人。艾瑪想出去溜達一會兒，但過道上人擠人，她重新倒在椅子上，心跳不止，感到氣悶。夏爾怕她暈倒，跑到販賣部去給她買了一杯杏仁露。

他返回座位時困難極了，每走一步，都有人碰他的胳膊肘。因爲他手裏端杯飲料，結果把四分之三灑在一位盧昂女子肩頭上。那女子穿著短袖衣，感到有涼冰冰的液體流到腰間，孔雀似的大叫一聲，彷彿有人要殺她。她的丈夫——一位紗廠老板，對這個笨手笨腳的傢伙大發脾氣。當他妻子掏出手帕，擦她那件櫻桃色塔夫綢袍子上的水漬時，他嘀嘀咕咕說那件袍子是多少多少錢買的，一定要夏爾賠償。夏爾好不容易才回到太太身邊，氣喘不止地對她說：

「天哪，我還以爲回不來了呢！人眞多！人擠人！」

他隨後補充一句：

「你猜我在上頭遇到誰了？萊昂先生！」

「萊昂？」

「一點不錯！一會兒他就會來問候你哩。」

說話間，永維鎭過去那位見習生走進了包廂。

他以隨隨便便的紳士風度伸過手來，包法利夫人大概被一種更強有力的意志所吸引，不自覺地也把手伸過去。自從那個春雨打著綠葉的晚上，他們站在窗口道別以後，她就再也沒有碰過這隻手。不過，她很快意識到在這種場合舉止應該得體，便努力打破回憶造成的冷場，趕緊結結巴巴說道：

「啊！你好……怎麼？你也在這兒？」

「別說話了！」樓下有人叫道，因爲第三幕已經開始。

「這麼說，你就在盧昂？」

「是的。」

「什麼時候來的？」

「滾出去！滾出去！」

人們向他們轉過頭，他們才住口。

但從這刻起，艾瑪再也沒有心思聽戲。來賓們的合唱、阿斯東與僕人之間那場戲、雄壯的D大調二重唱，等等，對她來講，似乎都是在遙遠的地方表演，樂器伴奏彷彿不那麼響亮了，人物彷彿也離她遠了。她回憶起在藥店老板家打牌，去奶媽家那次漫步，花棚底下一塊看書，火爐邊促膝談心，回憶起整個那段可憐的愛情。那段愛情是那樣平靜，那樣長久，那樣謹愼又那樣甜蜜，而她竟然把它忘到腦後！萊昂爲什麼又回來了？是什麼機緣讓他又闖進她的生活？他站在她背後，肩頭靠著板壁；她感覺到他鼻孔裏呼出的熱氣撲進她的頭髮，不由得全身微微顫抖。

「你覺得看戲有意思嗎？」萊昂問話時俯下頭，離她那麼近，鬍子梢都碰到了她的面頰。

艾瑪懶洋洋地答道：

「啊！上帝，不，意思不太大。」

於是，萊昂建議到戲場外頭找個地方喝冷飲去。

「啊！還沒完呢，再看一會兒！」包法利說道，「瞧她披頭散髮啦，看樣子是個悲劇結局。」

但是，發瘋那場戲艾瑪根本不感興趣，女演員的表演她認爲也過於誇張。

「她叫喊得太響了。」她側轉頭對聽得入神的夏爾說道。

「是的……也許……響了點。」夏爾答道，因爲一方面老實講他覺得戲演得滿有意思，另一方面又想尊重太太的意見，所以說起話來未免躊躇。

萊昂嘆口氣說道：

「這兒眞熱……」

「熱得受不了，的確。」

「你感到不舒服嗎？」包法利問道。

「是的，我覺得氣悶，咱們走吧。」

萊昂輕輕地給艾瑪披上花邊的長披肩。他們三個人走到港口，在一家咖啡店門前的露天座坐下。閒聊起來一開始就是談艾瑪的病。艾瑪一再打斷夏爾，怕這個話題萊昂聽了嫌煩。萊昂告訴他們，他來盧昂，要在一家大事務所待兩年，以便在業務上受到鍛鍊，因爲在諾曼第處理業務，與在巴黎很不一樣。隨後，他問起貝爾特、奧梅一家和勒佛朗索瓦大媽。當著艾瑪丈夫的面，他倆沒有多少話好講，交談很快就冷場了。

看完戲的人打人行道上經過，不是哼曲子，就是扯開嗓門怪聲高唱：「啊，美麗的天使，我的露茜！」於是，萊昂以音樂愛好者自居，談起了音樂，說他聽過唐布里尼、魯比尼、佩爾西亞尼、格里西❸等人演唱；與這些人比較起來，拉嘉爾狄實在算不了什麼，儘管他名噪一時。

「不過，」夏爾正小口啜飲果汁萊姆酒，打斷他道，「據說他末場戲演得很精彩。眞後悔沒看完就出來了，我正開始看出了點味道哩。」

「沒關係，」見習生說，「他不久還要演一場。」

但夏爾說他們明天就要回去了。

「除非你願意一個人留下來，我的小寶貝。」他轉向妻子補充一句。

這種出乎意料的機會，正中小伙子的下懷，他立刻改變策略，開始讚揚拉嘉爾狄末場戲的演技。說那眞是妙不可言，技藝超群！於是，夏爾堅持要妻子留下，說：

「你星期天再回去吧。看你，拿定主意嘛。這可對你的身體大有好處，你不這樣想就大錯特

❸這幾個人都是當時有名的意大利歌劇演員。

錯了。」

這時，周圍各桌的人都走光了。一位侍者悄悄地走過來站在他們旁邊。夏爾明白他的意思，便掏出錢包。見習生連忙抓住他的胳膊，搶著付了錢，甚至沒有忘記額外掏出兩枚銀幣，叮噹一聲扔在大理石桌面上當小費。

「讓你付錢，」包法利囁嚅道，「眞是過意不去。」

萊昂友好地揮揮手，表示無所謂，隨即拿起帽子，問道：

「明天六點鐘，講定了，是嗎？」

夏爾再次表示他不能在外面多待了，但夏爾完全可以……

「這個嘛……」艾瑪現出奇怪的微笑，吞吞吐吐說，「我也不知道該不該……」

「好吧！你再想想，然後再說。睡一夜就有主意了。」

包法利說罷，又轉向陪同他們的萊昂說：

「現在你既然回家鄉了，希望你經常來寒舍用用便飯，好嗎？」

見習生回答說，他少不了要相擾，再說他必須去一趟永維鎭，爲事務所辦理一件業務。他們在聖艾爾柏朗巷口分手，這時大教堂的鐘正敲響十一點半。

第三部

D. Maclise, R.A. T. Landse

萊昂一面學習法律，一面卻也相當勤快地光顧舞廳，在那兒甚至還頗受輕佻女工們的青睞。她們覺得他氣派不凡。在學校裏，他是最正派的學生，頭髮不長不短，一個季度的生活費從不在月初就吃光，與每位老師都保持著良好關係。至於荒唐放縱之事，他從不沾邊，這一半是因爲膽小怕事，一半是因爲精明謹愼。

他待在宿舍裏看書，或者晚飯後坐在盧森堡公園的松樹下，常常法典掉在地上，心馳神往想念艾瑪。但是，這種感情漸漸淡漠下去，在它上面產生了種種新的欲望。不過，它還是頑強地存在，因爲萊昂並沒有完全死心。他覺得還存在一線模糊的希望，在未來晃動著，宛若一個金果子，掛在一棵荒誕樹的枝頭。

分別三載，如今與艾瑪重逢，他的激情蘇醒了。他想，該最後下定決心占有她。再說，長期與一些打情罵俏的女人接觸，他早就把羞怯扔到爪哇國去了。回到了外省，更自命不凡，根本不把那些沒有穿過漆皮鞋，沒有走過柏油大馬路的人放在眼裏。要是在一位佩勛章、有馬車的知名學者的客廳裏，碰到一位穿金戴銀的巴黎女子，他也許會像小孩子一樣瑟瑟發抖。可是，在這裏，在盧昂碼頭邊，在這個小醫生的妻子面前，他感到自由自在，相信自己一定會令對方神魂顚倒。自信心取決於所處的環境。在大廳裏說話和在閣樓裏說話就不一樣。闊家女子保持貞操，似乎靠的就是她身邊的全部鈔票，就像內衣裏套了一件鎧甲。

頭天晚上與包法利夫婦分手之後，萊昂目送他們走了好遠，直到看見他們在紅十字客店前面停下，才轉身離去，通宵輾轉反側，考慮一項計劃。

第二天，五點鐘光景，他進入客店廚房，嗓子發緊，臉色蒼白，活脫脫一個膽小鬼，懷著一不做二不休的決心。

「先生不在房裏。」一個聽差說道。

萊昂覺的這是好兆頭，便上了樓。

艾瑪看見他來，並不慌亂，相反還向他表示歉意，忘了把他們下榻的地方告訴他。

「噢！我猜到啦。」萊昂說。

「怎麼猜到的？」

萊昂說他是靠本能引導，偶然走到這裏來的。艾瑪一笑置之。萊昂發覺說了蠢話，連忙改正，說他整個人上午一家挨一家客店尋找她，找遍了全城。

「你決定留下來了嗎？」他問道。

「是的。」艾瑪答道，「可是我太不應該。一個人有那麼多約束，就不該貪圖那種不切實際的快樂……」

「啊！我想像得到……」

「咳！你想像不到，因爲你不是女人。」

可是，男人也自有苦惱。他們的交談帶點哲學味道。艾瑪大談人世間感情貧乏，老死不相往來，心像被活埋了一樣。

小伙子爲了讓對方看重自己，或者見對方憂傷，便天眞爛漫地效仿她，也裝出憂傷的樣子，說他在校學習，時時刻刻，無聊得要死。訴訟那一套讓他慪氣，其他職業倒是吸引他。他母親每次來信，總是讓他煩惱不堪。兩個人都談自己苦惱的原因，越談越具體，越談越推心置腹，漸漸地都有點興奮起來。不過，彼此都還沒有把心思和盤托出，有時欲言又止，盡量想找一個含蓄的句子把它表達出來。艾瑪對她愛過另一個男人諱莫如深，萊昂也絕口不提他忘記了她。

他可能已不記得，他常常在舞會之後，與女工們一塊用宵夜；她大概也忘記了，過去她大清早踏著草地，趕到情夫莊園去幽會。城市的喧囂幾乎傳不到他們耳朵裏，房間顯得窄小，似乎是特意要他們感到與世隔絕。艾瑪穿一件格子布室內便袍，髮髻靠著舊扶手椅的靠背；黃色的糊牆紙，像一幅金色的背景，襯映在她身後；她沒戴帽子的頭，映在鏡子裏，中間發白的頭髮分線看得很分明，兩鬢頭髮間微露耳梢。

「啊，對不起。」她說，「我眞不該！這樣沒完沒了訴苦，一定讓你感到厭煩了！」

「哪裏，根本就不！根本就不！」

「你要是知道我曾經夢想的一切！」艾瑪仰望著天花板，美麗的眼睛裏滾動著淚珠。

「我呢，唉！我也受盡了痛苦的折磨啊！我常常出去，到處瞎走，拖著沉重的腳步，沿河岸溜達，想讓人群的嘈雜聲使自己變得麻木不仁，可是那時時縈繞心頭的思念硬是擺脫不掉。大街旁邊有一家版畫店，陳列著一幅意大利版畫，畫的是一位繆斯，身穿緊身袍，凝望著月亮，披散的頭髮上插著勿忘草。有某種力量老是吸引著我去那裏，在那繆斯面前一待就是幾個鐘頭。」

停了片刻，萊昂聲音顫抖地說：「那繆斯有點像你。」

包法利夫人覺得自己嘴邊漾起了微笑，連忙把頭掉開，不讓他看見。

「我常常給你寫信，」萊昂又說，「寫完又撕掉。」

艾瑪不答腔。他繼續說：「我有時胡思亂想，說不定機緣巧合，你會突然來到我身邊。走到街道拐角處，每每覺得看見了你。見到一輛出租馬車的門裏，露出一塊披肩或面網與你的相像，就跟在後頭窮追猛跑……」

艾瑪似乎拿定了主意由他說去，不插話。她雙臂交叉，低頭垂目，注視著拖鞋上的玫瑰花結，緞子鞋面下的腳趾不時微微動一下。

然而，她嘆息一聲說道：

「最可悲的，莫過於像我這樣，過著一種毫無意義的生活，你說是不是？我這樣虛度一生，如果對什麼人有益，那麼想到自己是在作犧牲，心裏還會覺得到點安慰！」

萊昂開始讚美貞操、責任感和默默的犧牲精神，他自己就有一種非常強烈的願望，希望爲什麼東西獻身，可是就是沒法如願以償。

「我眞想進濟貧院當一名修女。」艾瑪說道。

「唉！」萊昂接過她的話說道，「男人就沒有這神聖的使命可以承擔。我看無論去什麼地方，不管幹什麼職業，都無法……大概只有醫生的職業可以……」

艾瑪微微聳一下肩膀，打斷他的話，說她害了一場病，差點死掉，卻偏偏不死，多麼遺憾！不然，現在也就不再受苦了。萊昂馬上說，他渴望墳墓裏的安靜，一天晚上，他甚至寫了一份遺囑，要用艾瑪送給他的那條呈條絨狀的壓腳毯，給他裹屍。他們都希望自己曾經是他們所說的那種樣子，就是說都抱著一種理想，有意按照理想描述過去的那一段生活。而語言猶如一架壓延機。總是使感情綿延無盡。

聽到萊昂說要用她送的壓腳毯裹屍，艾瑪答道：「爲什麼呢？」

「爲什麼？」

萊昂遲疑了一下答道：「因爲我深深愛著你！」

他慶幸自己終於跨出了困難的一步，用眼角窺視艾瑪臉上的表情。

就像天空的烏雲被一陣狂風驅散，艾瑪藍色眼睛裏鬱結的愁思消散了，整個臉上容光煥發。

萊昂等待著，艾瑪終於答道：「我一直覺得這樣……」

他們每人只用一句話，就概括了遙遠的那段生活的快樂與憂愁，於是進一步談起許多瑣細的往事，回憶起那個鐵線蓮棚架，艾瑪經常穿的袍子，她臥室裏的擺設；她的整個住宅。

「我們可憐的仙人掌長得怎麼樣？」

「去年冬天凍死了。」

「唉！你知道我多麼惦念它們嗎？它們常常浮現在我眼前，依然像過去那樣，每天清晨，當陽光透過百葉窗映照著它們……我看見你兩條裸露的胳膊在花間移動。」

「可憐的朋友！」艾瑪說著把手伸給萊昂。

萊昂立刻將嘴唇貼在上面。吻過之後，長長吁了口氣說道：

「那時你對我有一種不可思議的吸引，令我神魂顛倒。例如，有一回我來到你家裏，不過你也許不記得了吧？」

「怎麼不記得！」艾瑪說，「往下講吧。」

「你當時在樓下廳裏，正準備外出，站在最末一級樓梯上，頭上戴一頂有藍色碎花的帽子，我沒等你請，身不由己，就陪同你出門了。然而，每一分鐘，我越來越意識到自己是在幹傻事，可還是繼續在你身邊走著，沒有膽量跟得你太緊，離開你又不甘心。每當你走進一家店鋪，我就待在便道上，隔著玻璃窗，看你摘下手套，在櫃台上數錢。後來，你按了杜瓦施夫人家的門鈴，有人給你開了門。你一進去，大門就沉重地關上了，而我還像個傻瓜一樣待在外頭。」

包法利夫人聽著萊昂這些回憶，詫異自己竟這樣老了：這些往事，重新提起來，似乎使她渡過的歲月擴大了許多；她面前展現著一個無比廣闊的感情天地，而她恰似故地重遊，不時半睞縫著眼睛，喃喃說道：「對，就是這樣的……不錯，就是這樣的！」

他們聽見波瓦辛街區各處的時鐘敲響了八點。這個街區有不少寄宿學校、教堂和無人居住的大公館。他們不再說話，只是你看著我，我看著你，而彼此定定的眸子，彷彿釋放出一種有聲的物質，注入對方的頭腦裏，微微嗡嗡作響。他們開始手拉著手，過去、未來、回憶和夢想，交織成一種甜蜜、銷魂的感覺。暮色漸深。牆上影影綽綽，濃彩閃爍，掛著四幅版畫，畫的是《奈斯爾之塔》[1]的四個場面，下面有西班牙文和法文說明。從上下推拉的窗戶裏望去，但見尖尖的屋頂之間，露出一角黑黝黝的天空。

---

[1] 大仲馬一八三二年創作的五幕詩體悲劇。

艾瑪起身點亮五斗櫃上的兩支蠟燭，又回來坐下。

「怎麼……」萊昂欲言又止。

「怎麼？」艾瑪反問。

萊昂正尋思怎樣繼續中斷的談話，艾瑪說道：

「爲什麼到目前爲止，沒有任何人向我表示過這種感情？」

見習生感慨地說，人越是完美無缺，就越難被他人理解。他頭次見到她就愛上她了，如果天賜良緣，讓他們早些相遇，他們一定相親相愛，永不分離，那該多麼幸福！可是現在不可能啦，想起來他就痛不欲生。

「我有時也這麼想過。」艾瑪說。

「多麼美好的夢！」萊昂喃喃自語。

他輕輕撫弄著她長長的腰帶藍色的鑲邊，補充說：

「我們爲什麼不能重新開始呢？」

「不行，我的朋友，」艾瑪答道，「我太老啦，你太年輕……忘掉我吧！一定會有其他女人愛上你的，你也會愛她們。」

「絕不會像愛你一樣！」萊昂叫起來。

「你眞是個孩子！行啦，咱們還是理智點吧。我希望這樣！」

艾瑪向他說明，他們不可能相愛，還是應該像過去一樣，相互間保持親密的友好關係。

艾瑪這樣說是嚴肅認眞的嗎？這一點可能連她自己也講不清楚。她完全沉浸在令人痴迷的誘惑之中，而又覺得必須抵抗這種誘惑。她用充滿感情的目光注視著小伙子，而當小伙子用哆嗦的手膽怯地撫摸她時，她卻輕輕地把他推開了。

「啊！對不起。」小伙子一邊後退一邊說。

艾瑪隱隱感到害怕，小伙子這種畏畏縮縮的表現，比羅德夫膽大包天、張開雙臂朝她走過來還更危險。在她心目中，從來沒有一個男人像他這樣動人。他的舉止顯得那樣天眞無邪又溫文爾雅，細長卷曲的睫毛總是低垂著，細皮嫩肉的面頰，因爲對她懷著欲望——艾瑪覺得是這樣——而泛起陣陣紅潮。艾瑪壓抑不住內心的衝動，直想在那面頰上印滿吻。於是，她向座鐘探過身子，裝作看時間。

「天哪，時間不早了！我們一談就什麼都忘了。」

萊昂明白她的意思，起身找帽子。

「我甚至把看戲也給忘了！可憐的包法利特意讓我留下，就是讓我看戲的！大橋街的羅爾莫先生還要與他太太一塊帶我進去吧。」

機會失掉了，因爲明天她就得回去了。

「眞的嗎？」萊昂問。

「眞的。」

「可是我還得見你一面，」萊昂接著說，「我有話要和你說……」

「什麼話？」

「一件嚴肅……重要的事情。啊！不，你不要走。這樣不行！要是你知道……聽說……你難道沒明白我的心思？你眞的就猜不出來？」

「其實，你的話已經講得很清楚了嘛。」艾瑪說。

「啊！開玩笑！夠啦，夠啦！請發發慈悲，讓我再見你一次吧，就一次……僅僅一次。」

「好吧……」

艾瑪把話頓住，似乎改變了主意：

「嗯，不能在這裏。」

「你想去什麼地方？」

「你願不願意……」

艾瑪又沉思起來，過了一會兒，才很乾脆地說道：

「明天十一點鐘在大教堂。」

「我準時到！」萊昂抓住艾瑪的手叫起來，艾瑪把手抽回來。

兩個人站起來，萊昂正好在她身後，而她又低著頭，他便俯身在她後頸上狠狠地吻了一下。

「你瘋啦！啊！你眞瘋啦！」艾瑪說道，同時發出清脆的笑聲。萊昂更是連續不斷吻起來。吻罷，他把頭從她的肩頭伸過來，想從她眼睛裏看到讚許的目光。艾瑪兩眼盯住他，莊重而又冷冰冰的。

萊昂連退三步打算離開，走到門口又停下，用發抖的聲音悄聲說：

「明天見。」

艾瑪點點頭表示回答，隨即像隻鳥消失在隔壁房間。

晚上，艾瑪給習見生寫了一封很長的信，表示她不能赴約；現在一切都結束了，爲了各自的幸福，他們不應該再相會，可是，信封上之後，她不知道萊昂的通訊地址，左右爲難。

「我親手交給他。」她想道，「反正他要來的。」

第二天，萊昂敞開窗戶，在陽台上哼著曲子。他親手擦皮鞋，連抹幾遍鞋油，穿了白長褲、高級短襪，綠色上衣，把所有的香水全灑在手帕上，把卷曲的頭髮弄散，以便顯得更瀟灑自然。

「還太早！」他瞥見假髮店的杜鵑鐘剛好九點，想道。

他拿一本舊時裝雜誌看了一陣，出了門，嘴裏叼著雪茄，溜達完三條街，心想時間到了，便邁著輕快的步子，朝聖母院前面的廣場走去。

這是夏天的一個上午，陽光燦爛。金銀器具店裏，琳琅滿目的銀器具熠熠生輝；陽光斜照在大教堂上，灰色石頭的斷口閃閃爍爍。藍天上，一群鳥兒繞著小鐘樓的三葉形尖頂盤旋。廣場上一片喧嘩，花香馥郁，四周盛開著玫瑰花、茉莉花、石竹花、水仙花和晚玉香，一畦畦大小不等，其間隔著濕漉漉的草地，全是貓尾草和雀網草。廣場中間，噴水池汩汩噴著水，寬大的遮陽傘下，在摞成金字塔狀的一堆堆甜瓜之間，沒戴帽子的賣花女在用紙包一束束的紫堇花。

小伙子買了一束。這是頭一回他買花送給一個女人。他聞著花香，挺起胸部，驕傲之感油然而生，彷彿這準備送給別人的禮物，回贈給了他自己。

然而，他怕被人看見，硬著頭皮往教堂裏走。

左邊門口，瑪利亞娜起舞的浮雕腳下，直挺挺站著教堂的門衛，頭戴羽盔，腰挎長劍，手執小木棍，比紅衣主教還神氣，通身上下像聖體盒一樣閃光。

門衛向萊昂走過來，像教士對小孩子說話那樣露出假慈祥的笑容，問道：

「先生大概不是本地人吧？想看看本教堂的古跡珍寶嗎？」

「不。」萊昂答道。

他沿著側道溜達了一圈，然後回到廣場上張望，不見艾瑪的影兒，於是又踏上台階，一直走到唱詩台前面。

殿堂的尖形拱肋，倒映在盛得滿滿的聖水盤裏。彩繪玻璃的反光照在大理石邊上，折射得更遠，把石板地面映得像色彩斑斕的地毯。外面明晃晃的陽光，通過三扇敞開的大門，在教堂的地面投下三道又寬又長的光。大殿深處，不時走過一位司庫，像一般忙碌的虔誠信徒一樣，經過祭壇前總要微微屈一下膝。天花板上垂下枝形吊燈，一動不動。唱詩上點著一盞銀燈。從偏殿和教堂裏光線暗的部分，偶爾傳出嘆息般的聲音，還有鐵柵欄關閉的聲音，在高高的穹窿底下回響。

萊昂步履莊重，在牆根踱來踱去。他從來不曾覺得人生如此美好。再等一會兒，艾瑪就來了，準是一副迷人而興奮的模樣，窺伺著身後打量她的目光，身穿鑲褶的袍子，戴著金絲邊單片眼鏡，足登玲瓏小靴，千嬌百態，他見所未見，而且渾身上下，透露出拋棄貞操的女人那種難以形容的誘惑力。教堂宛似一間巨大的繡房，庇護著她；穹頂彷彿彎下身子，聽她在幽暗處傾吐愛情；彩繪玻璃窗明晃晃的，照亮她的容顏；香爐裏香火旺盛，芳香四溢，青煙繚繞，她身處其中，恰似一位天使。

然而，還是不見艾瑪來。萊昂在一張椅子上坐下，目光正好落在一面藍色的玻璃窗上，上面畫有幾個背著一筐魚的船夫。他注視著那面玻璃，數著魚鱗和船夫們緊身短上衣的扣眼，而腦子裡東想西想，尋思著艾瑪。

門衛站在一旁，暗暗生這傢伙的氣：他居然不要嚮導，一個人欣賞大教堂！在門衛看來，萊昂的行爲實在可惡，就好像在他身上偷走了什麼東西，簡直是褻瀆神靈。

這時，石板地上傳來絲綢的窸窣聲。片刻，一頂帽子的邊簷和一張黑面網映入眼簾……是她！萊昂連忙站起來，向艾瑪跑去。

艾瑪臉色蒼白，走得很快。

「看吧！」她遞給萊昂一張紙，「啊，不！」

她突然縮回手，走進聖母堂，在一張椅子旁邊跪下，開始祈禱。

小伙子對她這種心血來潮的過分虔誠，十分生氣。然而，看見她在幽會的地方，像安達盧西亞❷的一位侯爵夫人一樣埋頭禱告，他又覺得她十分迷人。不過，他很快不耐煩了，因爲艾瑪的禱告沒完沒了。

艾瑪禱告著，或者不如說在強制自己禱告，希望上天會突然賜給她決心。爲了求得神助，她兩眼盯住光閃閃的聖體龕，吸著大花盆裏白香芥的芳香，伸長耳朵諦聽著教堂裏的寂靜。可是，這寂靜反而增加了她內心的紛擾。

艾瑪站起來。他們正要離開，就見門衛急忙走過來，問道：

「太太大概不是本地人吧？想參觀一下教堂裏的古跡珍寶嗎？」

❷西班牙一歷史地區名，在該國的最南端。

「哎，不參觀！」見習生答道。

「爲什麼不呢？」艾瑪問道。

她知道自己的貞操岌岌可危，想從聖母、雕塑、陵墓以及一切可能的東西那裏，尋找依託。

於是，門衛按順序領他們參觀，首先把他們引到臨場的入口，抬起小木棍，指給他們看一塊塊黑色石頭砌成的一個大圓圈，上面既沒有刻字，也沒有雕圖案。

「這就是昂布瓦茲那口大鐘鐘口的模型。那口鐘重四萬斤，在整個歐洲首屈一指。鑄造它的工匠因爲太高興，死了。」

「往前走吧。」萊昂催促道。

那傢伙又開始往前走，一不會兒回到聖母堂，雙臂一伸，指著整個殿堂，帶著鄉紳讓人看自家院子裏的果樹那種自豪神情，介紹道：

「這塊普通的石板底下，安葬著拉瓦萊納和布里薩克的領主、普瓦圖的大元帥、諾曼第的總督彼埃爾·德·布雷澤。他於一四六五年七月十六日死於蒙特利戰役。」

萊昂咬著嘴唇，在一邊直跺腳。

「右邊這位老爺，身披鐵甲，座騎前蹄騰空，是大元帥的孫子路易·德·布德澤。此公是布雷瓦爾和蒙紹維的領主、摩勒夫里耶伯爵、摩尼男爵、國王侍從、聖殿騎士團騎士，也是諾曼第總督。正如碑文上說明的：他卒於一五三一年七月二十三日（星期天）。下面雕刻的這個正要下葬的人就是他。把死亡表現得如此美妙，可以說舉世無雙，不是嗎？」

包法利夫人舉起單片眼鏡細細觀看。萊昂一動不動，看著她，一句話也不想再說，一個動作也不想再作。面對這兩個人，一個嘮嘮叨叨，一個無動於衷，成心與他作對，他感到喪氣極了。

嚮導沒完沒了地繼續說：

「路易旁邊跪在地上哭泣的這個女人，是他的妻子蒂婭娜·德·普瓦蒂埃，即布雷澤伯爵夫人·瓦朗蒂諾瓦公爵夫人，生於一四九九年，卒於一五六六年；左邊抱小孩這個女人，是聖母娘娘。現在請轉過來看這邊：這是昂布瓦茲陵墓。所安葬的兩個人，是盧昂的紅衣主教和大主教。那邊那位是國王路易十二的一位大臣，對本大教堂行過許多善事。他在遺囑裏給窮人留下了三萬銀幣。」

門衛一刻不停，一邊介紹，一邊把他推到一間偏殿。裏面堆了許多欄杆，他挪動幾根，露出一大塊石頭，可能是一座雕壞了的石像。

「過去，」他長嘆一聲，「這座雕像豎立在獅心王查理的陵墓。獅心王即英格蘭國王和諾曼第公爵。先生，是喀爾文派教徒把它破壞成這樣子的！他們居心險惡，把它埋在大主教寶座底下的地裏。瞧，大主教回府邸，走的就是這道門。現在請去看詹槽那邊的彩繪玻璃。」

但萊昂趕緊從口袋裏掏出一枚銀幣丟給他，挽起艾瑪的胳膊就走。門衛目瞪口呆站在那裏。參觀者這麼早就給賞錢，他感到莫名其妙。還有好多東西沒看呢。所以，他叫道：

「喂！先生，尖塔！尖塔！」

「謝謝啦！」萊昂答道。

「先生不看可惜了。這尖塔有四百四十尺高，比埃及的大金字塔只矮九尺，整個兒是鐵鑄的，而且……」

萊昂只顧逃跑，因爲他覺得，兩個小時以來，他的愛情眼看就要在教堂裏變成石頭，現在又要化成青煙順著那尖塔跑掉了。那尖塔像一截管子，又像一個長方形鳥籠子或者一個有孔的煙筒。總之，奇形怪狀，聳立在教堂上頭。簡直可以說是一位異想天開的鑄造匠造出的一個古怪試驗品。

「我們去哪兒？」包法利夫人問道。

萊昂不回答，繼續快步往外走。包法利夫人在聖水缸裏浸一下手指，聽見後面粗粗的喘氣聲，伴隨著木棍頓地有節奏的響聲。

「先生！」後面有人叫道。

「什麼？」

萊昂回頭一看，原來是門衛，抱著二十來本裝訂好的厚書，緊貼肚皮，以免掉下來。全是介紹這座大教堂的書。

「笨蛋！」萊昂罵一句，飛跑出教堂。

一個孩子在廣場上遊蕩。

「去叫一輛出租馬車來！」

孩子像個皮球，沿著卡特旺街跑去。剩下萊昂和艾瑪，面對面站著等了幾分鐘。兩個人都有點尷尬。

「啊！萊昂……說眞的……我不知道……我該不該……」

艾瑪故作嬌態，接著又擺出一副嚴肅的樣子：

「這樣作很不合適，知道嗎？」

「有什麼不合適？」見習生反駁道，「在巴黎人人都這樣作！」

這句話像一個無可辯駁的論據，使艾瑪決意順從了。

但出租馬車遲遲不來。萊昂眞怕艾瑪又跑進教堂。馬車終於來了。

「你們至少要從北門出去，」門衛站在門檻上衝他們喊道，「好看看《耶穌復活》、《最後的審判》、《天堂》、《大衛王》和《地獄裏受火刑的罪人》那些畫。」

「先生要去哪裏？」車夫問道。

「隨便去哪裏都可以！」萊昂說著把艾瑪推進車裏。

笨重的車子上路了。它沿大橋街駛去，穿過藝術廣場、拿破崙碼頭、新橋，在彼艾爾・高乃依的雕像前突然停住。

「朝前走！」車裏一個聲音喊道。

車子又啓動了，過了拉・法耶特十字路口，就沿下坡路衝下去，風馳電掣，直奔車站。

「不要停，一直往前走！」同一個聲音喊道。

馬車出了柵欄門，很快就奔上沿河大道，在兩排榆樹之間慢悠悠地行駛。車夫抹一把前額，皮帽子往兩腿之間一夾，把車趕到水邊草地旁的平行道上。

車子沿著河邊縴夫走的碎石路，在靠瓦塞爾這邊走了很久，把河洲拋到了後頭。

但是，它突然狂奔了起來，駛過四塘、索特維爾大堤和艾爾勃夫街，在植物園前第三次停了下來。「走啊！」那聲音更凶地嚷道。

馬車立刻又奔跑起來，駛過聖塞韋、居朗迪耶碼頭、磨石碼頭，再次過橋，穿過校場，到了濟貧院的花園後面。花園裏有一些穿黑衣服的老年人，沿著長春藤覆蓋的土台子，在陽光下散步。馬車繼續經過布夫洛伊大道和科舒瓦茲大道，穿過蒙里布德，一直駛到德維爾山腳下。

車子掉過頭，漫無目的，由馬拉著，信步走去。人們看見它經過聖—保爾、列斯居爾、嘉爾剛山、紅塘、快活林廣場、馬拉德里街、迪朗德利街、聖羅曼教堂、聖維維嚴教堂、聖馬克魯教堂、聖尼凱茲教堂以及海關、矮老塔、三煙袋和紀念公墓等地。車夫坐在車座上，不時絕望地看一眼路邊的小酒店，他不明白，什麼鬼促使這兩個乘客不肯停車。他好幾次試圖煞住車，但立刻聽見後面怒氣沖沖的叫喊。於是，他只好狠心抽打兩匹汗淋淋的瘦馬。車子怎麼顛簸，他根本不放在心上，任憑它東撞西撞，垂頭喪氣，又渴又累，有苦難言，簡直想哭。

車子在碼頭上，在貨車和大木桶之間，在大街小巷，在立有路碑的拐彎處，不停地奔跑。市民們見了，無不覺得奇怪。一輛馬車，放下窗帘，比墳墓還密不透風，不停地到處奔跑，像海船一樣顛簸，這種事在外省實屬罕見。

中午時分，車子駛到了田野裏。強烈的陽光直射在鍍銀的舊車燈上。這時，一隻沒戴手套的手，從黃色的小窗帘下伸出來，把一些碎紙片扔到車外。紙片隨風飄蕩，像一群白蝴蝶，落在遠處一塊紅花盛開的苜蓿花叢中。

六點鐘光景，馬車終於在波瓦辛街區一條小巷停下來，從車上下來一個蒙著面紗的女人，頭也不回朝前走去。

2

包法利夫人回到客店時，已不見驛車了，她大吃一驚。原來伊韋爾等了她五十三分鐘，還沒等到，只好走了。

其實，她並不是非回去不可。不過，她事先講好了今晚回家的。再說，夏爾在盼她回去。她心裏已經生出一種膽怯、順從的感覺。許多通姦的女人都是這樣。這種感覺對她們既是一種懲罰，也是一種贖罪。

她急急忙忙打點行李，付了帳單，在院子裏雇了一輛輕便馬車，一路上對車夫又是催促，又是鼓勵，不斷問他鐘點，走了多少路程，最後總算在坎康布瓦村頭趕上了「燕子」。

她在驛車角落裏一坐下，就閉目養神，直到山腳下才睜開，遠遠看見費麗西站在馬掌鋪前面張望。伊韋爾勒住馬，女傭人踮起腳尖湊到車窗口，神秘地說：

「太太，你得馬上去一趟奧梅先生家，有急事等你去。」

村鎮像往常一樣，靜悄悄地。所有街道拐角處，都有一小堆一小堆玫瑰色的東西，冒著騰騰熱氣。正是做果醬的時節。在永維鎮，所有人家都在同一天做果醬。不過，藥店前面那一堆，比一般的要大得多，也更高級，引得人人嘖嘖讚嘆。當然，一家藥店做東西，應該勝過普通人家，正如公眾的需要應該勝過個人的愛好。

艾瑪走進藥店，只見大扶手椅打翻在地，連《盧昂燈塔報》也散落在兩根搗藥杆之間的地板上。她推開過道門，看見廚房當中，擺好了幾個褐色壇子，裏面裝滿剝了殼的醋栗，還零亂地擺著麵糖塊糖，桌子上放著秤，爐子上燒著鍋。奧梅一家全在那裏，個個手裏拿著叉子，圍裙直貼到下巴。朱斯丹低頭站著，藥店主衝他嚷道：

「誰叫你去雜物間拿的？」

「怎麼啦？出了什麼事？」

「出了什麼事？」藥店主回答，「我們正在做果醬，放在爐子上煮。但是湯汁太多，眼看就要溢出來，我讓他再拿口鍋來。沒想到這個懶骨頭，竟磨洋工似的，慢騰騰去配藥室，取掛在釘子上的雜物間鑰匙！」

藥店主所說的雜物間，是最頂層一個小房間，裏面放滿了各種器具和物品，都是幹他這個行業所需要的。他經常獨自一人，在裏面一待就是好幾個鐘頭，貼標簽，調換容器或者包紮。這個小房間，在他眼裏不是一個普通的雜物間，而是一個眞正的至聖所。從那裏頭出來的，是他親手配製的各色各樣的藥品，有藥片、藥丸、煎劑、清洗劑、藥水，等等。正是這些藥爲他在鄉里揚名。這個地方誰也不准進去，他把它奉爲神聖，甚至親自打掃。總之，藥房是向什麼人都開放的，是他炫耀自豪感的地方，而那個雜物間，則是個退隱的地方。奧梅常常自顧自待在裏頭，專心致意，盡情地玩味所好。因此，他覺得朱斯丹這種冒失行爲，是對他大大的不敬。他臉脹得比醋栗還紅，又訓斥道：

「好嘛，拿雜物間的鑰匙！那可是存放各種酸和烈性鹼的地方！去拿存放在那裏的鍋！拿一個帶蓋子的鍋！連我自己可能都永遠不會使用的鍋！幹我們這一行，做各種精細的試驗，哪樣東西沒有專門的用途？可是，真見鬼！居然不加區分，要把製藥的器具派做家務的用場！這豈不等於拿手術刀去切雞肉，等於法官……」

「你就息息怒好不好！」奧梅太太說道。阿達利扯住他的大衣叫道：

「爸爸！爸爸！」

「不！別管我！」藥店主又嚷道，「別打岔！眞是見了活鬼！老實說，這樣搞還不如去開雜貨店呢！來吧，什麼規矩都不要啦！砸吧！摔吧！把螞蝗放走！把蜀葵燒掉！拿藥瓶去醃黃瓜！把繃帶統統剪碎！」

「你不是說有急事……」艾瑪說。

「請等一等——知道你可能惹出什麼禍事嗎？左邊角落第三個架子上的東西，你就沒有看見？說呀，回答我，倒是開口啊！」

「我不……不知道。」小伙子結巴道。

「哼！你不知道！我可知道！你看見一個藍色玻璃瓶，黃蠟封口，裏面裝著白粉末，我甚至在上面寫了『危險』兩個字。你知道裏面是什麼嗎？是砒霜！你竟然去碰它，把就放在旁邊的鍋子拿來做果醬！」

「就放在旁邊！」奧梅太太雙手一合叫起來，「砒霜？你豈不是要把我們大家都毒死！」

孩子們都叫喊起來，彷彿他們已經感到五臟六腑疼得不得了。

「不毒死我們，就是毒死病人！」藥店主繼續說，「你想讓我吃官司？想看我上斷頭台？你難道不知道，幹這一行我雖然早就熟門熟路，操作起來還總是小心在意？我常常想到自己的責任而擔驚受怕！因爲政府迫害我們，荒唐的法律就像一把眞正的『達摩克勒斯劍』❶，懸掛在我們頭上！」

艾瑪再也不想問爲什麼叫她來。藥店主一句一喘繼續說道：

「瞧吧，你就是這樣來報答我對你的恩德！你就是這樣來酬謝我對你慈父般無微不至的照顧！沒有我，你現在處境會如何？你有什麼工作可幹？誰供你吃穿，讓你受教育？誰讓你學到本事，使你將來能體體面面在社會上安身立命？可是，要想安身立命，就必須勤奮苦幹，必須像人們常說的，手上磨出繭子才行。"Fabricando fit faber, age quod agis."❷

奧梅怒氣難消，竟說起拉丁文來了。如果他懂中文和格陵蘭語，恐怕也說出了口。他的情緒已失去控制，滿腔惡氣，不吐不快，就像大海遇到風暴，不僅岸邊的海草被刮得露了出來，連海底的沙子也攪得翻了。

他接著說：

「我眞有點後悔不該照顧你啦！當初還不如讓你在貧困中受煎熬，不如讓你留在你出生的卑賤環境中呢！那樣，你一輩子就只配去放牛放羊！你沒有半點搞科學的天賦，貼貼標簽還勉強湊

❶ 達摩克勒斯是敘述古僭主大狄奧尼西奧斯的朝臣，經常爲僭主歌功頌德，盛讚僭主洪福齊天，僭主便安排盛宴，邀他入座，而在他頭頂上用細線懸掛一把出鞘的寶劍，以此表示大權在握的人往往朝不保夕。

❷ 拉丁文，意爲：「實幹出巧匠，一心莫二用。」

合。現在你生活在我家裏，像一位老爺、一隻肥公雞一樣悠然自得！」

這時，艾瑪轉向奧梅太太說道：

「啊，我的上帝！」好心的奧梅太太神色悲傷地打斷她道，「怎麼對你說好呢？……是一個不幸的消息！」

奧梅太太話沒說完，藥店主吼道：

「把它倒空！刷洗乾淨！送回去！快！」

他抓住朱斯丹短工裝的衣領搖晃著。突然，從朱斯丹衣兜裏掉出一本書來。

小伙子彎腰去撿，但奧梅動作更快，一把抓起來一看，不禁目瞪口呆。

「《夫妻……之愛》，」他慢吞吞念道，在兩個詞之間頓了頓。「啊！很好！很好！好極了！幹得漂亮呀！還有插圖呢……哼！這太不像話啦！」

奧梅太太湊攏來看，他說：

「不！別碰！」

孩子們想看看插圖，他厲聲喝道：

「出去！」

孩子們都出去了。

奧梅邁著大步，踱來踱去，手裏攥著那本翻開的書，眼珠子骨碌碌亂轉，氣鼓鼓的，簡直透不過氣來，像中了風一樣。

然後，他徑直向自己的學徒走過去，雙臂交叉，往他面前一站：

「你這個小壞蛋，原來樣樣惡習你都沾上啦！當心，你已經到了墮落的邊緣！你就沒有想過，這本淫穢的書可能落到我的孩子們手裏，在他們頭腦裏種下禍根，玷汙阿達利的純潔，引導拿破崙走上邪路！拿破崙已經長得像個大人了。至少，你敢肯定他們沒有看過嗎？你能向我擔保嗎？」

「哎，先生，」艾瑪插話說，「你究竟有沒有話對我講？」

「是有話對你講，夫人……你公公去世了！」

是的，老包法利於前一天晚上去世了，是剛吃完飯突然中風而卒。夏爾考慮到艾瑪感情脆弱，出於謹慎，請奧梅先生把這個可怕的消息，婉轉地告訴她。

奧梅先生經過反覆琢磨，準備把話講得既委婉又文雅，甚至連抑揚頓挫的節奏都想好了，那可以說是一篇既周密又靈活，既細膩又巧妙的傑作。可是盛怒之下，他把那些詞兒，全都忘到腦後去了。

艾瑪也不問詳細情況，就離開了藥店，因爲奧梅先生又在斥責朱斯丹了。不過，他的火氣也漸漸消了，現在只是一邊用希臘小帽扇著風，一邊以嚴父的口氣嘟噥道：

「我也不是全盤否定這本書！作者是一位醫生。書裏有些方面是合乎科學的。作爲一個男人，了解並沒有害處，甚至可以說應該了解。但是，要再過幾年，再過幾年！至少要等到你長大成人，等你的性格成型的時候。」

夏爾一直在等艾瑪回來，聽見敲門，連忙伸開雙臂迎去，含著眼淚說道：

「啊！親愛的……」

他慢慢俯身去吻她。但艾瑪一接觸他的嘴唇，立刻想起另一個男人的嘴唇，便以手掩面，哆哆嗦嗦對丈夫說：

「是啊，我知道啦，我知道啦……」

夏爾拿出母親的信給她看。信裏敘述了父親去世的情形，沒有半句故作悲痛的話。母親唯一感到遺憾的，是她的老伴去世前沒有領受臨終聖事，因為他是與幾位舊軍官，在都德維爾一家館子裏舉行愛國聚餐出來，走到門口倒在街上就死去了。

艾瑪把信交還給夏爾。不久開晚飯了，她出於人之常情的考慮，裝作不想吃。但夏爾一再勸她吃，她便不顧那許多，吃了起來。夏爾坐在她對面，默默無語，神志委靡。

他不時抬起頭，以充滿悲傷的目光，久久地注視著她，有一次嘆息一聲說：

「我真想再見他一次！」

艾瑪不吭聲，但最終明白不說話不行，便問道：

「你父親多大年紀了？」

「才五十八歲！」

「啊！」

僅此而已。

過了一刻鐘，夏爾又說：

「我可憐的母親呢，如今她怎麼辦？」

艾瑪攤攤手，表示她不知道。

夏爾見她如此沉默，以爲她難過，便克制住自己，什麼也不對她講，唯恐她動了感情，又要痛苦不堪。相反，他拋開自己的痛苦，問道：

「你昨天玩的痛快嗎？」

「痛快。」

桌布撤掉後，包法利坐著不動，艾瑪也坐著不動。她打量著他，漸漸地，這種單調的情景趕走了她心頭的憐憫。在她看來，夏爾是那樣寒酸、軟弱、無能，總之，十足的一個可憐蟲。怎樣擺脫他呢？晚飯後這段時間怎麼這樣長！空氣中彷彿有一種鴉片霧似的東西，令她神志昏昏。

門廳裏傳來木棍碰地板的聲音，咚咚咚十分清脆。是伊波力特給太太送行李來了。他那條義肢在地下畫了四分之一個圓圈，才好不容易把行李放下來。

「那事兒他再也不放在心上啦！」艾瑪望著這個可憐的人想道。伊波力特濃密的紅頭髮汗淋淋的。

包法利在錢包裏摸出一個銅板。伊波力特站在他面前，就像個活見證，在譴責他不可救藥的無能，而他呢，似乎根本沒有意識到。其實，僅僅這個人出現在面前，對他就是多麼大的恥辱！

「瞧！你帶回來一束好漂亮的花！」夏爾注意到壁爐上萊昂送的紫堇花，說道。

「是的，」艾瑪冷冷地答道，「這是我今天下午……向一個女乞丐買的。」

夏爾拿起那束紫堇花，貼近哭紅的眼睛，感受那清爽的氣息，同時盡情地聞著那香味。艾瑪連忙從他手裏拿過來，插在一個盛滿水的玻璃杯裏。

第二天，老包法利夫人來了。母子相見，大哭一場。艾瑪藉口有事要吩咐傭人，走開了。

第三天，也該一塊商量一下喪事了。婆媳倆帶了針線盒，與夏爾一道來到水邊的花棚底下，坐了下來。

夏爾思念著父親。他原本以爲自己對父親的感情是很淡薄的，沒想到竟愛得這樣深，不免暗暗稱奇。老包法利夫人思念丈夫。過去最不稱心的日子，如今也値得留戀了。夫妻倆這麼多年朝夕相處，本能的懷念之情，把其他一切一筆勾銷了。手裏的針不停地縫著，不時有一顆眼淚，順著鼻梁往下滾，滾一段停一會兒，懸掛在那裏。艾瑪想的，卻是不到四十八小時之前，她與萊昂待在一起，遠離人世，陶醉在快樂之中，兩雙眼睛相互注視，怎麼也看不夠。她竭力回憶那逝去的一天最細微的情形。可是，有婆婆和丈夫在場，她不能不有所顧忌。她眞希望什麼也聽不見，什麼也看不見，完全沉浸在愛情之中，不受任何干擾，因爲外界的種種感覺，會淹沒她對愛情的回味。

艾瑪在拆一件袍子的夾裏，身邊線頭布片掉了一地。老包法利夫人埋頭做活兒，手裏的剪刀喀嚓作響。夏爾腳上趿一雙布條編的拖鞋，身上穿一件當作室內便袍的棕色舊大衣，兩手插在口袋裏，坐在那裏沉默無語。在他們旁邊，貝爾特繫一條小白圍裙，用小鏟子鏟著小徑上的沙子。

突然，他們看見布商樂勒打柵欄門裏進來了。

他主動登門，是想看看，鑒於眼前不幸的情況，他能效什麼勞。艾瑪回答說，她覺得不要他效勞也過得去。商人並不認輸。

「實在對不起，」他說，「我希望私下談談。」

接著他放低聲音說：

「是關於那件事情……知道嗎？」

夏爾的臉刷地一直紅到了耳根。

「哦！是的……當然。」

他尷尬地向妻子說：

「親愛的……你能不能……」

艾瑪似乎理解，因爲她站了起來。夏爾又轉向母親說道：

「沒有什麼。不過是家庭瑣事。」

他不想讓母親知道借據的事，怕她訓斥。

樂勒先生見沒旁人在場了，便不再拐彎抹角。他祝賀艾瑪繼承了一筆遺產，又隨便扯些無關的事情，什麼牆邊的果木呀，收成呀，還有他自己的身體，算是「馬馬虎虎」、「不好不壞」；外面傳說他如何如何，其實他豁出老命幹，也是連抹麵包的黃油都吃不起。

艾瑪由他說去。這兩天來，日子眞是要多膩人就有多膩人。

「你現在完全康復了吧？」樂勒繼續說，「說實在的，前一段我看你丈夫眞是夠受的。他是個好人，雖然我們之間有過一些麻煩。」

艾瑪問什麼麻煩，因爲關於上次買東西的爭執，夏爾沒有告訴她。

「這事兒你是很清楚的嘛！」樂勒說，「還不是你一時高興，訂購了那兩只旅行箱的事。」

他把帽子拉到眼睛上，雙手抄在背後，笑嘻嘻的吹著口哨，面對面打量著艾瑪，簡直不堪忍受。他是不是產生了什麼懷疑？艾瑪心虛，戰戰兢兢。過了好大一會兒，樂勒又說：

「我們言歸於好啦，我這次來，就是和他商量進一步的安排。」樂勒所謂進一步的安排，就是延長包法利所借據的期限。當然，延不延長，由包法利先生自行決定；他也不必爲此多費腦筋，特別是眼前，他有一大堆麻煩事要處理。「甚至，他最好把這件事交給別人處理，譬如說交給你。你有了代理權，就方便了，我們就可以一塊做點小生意……」

艾瑪不明白他的意思，樂勒也不解釋。接著，他又談起自己的生意，說太太一定得買他點什麼東西才好。他打算給她送一塊十二米長的巴勒吉紗羅，正好做一件袍子。

「你身上這件在家穿穿還不錯，出門就非得另做一件不可。這我一到府上，頭一眼就看出來了。我這眼力沒得說的。」

那塊紗羅樂勒不是派人送來，而是親自送上門。不久又來量尺寸。沒過幾天，又找別的藉口來。每次來，都盡量顯得親切、殷勤，或者像奧梅先生所說的作俯首聽命的樣子，每次都悄悄給艾瑪出主意，叫她把代理權弄到手。他閉口不提借據，艾瑪也沒想到那上頭。在她剛開始康復的時候，夏爾是向她提過幾句來的，但她內心紛擾不斷，早就忘到九霄雲外去了。再說，她盡量避免引起利害方面的爭吵。包法利老太太對此頗感意外，認爲她脾氣變好了，是因爲在生病期間接受了宗教感情。

可是，老太太一走，艾瑪立刻顯示出很有主見、講求實際的頭腦，令夏爾讚嘆不已。應該了解情況，核實抵押手續，看看有什麼可以拍賣或者需要清理的。她一開口就是技術名詞，經常提到「程序」、「將來」、「預見性」這些大字眼，不斷誇大繼承的困難。直到有一天，她拿出一份全權委託書樣稿給夏爾看，上面載明「全權委託經營，管理一切事務，處理一切債務，簽署並保存一切票據，償付一切款項」，等等。她把樂勒教的那一套全用上了。

夏爾天眞地問她，這委託書是哪兒來的。

「從紀堯曼先生那裏拿來的。」

艾瑪回答之後，又非常冷靜地補充說：

「對他我不大信得過。公證人的名聲都壞透了！也許還得請教……我們只認識……唉！誰也不認識！」

「除非萊昂……」夏爾考慮片刻答道。

可是，寫信很難講清楚。於是，艾瑪自告奮勇去走一趟。夏爾不願讓她受那分辛苦。她堅持要去。兩個人爭相表示體貼。

最後，艾瑪以半任性半撒嬌的口氣說：

「不，我求你啦，我一定要去。」

「你眞好！」夏爾說著在她額頭印了一個吻。

第二天，艾瑪搭了「燕子」去盧昂請教萊昂先生，在那裏待了三天。

3

這是充實、甜蜜、瑰麗的三天，堪稱眞正的蜜月。

他們下榻在港口邊的布洛涅旅館，雙雙待在房間裏，門窗緊閉，地板上撒滿鮮花，從早晨就有人送冰鎮果子露來。

薄暮時分，他們乘了一條帶篷的遊艇，去一座小島上晚餐。

遊艇從船塢旁邊經過，聽得見捻縫工用木槌敲打船體的響聲。樹木之間，飄蕩著柏油燃燒的濃煙。河裏可見一片片油漬，大小不等，在水面上蕩漾，經絳紫色的落日一映照，恰似漂著一塊塊佛羅倫斯的青銅片。

他們從停泊的船隻之間穿行而過，一條條斜斜的長纜索，輕輕摩擦遊艇的上部。

城市的喧囂——大車的轔轔聲，人的嘈雜聲，以及許多船隻甲板的狗吠聲，於不知不覺之間，遠遠拋到後面去了。艾瑪摘下帽子。他們登上了小島。

他們在一家小酒店低矮的餐廳中坐下。小酒店門口掛著黑烏烏的魚網。他們吃油炸胡瓜魚、奶油和櫻桃。他們在草地上睡覺，避開其他人到白楊樹下親吻；他們眞想像兩個魯賓遜，永遠生活在這個小島上。他們沉浸在幸福之中，覺得這小島是人世間最美麗的地方。他們不是頭一回看見綠樹、藍天、草地，不是頭一回聽見流水潺潺，聽見微風在樹葉間絮語，但是他們大概從來沒有像這樣來欣賞這一切，彷彿大自然從前根本就不存在，或者只有在他們的欲望得到滿足之後，大自然才開始變得美好的。

夜裏返回時，遊艇沿著小島航行。他倆待在船裏，默默的躲在暗影之中。方槳在鐵槳耳中嘎吱嘎吱，像在寂靜中打著拍子；同時，船尾的舵不停地輕輕拍打著水浪。

有一陣，夜空露出了月亮。他們覺得月亮帶著憂鬱的色彩，充滿了詩意，少不得搜索一些詞句，來形容一番，艾瑪甚至哼起了小調——

可記得，有天晚上，我們搖著小船……

悅耳、輕柔的歌聲飄散在水面上。

萊昂聽見風帶著顫音從耳邊掠過，彷彿鳥兒在身旁輕拍翅膀。

艾瑪坐在對面，靠著小艇的板壁，月光從一扇敞開的小窗裏照進來。黑色的袍子，下襬展開成扇形，使她顯得更加苗條修長。她仰著頭，雙手合攏，兩眼凝望著夜空。有時，柳樹的陰影完全掩住了她；過一會兒，她宛似一個幻影，突然又出現在皎皎月光之中。

萊昂在她旁邊席地而坐，手觸到一根麗春紅緞帶。

船家看了又看，最後說：

「哦！這也許是前一天我載的那群人丟下的。那天來的是一幫說說笑笑的人，男的女的都有，帶著點心、香檳、短號等五花八門的東西。其中有一位個兒高高的美男子，留著小鬍子，特別能逗樂子。他們一上來就說：喂，給我們講點什麼吧，羅德夫……羅德夫……似乎叫的是這個名字。」

艾瑪哆嗦了一下。

「你感到不舒服嗎？」萊昂靠近她問道。

「嗯！沒什麼，大概是夜晚太涼。」

「看樣子，那位先生得到不少女人喜歡。」老船家低聲補充一句。他覺得應該給那個陌生男子一句恭維話。

說完，他往手心裏吐口唾沫，又划起槳來。

然而，該分別啦！離別是淒涼的。萊昂要寫信，就寄給羅萊大嫂轉交。艾瑪囑咐又囑咐，一定要在信封外面再套一個信封。爲了愛情，她竟變得如此詭計多端，萊昂大爲讚賞。

「那麼，你肯定一切都沒問題了？」在最後一吻之時，艾瑪問道。

「是的，沒問題！」——「可是，」在獨自往回走時，萊昂一路上尋思，「她爲什麼那樣關心代理權這個問題呢？」

4

萊昂很快在同事們面前趾高氣揚起來，不僅與他們疏遠了，而且也馬虎了事。

他天天盼艾瑪的信，信手就一看再看。他也給艾瑪寫信，靠欲望和回憶的全部力量喚起她的形象。他渴望再見到艾瑪，這種渴望並沒有因彼此分離而減弱，相反愈來愈強烈。一個星期六上午，他溜出了事務所。

他站在山頂上舉目眺望，山谷裏教堂的鐘樓和白鐵皮做的風信旗子歷歷在目。他像一位百萬富翁榮歸故里，心頭的高興之情，摻雜著自鳴得意的虛榮心和自私的感慨。

他跑到艾瑪的住宅附近徘徊。廚房裏閃爍著火花。他貼在窗帘後面窺伺艾瑪的身影，但什麼也沒看見。

勒佛朗索瓦太太一見到他，就驚叫起來，說他「高了，瘦了」，而阿特米絲則不這樣看，覺得他「更結實了，曬黑了」。

他在小房間用晚飯，依然像過去一樣，只不過僅他一個人，沒有稅務員作伴了。因爲比內等「燕子」等得不耐煩，終於把吃飯時間提前了一小時。現在他五點整用餐，還常常抱怨那輛「破車子遲到了」。

萊昂還是下了決心，去敲醫生家的門。包法利夫人正在臥室裏，要過一刻鐘才下樓。

包法利先生又見到他，顯得很高興。但是，這天晚上他一直待在家，第二天一整天也沒有要出門的意思。

直到夜裏很晚了，萊昂才在花園後面小巷裏，與艾瑪單獨見面——在小巷裏見面，就像與過去那位幽會一樣——正趕上雷雨，兩個人撐著一把雨傘，藉著一閃一閃的電光談心。

「還不如死了呢！」艾瑪說。

她撲在他懷裏又哭又扭。

「再見……再見……什麼時候才能再見到你？」

兩個人又回轉去，再次擁抱在一起。就在這時，艾瑪答應，不管透過什麼手段，一定要找到一個長遠的解決辦法，使他們能夠自由見面，至少每周一次。艾瑪十分有把握，而且滿懷希望。她就要有錢了。

她爲臥室添置了兩塊寬格子黃色窗簾。樂勒早就鼓動她買，說這種窗簾如何便宜。她還渴望買一條地毯，樂勒就說：「這又不是比登天還難的事！」禮貌有加地答應負責爲她買一塊。艾瑪再也離不了樂勒的服務。她一天之中叫人去找樂勒二十次，樂勒都會撂下手裏的活兒立即趕來，絕無半句怨言。還有羅萊大嫂，每天在她家吃中飯，甚至私下來看望她，究竟是爲什麼，大家都莫名其妙。

大約在這段時間，即初冬，艾瑪似乎對音樂發生了強烈的興趣。

一天晚上，夏爾聽她彈琴。同一首曲子，她連彈了四次，越彈越惱火。夏爾根本沒有聽出每次有什麼不同，卻叫道：

「彈得好！好極了！……你不應該停下！彈下去！」

「不！糟透了！我的手指一點也不靈活啦。」

第二天，他求她再彈點什麼給他聽。

「好吧，就滿足你的興致。」

夏爾承認她有點荒疏了。她彈走了調，指法混亂，彈了一會兒，乾脆停了下來。

「唉！完啦！我得找人教教才成，可是……」

她咬咬嘴唇，補充說：

「二十法郎一次，太貴啦！」

「對，的確……貴了點……」夏爾傻呵呵地笑了笑說，「不過，我覺得也許不要花那麼些，因爲有些沒有名氣的藝術家，實際上比那些名家還高明。」

「那你就去打聽一下吧。」艾瑪說。

第二天，夏爾回到家，狡黠地打量她一陣，最後還是憋不住，說出了這樣幾句話：

「你有時也眞是太相信自己！我今天去了巴佛榭爾。好傢伙！列嘉爾太太告訴我，她三個在慈濟修道院的閨女也請人教琴，每次才五十蘇，而且是一位有名的女教師！。」

艾瑪聳聳肩，從此連琴蓋也不再開。

但是，每次從琴邊走過時（如果夏爾在那裏），她總是嘆口氣說：

「啊！我可憐的鋼琴！」

有人來看望她時，她少不了要對人家說，她放棄了音樂，現在想撿回來，但由於一些重要原因，也做不到。大家聽了，都同情她。的確遺憾！她本來是很有才氣的！有些人，尤其是藥店老板，甚至向包法利提這件事，弄得包法利直感到汗顏。

「你這可就不對了！」藥店主勸說他道，不應該讓天賦的才能荒廢。再說，你考慮一下看，我的好朋友，讓太太去學琴，將來孩子的音樂教育，不就可以省下來了？我覺得，孩子們應該由母親們親自教育才好。這是盧梭的觀點，現在可能還有點新潮，但最終會取得勝利的，我堅信這一點。就像母親餵奶和種牛痘一樣。」

於是，夏爾又一次談起學鋼琴的問題。艾瑪沒好氣地說，不如把琴賣掉算了。這架可憐的鋼琴，曾經滿足過她的虛榮心。現在眼看著把它賣掉，包法利心裏真有說不出的滋味，就好像艾瑪把自己的一部分處死了似的！

「你眞想學……」包法利說道，「隔一段時間去學那麼一次，按說也不致於破費太大吧。」

「可是，要學就得經常學才有用。」艾瑪答道。

她就這樣想方設法得到丈夫的允許，每星期進一趟城去看她的情人。一個月下來，居然有人覺得她彈琴進步不小呢！

5

又到星期四了，艾瑪從床上爬上來，悄沒聲息地穿衣服，生怕驚醒夏爾又來嘀嘀咕咕，說她沒有必要趕這麼早出門。穿戴停當，她踱了一會兒步，然後佇立窗前，望著廣場。曙光在菜市場的柱子之間游動；藥店還關著窗板，它那招牌上的大寫字母，在灰白的晨光中已隱約可辨。

掛鐘走到了七點一刻，艾瑪來到金獅客店。阿特米絲打著哈欠給她開門，又爲她把埋在灰裏的火炭扒拉出來。艾瑪獨自一人坐在廚房裏，不時到門外一眼。伊韋爾慢條斯理地套著車，一邊聽勒佛朗索瓦太太交代事情。勒佛朗索瓦太太從窗戶裏伸出戴棉帽子的頭，囑咐他買這買那，還沒完沒了地解釋。換了別人，都會給她攪糊塗。

伊韋爾吃完早飯，披上粗毛料斗篷，點上煙斗，抓起鞭子，這才不慌不忙地在座位上坐下。

「燕子」小跑著上路了，開頭四分之三法里，不時停下來，搭載站在路旁院落柵欄門前等候的乘客。前一天約好的人，姍姍來遲，讓車子等著，有的甚至還在床上沒爬起來呢。伊韋爾連叫帶喊，還罵罵咧咧，然後從車座上爬下來，跑去把人家的門擂得山響，連氣窗也震裂了，冷風立即灌進去。

漸漸地，四條長凳都坐滿了。車子加快了速度，兩旁的蘋果樹一閃而過。道路在兩條積滿黃泥水的溝之間向前延伸，顯得越來越窄，一直伸到天邊。

這條路從頭到尾艾瑪都非常熟悉。她知道，過了牧場，就有根木樁，然後有一棵榆樹，再往前走是一座穀倉，或一間養路工的窩棚。有時，她甚至故意閉上眼睛，希望在睜開眼時，能看到點意外的東西。但即使閉上眼睛，她心裏也很清楚前面還有多少路程。

最後，眼前出現了磚房，車輪輾過路面，響聲更清脆了。「燕子」輕捷地行駛。兩邊盡是花園，打柵欄門望過去，可以看見一座座雕像，一個個葡萄棚，一個個修剪過的紫衫，還有一架秋千。而後眨眼間，城市便展現在面前了。

城市籠罩在霧中，放眼望去，像一座圓形劇場，漸漸低下去，直到過了橋，才雜亂無章地向四面擴展。城那邊的原野，又漸漸高起來，單調平板，遠處一直連接著灰白而不分明的天的基部。居高臨下，騁目全景，靜止得煞似一幅風景畫：泊港的船隻，全擠在一個角落裏；河流繞過蔥綠的山，形成一個弧形的河灣；幾個橢圓形的沙洲，像幾條黑色的大魚，一動不動地浮在水面上。工廠的煙囪冒出大團褐色的煙，隨風飄散。鑄造廠傳來轟隆轟隆的響聲，而聳立霧中的教堂，傳來清脆的鐘聲。林蔭路兩旁落了葉的樹木，像一叢叢紫色的荊棘，夾雜在房屋中間。雨水未乾的屋頂，閃閃發光，但依地勢高低不同，光彩強弱不一。有時，一陣風吹來，把雲團刮向聖卡特琳山，宛似空氣凝成了波濤，無聲地撲向一座懸崖。

這座人口密集的城市，彷彿釋放出某種物質，令艾瑪頭暈目眩。她的心也因此大爲膨脹，想像著那裏的十二萬顆心靈，都在激情地跳動。她甚至感到了它們熱烈的氣息哩！她的愛情隨著空間不斷擴大，充滿喧囂，洶湧澎湃。他讓愛情傾瀉出來，傾瀉在廣場上，傾瀉在散步的場地，傾瀉在街道上。在她眼裏，這座諾曼第古城，不啻是一座巨大無比的京城，一座她正要進入的巴比倫。她雙手扶住車窗，探頭向外觀看，一邊吸著微風吹拂的清爽空氣。三匹馬奔馳著，泥裏的石子咯嚓作響，驛車東搖西晃地顛簸；伊韋爾老遠就喊路上的小貨車閃開。這時，在紀堯姆林子裏過夜的有錢人，坐著家庭小馬車，正悠哉遊哉地從山上下來。

車子在城門前停了停。艾瑪脫掉木頭套鞋，換一雙手套，整理一下披肩，等「燕子」再往前走二十來步遠，才從裏頭下來。

城市剛醒來。店鋪的小伙計們戴著希臘式帽子，正在擦店面；一些婦女挎著籃子，在街道拐角處，不時響亮地吆喝一聲。艾瑪貼著牆根走，眼睛看著地上，黑面紗之下，一張臉浮著愉快的微笑。

她害怕被別人看見，一般不走最近的路，而是鑽進陰暗的小巷子。到達國家街下面的噴泉邊時，已是汗流浹背。這裏是戲園子、咖啡館和妓院集中的街區。經常有一輛大車從她身邊經過，上面載著一幅顫悠悠的布景。一些繫圍裙的伙計，往綠樹牆之間的石板甬道上撒沙子。空氣中有苦艾酒、雪茄和牡蠣的氣味。

她轉過一條街，遠遠看見一個男人，帽子底下露出卷髮。她認出那是萊昂。

萊昂在便道上繼續朝前走。她跟在他後面，一直走進旅館，隨他上樓，開門，進到房裏……多麼熱烈的擁抱！

擁抱過後，是滔滔不絕的話語。兩個人相互傾訴一周來的愁煩、預感和盼信的焦急心情。不過，現在一切都拋到了腦後，他們面對面，你看著我，我看著你，開心地笑著，甜蜜蜜地相互呼喚著。

床是張桃花心木大床，形狀像條船。紅色利凡丁綢帳幔，從天花板垂下來，在敞開的床頭，低低地拖到地面。艾瑪羞答答的，兩條赤裸的胳膊縮攏在胸前，臉藏在手心裏，棕色的頭髮和白皙的皮膚經紅帳幔一襯映，那嫵媚之態，無與倫比。

暖融融的房間，柔軟無聲的地毯，清雅浪漫的陳設，柔和恬適的光線，一切都彷彿專爲如膠似漆的春情而設。陽光照進房間，箭狀帳杆、紫銅帳鉤和柴架的大圓頭，立刻閃閃發光。壁爐台上，燭台之間有兩個玫瑰色的大海螺，拿起來貼近耳朵，似乎聽得見海濤聲。

這個房間，雖然裝飾略舊而不再那麼光彩奪目，但充滿了歡樂，令他們多麼眷戀！每次來到這裏，他們總發現房裏擺設原樣未動，有時還發現她上星期四遺忘在鐘座底下髮夾。他們就著火爐，在一張鏤花的紅木小几上用餐。艾瑪切著肉，放進萊昂的盤子裏，一面故作多情，撒嬌邀寵，當香檳酒沫子溢出玲瓏的玻璃杯，濺到她的戒指上時，她就發出朗朗放蕩的笑聲。他們靈肉相與，如痴如醉，以爲這裏就是他們自己的家，他們要在這裏一直生活到老死，就像一對年輕的終身伴侶。他們開口就說「我們的房間」、「我們的地毯」、「我們的安樂椅」，艾瑪甚至說「我的拖鞋」──那是萊昂爲滿足她一時的興致而送的禮物，粉紅色緞子做成，天鵝絨毛鑲邊。她坐在萊昂的膝頭，兩腿夠不著地面，懸在半空，那雙小巧玲瓏的拖鞋，沒有後跟，就只靠一雙赤足的足趾掛住。

萊昂有生以來頭一回品味女性難以形容的千嬌百媚。他從來沒有聽過這麼優雅的語言，從來沒有見過這麼考究的服飾和睡鴿般的姿態。他崇慕她心靈的熱烈，也欣賞她裙子的花邊。再說，艾瑪不正是一位「交際花」，一位有夫之婦，總之，是一位名副其實的情婦嗎？

艾瑪性情變化不定，時而高深莫測，時而笑逐顏開；時而喋喋不休，時而沉默寡言；時而熱烈奔放，時而又倦怠疏懶；這激起萊昂無窮的欲望，喚醒他種種本能和悠遠的回憶。她是所有小說裏描寫的情人，是所有戲文裏出現的女主人公，是所有詩集裏難以捉摸的「她」。看見艾瑪的肩膀，萊昂就想起《浴女》❶琥珀色的肌膚。艾瑪還是著封建城堡主夫人細長的腰身，又像「巴塞羅那面色蒼白的女人」❷，但說到底她還是天使！

往往，他看著她，就覺得自己的靈魂向她飄忽而去，像水波在她的頭部環流，然後被一種力所吸引，流向她雪白的胸部。

他在她面前席地而坐，胳膊肘支在膝蓋，仰起臉，笑瞇瞇地端詳她。

她呢，俯身向著他，如痴如醉，呼吸急促，喃喃說道：

「啊，別動！別說話！就這樣看著我吧。你眼睛裏有什麼東西放射出來，暖洋洋的，讓我渾身舒服極啦！」

她叫他「寶貝」。

「寶貝，你愛我嗎？」

她簡直來不及聽到他的回答，因爲他的嘴唇很快的湊上來，緊貼在她嘴上。

---

❶法國畫家安格爾（一七八〇～一八六七）的名畫。
❷把西班牙畫家牟利羅（一六一七～一六八二）《餵奶婦》一畫。

座鐘上有一個邱比特的❸的小銅像，滿臉嬌媚，胳膊彎曲，托著一個鍍金花杯。他們常常取笑他那副模樣。可是，臨到分別之時，一切在他們就變得嚴肅起來了。

兩個人面對面，一動不動地站著，一次又一次說：

「下星期四見！下星期四見……」

接著，艾瑪雙手捧住了萊昂的頭，在他前額上匆匆印上一個吻，喊道：「再見！」就奔下樓梯去了。

她去戲園子街，進一家髮廊吹頭髮。這時已是薄暮時分，髮廊裏點亮了煤氣燈。

她聽見戲園子裏搖鈴，召喚演員準備開演。接著，就見對面一個個面孔白花花的男子和穿舊戲裝的女子，從後台門進入。

小小的理髮廳天花板很低，假髮套和生髮油之間又有一個爐子，冒著騰騰熱氣，所以十分悶熱。鐵吹風機散發出一股氣味，加上理髮師油膩膩的手在她頭上摸來摸去，不多一會兒，她就感到頭昏腦脹，身上披著理髮布，都有點昏昏欲睡了。理髮師往往一邊給做頭髮，一邊問她要不要化裝舞會入場券。

她終於出了髮廊，穿過一條條街道，來到紅十字架，上車之後，把上午藏在凳子底下的木頭套鞋拖出來穿上，在急於趕回家的乘客之間坐下。有些乘客過了嶺就下車了，這時車上只剩下她一個人。

❸邱比特是羅馬神話裏的愛神童子。

每到拐彎處，回首望去，城裏的燈光越來越多，宛似一片巨大、明亮的霧氣，飄浮在黑壓壓的房屋之上。艾瑪跪在座墊上，茫然地望著那明光耀眼的景象。她啜泣起來，呼喚著萊昂，隨風給他送去情意綿綿的話和一個個吻。

山坡上常常有一個可憐的叫花子，拄著一根棍子，在驛車之間亂躥，肩上披著破衣爛衫，一頂舊狸皮帽，穿了頂，臉盆似的扣在頭上，把臉都遮住了。當他把帽子摘掉時，只見他眼皮的部位張開兩個血糊糊的窟窿，肉爛成一片片，紅紅的，裏面流出膿水，流到鼻子上結成綠痂，黑洞洞的鼻孔，痙攣似的吸著氣。要說話時，他先把頭往後一仰，露出一臉傻笑，於是淡藍色的眼珠子不停地滾動，向兩邊太陽穴翻，撞擊著流血的傷口內沿。

朗朗晴天喲暖洋洋，

小妞兒相思心癢癢。

接下去歌唱鳥兒、陽光和綠葉。

有時，他光著頭，冷不防出現在艾瑪背後，嚇得她驚叫一聲，慌忙躲閃。伊韋爾就和他開玩笑，建議他去聖羅曼廟會擺攤子，或笑嘻嘻問他的心上人好不好。

往往車子在行進間，他的帽子突然從窗子裏飛進車廂，而他用另一隻手牢牢抓住踏板，車輪子濺得滿身泥也全然不顧。起初他輕聲地哼哼，像嬰兒啼哭一般，接著尖嚎起來。這拖得長長的聲音，在暮色中傳播開去，像什麼人在悲泣，哭訴自己無名的哀傷。這聲音透過馬鈴的叮噹，透過樹林的絮語和空驛車的隆隆聲，彷彿從遙遠的地方傳來一種什麼力量，攪得艾瑪心裏很不平靜。它像一股旋風刮進深淵，潛入她的心靈深處，把她帶進無窮無盡的悒鬱之中。這時，伊韋爾覺得車子一側增加了重量，揮起鞭子向瞎子抽去。鞭梢正好抽中他的傷口，他哀號一聲，滾進了泥濘之中。

最後，「燕子」的乘客都睡著了，有些人張著嘴，有些人低著頭，靠在鄰座的肩頭，或者伸出胳膊挽住皮帶，隨著車的顛簸，有節奏地搖來晃去。風雨燈在馬屁股上方晃動，燈光透過咖啡色的棉布窗帘，照進車廂，在所有無聲無息的乘客臉上，投下血一般殷紅的光影。艾瑪沉浸在憂鬱之中，渾身上下直打寒顫，感到腳越來越冷，而心像死了一般。

夏爾在家裏等她。星期四「燕子」總是遲遲不歸。太太終於回來！但她只是勉強親女兒一下。晚飯還沒做好，有什麼關係！她原諒廚娘。那丫頭現在似乎自由自在得很了。

丈夫常常發現艾瑪臉色蒼白，問她是不是病了。

「沒病。」她答道。

「可是，」夏爾又說，「你今晚顯得很不正常。」

「哎！哪裏！沒什麼！」

有幾天，她甚至一進屋就到樓上臥室去了。朱斯丹碰巧正在她家，走路一點聲息也沒有，小心在意服侍她，比一個能幹的女僕還周到。他在她床頭放一盒火柴、一個蠟燭盤和一本書，還為她擺好睡衣，掀開被子。

「好啦，」艾瑪說，「幹得挺好，去吧！」

因爲朱斯丹站著不動，垂著雙手，瞪著兩眼，彷佛突然陷入了千頭萬緒的沉思之中。

第二天是可怕的一天，隨後幾天更加難熬，因爲艾瑪急於重溫她的幸福，簡直按捺不住。——本來就熾烈的欲火，加上經歷過的情形時時浮現在眼前，更加火上加油，到第七天在萊昂的愛撫下，就毫無節制地爆發了。萊昂的熱情，則是以對她的讚賞和感激的形式表現出來。艾瑪默默地、忘情地品味著這愛情，使出種種招數，盡量表現得溫柔，同時也擔心以後會失去它。

她常常用憂鬱的甜甜的聲音對他說：

「哼！你呀，肯定會拋棄我！你會結婚，就像其他人一樣。」

萊昂問道：

「其他什麼人？」

「男人啊。」艾瑪回答。

隨即，她故作灰心意懶地推他一把，補上一句：

「你們全是沒心沒肺的傢伙！」

有一天，他們平靜地閒談人世間的種種失意，艾瑪不知是想試探一下萊昂是否嫉妒，還是因爲禁不住想傾吐內心的強烈感情，說她在愛萊昂之前，曾經愛過一個男人。「一個與你不一樣的人！」她連忙補充一句，並且以她女兒的性命發誓，他們之間「沒有發生任何事情。」

小伙子相信她，但又問那男人是「幹什麼的」。

「他是一位船長，親愛的。」

這回答不是可以打消對方試圖查問的任何念頭，同時又提高她自己的身價嗎？因爲照她所說，那男人多半勇武好鬥，向來受人敬重，卻經不住她的魅力誘惑，拜倒在她的腳下。見習生聽了，不免覺得自己地位卑下，對肩章、勛章和官銜之類的東西垂涎三尺。艾瑪一定喜歡所有這些東西，這從她花錢大方的習慣就可以看得出來。

其實，艾瑪有許多不切實際的想法，還沒有講出來呢。譬如，她希望有一輛藍色的雙輪輕便馬車，每次乘坐它來盧昂，前面由一匹英國馬拉著，趕車的小伙子穿著翻口高統皮靴。這種異想天開的嚮往，是朱斯丹勾起的。朱斯丹曾央求當她的跟班。沒有這樣一輛馬車，倒還不至於減弱她每次趕去與情人幽會的歡樂，但的確給她返回的路上增添了惆悵。

他們還常常一塊談論巴黎，談到最後，艾瑪總是喃喃說道：

「啊！要是我們能住在那裏，該多好！」

「現在我們難道不幸福嗎？」小伙子撫弄著她的頭髮，溫柔地問道。

「對，我們現在就很幸福。」艾瑪答道，「瞧我眞是瘋了。親親我吧！」

艾瑪在丈夫面前，比任何時候都更可愛。她爲丈夫做阿月渾子奶酪，晚餐後常常彈奏華爾滋舞曲給他聽。夏爾覺得自己是世界上最幸福的人，艾瑪也生活得無憂無慮。可是一天晚上，夏爾突然問道：

「給你上課的是不是朗伯蕾小姐？」

「是她。」

「可是，今天下午我在列嘉爾太太家中見到了她，」夏爾又說，「我對她談起你，她卻說不認識你。」

這不啻是個晴天霹靂，但艾瑪裝得泰然自若地答道：

「噢！莫不是她忘了我的名字吧？」

「不過，」醫生說，「也可能盧昂有好幾位教鋼琴的朗伯蕾小姐吧？」

「有可能。」

艾瑪說罷又連忙補充道：「可是，我有她的收據，你來看。」

她走到書桌跟前，翻遍所有抽屜，把裏面的紙弄得亂七八糟，最後把自己也搞糊塗了。夏爾勸她不要費這麼大勁，去找幾張無關緊要的收據。

「嗯！我會找到的。」艾瑪說。

果不其然，第二個星期五，夏爾在存放他的衣服的小黑屋子裏穿皮鞋，突然感到一隻靴子的皮和襪子之間有一張紙，取出來一看，只見上面寫道——

茲收到三個月教琴費及雜費共六十五法郎整。

音樂教師　費莉西・朗伯蕾

「眞見鬼，怎麼跑到我靴子裏來了？」

「可能是板子邊上那個放帳單的舊盒子裏掉下來的。」艾瑪說道。

從此以後，艾瑪的生活就充滿了謊言——這些謊言像面紗一樣，包藏住她的愛情。

說謊在她已成爲一種需要，一種癖好，一種樂趣，以至於如果她說昨天她從某條街的右邊經過，那麼你必須理解成她是從左邊經過的。

一天早晨，她像往常一樣動了身，衣服穿得相當單薄，可是突然下起雪來了。夏爾到窗口看天氣，瞥見布尼賢先生搭了杜瓦施先生的輕便馬車去盧昂，便拿了一條厚披肩跑下樓，拜託教士一到紅十字旅店就交給他太太。布尼賢一到那家旅店，就問永維鎮醫生的妻子在什麼地方。女店家回答說，她很少光顧這家旅店。黃昏時分，本堂神父在驛車「燕子」裏才遇到包法利夫人，對她談起沒找到她時的爲難情形，但似乎並沒把這件事放在心上，而馬上讚揚起一位佈道者來了，說那位佈道者在大教堂講道講得如何精彩，引得闊太太們都趕去聽。

雖然本堂神父沒有追問什麼，但難免其他人將來不多管閒事。因此，艾瑪覺得，以後每次都應該在紅十字客店前面下車，並且一直上樓去。這樣，鎮上那些好奇人看見，就不會產生任何懷疑。然而有一天，艾瑪挽著萊昂的胳膊，從布洛涅旅店出來，正好碰到樂勒先生。

三天之後，他進到艾瑪的臥室，將房門一關，說：

「我等錢用。」

艾瑪說她無錢可付。樂勒唉聲嘆氣，揚起他給過她的種種好處。

的確，夏爾簽字的兩張借據，到目前爲止，艾瑪只付過一張。至於第二張，商人答應她的請求，換成了兩張，甚至這兩張也已談妥續借，付款期限得很長。樂勒說到這裏，從口袋裏掏出一張未付款的購貨單，其中包括窗帘、地毯、沙發套布、好幾件袍子以及各種化妝品，價值達二千法郎左右。

艾瑪低下頭。樂勒接著說：

「你沒有現金，可是有產業呀。」

他指的是位於巴納維爾離奧馬爾不遠的一所破房子。那所房子帶來的收入甚微，過去屬於老包法利賣的一個小農莊。樂勒對那裏的情況瞭若指掌，包括土地的面積、鄰居的姓名，全都一清二楚。

「我要是你，」他說，「就把它賣掉，除了還債，還落點餘錢用用哩！」

艾瑪說很難找到買主，樂勒表示買主倒不難找。艾瑪又問，她怎樣才能作主出賣。

「你不是有代理權嗎？」樂勒答道。

這句話有如吹來一陣清風，艾瑪說道：

「把帳單給我留下。」

「啊！這倒沒有必要。」樂勒說。

第二個星期他又來了，自我表功，說他費了九牛二虎之力，終於找到一個叫朗格洛瓦的買主，此人早就盯住了那所房屋，不過沒有透露願出多大價錢。

「價錢高低都成！」艾瑪急忙說。

不過，也不能急，得等一等，先去探探那傢伙的口風。這事兒得走一趟。既然艾瑪不能去，樂勒願意代勞，去當面與朗格洛瓦交涉。回來之後，他說買主願出四千法郎。

聽到這個消息，艾瑪笑逐顏開。

「說實話，」樂勒說，「這價錢夠高了。」

艾瑪立即拿到價款的一半，就要償付舊帳，商人說：

「說句良心話，看到你一下子花掉這樣一大筆錢，我心裏眞不好受。」

於是，艾瑪打量一眼那些鈔票，心想有這二千法郎在手，可以進行無數次幽會，不由得呑呑吐吐說道：「那怎麼辦？那怎麼辦？」

「哎！」樂勒露出老好人的樣子笑著說道，「帳單上想寫什麼就寫什麼嘛。夫妻間這點事我還不知道？」

他兩眼盯住艾瑪，手指間夾著兩張長長的單子，輕輕地搓來搓去。最後，他打開皮夾子，取出四張記名本票，每張票面一千法郎，攤開在桌子上，說道：

「你在這上面簽個字，錢就可以全留下啦。」

艾瑪覺得這樣作太過分，叫了起來。樂勒肆無忌憚地說：

「我把餘額全部交給你，還不是成全你嗎？」

他說著拿起筆，在帳單底下寫道：「茲收到包法利夫人四千法郎。」

「再過六個月，你就可以拿到房款的餘額，而最後一張期票，我等你收到錢之後才要你付清，這樣你還發什麼愁呢？」

這筆帳艾瑪有點摸不清頭腦，她只覺得耳邊叮噹作響，彷彿金幣撐破了錢袋子，在她身邊滿地亂滾。最後樂勒解釋說，他有一個好朋友，叫萬薩爾，在盧昂開銀行，可以貼現這四張記名本票。他拿到錢之後，扣除實際欠款，把餘額親自給太太送過來。

但是，他送來的不是二千法郎，而是一千八百，因爲他的朋友萬薩爾（理所當然地）扣除了佣金和貼現手續費二百法郎。

接著，他漫不經心地要艾瑪開張收據。

「你知道……做生意嘛，有時候……寫上日期，請費心寫上日期。」

艾瑪面前豁然開朗，種種幻想可以實現了。她作事還相當謹慎，拿出一千銀幣放在一邊，按期付清了頭三張期票。但事不湊巧，第四張是在星期四送到家裏來的，夏爾惶惶不安，但只有耐著性子，等妻子回來問她是怎麼回事。

這張期票的事艾瑪之所以沒告訴丈夫，是爲了使他免除家庭瑣事的煩惱。她坐在丈夫的膝頭上，又是撫摩，又是甜言蜜語，同時一件件列舉賒來的、非買不可的東西。

「總之，你想必也看得出來，這筆錢買了這麼多東西，實在不算太貴。」

夏爾無計可施，像以往一樣，立刻跑去找樂勒求助。樂勒保證使事情平息下去，只要先生肯另簽兩張期票就成。其中一張七百法郎，三個月付清。夏爾爲了付清這筆錢，給母親寫了一封懇切的信。母親沒有回信，而是親自趕了來。艾瑪問能否從母親手裏摳出點錢來。

「可以，」夏爾答道，「不過她要求看帳單。」

第二天天剛亮，艾瑪就跑到樂勒家，央求他給她另開一張不超過一千法郎的帳單，因爲如果把那張四千法郎的拿出來給她婆婆看，就要講出她已經付了四分之三，因而勢必承認變賣房產的事。那筆交易是商人撮合，事實上直到後來才爲大家所知道。

儘管每樣東西的價格都很低，包法利老太太還是覺得這筆開銷太過分。

「難道地毯非要不可嗎？爲什麼又要換沙發套？我年輕的時候，家裏只有一張沙發，還是讓老年人坐的。至少在我娘家是這樣。這娘可是個賢妻良母，告訴你吧！不見得人人都有錢，再有錢也經不起亂花！我要是像你們這樣光知道享受，就會感到臉紅！其實我老了，眞正需要享點清福啦……啊！瞧，瞧！又是梳妝打扮，又是擺闊！怎麼！買兩法郎一公尺的綢子作夾裏！其實賈加納薄紗就挺好，才十蘇，甚至八蘇一公尺。」

艾瑪仰靠在橢圓形雙人沙發上，盡量不動聲色地答道：

「哎！夠啦，夫人，夠啦！」

但包法利老太太繼續嘮叨，斷言他們總有一天要進救濟院！說到底，這都是包法利的過錯。幸好他答應取消那份委託代理權。

「怎麼？」

「啊！他向我保證過的。」老太太說道。

艾瑪推開窗戶，把夏爾叫來。可憐的夏爾只好承認他媽逼他所作的保證。

艾瑪跑了出去，很快又跑回來，手裏拿著一張厚紙，傲氣十足地遞給老太太。

「謝謝你。」老太太說。

她順手把委託書扔進火裏。

艾瑪尖聲大笑不止：她的神經官能症又發作了。

「啊！我的天！」夏爾急得直叫，「哎！你也不對，一來就和她吵……」

他母親聳聳肩說：「這一切全是裝模作樣。」

但夏爾頭一次對母親表示反抗，爲妻子辯護，氣得包法利老太太站起來就要走。第二天，老太太眞的走了；走到門口，夏爾想挽留她，她答道：

「不，我不在這裏！你愛她，勝過愛我。我不怨你，這是正常的。其他嘛，活該，你就等著瞧吧……當心身體，我最近不會再來啦，省得你說我一來就和她吵。」

儘管如此，夏爾一回到艾瑪面前，還是感到非常內疚。艾瑪認爲他不信任她，毫不掩飾對他的怨恨。經過他再三懇求，艾瑪才答應重新接受委託。艾瑪甚至陪她去紀堯曼先生的事務所，另立一份相同的委託書。

「這我理解，」公證人說，「一個搞科學的男人，不能讓生活瑣事纏住。」

這句奉承話使夏爾感到寬慰，以一種令人羨慕的外表掩蓋了他的怯懦，似乎他是專門操勞高級的事情。

第二個星期四，艾瑪與萊昂一起待在旅店房間裏，放縱到了極點，又是笑，又是哭，又是唱，又是跳，一會兒要果汁冰糕，一會兒抽香煙，她雖然太放肆，卻可愛而又迷人。

萊昂摸不透是一種什麼逆反心理，促使艾瑪越來越追求人生的享受。她變得易怒，嘴饞，縱欲。她和他在街上散步時，總高昂著頭，說她再也不怕名譽受什麼影響。然而有時候，她驀然想到可能遇到羅德夫，而情不自禁瑟瑟發抖，因爲，儘管他們永遠分開了，但她覺得自己還沒有徹底擺脫他的影響。

一天晚上，艾瑪沒有返回永維鎮。夏爾急得不知如何是好，小貝爾特沒有媽媽不肯睡覺，嗓子都哭啞了。朱斯丹沿路找，心想或許能碰上。連奧梅先生也因爲這件事離開了藥店。

最後，等到十一點，夏爾再也受不了啦，便套上輕便馬車，跳上去，揮鞭猛抽拉車的馬，將近凌晨兩點鐘，趕到了紅十字客店。人沒找到。他想見習生可能見到艾瑪，可是他住在什麼地方呢？夏爾記起了見習生的老板的地址，便匆忙趕去。

天開始發亮，他依稀看見一家門上有盾形標識，便上前打門。裏面的人沒有開門，只是大聲回答了他的問話，同時臭罵深更半夜打擾人家睡覺的傢伙。

見習生的住所既沒有門鈴，也沒有敲門錘，更沒有看門人。夏爾舉起拳頭拚命敲窗板。這時走過來一個巡警，夏爾膽怯，便走開了。

「我眞糊塗，」他自言自語說道，「大概是洛爾莫先生家留她吃晚飯了。」

可是，洛爾莫一家已不住在盧昂。

「她大概留下照顧杜布洛意太太了。唔！杜布洛意太太死了十幾個月啦！……她究竟跑到什麼地方去了呢？」

他腦子裏閃過一個想法，走進一家咖啡館，要了一本門牌號碼簿，很快找到了朗伯蕾小姐：她住在勒內爾皮貨商街七十四號。

他剛走進那條街，艾瑪就出現在街的另一頭。他簡直不是擁抱，而是撲到她身上，一邊喊道：「昨天誰留住你了？」

「我病了。」

「什麼病？……住在哪兒？……怎麼病的？」

「我住在朗伯蕾小姐家。」

「我就曉得你住在她家，我正要去呢。」

「啊！不必去啦，」艾瑪說，「她剛才出去了。以後碰到這種情況，你就放心吧。你知道，我回家稍微晚一點，你就急成這樣，我就不敢自由行動啦。」

艾瑪這樣說，目的是使自己可以毫無顧忌，隨心所欲地幽會。她充分利用這一點，高興怎樣就怎樣，想見萊昂，就隨便找個藉口，跑到盧昂。有一天，萊昂沒想到她會來，沒有等她，她便跑到他的事務所去找他。

開頭幾次，非常愉快。但不久，萊昂不得不講出實情：他的老板對這類打擾很不高興。

「噢，算啦！走吧。」艾瑪說道。

於是，萊昂從事務所溜了出來。

艾瑪要他穿黑衣服，下巴上留一撮尖尖的鬍子，看起來像路易十三。她想看萊昂的住處，看了之後覺得太簡陋；萊昂臉都紅了，她卻沒覺察到，還勸他買她家那種窗帘。萊昂不想花那筆錢。「啊！啊！你就捨不得花幾個小錢，」艾瑪笑著說道。

每一次，萊昂都必須向她匯報上次幽會以來他的所作所爲。艾瑪要他寫詩，爲她寫詩，一首專門寫給她的「情詩」。但萊昂寫來寫去，第二行怎麼也押不上韻，最後只好在一本紀念冊裏抄了一首十四行詩交卷。

萊昂這樣做，倒不完全是出於虛榮，更主要是爲了討艾瑪的歡心。艾瑪的想法，他絕不持異議；艾瑪的興趣愛好，他統統接受。與其說艾瑪是他的情婦，倒不甘說他是艾瑪的情夫。艾瑪的話令他熱血沸騰，艾瑪的吻，令他神魂顛倒。她這套引誘人的辦法，出神入化，叫你難以覺察，也不知是從哪兒學來的？

6

萊昂來永維鎮看望艾瑪，常常在藥店老板家吃晚飯，出於禮尚往來的考慮，覺得必須回請藥店老板才對。

「太好了！」奧梅先生回答，「再說，我也該活動活動才行，老悶在家，身上的零件都要生銹啦。我們去看戲，上館子，好好樂它一樂！」

「哎！老頭子！」奧梅太太怕他出什麼危險，在旁邊低聲嘟囔一句。

「哎什麼！長年待在這藥店永不消散的氣味中，你不覺得我身體已糟蹋得夠嗆了嗎？啊，瞧吧，女人都是這個樣子：你搞科學嘛，她們怕你不把心思放在她們身上；你想消遣消遣，哪怕最正當的消遣，她們也反對。別聽她那一套，我說到做到。最近我說不定哪天就會去盧昂，咱們一塊大把花錢去！」

這種話，藥店老板從前絕不會說的，但是現在，他開始學巴黎派頭，愛開開玩笑，認爲這才最有風度。所以，他與鄰居包法利夫人一樣，經常懷著好奇的心情，向見習生打聽京城風俗，還常常在市民面前賣弄，言談中帶上幾句巴黎用語，什麼「一家小店」呀，「百貨公司」呀，「好帥」呀，「摩登」呀，「北大街」，等等，還有不說「我走了」，而說「我去了」。

一個星期四，在金獅客店廚房裏，艾瑪意外地遇到了奧梅先生，只見他一身出門的裝束，就是說，穿了一件從沒見他穿過的舊大衣，一隻手拎口旅行箱，另一隻拎著藥房的腳爐。他打算去盧昂一事，沒有向任何人透露，擔心公衆知道他不在家，會惶惶不安。

想到就要重遊度過青年時代的地方，他大概非常興奮，一路上話特別多，而後一到盧昂，就慌忙跳下車，東張西望找萊昂。不管見習生怎樣推辭，他拽上他就往諾曼第大咖啡館走，大搖大擺，帽子也不摘，認爲在公共場合脫掉帽子，會被人家看成鄉巴佬。

艾瑪等萊昂等了三刻鐘，最後跑到他的事務所，還是不見人影，心裏瞎猜測，怨他無情，又怪自己軟弱，額頭貼著玻璃窗，悶悶不樂過了一下午。

已是下午兩點鐘，奧梅和萊昂還面對面坐在桌子前。大廳裏人漸漸走光了。爐子的煙筒，筒外形像棵棕櫚樹，在潔白的天花板上，彎成一個圓圓的彎頭。離他們不遠的玻璃窗外面，有一個大理石水池，中間一股小小的噴泉，在陽光下閃爍，四周的水萍菜和蘆筍之間，三隻顯得很不靈活的龍蝦，一直遊到幾隻側臥著擠在一堆的鵪鶉旁邊。

奧梅興致勃勃，雖然使他微醉的，與其說是美酒佳肴，不如說是店裏的豪華氣派，但波馬酒喝得他的確有點興奮，話多起來了。當端上萊姆酒煎鴨蛋時，他就女人發表了一通悖逆道德規範的見解。最能讓他傾心的是高雅。他所崇尚的，是陳設講究的居室，配上典雅的穿著打扮；至於肉體方面的興趣，他不討厭嬌小的美人兒。

萊昂不時絕望地看一眼掛鐘。藥店老板還在不停地喝，不停地吃，不停地說話。

「你生活在盧昂想必很寂寞吧！」他突然問道，「不過，你的心上人離你不算遠。」

看到對方臉紅了，他緊逼著又說：

「哎，何必遮遮掩掩！你難道否認在永維鎮……」

小伙子張口結舌。

「在包法利夫人家，你是不是有追……」

「追誰？」

「那個女傭人唄！」

奧梅先生並不是取笑。但是萊昂呢，虛榮心壓倒了一切謹慎，情不自禁地否認他追求的是女傭人，並說他只愛棕色頭髮的女人。

「你這是對的，」藥店老板說，「這種女人性欲更旺盛。」

接著，他附到朋友耳朵邊，告訴他從哪些特徵可以看出一個女人性欲旺盛，他甚至扯到不同種族的女人：德意志女人輕挑，法蘭西女人放蕩，意大利女人熱烈。

「那麼黑種女人？」見習生問道。

「那只有藝術家才有興趣。」奧梅答道。「伙計！來兩小杯咖啡！」

「咱們走吧？」萊昂再也忍不住了，終於說道。

「yes!」

但是，臨走之前，奧梅還要與咖啡店老板見見面，誇獎他幾句。

於是，小伙子說他有事，企圖溜掉。

「哎！我同你一起走！」奧梅說。

他陪著萊昂，在街上一邊走，一邊談論他的妻子、孩子、他們的未來以及他的藥店，介紹這家藥店過去如何蕭條，他如何使它變成現在這種興旺發達的地步。

走到布洛涅旅館前面，萊昂突然離開了奧梅先生，跑上樓，發現他的情婦正在生悶氣。

一聽到藥店老板的名字，艾瑪就火了。然而，萊昂列舉了充分的理由，說明並非他的過錯。難道艾瑪不了解奧梅先生嗎？難道她相信他更願意與奧梅先生待在一起？但艾瑪還是轉過身不理他。萊昂拉住她，往地上一跪，摟住她的腰，一副無可奈何的樣子，既充滿淫欲，又充滿懇求。

艾瑪站著不動，一對燃燒著怒火的大眼睛，審視著他，神情嚴肅，幾乎有點嚇人。漸漸地，眼睛被淚水模糊了，紅紅的眼皮低垂了，把雙手伸給萊昂。萊昂抓住那兩隻手正要送到嘴邊，門口出現一個茶房，告訴先生有人求見。

「你還回來嗎？」艾瑪問道。

「回來。」

「什麼時候？」

「馬上回來。」

「你來了個金蟬脫殼。」藥店老板一見到萊昂就說道，「我這趟來看你，你似乎不歡迎，我都想中途回去啦。走，到柏里都家喝杯佳旅思去！」

萊昂指天發誓，說他公務在身，非回事務所不可。於是，藥店老板就嘲笑法律公文和訴訟程厲，說道：

「眞見鬼！就不能把居雅斯❶和巴托利❷丟開一會兒？誰阻攔你啦？拿出點男子漢氣概來！去柏里都家吧，你會看到他的狗，可有意思哩！」

見習生還是不肯去，奧梅便說：

「那麼，我陪你去事務所。我一邊等你，一邊看報紙，或者拿本《法典》翻翻。」

艾瑪的生氣，奧梅先生的嘮叨，或許還有中飯吃得過飽，把萊昂已經搞得頭昏腦脹，奧梅先生這樣一說，便使他沒了主意。而藥店老板像故意誘惑他似的，一個勁地重複道：

「去柏里都家吧，才兩步路，就在馬爾帕呂街。」

由於怯懦、愚蠢，也由於往往促使我們去幹最不願意幹的事情那種難以名狀的心情，萊昂終於不由自主地跟著奧梅去了柏里都家。柏里都正在自家的小院子裏，監督三個伙計，氣喘吁吁地推動一台機器的大輪子，生產蘇打水。奧梅給了他們一些指點，然後擁抱了柏里都。大家坐下來喝佳旅思。萊昂多次要走，但奧梅總是拽住他的胳膊說：

「再待一會兒，我也走。我們去盧昂燈塔報社看看那些先生們。我介紹你認識托馬辛。」

萊昂終於擺脫了他，一口氣跑回旅店。艾瑪已經不在那裏了。

她氣壞了，剛剛走掉。現在她恨死了萊昂。在幽會的時候爽約，在她看來不啻是一種侮辱。她還找出其他種種理由，來說明自己應該擺脫他：他這個人沒有一點大丈夫氣概，軟弱，平庸，

❶十六世紀法國著名法學家。
❷十四世紀意大利著名法學家。

比女人還優柔寡斷，而且又小氣，又膽小。

過了一陣，平靜下來後，她又覺得自己也許把萊昂想得太壞了。不過，貶低我們所愛的人，總免不了會使我們與之疏遠一點。偶像是碰不得的，一碰，手上就會留下金粉。

此後，他們越來越經常談一些與愛情無關的事。艾瑪在給萊昂寫的信中，談的是鮮花、詩歌、月亮和星星。這些正是艾瑪減弱之後天真爛漫的話題，無非是試圖藉一切在外因素的幫助，給愛情注入新的活力。艾瑪一次又一次指望，下次去盧昂，一定會盡情歡娛，可是事後自己也承認，一切平淡無奇。這次失望很快被新的希望取代，艾瑪更加熱辣辣、情切切回到萊昂身邊。她急不可待地脫衣服，抓住緊身褡的細帶子一扯，帶子像一條水蛇，繞著她的光屁股溜下來。她赤著腳，踮起腳尖，再次走過去看看門是否關上了，然後身體一抖，就把所有衣服抖落在地上，全身赤裸，臉色蒼白，默不作聲，神情嚴肅，撲到萊昂懷裏，渾身上下顫抖不止。

然而，從她那冷汗涔涔的額頭上，從她那喃喃低語的嘴唇上，從她那失神的眸子裏，從她那雙臂的摟抱中，萊昂感到，有一種異常的、模糊的、令人心寒的東西，正神不知鬼不覺地潛入他們之間，彷彿要把他們分開。

萊昂不敢盤問她，但看她那樣經驗豐富，心想她一定經受過形形色色痛苦和歡樂的磨練。過去令他著迷的東西，現在令他有點害怕了。再說，他對艾瑪越來越深深地獨占他產生了反感，怨恨艾瑪取得了這種持久的勝利，甚至竭力不再愛她。可是，一聽見她的皮鞋響，一切決心立刻土崩瓦解，就像酒鬼見了烈酒一樣。

艾瑪呢，對萊昂關心得的確無微不至，從菜肴的精美，到服飾的講究，甚至見他目光裏流露出倦意，也不放心。她從永維鎭來的時候，常常懷著藏幾朵玫瑰，一見面就拋到他臉上。她擔心他的身體，指點他的行爲，暗暗祈求上天保佑，讓他永遠殘在她身邊，她弄了一枚聖母像章。掛在他的脖子上，還像一位賢母，經常問他與什麼人交往。她說：

「別理他們，不要出去。只想咱們倆，把愛傾注在我身上！」

她很想監視萊昂的生活，產生過派人到街上跟蹤萊昂的想法。旅店旁邊總有一個閑蕩的人，經常與旅客搭訕，去找他一定不會遭到拒絕……不過，自尊心不允許她這樣做。

「唉！活該！就讓他欺騙我吧，有什麼了不起，我才不在乎呢！」

一天，他們分手早，艾瑪一個人沿著大馬路往回走，瞥見她待過的那座女修道院的圍牆，於是在榆樹下的一條長凳上坐下。當年在女修院，生活多麼平靜啊！按照書本上的描寫想像愛情，那種感覺眞是妙不可言，如今多麼令她嚮往啊！

結婚後頭幾個月的情形，騎馬在森林裏的遊逛，跳華爾滋舞的子爵，歌唱的拉嘉爾狄……一幕幕重新浮現在她眼前……突然之間，她覺得萊昂與其他人一樣遙遠。

「可是，我愛他啊！」她心裏說道。

愛又怎麼樣！反正她不幸福，而且從沒幸福過。爲什麼人生總不如意？爲什麼世界上什麼東西也靠不住？世界上到底有沒有這樣的男人：他強壯而又漂亮，勇敢熱情而又感情細膩，具有詩人的心靈和天使的外貌，懷抱豎琴，仰望長空，鏗鏘的琴弦奏出柔婉纏綿的情歌？如果有，她爲什麼就不能湊巧遇到呢？啊！眞是人生如夢！沒有任何東西值得追求，一切都是虛假的！每個微笑都掩藏著一個無聊的呵欠；每個歡樂都掩藏著一個詛咒；每種興趣都掩藏著厭惡；最甜蜜的吻在嘴唇上留下的，只不過是對更強烈的快感無法實現的渴望。

空中迴蕩著洪亮的鐘聲，女修道院的鐘剛敲了四下。才四點鐘！艾瑪覺得自己在那條長凳上已經坐了好久好久。其實，一分鐘可以容納無限的感情，就像一個小小的空間，可以容納一大群人一樣。

艾瑪成天心裏裝著的盡是自己的情呀愛呀，絕不爲金錢操心，恰如一位公爵夫人。

然而有一天，家裏來了一個形容猥瑣、滿臉通紅而又禿頂的人，自稱是盧昂的萬薩爾派來的。他取下別住綠色長大衣口袋的別針，別在袖子上，然後從口袋裏掏出一張紙，客客氣氣遞給艾瑪。

那是一張艾瑪簽了字的七百法郎的借據，是樂勒轉給萬薩爾的，儘管他曾保證絕不轉給任何人。艾瑪打發女傭人去找樂勒，但樂勒不能來。

來人一直站著，濃密的金黃色眉毛遮住的一對眼珠子滴溜溜亂轉，滿屋子打量一陣，裝出天眞無邪的樣子問道：

「怎樣給萬薩爾先生回話？」

「這樣吧，」艾瑪答道，「你告訴他……說我沒錢……下星期才……讓他等一等……對，等到下星期。」

那傢伙二話沒說就走了。

但是第二天中午，艾瑪收到一張拒絕付款警告書，上面貼著印花，還有好幾處用粗體字印著「布西事務所承發吏艾朗律師」的字樣。一見這份公文，艾瑪嚇壞了，慌慌張張跑去找布商。

布商正在店裏包裝商品。

「有事請講，」他說，「小的聽候吩咐。」

樂勒並不停下手裏的活兒。一個十三歲上下的女孩子在旁邊幫忙。她有點駝背，既是店員，又是廚娘。

過了一會兒，樂勒在地板上呱嗟呱嗟拖著木頭套鞋，在前面引著包法利夫人，上到二樓，進入一個窄小的房間。裏面有一張大松木寫字台，上面放著幾本帳簿，用一根上掛鎖的鐵條橫壓著。靠牆一堆印花布頭，下面露出一個保險櫃。保險櫃很大，顯然除了存放票據和錢之外，還存放著別的東西。事實上，樂勒先生還兼辦抵押貸款業務。保險櫃裏存放有包法利夫人的金錶鍊和泰里耶老爹的耳環。可憐的泰里耶走投無路，變賣了家產，在坎康布瓦買了一小爿食品雜貨店，現在住在那裏，罹患了卡他性炎，臉色蠟黃，已經氣息奄奄。

樂勒往寬大的草墊扶手椅裏一坐，問道：

「又有什麼事？」

「你看。」

艾瑪把警告書給他看。

「唔！找我有什麼用呢？」

艾瑪火了，提醒說，他曾保證不把她的借據轉給別人的。樂勒承認這是事實，但又說：

「不過，我也是走投無路，當時刀都架到我脖子上啦。」

「可是現在事情怎樣了結呢？」艾瑪問道。

「啊！很簡單：法院判決，然後扣押……就完啦！」

艾瑪恨不得打他一記耳光，但強忍住了這口氣，和顏悅色地問有沒有辦法讓萬薩爾先生寬讓一點。

「啊，說得容易！請萬薩爾寬讓一點！你不了解他，此公比阿拉伯人還凶狠。」

可是，這件事非得樂勒先生從中調停不可。

「你聽我說，到目前爲止，我對你夠照顧的了。」

樂勒先生說著翻開一本帳簿：

「看吧！」

他用手指把那頁帳目從下往上一指：

「你看吧……看吧……八月三日，二百法郎……六月十七日，一百五十法郎……三月二十三日，四十六法郎……四月份……」

他停住了，似乎怕說走了嘴，但過了片刻又說：

「你家先生簽字的兩張借據我還沒提呢，一張七百法郎，一張三百法郎！至於你那些零零碎碎的帳和利錢，更是多著呢，算都算不清。我再也不管那些閒事啦！」

艾瑪哭哭啼啼，甚至一聲一個「我的好樂勒先生」。可是，樂勒把一切統統推到「萬薩爾那個王八蛋」身上。再說他分文不名，這年頭誰也不肯還帳，他都被人家坑得快破產啦。像他這樣一個小小的店主，哪裏有錢可借。

艾瑪不再吭聲。樂勒先生輕咬著一支管筆的羽毛，可能對她的沉默感到不安，改口說道：

「不過，最近幾天我要是有點進款，也許還可以……」

「其實，」艾瑪說，「只要巴納維爾房屋的尾數一到……」

「怎麼？」

聽說房產錢朗格洛瓦還沒有付清，樂勒表示吃驚，沉吟片刻，虛情假意地說：

「咱們之間好商量。你說按什麼條件……」

「哎！條件隨你！」

於是，樂勒兩眼一閉，考慮片刻，拿了筆算了算，一面說他困難重重，這事兒風險很大，他要賠血本，一面開了四張借據，每張二百五十法郎，償還期限各相隔一個月。

「這事兒還得看萬薩爾肯不肯通融。我嘛，沒問題。我向來說話算數，就講究個爽快。」

隨後，他拿了幾件新到的商品給艾瑪看，不過依他看來，這裏面沒有一件對太太合適。

「瞧吧，這種裙子料子，七法郎一公尺，說是保證不褪色呢！大家也眞的相信。究竟是什麼貨色，我才不告訴他們呢！」樂勒這樣承認自己欺騙別人，無非是想讓艾瑪完全相信，他這個人誠實無欺。接著，他叫住艾瑪，讓她看一幅三古尺❸長的花邊。那是他最近在一次「大拍賣」中搞到手的。

「多漂亮！」他說，「現在普遍用來搭在沙發靠背上，可時髦啦！」

他隨手拿張藍紙將花邊一裹，塞到艾瑪手裏，動作比魔術師還敏捷。

---

❸一古尺約合一．二公尺。

「至少你得告訴我價……」

「啊！以後再說吧。」樂勒一面說，一面轉身離開了。

當天晚上，艾瑪就逼著包法利給母親寫信，讓老太太把他們應得遺產的尾數，盡快全部寄來。婆婆回信說，沒有剩什麼錢了，清算已經結束，他們除了巴納維爾那所破房子，就只剩下每年六百法郎的收益。這筆錢她會按時寄給他們。

於是，艾瑪給兩、三個看過病的人送單子，討診費。這個辦法果然有效，她立刻大用起來。每次她總要在診費單子後面附上一句話：「誠如你所知，我丈夫性情倨傲，故此事請勿向他提及。祈望海涵。」有幾個人來信提出異議，信都被她扣下了。

爲了搞錢，她開始變賣舊手套、舊帽子和廢銅爛鐵，討價還價，錙銖必較。她出生於農家，向來見利必爭。每次進城，她總要買些便宜貨帶回來，別人不要，樂勒先生肯定會收下的。鴕鳥毛、中國瓷器、衣箱等等，什麼都販賣。她還向費麗西、勒佛朗索瓦太太、紅十字客店老板借錢。不管是誰，誰有錢向誰借。巴納維爾房產那筆錢終於收到了，她還付了兩張期票，但另外一千五百法郎的償付期限又到了，她只好另立借據。借東補西，永遠還不清！

有時她也算帳，這是確實的，但發現數額大得驚人，連自已都不敢相信，於是從頭算起，不一會兒就搞得頭昏腦脹，便把一切拋到一邊，再也不想。

現在家裏的情形可慘了！三天兩頭有商人上門逼債，然後怒氣沖沖而去。手帕之類東西亂扔在灶頭上；小貝爾特穿著破襪子，連奧梅太太見了都不忍心。夏爾偶爾畏畏縮縮說兩句，艾瑪就橫眉怒目回答說，又不是她的錯！

她為什麼經常這樣發火呢？夏爾認為全是她過去神經方面的毛病造成的，責備自己不該把她的病態當成缺點，罵自己自私，想跑過去吻她。

「啊！不行，」他又對自己說，「我會讓她厭煩的。」

所以他待著沒動。

晚餐後，夏爾總是孤單單一個人在花園裏散步；他常常把小貝爾特抱在膝頭，打開醫學報，試著教她識字。孩子從來沒有學習過，瞪著一雙憂鬱的大眼睛，很快哇哇哭起來。於是，他哄她，用噴水壺打來水，在沙地上造出一條小河，或者折一些女貞樹的枝條，當作樹栽在花壇裏。這並不損害花園的美觀，因為花園裏到處長滿高高的野草。還欠著賴斯迪布杜瓦都多工錢呢！不久，孩子感到冷，要母親。

「叫保姆來好不好？」夏爾說，「你知道，我的小寶貝，你媽媽不讓人打擾她。」

已到初秋，又是落葉紛紛。眼前的情景，與兩年前艾瑪開始生病時一模一樣。這一切何時才是個頭？夏爾雙手抄在背後，繼續散步。

太太待在臥室裏，不讓別人進去。她一天到晚待在裏頭，痴痴呆呆，幾乎不穿衣服，不時拿出她在盧昂一家阿爾及利亞人鋪子裏頭的宮香，點上一枝。她不讓她男人夜裏睡得熟熟的躺在她身邊，一次次給他臉色看，硬把他趕到上一層去了。她夜夜看荒誕離奇的小說，一看就看到天亮。書裏面描寫的不是縱欲淫樂，就是血淋淋的情景，常常 得她大喊大叫。夏爾聞聲趕來。

「啊！滾開！」她說。

偷情點燃的欲火，一直在心裏燃燒，有時燒得特別厲害，氣喘，心跳，不能自己。於是，她推開窗戶，呼吸冷空氣，迎風抖散厚厚的頭髮，仰望夜空星星，祈求有王子相愛，不禁又思念起萊昂來了。那令她滿意的幽會，此時此刻能來一次該多好啊，叫她付出什麼代價都行。

幽會成了她的節日。她希望過得有聲有色。開銷萊昂獨自負擔不起，她就慷慨地補上。幾乎每次都是這種情況。萊昂試圖讓她明白，換個地方，搬到一家比較便宜的旅館，他們同樣會快樂。可是，她總是找出理由加以反對。

一天，她從手提包裏掏出六把鍍金小銀匙（這是魯奧老爹送的結婚禮物），叫萊昂立刻代她送到當鋪。萊昂唯命是從，儘管這件事情他不樂意去做，怕連累自己的名聲。

事後一尋思，他覺得他的情婦行爲越來越古怪，現在擺脫她也許是適時的。

實際上，有人給萊昂的母親寫了一封匿名長信，說他「與一位有夫之婦鬼混，正在葬送前程」。老太太面前立刻隱隱現出一個永遠擾亂家庭的妖怪，就是說一個詭秘地以愛情作掩護的害人精、狐狸精、魔鬼，所以馬上給萊昂的老板杜博卡吉律師寫了封信。杜博卡吉律師辦這種事，自然再精明不過，找萊昂談了三刻鐘，勸他擦亮眼睛，看清橫在面前的是一道深淵，同時指出，這樣一種曖昧的關係，也會給他本人的事務所帶來損害。因此，他懇求萊昂斷絕關係，即使不爲自己的利益著想，至少也爲他杜博卡吉著想！

最後萊昂保證，不再與艾瑪見面。不過他並沒有信守諾言，經常自我譴責，尋思這個女人會繼續給他帶來種種麻煩和流言蜚語，更不用說同事們早晨圍在爐邊的取笑。再說他就要成爲見習生領班。這可是關鍵時刻到了。爲此，他不再吹笛子，也不得不拋開浮華的感情和不切實際的幻想。每個有身份的人，在血氣方剛的青年時代，都難免天花亂墜，覺得自己會有無窮的豔遇，會幹出驚天動地的事業；即使最沒出息的浪蕩子，也會幻想幸遇東方王后；每個公證人身上，都殘留著詩人的浪漫氣質。

現在，每當艾瑪依偎在他的懷裏啜泣時，他就感到厭煩。他的心，恰有如人們只能忍受某種限度的音樂，如今聽到這種愛情噪音，也領略不到其動人之處，而是無動於衷、痲木不仁了。

他們彼此太熟悉了，再也感受不到雲雨的驚喜和百倍的歡娛。他厭倦了艾瑪，艾瑪同樣也厭倦了他。婚姻生活的平淡無奇，艾瑪在私通中又全部體會到了。

可是，怎樣才能擺脫他呢？艾瑪雖然覺得這種快樂太低級而感到屈辱，可是由於習慣或者靈魂的墮落，總是無法捨棄，而且越陷越深；無止境地追求歡樂，結果倒使歡樂枯竭了。她把失望歸咎於萊昂，好像他背叛了她似的，甚至希望飛來一場橫禍，把他們分開，因為她沒有勇氣下這個決心。

她仍然不斷給萊昂寫情書，因爲她認爲，女人就應當不斷給情人寫信。

但在給萊昂寫信的時候，她眼前恍惚浮現出另一個男人，一個由她最銷魂的回憶、最美好的閱讀和最強烈的欲念形成的幻影。久而久之，這個幻影變得那樣眞切，那樣實在，她情不自禁心靈震顫，神搖目眩，但又無法清晰地想像出他的模樣，因爲她賦予他的特徵太多，結果像一位天神，忽隱忽現。他居住在藍幽幽的國度，那裏明月皎皎，花影搖曳，絲質軟梯輕擺慢蕩，通向閨閣陽台。她感到他近在身邊，一個親吻，就能帶著她的身心遠走高飛。可是接著她又重重跌落下來，心力交瘁，因爲這虛幻的愛情衝動，比縱情淫樂更使她疲倦。

現在，她時時刻刻感到渾身酸疼，甚至收到傳票和印花公文，也沒有精神細看。她眞不想再活，要不然就長眠不醒。

四旬齋狂歡節那天，她沒回永維鎮，夜裏去參加化妝舞會。她穿一條絲絨長褲，一雙紅襪子，假髮後面紮根緞帶，三角小帽歪戴到耳朵邊。她在長號瘋狂的樂曲聲中，整整跳了一個通宵，大家都圍繞著她跳。凌晨，她發現自己在劇院的迴廊裏，身旁還有五、六個化裝成碼頭女工和水手的人，都是萊昂的朋友，正商量要去吃宵夜。

附近的咖啡館全部客滿，他們只好去碼頭旁邊一家最寒磣的小餐館。店主把他們引進五樓的一個小房間。

幾個男人在一個角落嘀咕什麼，大概是在商量如何付錢。他們之中有一個律師見習生，兩個醫科學生，一個店員：看她都和什麼人混在一起！至於女人，從她們說話的腔調，艾瑪很快就注意到，她們幾乎全是最下層的。她產生了恐懼感，將椅子往後退了退，低下頭。

其他人都吃起來，艾瑪吃不下去，直感到額頭發燙，眼皮酸痛，皮膚冰涼。舞廳的地板，還隨著千百隻腳有節奏的踢踏，在她的腦子裏不停地起落。待了不久，潘趣酒的氣味和雪茄的煙霧熏得她透不過氣來，很快暈了過去。大家把她抱到窗口。

天開始放亮，聖卡特琳教堂那灰白的天空，一抹絳紫，逐漸擴大。暗灰色的河水在風中微波蕩漾，橋上還沒有行人，路燈相繼熄滅。

艾瑪清醒過來，想起貝爾特在家裏，睡在女傭人房裏。這時一輛大車載滿長長的鐵片從外面駛過，鐵片震動的聲音順牆壁傳進屋裏，把耳朵都要震聾了。

她突然溜出來，脫掉跳舞的衣服，對萊昂說她該回家了。最後，只剩下她一個人待在布洛涅旅店。她覺得一切都不堪忍受，包括她自己。她恨不得能像鳥兒一樣展翅高飛，飛得遠遠的，飛到一個清白的世界，去重度青春。

她出了旅館，穿過大馬路、科廣場和市郊，一直走到一條開闊的、兩邊全是花園的街道。她走得很快，清涼的空氣使她平靜下來，漸漸地，人群裏的一張張面孔、假面具、舞姿、燈光、宵夜的情景和那些女人，霧似地被風吹散了回到紅十字客店，進到三樓掛有《奈斯爾之塔》版畫的那個小房間，倒頭便睡。下午四點鐘，伊韋爾叫醒了她。

回到家裏，費麗西從座鐘後面拿出一張紙遞給她，只見上面寫道——

為執行判決之規定……

什麼判決？

事實上，前一天已經送來一份公文，她沒有看到。因此讀到下面的話，她都驚呆了——

遵奉聖命，按照法律和道義，茲通知包法利夫人……

她跳過幾行，看到——

於二十四小時之內——做什麼？全部償還八千法郎，不得拖延。

下面甚至還寫著——

若不照辦，將依法制裁，扣押其家具及衣物。

怎麼辦？二十四小時之內就是明天呀！艾瑪心想，大概是樂勒又想嚇唬她。樂勒玩詭計也好，獻殷勤也好，他的意圖她一眼就看穿。就拿這錢數來講吧，明明是誇大了的。看到這個數字，艾瑪倒像是吃了定心丸。

實際上，她一味地買，一味的欠，一味的借，一味地簽借據，又一味地續借，結果是債滾債，欠了樂勒一大筆資金。樂勒急於拿到手，好去做投機生意。

艾瑪裝出一副輕鬆的樣子去見樂勒。

「你知道我遇到了什麼事嗎？這大概是開玩笑吧！」

「不是開玩笑。」

「那是怎麼回事？」

樂勒慢吞吞轉過身來，雙臂抱胸，對她說：

「我的少奶奶，你以爲我會大慈大悲，世世代代給你供貨送錢嗎？我墊出的錢總得收回呀，應該公道才對！」

艾瑪叫起來，說她沒欠那麼多。

「啊！想賴帳可沒門兒！法院確認了這筆數，有判決書！不是已經通知你了嗎？再說，要債的又不是我，是萬薩爾。」
「你就不能……」
「啊！絕對辦不到。」
「可是……不管怎樣……咱們好好合計一下。」
艾瑪東拉西扯起來，說這事兒她事先一點風聲也沒聽到，實在是太意外……
「是誰的過錯呢？」樂勒嘲諷地向她欠欠身子說道，「當我像個黑奴一樣拚死拚活的時候，你可是尋歡作樂過得好自在啊。」
「哎！用不著說教！」
「良藥苦口利於病。」樂勒答道。
艾瑪畢竟怯懦，轉而央求他，甚至把白皙、修長、漂亮的手，放到商人的膝蓋上。
「手放開！人家會說你存心勾引我！」
「你是個無賴！」艾瑪叫起來。
「啊！啊！隨你罵好啦！」樂勒笑著說。
「我要讓大家知道你是個什麼樣的人。我要告訴我丈夫……」
「好啊，你丈夫嘛，我也有點東西讓他看哩！」
樂勒從保險櫃裏拿出一張一千百法郎的收據。那是在萬薩爾貼期票時，艾瑪開給他的。
「你以為那個可憐又可愛的人，連你這種偷竊的卑劣行為也看不出來嗎？」
艾瑪像挨了一悶棍，頹然坐下。樂勒在窗戶和寫字台之間走來走去，一個勁重複道：

「哼！我一定要給他看，我一定要給他看……」

然後，他走到艾瑪身邊，溫和地說：

「我知道，這種事不那麼愉快。不過話說回來，這樣作也不會要了誰的命。只不過這是讓你還債的唯一辦法。」

「可是，我到哪兒去弄到錢？」艾瑪絞著雙手說道。

「唔，得了吧！你有那麼多朋友，還犯什麼愁！」

樂勒用非常犀利、可怕的目光盯住她，盯得她渾身上下徹裏徹外不寒而慄。

「我向你保證，」艾瑪說，「我再簽……」

「你簽的字我夠多的啦！」

「我再變賣。」

「算了吧！」樂勒聳聳肩，「你沒有任何東西可賣了。」

他對著門上的窺視孔朝店鋪裏喊道：

「阿奈特！別忘了十四號的三塊零頭布。」

女傭人走了進來，艾瑪明白這是要趕她走，便問：

「讓法院停止追究的話，需要多少錢？」

「太晚啦！」

「但是，如果我給你送來幾千法郎，譬如整個款額的四分之一、三分之一或幾乎全部呢？」

「嗯！不行，也沒有用！」

樂勒輕輕把她推向樓梯。

「我懇求你，樂勒先生，再寬限幾天！」

艾瑪抽泣起來。

「哎，好啦！掉什麼眼淚！」

「你把我逼到絕路上啦！」

「我管不了那麼多！」樂勒說著砰地一聲關上門。

7

第二天，當執行吏艾朗律師帶著兩個見證人，來家裏登記抵押物品時，艾瑪只好忍受。

他們先從包法利的診室開始。骨相學頭顱模型被視爲「開業用具」，不在登記之列，但廚房裏的盤子、鍋子、椅子和燭台，臥室擺設架上的擺設品，統統都被清點入冊。他們還清點了她的衣裙、床單和梳妝台。她的私生活，直到最隱秘的部分，就像一具任人解剖的屍體，徹底無遺地暴露在這三個男人面前。

艾朗律師穿著一件薄薄的黑色燕尾服，打一條白色的領帶，鞋套帶子繃得緊緊的，只見他不時重複道：

「可以看看嗎，夫人？可以看看嗎？」

他不時讚嘆道：

「眞好看……漂亮極啦！」

而後將筆在左手拿著的牛角墨水瓶裏蘸一蘸，繼續登記。

登記完各個房間的東西，他們便上閣樓。

閣樓裏藏有一張書桌，裏面鎖著羅德夫的書信。必須將書桌打開。

「啊！是書信。」艾朗律師神秘地笑一笑說道，「請允許看一看。我得弄清楚匣子裏是否裝有別的東西。」

他把那些信紙輕輕的抖，彷彿要抖出拿破崙金幣來似的。艾瑪看到那隻粗大的手，紅紅的指頭軟得像鼻涕蟲，抓著那些曾使她心兒亂跳的信箋，心頭上不住躥起一股怒火。

他們終於走了！費麗西這才回到屋裏。剛才艾瑪派她到外頭守望，以防包法利突然回來，準備把他引開。她倆慌忙將留下來看守的人安頓到閣樓上。那人答應待在裏面不出來。

晚飯後，艾瑪覺得夏爾憂心忡忡。她以焦慮不安的目光偷偷觀察他，覺得他臉上的每條皺紋似乎都在譴責她。而後，當她的目光落在擺設著中國屏風的壁爐台上，落在寬大的窗帘和沙發上，總之，落在曾給辛酸的生活帶來某種溫馨的一件件東西上時，她心頭湧起一陣內疚，或者不如說是無限的遺憾。這種遺憾非但沒有熄滅她的舊情，反而點燃了它。夏爾雙腳放在柴架上，平靜地撥著火。

「上面有人走動？」他問道。

「沒人！」艾瑪回答，「是天窗沒關好，風刮得響動。」

第二天是星期天，艾瑪趕到盧昂，去拜訪她知道姓名的所有銀行家。他們不是去了鄉下就是旅行去了。艾瑪並不洩氣，凡是見到面的銀行家，就向他們借錢，聲稱她急需錢用，有借有還。其中有幾位譏笑她，沒一個肯借。

下午兩點鐘，她跑到萊昂的住所敲門，敲了好久，好不容易才見到萊昂出來。

「你怎麼來了？」

「打擾你了嗎？」

「那倒沒有……不過……」

萊昂接著說，房東不希望房客在住所接待女人。

「我有話和你說。」艾瑪答道。

萊昂伸手掏鑰匙，艾瑪攔住他說：

「啊！不必，到咱們那兒去。」

於是，他們到了布洛涅旅店他們的房間。

艾瑪一進屋就喝了一大杯水。她臉色蒼白，對萊昂說：

「萊昂，你得幫我一個忙。」

她緊緊握住萊昂的雙手，一邊搖，一邊補充說：

「聽我講，我急需八千法郎！」

「你瘋啦！」

「還沒有！」

艾瑪立刻講了扣押東西的情形和她目前的困境；夏爾對整個事情一無所知，她婆婆厭惡她，而魯奧老爹愛莫能助，她只有指望他萊昂幫她張羅這筆不可少的款子……

「你叫我怎麼……」

「你眞是個窩囊廢！」艾瑪叫起來。

萊昂傻了眼，說道：

「你把困難看得太嚴重了吧。也許有了千把銀幣，那傢伙就不會鬧了。」

這就說明更得想辦法。張羅三千法郎，並不是根本辦不到的。而且，萊昂可以替她擔保。

「去吧，試一試！非去不可，快走呀！哎！盡量想辦法，盡量想辦法！我會好好愛你的。」

萊昂出去了，一個鐘頭後回來，神情嚴肅地說：

「我連走了三家……一無所獲！」

我們在壁爐的兩角面對面坐下來，默默地不說一句話。艾瑪又是聳肩，又是跺腳。萊昂聽見她低聲說道：

「我要是處在你的位置，一定能弄到錢！」

「去哪兒弄？」

「你的事務所！」

艾瑪盯住萊昂。

她那雙眼睛半瞇縫著，火辣辣的眸子，魔鬼般閃爍著無法無天的光芒，又淫蕩，又撩人。面對這個叫他去犯罪的女人默默無言的意志，小伙子感到自己漸漸變得軟弱無力。他害怕了，為了阻止她進一步解釋，他拍了拍前額，大聲說：

「莫萊爾今晚上回來！我想他不會不借的（莫萊爾是他的朋友，一位富商的公子）。我明天把錢給你送來。」

艾瑪並沒像他想像的那樣，因為有了這一線希望而顯得高興。莫非她猜出了他在說謊？他臉一紅，補充說：

「不過，親愛的，如果三點鐘你還沒見我來，就不要指望啦。我得走了，請原諒，再見！」

萊昂握了握艾瑪的手，覺得那隻手冷冰冰毫無生氣。艾瑪已經心如槁木死灰。

四點正，她完全受習慣的支配，機器人一樣爬起來，準備返回永維鎮。

天氣很好，正是三月晴朗而春寒料峭的一天，白晃晃的天空陽光燦爛。盧昂人穿著假日盛裝，悠閒自在地散步。艾瑪走到教堂前的廣場上，人們剛做完晚禱，正從教堂的三座拱門裏擁擠出來，宛似一條河流奔出橋洞；教堂的門衛站在中間，岩石般屹立。

艾瑪猛然記起那天，她焦慮不安而又滿懷希望地走進巍峨的教堂，展現在她面前的正殿，似乎還不如她的愛情深邃。她繼續走路，眼淚在面紗裏面簌簌滾落，人昏昏沉沉，步履踉蹌，幾乎要暈倒了。

「當心！」一輛馬車打開車門，裏面傳出吆喝。

艾瑪收住腳步，讓過一輛雙輪輕便馬車。拉車的是一匹揚蹄飛奔的黑馬，而趕車的是一位穿貂皮大衣的紳士。那位紳士是誰？艾瑪認得他……馬車風馳電掣般消失了。

車裏是他，是子爵！艾瑪回頭望去，街上闃無一人。她頹唐、傷心至極，趕緊靠住一面牆，以免摔倒。

過了片刻，她想自己準是認錯人。再說，現在一切她都稀里糊塗。她內心的一切和外界的一切，都拋棄了她。她感到自己完蛋了，彷彿偶然跌進了一個無底深淵。所以，當她到達紅十字客店前面，見到奧梅先生時，心情幾乎稱得上欣喜了。奧梅先生看著別人幫他把一大箱藥品裝上「燕子」，手裏拎著包頭帕子包著的六張餅，準備帶回去給他太太吃。

奧梅太太很愛吃這種沉甸甸的小餅。它形似頭巾，在四旬齋期間抹鹹黃油吃。這是一直流傳至今的唯一哥特人食品，可能產生於十字軍東征的年代。從前，強壯的諾曼第人把它們放在桌子上，兩邊擺著大罐的肉桂酒和大塊的豬肉。在火把橙黃的火光映照下，他們只當餐桌中央擺的是撒拉遜人❶的頭顱，便狼吞虎嚥起來。藥店老板的太太儘管牙不好，但以古代諾曼第人那種英雄氣概，嚼得津津有味。所以，奧梅先生每次進城，總要跑到馬薩克街最著名的那家餅店，買幾個帶回去。

「見到你眞高興！」他說著伸手攙扶艾瑪上車。

然後，他把餅掛在行李架的皮條上，光著腦袋，雙臂交叉，像拿破崙一樣現出沉思的樣子。但是當車子駛到嶺下，那個瞎子像往常一樣出現時，他叫了起來：

「我眞不明白當局怎麼還允許這種罪惡行當存在！這些傢伙應該關起來，送去強迫勞動！說老實話，進步簡直像烏龜爬行，我們還在野蠻時代踏步不前！」

瞎子伸著帽子，貼在車門邊晃來晃去，就像車門壁襯脫落，耷拉下一塊。

「瞧，」藥店老板說，「他患的是瘰癧！」

他雖然認識這個可憐蟲，但假裝是頭一回見到他，什麼「角膜」、「混濁角膜」、「鞏膜」、「面容」等等，嘀咕了一陣，然後以長輩的口氣對他說：

「朋友，你患這病很長時間了嗎？別經常進酒店去灌黃湯啦，還是節制飲食爲好。」

接著他又勸他酒要喝好葡萄酒、好啤酒，肉要吃好肉。瞎子繼續哼他的小調，看上去幾乎是

❶中世紀歐洲人對阿拉伯人和西班牙等地的穆斯林的稱呼。

個白痴。最後，奧梅先生打開錢包。

「接著，這是一個蘇，你找我兩里亞❷。別忘了我的勸告，這對你是會有好處的。」

伊韋爾直言不諱，說他懷疑奧梅先生的勸告是否有用。但藥店老板說，用他自己配製的消炎藥膏，他準能把瞎子的病醫好。他把自己的地址告訴瞎子：

「奧梅先生，就住在菜市場旁邊，到那裏一問便知。」

「好啦，」伊韋爾說，「你操這份心，只不過是讓我們看一場滑稽戲。」

瞎子往地上一蹲，頭朝後一仰，發綠的眼珠亂翻，伸出舌頭，兩手揉著胃部，同時像一條餓急了的狗，發出低沉沉的號叫。艾瑪感到一陣噁心，從肩頭上給他扔過去五法郎。那是她的全部財產。她覺得這樣扔掉反倒痛快。

車子又開動了，奧梅先生突然從車窗裏伸出頭，喊道：

「不要吃含澱粉的食物和乳製品！貼身穿毛料衣服，經常用杜松子煙熏患處！」

兩旁閃過的熟悉景物，使艾瑪暫時忘卻了現實的痛苦。她感到疲勞不堪，呆頭呆腦、心灰意懶回到家裏，幾乎睡著了。

「聽天由命吧！」她想道。

況且，誰說得準呢？說不定什麼時候會發生奇蹟。爲什麼不會呢？甚至樂勒可能死掉。

早晨九點鐘，她被廣場上的嘈雜聲鬧醒了。菜市場旁邊聚集了許多人，在看貼在一根柱子上

❷ 法國古銅幣單位，相當於四分之一蘇。

的一張大布告。她看見朱斯丹爬到一塊界石上，把布告扯下來，但這時，鄉村警察一把抓住了他的衣領子。奧梅先生從藥店裏趕出來。勒佛朗索瓦太太擠在人群當中，好像在大聲談論什麼。

「太太！太太！」費麗西邊進來邊喊道，「眞是太可惡啦！」

可憐的姑娘剛從門下揭下一張紙，激動地遞給女主人。艾瑪往上面溜一眼，知道她的全部動產都要拍賣了。

她默默地相互打量著。這主僕兩人之間，彼此沒有任何秘密。最後，費麗西嘆息道：

「我要是你，太太，就去找紀堯曼先生。」

「你認爲有用？」

這句問話意思是說：

「你認識那家的傭人，對那家的情況很了解。莫非那家的主人有時談到我？」

「是的。去吧，你會得到好處。」

艾瑪換了衣服，穿上黑袍子，戴上綴有煤玉珠子的寬邊帽。爲了不讓人看見（廣場上仍然有許多人），她從河邊的小徑繞到村外。

她氣喘吁吁走到公證人的柵欄門外邊。天陰沉沉，落著小雪。

聽見門鈴聲，泰奧多穿著紅坎肩，來到台階上，像接待熟人一樣，親切地給艾瑪開門，隨即引進餐廳。

餐廳裏有個大瓷爐，旺火呼呼作響。爐子上方的壁龕裏，擺著一棵仙人掌。糊橡木花紋紙的牆上，掛著兩個黑色畫框，裏面鑲著施托本的《愛斯梅拉達》❸和紹班的《畢迪法爾》❹。已擺好飯菜桌、兩個銀火鍋、水晶門把手以及地板和家具，樣樣東西全都一塵不染，光亮可鑒，像英國人的房間一樣清潔，窗子四角都裝飾著彩色玻璃。

「這才叫做餐廳！」艾瑪想道，「我多麼想要這樣一間餐廳。」

公證人進來了，左胳膊貼在身上，壓住印有棕櫚葉的室內便袍；右手揭起又迅速戴上栗色的絲絨窄邊軟帽，但故意歪扣在右邊，露出三綹金黃髮梢。那三綹頭髮從後腦朝前繞，在禿頭的腦殼上繞了一圈。

他給艾瑪讓了座之後，便坐下來用早餐，一再表示抱歉，說他太失禮了。

「先生，」艾瑪開口說道，「我想請你……」

「夫人，有何吩咐？我洗耳恭聽。」

艾瑪便向他講自己的處境。

公證人紀堯曼知道艾瑪底細，因爲他與布商暗中勾搭。布商每次請他幫助立抵押貸款協議，總少不了送錢給他。

因此，他比艾瑪本人還清楚那些期票一言難盡的來龍去脈：起初只是小額款子，用不同的姓名簽署，償還期限放得長長的，到期又續簽，直到最後一天，商人把拒付的期票全部拿出來，委

❸施托本（一七八八～一八五六），爲德國畫家。愛斯梅拉達是雨果名著《巴黎聖母院》中的女主人公。
❹紹班（一八〇四～一八八〇），是法國畫家。畢迪法爾是《聖經》中人物，約瑟的主人。

託他的朋友萬薩爾出面起訴，因爲他不想被本鎮居民看成豺狼。

艾瑪現在介紹情況的過程中，難免指責樂勒幾句。對這些指責，公證人只是不時說一句無關痛癢的話，作爲回答。他吃著牛排，喝著茶，下巴幾乎貼著天藍色的領帶，上面別著兩枚由金鍊子連著的鑽石別針。他臉上掛著古怪的微笑，令人肉麻，以難以捉摸。他曾見艾瑪的鞋有點濕，就說：

「靠近爐子，挖抬高一點，放到瓷磚上好了。」

艾瑪怕把瓷磚弄髒，公證人用獻殷勤的口氣說：

「漂亮的東西放在哪兒也無妨。」

聽了這話，艾瑪就沒法打動他，對他講述家境如何拮据，她如何爲難，以及她的種種需要，說著說著，自己倒先激動起來了。對這一切，公證人表示理解，因爲她是一位高雅女性嘛！他並沒停止吃飯，但完全轉向了艾瑪，膝頭觸到她的小靴；靴底貼在瓷爐上，冒著熱氣。

但是，當艾瑪求他借給一千銀幣時，公證人卻不吭聲了，過了一會兒才說他感到遺憾，過去未能幫她料理財產，因爲即使一位貴夫人，也有許多方便可行的辦法，使自己的錢生利的。例如，完全可以拿到格呂麥斯尼爾炭礦或勒阿佛爾地產業，去作非常有利可圖的投機生意，幾乎萬無一失。他讓艾瑪相信她本來十拿九穩可以大發其財，使她後悔莫及。

「你以前怎麼就不來找我呢？」公證人問道。

「我也講不清。」艾瑪答道。

「爲什麼？嗯，莫非我讓你感到害怕嗎？追悔莫及的應該是我，正好相反。你我幾乎不認識！然而我對你一片忠心，但願你現在相信這一點吧？」

公證人伸手抓住艾瑪的手，貪婪地吻起來，然後把它放膝蓋上，輕柔地撫弄她的手指，一面不停地說著甜蜜的話。

他那單調的聲音喋喋不休，像小河流水滔滔不絕。在反光的眼鏡片後面，他的眼睛亮亮的；他的手順著艾瑪的袖子往上移動，撫摸她的手臂。艾瑪感到他急促的呼吸拂著她的面頰。這個男人使她感到非常不自在。

她猛地站起來，說：

「先生，我等著！」

「等什麼？」公證人突然變得臉色異常蒼白。

「錢啊。」

「可是……」

公證人的淫欲一發不可收拾：

「好吧，可以！……」

他跪在地上，向艾瑪挪動過去，便袍會不會弄髒也全然不顧了。

「求求你，別走，我愛你！」

他摟住了艾瑪的腰。

包法利夫人滿臉鐵青，步步後退，形容可怕，叫了起來：

「你乘人之危，先生，太無恥啦！我希望別人同情，但決不出賣自己！」

艾瑪說罷走出了公證人的家。

公證人目瞪口呆，待在那裏，眼睛盯住她漂亮的繡花拖鞋。那拖鞋是情婦送的禮物，看到它，他最終得到了安慰。況且，他想，一樁這樣風流韻事，說不定會使他不能自拔。

「這傢伙眞卑鄙！眞下流！眞無恥！」艾瑪在有兩排山楊樹的路上一面驚慌地奔逃，一面自言自語。

錢沒借到手本已令人失望，還受到那頭色狼的侮辱，她眞是氣不打一處來。她覺得這是上天成心與她作對。這樣一想，反而有了骨氣，振奮起來。她從來沒這樣看重自己，也從來沒有這樣蔑視別人。一種好鬥的情緒激勵著她。她恨不得揍所有的男人，啐他們的臉，把他們碾成麵粉。她繼續快步如飛朝前走，臉色煞白，渾身顫抖，怒火中燒，淚眼眺望著寥廓的天邊，彷彿陶醉在令她透不過氣來的滿腔仇恨之中。

一瞥見自己的家，她的身體彷彿僵住了，再也邁不開腳步。可是，她又不能不回去，否則逃到哪裏去呢？

費麗西在門口等她。

「怎麼樣？」

「沒借到！」艾瑪回答。

她們兩個合計了一刻鐘，看看永維鎮有誰可能願意救助艾瑪。但費麗西每說出一個名字，艾瑪就說：

「可能嗎？人家不會肯的！」

「可是，先生就要回來了！」

「我知道……讓我一個人待一會兒。」

一切辦法艾瑪都試過了，現在沒有任何行動可採取了。等夏爾回來，她只好對他說：

「你出去吧。你腳下的地毯已經不是我們的了。整個家裏再也沒有一件家具、一枚別針、一根乾草是你的。是我害得你傾家蕩產啦，可憐的人！」

聽了她的話，夏爾一定會哇地一聲痛哭流涕；然後，等驚魂稍定，他又會原諒她的。

「是的，」艾瑪咬牙切齒地自言自語，「他會原諒我，可是也認清了我的眞面目，他就是有一百萬獻給我，我也不會原諒他……絕不！不！」

一想到包法利比她強，她就氣得不得了。不過，她承認也罷，不承認也罷，不要多久，一會兒之後或者明天，這場災難包法利就會一清二楚。只能等著那可怕的場面，忍受他的寬宏大量。她又想再去找樂勒，可是有什麼用呢？給她父親寫信嗎？太晚了；她大概開始後悔沒有順從公證人。正在這時，小徑傳來馬蹄聲。是夏爾，他在開柵欄門了，臉色比牆壁還白。艾瑪衝下樓梯，倉皇逃到廣場上。鎭長太太與賴斯迪布杜瓦站在教堂前面聊天，看見她跑進了稅務員的家。

鎭長太太跑去告訴卡龍太太。兩位太太到閣樓上，藏於晾在竿子上的衣服後面，所站的位置正好可以看見比內家裏發生的一切。

比內獨自待在屋頂的小房子裏，正在用木頭仿製一個精巧得難以形容的牙雕製品。那東西由一塊塊月牙形薄片和一個套一個的空心球體構成，整個兒豎直了像一座紀念碑，沒有任何實際用處。他已開始車最後一片，就要做成了。工作間裏半明半暗，車床裏飛濺出金黃色的木屑，看去就像飛奔的馬蹄下濺起火星。兩個輪子隆隆轉動著。比內面帶微笑，低著頭，鼻孔洞張，似乎沉浸在完美的幸福之中。這種幸福也許僅僅屬於從事平庸工作的人。平庸的工作雖有困難，但可以輕鬆克服，所以帶來樂趣，而一旦完成更會帶來滿足；除此而外，就再也沒有什麼可以嚮往了。

「啊！瞧，她上來啦！」杜瓦施太太說。

但是，由於車床在轉動，幾乎不可能聽見艾瑪說什麼。

兩位太太似乎終於聽到「法郎」兩個字。杜瓦施太太悄聲說：

「她是求他允許她緩付稅款。」

「看來是的。」另一位太太說。

她們看見艾瑪來回走動，觀看牆邊放的飯巾環、燭台、欄杆頂的圓球，而比內滿意地摩挲著鬍鬚。

「她是來向比內訂做什麼東西嗎？」杜瓦施太太又說道。

「可是，比內什麼也不賣呀！」卡龍太太回答說。

稅務員像在聽艾瑪講話，但眼睛睜得很大，似乎聽不明白。艾瑪溫柔而懇求地繼續講著。她走近比內，胸部不停地起伏。他們不說話。

「她是不是在勾引他？」杜瓦施太太說道。

比內的臉紅到了耳根，艾瑪拉住他的雙手。

「啊！太不像話啦！」

艾瑪大概在要求比內和他幹見不得人的勾當，因為稅務員——他可是一個勇敢的人，曾經參加過包岑（德國東南部城市）戰役和呂岑戰役❺，為法蘭西而戰，甚至上過請求授予十字勛章的名單呢——像看見了一條蛇，往後退了好遠，叫道：

「夫人，你眞這樣想嗎？」

「這種女人眞該挨鞭子抽！」杜瓦施夫人說道。

「她哪兒去啦？」卡龍太太問道。

因為說話間，艾瑪已經不見了。過了一會兒，她們看見她斜穿過大街，向右去，看來是要去公墓？她們再也猜不透她要幹什麼。

「羅萊嫂子，」艾瑪一到奶媽家就說，「我悶死啦，請幫我解開帶子。」

她倒在床上，嗚咽起來。羅萊嫂子拿了條圍裙蓋在她身上，就站在她旁邊。待了一會兒，這善良的女人見艾瑪不吭聲，便走開了，回到紡車繼續紡麻。

「啊！別紡了！」艾瑪以為聽見比內的車床轉動，低聲說。

「誰惹她生氣啦？」奶媽尋思道，「她來這裏做什麼？」

是一種恐怖感驅使艾瑪離開後，一直跑到這裏來了。

她仰臥在床上，一動不動，兩眼睜睜，彷彿痴傻了似的，死死盯住房裏的每樣東西看，但看到的只是一片模糊。她凝望著牆上斑剝的泥灰、頭對頭冒著青煙的兩塊劈柴，還有在她頭頂上房梁裂縫裏爬行的一隻長長的蜘蛛。她凝望著牆上斑剝的泥灰、頭對頭冒著青煙的兩塊劈柴，還有

❺包岑和呂岑位於德國東南部，一八一三年拿破崙在這裏打敗俄羅斯和普魯士聯軍。

在她頭頂上房梁裂縫裏爬行的一隻長長的蜘蛛。漸漸地，她的思想終於集中了，記起有一天……與萊昂在一起……啊！已經多麼遙遠……陽光在河邊閃爍，鐵線蓮芳香陣陣……這回憶像洶湧的激流沖捲著她，她很快記起了昨天的情形。

「幾點鐘了？」她問道。

羅萊嫂子走出屋子，對著最明亮的那邊天空，右手抬到額前，看了一陣，然後慢騰騰地回屋來說道：

「快三點了！」

「啊！謝謝，謝謝！」

因爲萊昂快要來了。他一定會來的！他多半弄到錢了。可是，他不會想到她在這裏，可能會跑到她家裏去。因此，她吩咐奶媽跑到她家去把他帶來。

「快呀！」

「哎，親愛的太太，我這就去，這就去！」

現在，艾瑪奇怪自己爲什麼沒有首先想到萊昂。他昨天答應了的，一定不會食言。他看見自己已經到了樂勒店裏，掏出三張支票，往他的寫字台上一放。然後呢，還必須編造一件事，去搪塞包法利。編造什麼事呢？

然後，奶媽遲遲不回來。這茅屋裏沒有時鐘，艾瑪想，怕是自己等待心切，覺得過了好長時間吧。她開始慢慢地繞著花園兜圈子，沿著籬笆邊的小徑走到盡頭，又趕快折回，生怕大嫂會走別的路回來。最後，她等得不耐煩了，心裏產生了種種疑慮，又一一打消，恍恍惚惚，再也鬧不清自己在這裏等了上千百年還是一分鐘，便頹喪地在一個角落坐下來，閉上眼睛，摀住耳朵。突然，她聽見柵欄門吱呀一響，便一躍站起來，但還沒等她開口，羅萊嫂子就說：

「你家裏沒有人！」

「怎麼？」

「唉！沒有人，只有你先生在哭，在呼喚你。其他人都在找你。」

艾瑪再沒吭聲，只是喘著粗氣，兩眼朝四下裏骨碌碌亂轉，而那農婦被她的臉色嚇壞了，以為她瘋了，本能地倒退幾步。突然，艾瑪拍了一下額頭，因為她想起了羅德夫。這記憶像黑夜裏一道巨大的閃電，閃過她的腦海。羅德夫是那樣友善，那樣體貼，那樣慷慨！況且，萬一他不能爽快地答應幫助她，只要她多情地看他一眼，就使他想起他們之間的舊情，而不得不答應的。於是，她動身去拉于謝特，根本沒有意識到她現在主動去幹的，正是早上在公證人家令她怒不可遏的事情；也根本沒有想到，她此去是出賣肉體。

8

她一邊走一邊想：「我到了那裏說什麼呢？怎樣開口呢？」沿途的灌木叢、樹木、山丘邊的燈芯草，還有前頭那座庭園，她全都認得；初次偷情的感覺，又泛起在心頭；她可憐的、受壓抑的心，因爲愛情激蕩起來了。暖風拂面，融化的雪水從樹芽上滴在草叢裏。

她像過去一樣，從花園的側門過去，來到正院。院子四周有兩行繁茂的菩提樹，長長的樹枝搖曳不定，沙沙作響。狗棚裏的狗一齊叫起來，震天價響，但不見有人出來。

她登上帶木頭欄杆、寬大筆直的梯，來到石板鋪地、盡是灰塵的走廊。走廊兩邊，一字兒排列著好些房間；就像修道院或旅館裏一樣。羅德夫的臥室在走廊盡頭，就是緊裏左邊那間。當她把手擱到門把手上時，突然感到渾身無力了。她怕羅德夫不在，又幾乎希望他不在。然而這是她唯一的指望，是她能否得救的最後一次機會。她定了一會兒神，想到眼前的需要，鼓足勇氣開門進去。

羅德夫坐在火爐前抽煙，雙腳架在爐框上。

「啊！是你！」他猛地站起來說道。

「不錯，是我，羅德夫……我是來請你幫我出個主意的。」

她激勵自己講下去，還是難以啓齒。

「你一點沒變，還是那樣可愛。」

「唉！」艾瑪心酸地嘆了一聲，「還說可愛呢，簡直是可憐，我的朋友，你根本就不屑一顧了嘛。」

聽了這話，羅德夫開始解釋自己的行為，但一時又編造不出有說服力的理由，只好不痛不癢表示歉意。

他的話，尤其是他的聲音和他的模樣，使艾瑪動容。當他編造出他們關係破裂的理由，說他當時有難言之隱，那關係到第三者的名譽甚至生命時，她便裝作相信，甚至真的相信了。

「那些事還提它做什麼！」她淒楚地說，「反正苦我已經受過啦！」

羅德夫以達觀的口吻答道：

「生活就是這樣！」

「至少我們分手之後，你過得還好吧？」艾瑪又問道。

「啊！不好不壞。」

「你我不分開，也許會更好一些。」

「是的……也許吧！」

「你這樣想嗎？」艾瑪說著走到羅德夫身前。

她接著嘆息道：

「啊！羅德夫！你要是知道……我多麼愛你！」

這時，她拉住羅德夫的手。他倆手拉手待著，就像早先在農會評比會上那樣！羅德夫出於自尊，竭力抑制住感情，但艾瑪撲到了他懷裏，對他說：

「沒有你，你想我怎麼活下去啊？人不能失去幸福！我當時絕望極了，以爲必死無疑了呢！這一切，以後再對你講，你聽了就會明白。而你呢，卻一直躲著我……」

的確，三年來，由於男性天生的怯懦，羅德夫始終迴避她。艾瑪嬌媚地拿頭蹭他，比發情的母貓還溫柔，繼續說：

「你愛上了好多別的女人，承不承認？啊！我理解那些女人，原諒她們。是你引誘了她們，就像引誘我一樣。你是男子漢嘛，你具備一切條件讓女人愛上你。不過，我們重新開始，對不對？我們會相親相愛的！瞧，我笑啦，我好快活！……你倒是說話呀！」

艾瑪看上去的確嫵媚動人，眼睛裏閃著淚花，就像暴風雨過後，藍盈盈的花萼裏滾動著一顆水珠。

羅德夫拉她坐在他的膝蓋上，用手背撫弄著她柔潤的髮絲。已是薄暮時分，最後一抹夕陽金箭般照射進來，在她的秀髮上閃爍。艾瑪低著頭，羅德夫用唇邊輕輕地吻她的眼睛。

「可是你剛才哭過，」他說道，「爲什麼？」

艾瑪索性抽抽搭搭哭起來。羅德夫以爲這是愛情的迸發，見她默不作聲，更認爲她是難爲情，便大聲說：

「啊！原諒我吧！你是我唯一喜歡的女人。我眞是個笨蛋，是個孬種！我愛你，永遠愛你！你怎麼啦？倒是告訴我呀！」

她撲通跪在地上。

「唉……我破產啦，羅德夫！你要借給我三千法郎！」

「可是……可是……」羅德夫慢慢站了起來，臉上現出嚴肅的神色。

「你知道，」艾瑪急忙講下去，「我丈夫把全部財產託付給一位公證人，那位公證人捲逃了。我們借了債，而病人光看病不付錢。其實呢，清算還沒有結束，結束了我們就有錢了。可是，今天我們要是拿不出三千法郎，人家就要沒收我們的家產，就是現在，馬上就沒收。我考慮到你的情誼，所以來找你了。」

「哦！」羅德夫突然變得臉色煞白，想道，「她是為這個來的！」

臨了，他神態安詳地答道：

「我沒有錢呀，親愛的夫人。」

羅德夫並沒有撒謊。如果有錢，他也許會給，儘管一般講來，這類慷慨行動是不愉快的。金錢上的要求，是摧殘愛情的最致命的寒風，它會將愛情連根拔除。

艾瑪先是望了他幾分鐘。

「你沒有！」

她重複好幾遍：

「你沒有！……我不該臨到最後還厚著臉皮來這一趟。你從來沒有愛過我！你比其他男人好不了多少！」

她露出了本來面目，再也控制不住自己的情緒。

羅德夫打斷她，說他自己也正「手頭拮据」。

「噢！我該同情你囉！」艾瑪說道，「是的，你太值得同情啦！」

她的目光落在一支金銀絲嵌花、閃閃發光的短銃上。那是牆上陳列的武器中的一件。

「可是，要是窮到這種地步，就不會把銀子鑲在槍托上啦！也不會買鑲玳瑁的鐘！」她說著指一指牆上的布爾式掛鐘，「馬鞭上也不會掛一串鍍金的哨了！」她摸摸那串哨子，「表上也不會來這麼一串小玩意兒啦！呵！他什麼都不缺，臥室裏還擺著一個酒柜哩！你眞會珍愛自己，生活得舒舒服服，擁有古堡、庭園、森林，經常圍獵，還去巴黎旅行……嗯！哪怕只有這玩意兒，」她從爐台上拿起幾顆襯衫袖口鍊扣，「這種小得不能再小的東西，都能變出錢來！……嗯，我才不稀罕呢，你留著吧！」

她說著把兩顆鈕扣扔得遠遠的，金鍊子碰在牆上，摔斷了。

「可是我呢，爲了博你一笑，一個秋波，爲了聽你說聲謝謝，我什麼都可以給你，什麼都可以出賣，可以用自己的雙手去做苦工，可以沿路乞討！而你呢，悠閒自得坐在沙發裏，就像你沒有讓我受夠苦似的！你很清楚，沒有你，我本來會生活得很幸福！是誰強迫你那樣的？難道是和誰打賭？然而，你過去愛我，你經常這樣說，剛才還這樣說……哼！你還不如把我攆走呢！我的手印滿了你的吻，還溫熱的吻；瞧，就在這地方，在這地毯上，你跪在我面前，發誓永遠愛我。你讓我相信了你的話，兩年期間，你把我引進一個美好、溫馨的夢！……啊！我們一個又一個旅行計劃，你還記得嗎？唉！還有你的信，你的信，每一封都把我的心撕碎了……可是，曾幾何時，當我又來到他身邊，來到富有、幸福、自由的他身邊，懇求他給予誰都會給的幫助，同時給他帶來我滿腔的愛，他卻拒我於千里之外，因爲這要破費他三千法郎！」

「我沒有錢！」羅德夫非常冷靜地答道。這冷靜像一面盾牌，掩住了壓在心頭的憤怒。

艾瑪退了出來。牆壁在晃動，天花板向她壓下來。她再次走過那條長長的小徑，步履踉蹌，不時絆到被風吹散的落葉堆，好不容易走到壕溝邊的柵欄門前，急急忙忙開門，連指甲都給門閂碰斷了。出了門，氣喘吁吁走了百十來步，差點摔倒，只好停下來。這時，她回過頭，又一次掃一眼那座陰森森的古堡連同它的草坪、花園、三個院子和正面所有窗戶。

她呆呆地站在那裏，忘記了自己的存在，卻彷彿聽見自己的脈搏，像震耳欲聾的音樂脫離了身體，在原野上迴蕩。她腳下的土地比水還軟，一條條犁溝像一排排褐色的洶湧巨浪。她腦子裏的種種記憶、思想，一下子全都迸發出來，就像一枚煙火，轟地一聲在天空散開成千萬個火花。她看到她的父親、樂勒的辦公室、她與萊昂在旅館的房間，還有一片與眼前不同的景色。她覺得自己瘋了，十分恐懼，好不容易才定下神來。但老實講，腦子裏仍然一片混沌，因爲連造成她眼前這種可怕處境的原因，即借錢的事，她都想不起來了。她只是爲愛情而痛苦，一想到過去的愛情，就覺得靈魂在拋棄她，恰像傷員在垂死之際，感到自己的生命正隨著傷口的血流走似的。

夜色降臨，群鴉亂飛。

艾瑪彷彿突然看見許多紅色的球，像閃亮的子彈，在空中炸開，裂成碎片，旋轉著落下，直到消失在樹枝間的雪地裏。每個火球中心，都現出羅德夫的面孔。火球越來越多，越飄越近，彷彿鑽進了她的身體，不見了。這時她才看清是住家的燈火，在遠處的夜霧中閃爍。

於是，她目前的處境，像一個深淵呈現在她面前。她呼吸急促，胸部像要炸裂似的。過了一陣，又似乎有一種英勇壯烈的情懷激勵著她，她幾乎是喜孜孜地跑下山坡，穿過牛走的便橋、小徑、巷子和菜市場，到達藥店前面。

沒有人。她打算進去，但門鈴一響，就可能有人來。於是她溜進柵欄門，屏住呼吸，摸著牆，走到廚房門口。廚房裏爐台上點著一支蠟燭。朱斯丹穿著襯衣，正端走一盤菜。

「啊！他們在吃晚飯。等一會兒。」

朱斯丹回到廚房。艾瑪敲一下窗玻璃，朱斯丹就出來了。

「鑰匙！頂樓那把，那裏放著……」

「什麼？」

朱斯丹望著艾瑪。艾瑪的臉沒有一絲血色，在漆黑的夜色襯托下，異常蒼白，令朱斯丹吃驚。他覺得艾瑪美麗絕倫，又很莊重，像一個幽靈。他不明白她想要幹什麼，但產生了一種可怕的預感。

艾瑪壓低聲音，以溫柔而迷人的口氣匆忙說道：

「我要，給我吧！」

板壁很薄，聽得見餐廳裏刀叉碰盤子的聲音。

艾瑪說，家裏的耗子鬧得睡不著覺，她要藥耗子。

「我得去問問先生。」

「不！不要去問！」

艾瑪接著用不在乎的口氣說：

「哎！不必啦，等會兒我告訴他。好啦，給我照亮！」

她走進配藥室門口的走廊，只見牆上掛著一把鑰匙，上面貼有「雜物間」的小條。

「朱斯丹！」藥店主不耐煩地喊道。

「上去！」

朱斯丹跟著艾瑪上樓。

鑰匙在鎖孔裏轉動一下，艾瑪開了門，在記憶的指引下，徑直朝第三個架子走去，抓住藍色瓶子，拔掉塞子，伸進手去，掏出一大把白色粉末，放在嘴裏吃起來。

「別吃！」朱斯丹叫著向她撲過去。

「別嚷！會有人來的！」

朱斯丹急壞了，想喊人。

「千萬別聲張，不然會連累你主人！」

艾瑪說著回家去了。她突然平靜下來了。幾乎像完成了一項任務之後那樣安詳。

夏爾聽到財產被抵押的消息，心慌意亂趕回家裏。艾瑪剛剛出去，他叫喊，哭泣，暈倒過去，可是艾瑪總不回來。她去哪裏了呢？他打發費麗西到處尋找，奧梅家、杜瓦施家、樂勒家、金獅客店，全都找遍了，就是不見蹤影。他一陣陣痛心，看到自己名譽掃地，傾家蕩產，貝爾特的前途被葬送！爲了什麼緣故？一句話都沒有！他一直等到下午六點鐘，再也坐不住了，心想艾瑪準是去了盧昂，便沿著大路，走了半法里，還是不見人影，又等了好久，才折回來。

艾瑪已經回來了。

「這一切是怎麼回事？怎麼搞的？你給我講清楚……」

艾瑪坐在書桌前，寫好一封信，慢吞吞封好，又加上日期和鐘點，這才以莊嚴的口氣說道：

「這封信你明天再看，從現在到那時，請你一句話也不要問我。是的，一句話也不要問！」

「可是……」

「啊！讓我安靜點！」

她直挺挺往床上一躺。

她感到嘴裏有一股辛辣味道，於是醒來了，模模糊糊看見夏爾，又趕緊閉上眼睛。

她懷著好奇的心情，想弄清楚自己是什麼感受，是不是感到痛楚。可是，什麼痛楚也沒有。還沒有任何感覺。她聽見時鐘在滴答，火在呼呼作響，還聽見夏爾站在床邊呼吸。

「啊！死也沒什麼了不起！」她想道，「我睡過去，就萬事皆休了！」

她喝了一口水，面壁躺下。

嘴裏還是有股可怕的墨水味道。

「我渴！……啊！我渴得好厲害！」她呻吟道。

「沒什麼……打開窗戶……我透不過氣來！」

艾瑪突然感到一陣惡心，幾乎沒來得及從枕頭底下掏出手絹，就吐出來了。

「拿走！」她急忙說，「扔掉！」

夏爾問她話，她不理睬。她一動不動地躺著，生怕稍一動，又會嘔吐起來。這時，一種寒冷的感覺從腳底一直上升到心臟。

「啊！現在開始啦！」她自言自語道。

「你說什麼？」

她的頭痛苦地輕輕滾動，下顎一直張開著，似乎舌頭上壓著非常沉重的什麼東西。八點鐘，又開始嘔吐了。

夏爾注意到，臉盆裏面有一種白砂礫似的東西，黏在瓷壁上。

「奇怪！太奇怪了！」他連聲說道。

但是，艾瑪大聲說：

「沒什麼奇怪，你看錯了！」

於是，夏爾輕輕地、幾乎是撫摩般用手在她腹部一揉。艾瑪尖叫一聲，他嚇得連退幾步。

艾瑪開始哼起來，起初是輕輕的。她的雙肩瑟瑟顫抖不止，手指摳住床單，臉比床單還蒼白，不均勻的脈搏現在幾乎感覺不到了。

她發青的臉上沁出顆顆汗珠子，就像金屬上凝結著水氣。牙齒磕碰得直響，睜得很大的眼睛無神地望著四周。不管問她什麼，她只是搖搖頭；有兩、三回，她甚至露出了微笑。漸漸地，她呻吟得更厲害了，不時禁不住低沉地叫喊一聲。她聲稱自己好些了，過一會兒就能起床。但是，她全身抽動起來，止不住叫道：

「啊！難受死啦，我的上帝！」

夏爾在床邊跪下來：

「告訴我，你吃了什麼？回答呀，看在老天份上！」

他注視著她，目光充滿柔情，艾瑪過去好像從沒注意到似的。

「唉！那……那裏……」她聲音微弱地說。

夏爾衝到書桌前，拆開信，大聲念道：「不要怪罪任何人……」他停住了，用手揩揩眼睛，接著往下看。

「怎麼！……救命啊！來人呀！」

他什麼話也說不出來，只是叫著：「服毒啦！服毒啦！」

費麗西到奧梅家。奧梅跑到廣場上把這消息一嚷嚷，連金獅客店那邊勒佛朗索瓦太太都聽見了！有些人趕緊起來告訴鄰居。全鎮人徹夜沒有安歇。

夏爾失魂落魄，喃喃低語，在房間裏轉來轉去，幾乎站立不穩，一會兒撞在家具上，一會兒揪頭髮，從沒想到會看到如此可怕的場面。

他回到自己房間，給卡尼韋和拉里維埃爾大夫寫信，但滿腦子亂糟糟的，打了十五次草稿。伊波力特立刻去新堡；朱斯丹騎上包法利的馬拚命踢。馬跑得精疲力竭，都快累死了，只好把它撂在紀堯姆林子邊。

夏爾想查醫學辭典，但裏面的字晃來晃去，看不清楚。

「鎮靜點！」藥店老板說，「只要給她吃一劑猛一點的解毒藥就成。是什麼毒藥？」

夏爾拿信給他看，上面說是砒霜。

「啊！」奧梅說，「應該化驗一下。」

他知道，凡是遇到中毒的情況，都要化驗。夏爾不懂，回答說：

「哦！你化驗吧！救救她！」

說罷，他回到艾瑪身邊，軟癱在地毯上，頭靠著床邊抽泣。

「別哭！」艾瑪對他說，「不用多久，我就不會再折磨你了！」

「你爲什麼要服毒？誰強迫你的嗎？」

艾瑪答道：

「必須這樣，朋友。」

「你不幸福嗎？是我的過錯？可是，我盡了我的全部力量！」

「是的……的確……你是個好人。」

艾瑪伸手慢慢撫摸他的頭髮。夏爾感到這種溫存，更加悲痛萬分。艾瑪一反常態，顯得比任何時候都更愛他，而就在這時，他要失去她了。一想到這上頭，他就徹底陷入了絕望。他想不出任何辦法，不知道也不敢採取任何措施，而情況萬分緊急，需要當機立斷，這更使他心亂如麻。

艾瑪呢，覺得一切背棄、卑鄙的行爲，以及折磨她的無窮無盡的欲望，都與她沒有關係了。現在她不再恨任何人。她的思想迷離精神恍惚，好像籠罩在薄暮之中；人世間的一切聲音她都聽不見了，只聽見這個可憐的心靈在斷斷續續哀訴，柔和而模糊，好似遠遠飄逝的一曲交響樂最後的回聲。

「把小不點兒給我帶來。」她用胳膊半支起身體說道。

「見到她你不會更難過，是嗎？」夏爾問道。

「不會，不會！」

孩子由女傭人抱來了，穿著長長的睡衣，下面露出兩隻光腳丫子，神情嚴肅，幾乎還沒睡醒。她驚訝地打量著亂糟糟的房間，眼睛遇到家具上明晃晃的蠟燭光，不停地眨著。這些燭光大概使她想起了新年或四旬齋狂歡節的早晨。那時，她早早地給燭光照醒了，被抱到母親床前，接受禮物。這時，只聽見她問道：

「媽媽，東西在哪兒？」

見大家都不作聲，她又說：

「怎麼不見我的小鞋鞋❶！」

費麗西抱她向床頭彎下腰去，而她總是朝壁爐那邊看。

「是奶媽拿走了嗎？」她問道。

聽到奶媽兩個字，包法利夫人想起了自己的私通和不幸，情不自禁掉開頭，好像有另一種更厲害的毒藥，從胃裏反到嘴裏，令她一陣噁心。貝爾特已被放在床上。

「啊！媽媽，你的眼睛好大啊！你的臉好白啊！你出了好多汗……」

母親端詳著她。

「我怕！」小不點兒一邊後退一邊說。

艾瑪拉住她的手想親一親，她掙扎著不讓她親。

「行啦！把她抱走吧！」一直在床前哭泣的夏爾叫道。

隨後有一陣，藥力發作的症狀停了，艾瑪看上去不那麼難受了。聽到她每一句毫無意義的

❶給孩子的新年禮物通常放在小鞋裏，擱在壁爐台上。

話，看見她每次呼吸時胸部稍許平靜了些，包法利就以為有了希望。當卡尼韋終於進來時，他淚涕交流撲進他懷裏。

「啊！你來了，謝謝！你眞好！不過，情況已經好些了。來，你看看她……」

這位同行根本不同意這種看法，而且說他不必拐彎抹角就直接開催吐藥，把胃清洗乾淨。

不一會兒，艾瑪就開始吐血了。嘴唇收得更緊，四肢抽搐，滿身褐色斑點，脈搏摸起來就像一根繃緊的線，一根快要繃斷的琴弦。

接著，她可怖地叫喊起來。她詛咒、謾罵毒藥，求它盡快發作，不管夏爾端什麼東西想讓她喝，她都用僵直的手臂推開。夏爾也半死不活，站在床前，用手帕掩住嘴，喉嚨裏呼嚕作響，眼淚汪汪，哽咽得透不過氣來，連腳後跟都震顫不止。費麗西在房裏忙得團團轉。奧梅先生木然站著，大聲嘆氣。向來很沉的冷靜的卡尼韋先生，也開始有點慌了。

「活見鬼！……按說她的胃已經洗乾淨了，而病因一消除……」

「症狀也就該消除，」奧梅先生說，「這是自然的。」

「啊，救救她吧！」包法利哀求道。

藥店老板還在亂猜測，說「這可能是有利的轉機」。卡尼韋不聽他那一套，決定用含鴉片的解毒劑。正是這時，外面傳來響鞭聲，所有窗玻璃都瑟瑟抖動起來，一輛轎式驛車，由三匹連耳朵上都濺滿泥的馬拉著，急駛到菜市場上——拉里維埃爾先生到了。

就是出現一位神，也不會引起這樣強烈的激動。包法利伸出雙手，卡尼韋立刻停止開處方，奧梅沒等大夫進來就先脫下希臘式帽子。

拉里維埃爾屬於比沙❷創立的那個著名科學派，屬於現在已經消失的那一代哲學家醫生。那一代醫生虔誠地熱愛自己的醫道，行起醫來充滿熱情，醫術高明。拉里維埃爾一發火，整個醫院都發抖。他的學生個個崇拜他，自己一開業，就竭力模仿他。在附近的各個城鎮人們都看到他們像他一樣，穿著美麗奴毛料長外套和寬大的黑色燕尾服。燕尾服的袖口不扣鈕扣，略略蓋住他那雙胖乎乎的手——一雙很好看的手，從來不戴手套，似乎這樣就能更加敏捷地去救死扶傷。他蔑視勛章、頭銜與學位，對窮人親切、慷慨、慈祥，不相信道德，卻力行道德，簡直可以稱得上一位怪人，如果不是他頭腦敏捷，使得人家像害怕魔鬼一樣害怕他的話。他的目光比他的手術刀還鋒利，一直射到你的靈魂深處，能夠透過言詞和表情，識破一切謊言。他就是這樣，充滿崇高、仁厚的氣質。這種氣質，是擁有卓越才能和財富的心靈所賦予的，是四十年勤勉的、無可非議的生活所賦予的。

他一進門，望見艾瑪仰臥在床上，嘴巴張開，臉像死屍，就皺眉頭。而後，他把食指放在鼻孔底下，一副認真聽卡尼韋介紹的樣子，不時說一句：

「好，好。」

可是，他的肩頭慢慢地聳了聳。包法利注意到了這個動作。他們互相看了一眼。這個人雖然看慣了痛苦情景，也禁不住湧出一滴眼淚，落在他的襟飾上。

他請卡尼韋跟他去外面。夏爾跟的他們。

❷比沙（一七七一～一八〇二），法國著名解剖學家、生理學家。

「她情況很嚴重，是嗎？貼芥子膏有用嗎？我不知道該怎麼好。請你務必想想辦法。你救過那麼多人啊！」

夏爾抱住他，驚惶、懇求地望著他，差點暈倒在他懷裏。

「好啦，我可憐的孩子，拿出勇氣來！沒法子救啦。」

拉里維埃爾大夫轉身要走。

「你這就走？」

「我還回來。」

他和卡尼韋先生一道出去了，像是要去吩咐車夫一句話。卡尼韋也不願意看到艾瑪在自己手裏死去。

藥店老板在廣場上趕上他們。他這個人天性見到名人就攀附，所以他請拉里維埃爾先生務必賞光，到他家去吃飯。

他立刻打發人去金獅客店買鴿子，去肉店買排骨，去杜瓦施家買奶油，去賴斯迪布杜瓦家買雞蛋。藥店老板親自下廚當幫手，而奧梅太太一邊繫圍裙一邊說：

「請你多多包涵，先生，在我們這種偏僻小鎮，沒有前一天事先關照……」

「拿高腳玻璃杯！」奧梅悄聲打斷她。

「如果住在城裏，至少可以搞得到釀豬蹄子。」

「少廢話……請入席，大夫！」

讓過幾次酒菜之後，奧梅先生覺得有必要提供一些這件不幸事情的詳細情況：

「起初我們發現她喉嚨發乾，隨後是上腹劇痛，嘔吐不已，接著就昏迷了。」

「她怎麼服毒的？」

「不知道，大夫。就連她是從哪兒弄到的砒霜我也不知道。」

朱斯丹正端過來一摞盤子，突然發起抖來。

「你怎麼啦？」藥店老板問道。

聽到這個問題，小伙子手裏的盤子，嘩啦一聲全掉在地上。

「飯桶！」奧梅喝斥道，「笨蛋！笨手笨腳，簡直像頭蠢驢！」

但是，他突然克制自己，說道：

「大夫，我剛才決計進行化驗，首先是小心翼翼往一根試管裏裝……」

「其實，你最好是把指頭伸進她的喉嚨。」外科醫生說道。

他的同行卡尼韋先生一言不發，因爲剛才爲他下催吐劑一事，已經私下受了訓斥。這位好心的卡尼韋，上回在做醫跛子的手術時，是那樣不可一世，口若懸河，今天卻顯得非常謙虛，臉上始終掛著微笑，一味地附和稱是。

奧梅做了東道主，臉上光彩，喜形於色，想到包法利的悲慘處境，又自私地聯想到自己，心裏反倒隱隱有一種快活之感。加之拉里維埃爾大夫在座，他更是十分興奮，便有意賣弄自己知識廣博，東拉西扯，大談見血封喉的毒樹、斑蝥、蝰蛇等藥材。

「大夫，我甚至在書上看到，有些人因爲吃了熏過頭的豬血香腸而中毒哩，就像挨了雷擊一樣！至少，我們藥物學方面的一位權威，一位大師，著名的加代·德·加西庫爾，在一篇非常出色的報告中提到這類例子。」

奧梅太太又出現了，端來一個搖搖晃晃用酒精加熱的東西，因爲奧梅先生特意在餐桌上煮咖啡，而且咖啡是他親自炒製、親自研磨、親自調配好的。

「大夫，請用Saccharum❸。」他一邊遞過糖一邊說。

隨後，他讓自己的幾個孩子都下樓與大夫見面，因爲他很想讓大夫看看他們的體質怎麼樣。最後，拉里維埃爾先生準備走了，奧梅先生忙請大夫給她丈夫檢查一下，因爲他恐怕是血變濃稠了，每天吃完晚飯就打盹。

「哎！妨礙他活動的並不是官能方面的毛病。」❹

這句雙關語沒人聽懂，大夫面帶微笑開了門。可是，藥店裏擠滿了來求看病的人。尤其是杜瓦施先生，硬纏住大夫不放，他擔心自己的老伴肺有毛病，因爲她總對著灰吐痰。還有，比內先生經常餓得發慌；卡龍太太身上感到刺癢；樂勒常常頭暈；賴斯布迪都瓦患風濕病；勒佛朗索瓦太太胃反酸。最後，三匹馬好不容易出發了，大家普遍認爲，這位拉里維埃爾大夫並不平易近人。

這時，布尼賢先生從教堂裏出來，手捧聖油，打菜市場經過，才轉移了大家的注意力。

奧梅按照自己的準則，把教士比作哪裏有死亡氣味，就往哪裏飛的烏鴉。他一看見教士，心

❸拉丁文，意即沙糖。
❹法語「血」（sang）與「官能」（sens）諧音，大夫一語雙關，意即這並不是身體上的毛病，以取笑奧梅太太。

理就不舒服，因爲他們的道袍使他聯想到裹屍布；他憎惡前者，多少是因爲他懼怕後者。

不過，他從不在自己所稱的「使命」面前退卻，所以又陪同卡尼韋返回包法利家裏。拉里維埃爾先生臨走之前，一再囑咐卡尼韋，一定要再去包法利家。如果不是太太反對，奧梅會把自己兩個兒子也帶過去，讓他們見識重大場面，在腦子裏留下一個莊嚴的印象，作爲人生的一種啓蒙和示範。

他們進去時，臥室裏籠罩著肅穆、悲痛的氣氛。做女紅的台子鋪了一塊白單子，上面擺著一個大十字架，旁邊一個銀盤裏擱有五、六個小棉球，一邊點一枝蠟燭。艾瑪下巴貼著胸部，眼睛睜得老大，一雙可憐的手，像一般臨死的人一樣，在床單上可怕地慢慢動來動去，彷彿想抓過裹屍布把自己蓋上。

夏爾已停止哭泣，臉像大理石雕像一樣白，眼睛像火炭一樣紅，面對艾瑪站在床邊，而教士一膝跪地，口中念念有詞。

艾瑪慢慢轉過臉來，驀然看見教士紫色的襟帶，露出了欣喜的神色。那大概是因爲，在心靈異乎尋常的平靜之中，她又體會到早年開始狂熱地信奉宗教時的那種快樂，同時隱約看到了已開始降臨的天國永恒的幸福。

神父站起身，拿來十字架。艾瑪像口渴似地伸長脖子，把嘴唇貼在基督的身體上，使出最後的力氣和全部的愛，印了她平生最深沉的一個吻。而後，神父口裏念著『我主慈悲』、「寬恕罪孽」，同時將右手大拇指在油裏蘸了蘸，開始敷聖油；先是塗抹曾經貪戀塵世浮華的眼睛；接著塗喜歡呼吸和煦微風和愛情芬芳的鼻孔；然後塗抹曾經說過謊，爲虛榮而呻吟，在淫蕩中叫喊過的嘴；再次塗抹曾經在舒服的觸摸中興奮得發抖的手；最後是塗抹過去爲滿足欲望而跑得飛快，如今跑不動了的腳底。

神父擦擦手指，把油浸透的棉花扔進火裏，然後回到垂死者身旁坐下，告誡她，現在應該把自己的痛苦和耶穌基督的痛苦看成一回事，完全信賴上天的慈悲。

告誡完畢，他拿了一支聖燭，放在艾瑪手裏讓她握住。那聖燭是天國榮耀的象徵。等一會兒，她就要沐浴在那榮譽之中了。但是，艾瑪太虛弱，手指握不攏，沒有布尼賢先生幫忙，蠟燭早掉到地上去了。

這時，艾瑪的臉已不那麼蒼白，顯得很平靜，彷彿臨終聖事把她治好了似的。

神父少不得指出這一點，甚至對包法利解釋說：爲了盡可能拯救一個人，有時上帝認爲有必要，會延長人的生命。夏爾記起艾瑪領受聖體那一天，也是快要死了的樣子。

「也許還有一線希望。」他想著。

果然，艾瑪慢慢地向四周看了一眼，好像一個人剛從睡夢中醒來似的。然後，她聲音清晰地要人把她的鏡子遞給她。她對著鏡子照了好一會兒，直到眼睛裏湧出大顆大顆的淚珠。於是，她頭一仰，嘆息一聲，重新落在枕頭上。

她的胸脯立刻開始急劇起伏，舌頭完全伸到嘴外，眼珠子亂轉，像兩盞玻璃燈，漸漸變暗，最終熄火。看上去她好像已經死了，只是由於拚命喘氣，兩肋還在猛烈地抽動，就像靈魂要從那裏蹦出來似的。費麗西忙在十字架面前跪下，連藥店老板也屈了膝，卡尼韋先生則茫然地望著廣場上。布尼賢又祈禱起來，臉衝床邊低著頭，黑道袍長長地拖在身後地板上。夏爾跪在床的另一邊，向艾瑪伸著雙臂。他抓住艾瑪的手，緊緊握住，感到她的心臟搏動一次，他就哆嗦一下，就像被一座正在倒塌的建築物震的一樣。艾瑪喘息得越來越厲害，教士禱告得也越來越快。他的禱告與包法利的哽咽交織在一起。有時，似乎一切聲音都消失了，只聽見絮語中一個個拉丁詞音節，像喪鐘在一下一下敲響。

驀地，人行道上傳來笨重的木頭套鞋的聲音，還有拐棍在地上戳戳點點的響聲，接著有人放開嗓門沙啞地唱道——

朗朗晴天喲暖洋洋，
小妞兒相思心癢癢。

艾瑪像一具中了電的屍體，一下子坐了起來，頭髮散亂，兩眼發直，嘴巴張開。

鎌刀割麥喲忙又忙，
麥穗穗散落田壟上。
我的小蘭喲彎下腰，
拾麥穗一個不漏掉。

「瞎子！」艾瑪叫道。

她笑起來。那是一種凶惡、瘋狂、絕望的笑。她似乎看見乞丐那張醜陋的臉，像一個嚇人的怪物，揚起在永恒的黑暗中。

這天起喲起了大風，
她的短裙沒了影蹤！

一陣抽搐，艾瑪倒在褥墊上。大家圍攏過來，她已經嚥了氣。

9

人一死，往往會引起普遍的驚愕：怎麼說死就死了呢？活著的人實在難以理解，也不願意相信。然而，夏爾一看見艾瑪不動了，就立刻撲到她身上，叫道：

「永別了！永別了！」

奧梅和卡尼韋把他拖出房間。

「不要太傷心！」

「好，」夏爾一邊掙扎一邊說，「我會克制，不會去幹傻事。你們別管我，我要去看她！她是我太太！」他哭起來。

「哭吧，」藥店老板說，「哭個痛快，你就會輕鬆些。」

夏爾，變得比一個小孩還脆弱，任憑奧梅把他扶到樓下客廳裏。奧梅先生立刻回家去了。

他在廣場上遇到了瞎子。瞎子一步步挨到永維鎮，逢人就打聽藥店老板住在什麼地方，希望能向他討些消炎膏。

「去你的吧！就好像我沒有別的事要操心似的！活該，過段時間再來吧！」

他說罷匆匆跑進藥店。

他要寫兩封信，給包法利配一劑鎮靜藥水，還要編一套謊話，掩蓋服毒事件，並且寫成文章，寄給《燈塔報》。此外，還有許多人等著他，向他打聽情況。他編造說，艾瑪中毒，是因爲她在做香草奶油時，誤把砒霜當白糖了。等全鎮人知道這個消息之後，奧梅先生又一次返回包法利家。

他發現只剩下包法利一個人（卡尼韋先生剛走），坐在窗戶邊扶手椅裏，痴呆地望著客廳的地板。

「現在該你自己確定舉行儀式的時間啦。」藥店老板說。

「做什麼？什麼儀式？」接著，包法利驚恐地結巴道：

「啊！不舉行，好不好？不舉行，我要留著她。」

奧梅爲了緩和一下氣氛，從擺設架上拿起一把水壺，澆起了天竺葵來。

「啊！謝謝！」包法利說道，「你是個好人……」

他話沒說完。藥店老板的舉動喚起他許多回憶，他說不下去了。

爲了讓他分分心，藥店老板想不妨和他扯扯種花方面的事情，便說植物需要水分。夏爾點點頭表示贊同。

「再說，春光明媚的時節就要到了。」

「啊！」包法利說。

藥店主沒話可說了，便輕輕地把窗戶上的小帘子拉開。

「瞧，杜瓦施先生正好經過這裏。」

夏爾像一架機器重覆道：

「杜瓦施先生正好經過這裏。」

奧梅再也不敢對他提葬禮的安排問題。最後還是神父左勸右勸，他才同意安葬。

包法利把自己關在診室裏，拿起一支筆，又啜泣了一會兒，才寫道——

我希望她安葬時身穿結婚禮服，腳穿白皮鞋，頭戴花冠，頭髮披在肩上；一棺兩槨：一個用櫟木，一個用桃花心木，一個用鉛。不要來安慰我，我挺得住。請拿一大塊綠色天鵝絨蓋在她身上。我希望這樣。請照辦。

包法利這些羅曼蒂克的想法，令兩位先生驚愕不已。藥店老板立刻去對他說：

「這塊天鵝絨我覺得純屬多餘。再說，開銷……」

「這關你什麼事？」夏爾嚷起來，「別來煩我！你不愛她，走開！」

神父挽起他的胳膊，陪他去花園裏散步，一邊談論世事虛榮，說上帝偉大而又慈悲，應該毫無怨言地服從上帝的意旨，甚至感恩戴德。

夏爾卻咒罵起來：「我恨透了你那個上帝！」

「你心裏還保留著反叛思想。」神父嘆息道。

包法利已經走遠了。他沿著牆邊的果樹，大步走著，一邊咬牙切齒，朝上天投去詛咒的目光，但是連一片樹葉都沒有搖動一下。

下起了小雨，夏爾敞著胸脯，最後打起冷顫來了，便走進廚房，坐到火邊。

六點鐘，廣場上傳來一陣叮鈴哐噹聲音，是驛車「燕子」回來了。夏爾前額貼著玻璃窗，望著乘客們一個一個從車上下來。費麗西拿了條床墊，給他鋪在客廳裏，他倒頭便睡著了。奧梅先生雖然有哲學家風範，對死人還是尊重的。所以他毫不記恨可憐的夏爾，傍晚時分又過來守靈，隨身帶了三本書和一個活頁本子，準備一邊看書一邊做筆記。

布尼賢先生也在。死者的床從凹室裏挪了出來，床頭點著一對大蠟燭。

藥店老板忍受不了寂寞，坐了不久就發表議論，對「這個不幸的少婦」表示惻隱。神父回答說，現在只有爲她禱告了。

「不過，」奧梅又說，「依我看只有兩種可能性：要嘛她的死是蒙主降恩（就像教會說的），那麼她根本不需要我們禱告；要嘛她是至死不悟（我想教士們是這樣說的），那麼……」

布尼賢打斷他，有點生氣地反駁說，不管怎樣，禱告還是需要的。

「可是，」藥店主駁斥道，「既然上帝了解我們的全部需要，禱告還有什麼用呢？」

「怎麼！」教士說，「不要禱告！你難道不是基督徒？」

「對不起！」奧梅說，「我讚賞基督教，因爲首先，它解放了奴隸，爲社會樹立了一種道德規範……」

「實質不在這裏！所有經書……」

「哦！哦！說到經書嘛，你不妨翻開歷史：誰都知道，所有經書都被耶穌會派篡改過。」

這時夏爾進來了，走到靈床邊，慢慢拉開帳幔。

艾瑪的頭歪在右肩上，嘴角張開，好似臉龐下部一個黑洞；兩個大拇指彎在手心裏；眼睫毛彷彿撒了一層白粉，眼睛幾乎被一層薄紗般的灰白色黏膜蓋住了，就像蜘蛛在上面織了一張網。覆蓋在她身上的單子，胸部以下直至膝蓋呈凹陷狀，在腳趾的地方又隆起來。夏爾覺得，有一塊巨大無比的東西，非常沉重地壓在她身上。

教堂的鐘敲響了兩點。黑暗之中，從望台腳下傳來河水潺湲之聲。布尼賢先生不時很響地擤一下鼻子，奧梅的筆在紙上沙沙作響。

「行了，我的好朋友。」奧梅說道，「你下去吧，這情景對你來講太傷心啦！」

「讀一讀伏爾泰吧！」一個說，「讀一讀霍爾巴赫❶，讀一讀《百科全書》吧！」

「讀一讀《葡萄牙猶太人信札》❷吧，」另一個說，「讀一讀前行政官尼古拉❸著的《基督教要義》吧！」

兩個人都激動起來，爭得面紅耳赤，雙方同時說話，誰也不聽誰的。布尼賢因為對方如此放肆而惱火；奧梅因為對方如此愚蠢而驚奇。兩個人幾乎要對罵起來，好在這時夏爾又突然上來了。彷彿有什麼東西在吸引他，他總是想上樓來。

為了看得更清楚，他一上來就站到艾瑪的正面，忘掉了一切，全神貫注看著她，正因為全神貫注，就不怎麼覺得痛苦了。

---

❶霍爾巴赫（一七二九～一七八九），法國百科全書撰稿人和無神論哲學家。
❷為法國教士蓋內所著，反駁伏爾泰對《聖經》的攻擊。
❸尼古拉（一八〇七～一八八八），法國天主教作家。

他想起一些有關嗜眠症的故事和磁場感應的奇蹟，心想精誠所至，也許能夠讓艾瑪復活過來。有一次他甚至向她彎下腰，低聲喚道：「艾瑪！艾瑪！」一邊喘著粗氣，把燭焰吹得貼在牆上搖曳。

天剛濛濛亮，老包法利夫人趕來了。夏爾親親她，又大哭一場。老太太像藥店老板一樣，提醒他要節省葬儀開銷。夏爾立刻大發脾氣，老太太只好住口。夏爾甚至讓老太太立刻進城，去買所需要的物品。

整個下午，夏爾一直獨自待著。貝爾特送去給奧梅太太照顧去了，費麗西和勒佛朗索瓦太太一道，守在樓上的房裏。

天黑時分，陸續有人前來弔唁。他起身與客人們握手，但一句話也說不出來。弔客們圍坐在壁爐前，後來的擠在先來的旁邊。大家低著頭，蹺起二郎腿搖來晃去，不時深深地嘆息一聲。每個人都感到無聊之至，但誰也不肯先走。

九點正，奧梅又來了（兩天來，淨看見他在廣場上跑來跑去），背了一大包樟腦、安息香草，還帶了滿滿一瓶驅除疫氣的氯。這時，女傭人、勒佛朗索瓦太太和包法利老太太，正圍著艾瑪，忙著給她換衣服。她們把死者的罩布拉下來，一直蓋到她的緞鞋。

費麗西嗚咽道：「啊！我可憐的太太！我可憐的太太！」

「看啊，」客店老板娘說，「她還是那樣嬌小可愛！讓人以為她等會兒就要起床哩。」

三個女人俯身給艾瑪戴花冠。

需要把頭稍稍抬起。這一抬，就有一股黑水從嘴裏流出來，好像她又嘔吐了似的。

「啊！天哪！當心袍子！」勒佛朗索瓦太太叫道，接著又衝藥店主說道：「你倒是過來幫幫忙呀。莫非你害怕嗎？」

「我害怕？」藥店主聳聳肩膀說道，「哼，害怕！我在學藥劑學的時候，在主宮醫院不知見過多少哩！我們還在解剖室配五味酒呢！哲學家怎會怕死人，我甚至常常說，準備把自己的遺體獻給醫院，爲科學研究派用場。」

本堂神父一到，就問包法利先生怎麼樣。聽了藥店主的回答，他說：

「你知道，剛剛受了這樣的打擊，哪能一時半時就平靜下來。」

藥店主聽了這話，就說神父眞幸運，不像一般人要受喪妻之苦。而這句話又引發了一場關於教士獨身不娶的爭論。

「一個男人不要女人，」藥店老板說，「這可不符合天性！君不見種種犯罪行爲……」

「哎，眞是死腦筋！」神父嚷起來，「一個人一旦結了婚，怎能個懺悔的秘密？」

奧梅又攻訐懺悔。布尼賢則爲懺悔辯護，說它能使人改過自新，並且舉出種種事實。例如一些小偷，經過懺悔，一下子變成了誠實的人；一些軍人走近懺悔室，覺得眼前迷霧頓開。在弗利堡有一位牧師……

藥店老板睡著了。

神父覺得房間裏空氣惡濁，有點氣悶，便打開窗戶，把藥店老板驚醒了。

「來，聞聞鼻煙！」他對藥店老板說，「讓你的頭惱清醒清醒。」

遠處傳來陣陣犬吠。

「聽到狗叫了嗎？」藥店老板問道。

「據說，人死了狗能感覺得到。就像蜜蜂一樣，有人死了，它們就會從蜂巢裏飛出來。」奧梅沒有駁斥這些陳詞濫調，因為他又睡著了。

布尼賢先生精力較旺盛，還堅持了一段時間，口中念念有詞，但沒過多久，不知不覺腦袋一耷拉，手裏厚厚的黑書掉在地上，也打起呼嚕來了。

這兩個人面對面酣睡，挺著肚子，面孔虛腫，眉頭緊鎖。他們雖爭論不已，但終於同歸於人類的共同弱點之中。他們一動不動，那模樣與旁邊彷彿睡著了的屍體差不多。

夏爾進來了，但並不叫醒他們。他是來最後和艾瑪告別的。

香草還在冒煙，一縷縷藍色的煙，升騰繚繞，在窗口與外面進來的霧氣相混合。疏星閃爍，夜色溫煦。大滴大滴的燭淚掉在床單上。夏爾凝視著燃燒的蠟燭，凝視著黃橙橙的、耀眼的燭光，不久眼睛就疲倦了。

月光般潔白的緞袍，羅紋微微閃動。艾瑪裹在裏面，看不見了，恍惚已從她自己的身體裏飄溢出來，融進了周圍的什物之中，融進了寂靜和黑夜之中，融進了那過往的風和升騰、溫潤的香煙之中。

突然，夏爾看見她在道斯特的花園裡，坐在靠荊籬的長凳上，不一會兒又看見她行走在盧昂的街道上，倚在自家的門口，站在貝爾托的院子裏。他還聽見快樂的小伙子們在蘋果樹下跳舞、歡笑，臥室充溢著她秀髮的芳香；她偎在他懷裏，抖動的袍子窸窣，閃閃發光。那正是她現在穿在身上的這件袍子！

他久久地回顧著已失去的幸福，回顧著艾瑪的言行舉止、音容笑貌，心頭湧起無盡的悲哀，一陣又一陣，潮水般漫捲而來。

他起了強烈的好奇心，哆哆嗦嗦地伸出手，用指尖慢慢揭開艾瑪的面紗。他立刻發出一聲恐怖的叫喊，把另外兩個人驚醒了。他們把他拖到樓下廚房。

不久，費麗西上來說，先生要太太一綹頭髮。

「去剪好了！」藥店老板回答。

費麗西不敢，他只好拿了剪刀，親自去剪。但他抖得厲害，把死者太陽穴的皮膚戳破了好幾處。最後，他心一橫，鼓足勇氣，亂剪了兩、三刀。結果，艾瑪那頭黑黝黝的秀髮，平添了幾塊白色印痕。

藥店老板和神父又開始各看各的書，但也少不了不時打一會兒盹。每次打盹一醒來，兩個人就相互指責。然後，布尼賢先生在房間裏灑點聖水，藥店老板則在地板上潑點氯水。

費麗西在五斗櫃上給他們留了一瓶燒酒、一塊奶酪和一大塊奶油圓球蛋糕。將近凌晨四點鐘，藥店老板餓得抗不住了，嘆口氣說：「說實話，現在吃點東西多好！」

神父也不要請，出去禱告一會兒回來，兩個人就吃起來，還一邊碰杯，一邊嘿嘿傻笑幾聲。他們自己也莫名其妙爲何笑，大概是連續經歷了幾個悲痛場面之後，自然會隱隱約約產生一種快活的感覺吧。斟上最後一小杯酒時，神父拍拍藥店老板的肩膀說：

「你我最終會相互了解的！」

他們在樓下前廳裏偶見幾個工人進來。於是，錘子敲木板，砰砰敲了兩個小時，夏爾不得不忍受兩個小時。隨後，艾瑪被放進櫟木的棺材，棺材外面又套雙椁。由於外槨太寬，不得不抽出一條床墊子的棉花，塞在裏頭。最後，三副棺蓋刨平了，釘牢了，焊嚴了，就把靈柩停放在門口。住宅的大門敞開，永維鎮的男女老幼絡繹而至。

魯奧老爹趕到了，剛走到廣場，望見黑布就昏倒在地。

10

魯奧老爹在出事後三十六小時，才收到藥店老板的信。奧梅先生考慮到他感情的承受力，信寫得含糊其辭，看了根本弄不清是怎麼回事。

老頭子看完信，先像中風一樣倒在地上。過了一會兒，他理解女兒還沒有死，但可能會死……最後，他穿上外衣，戴上帽子，套上馬刺，跳上馬背就飛奔出發了。

一路上，他氣喘吁吁，憂心如焚。一度不得不跳下馬來，因爲他頭暈目眩，耳朵裏嗡嗡亂響，感到自己要瘋了。

東方破曉，他看見三隻黑母雞在一棵樹上睡覺。這不祥之兆嚇得他不寒而慄。於是，他向聖母許願，一定捐給教堂三件祭披，並且赤腳從貝爾托公墓出發，一直送到瓦松維爾。

一進馬洛姆鎮，他就叫店家，用肩頭頂開店門，拖了一袋蕎麥就倒進馬槽，又摻上一瓶甜蘋果酒。馬餵飽了，立即上路，馬蹄下火星四濺。

他想女兒可能還有救。醫生們會找到一種藥，這是肯定的。他想起過去傳聞中起死回生的許多奇蹟。

過一會兒，他又覺得女兒已經死了。她就在他面前，仰面躺在路當中。他拉一下韁繩，幻象立刻消失了。

到達坎康布瓦，爲了提提神，他連喝了三杯咖啡。

他想一定是信上寫錯了姓名。他摸摸口袋，信還在，但他沒有勇氣打開。

最後，他估計可能是有人開玩笑，是有人圖報復，或者是有人酒後尋開心。再說，女兒要是眞的死了，他會有預感。可是，什麼預感也沒有！田野上一點異常的跡象也沒有，天是藍的，樹隨風搖曳，一群羊打身邊經過。他望見鎮子了。人們看見他伏在馬背上，不停地打馬，飛奔而來，馬肚帶子上直滴血。

他恢復知覺後，涕淚交流撲倒在包法利懷裏：

「我的女兒！艾瑪！我的孩子！告訴我究竟怎麼回事……」

包法利抽搭著回答：

「我不知道，我不知道！這是天上飛來的橫禍！」

藥店老板把他們分開。

「那些可怕的細節還講它幹什麼。回頭我告訴先生好了。瞧，弔唁的人來啦。可不要失了身分啊，想開些！」

可憐的夏爾想表現出堅強的樣子，一次又一次說道：

「對……拿出勇氣來！」

「好吧！」老頭子大聲說，「我會有勇氣的，眞見鬼！我要送她一直送到底。」

鐘敲響了，一切準備就緒，該上路了。

他們在唱詩班的座位上並排坐下，只見唱詩班的三個成員不停地在面前走來走去，一邊唱著聖詩。蛇形風管吹得響聲震耳。布尼賢神父全身披掛，尖著嗓門唱著，不時雙手一抬，胳膊一伸，向聖體龕鞠一躬。賴斯迪布杜瓦手持鯨骨刀，在教堂裏轉來轉去。靈柩停在唱詩台旁邊，一邊點兩排蠟燭。夏爾直想站起來，去把蠟燭吹滅。

不過，他還是努力激發自己虔誠的感情，熱切盼望來世能與艾瑪重逢。他想像艾瑪旅行去了，走得很遠很遠，要去很久很久。可是，一想到艾瑪躲在棺材裏，一切都已經不可能，人們馬上就要抬她去埋葬，他就狂怒不已，悲痛欲絕。有時，他覺得自己什麼感覺也沒有了，痛苦也隨之減輕，於是領略著這種狀態，同時罵自己是個沒心沒肺的傢伙。

這時，傳來鐵包頭拐棍戳點石板的聲音，十分清脆，間隔均勻，從殿堂緊裏戳點過來，至唱詩台前突然停止。就見一個穿棕色粗布外衣的男人，費了好大勁在靈柩前跪下。原來是金獅客店的伙計伊波力特。他裝上了那條新義肢。

唱詩班一個成員，繞大殿一圈募捐，一個又一個大銅板，接連不斷落在他的銀盤裏。

「你倒是快一點啊！我受不了啦！」包法利沒好氣地丟給他一枚五法郎的銀幣，這樣叫道。那唱詩班成員向他深深鞠一躬，表示感謝。

人們唱著聖歌，一次次跪拜，又一次次起來，沒完沒了！夏爾記起剛搬到永維鎮不久，有一回，他與艾瑪一起來望彌撒，是坐在另一邊，即右邊靠裏的地方。鐘又敲響了，就聽見一陣椅子亂響，抬棺材的人把三根杠子塞到棺材底下，接著就抬出了教堂。

朱斯丹站在藥店門口，這時突然縮了回去，臉色蒼白，步履踉蹌。

居民們都跑到窗口，觀看送葬的隊伍行進。夏爾走在前頭，挺直腰板，裝出一副堅強的樣子。看見有人從巷子或門裏出來，加入擠在街道兩邊人群的行列，他還向他們點頭致意。

六個抬棺材的人，一邊三個，小跑著。微微氣喘。神父、唱詩班成員和兩個唱詩班童子，誦讀著《哀悼經》。他們的聲音忽高忽低，在田野上迴蕩。有時，遇到小路拐彎的地方，就看不見他們了，但銀色的大十字架，始終高舉在樹木之間。

緊隨後面的是婦女，個個披著黑色披風，風帽朝下翻，手裏擎著一支點燃的大蠟燭。不斷重複的禱告聲、迤邐無盡的燭光，還有蠟油和道袍令人噁心的氣味。使夏爾感到頭暈。田野上微風吹拂，稞麥和油菜綠油油的，路旁荊籬上掛滿顫悠悠的露珠。遠處傳來一輛大車在車轍裏滾動的轆轆聲，一隻公雞不停地喔喔啼鳴，一匹馬駒「達達達」竄進蘋果園——這種種歡快的聲音，交織一片，充盈著整個原野。晴空中飄著朵朵玫瑰的雲彩，淡藍色的輕煙籠罩著長滿蝴蝶花的茅屋頂。夏爾認得沿途的每一個院落，記得許多像今天一樣的早晨，他看完病，從某一家的院子裏出來，急忙趕回艾瑪身邊。

覆蓋棺槨的黑布上，綴滿淚珠般的白珠子，風不時把布撩起來，露出棺木。抬棺材的人累了，放慢了腳步。一顛一顛向前運動的棺材，像隨波搖蕩的小船。

到了墓地。

男人們繼續往下走，一直走到草地上挖好墓穴的地方。

大家排列在墓穴周圍，神父念念有詞。掘墓時拋在穴邊的紅土，順著四角，無聲地不斷往下溜出。

不一會兒，四根繩索擺好之後，大家把棺材推到繩索上。夏爾看著棺材往下墜。棺材不停地墜落著。最後，下面傳來碰撞的聲音。繩索吱吱響著被抽了上來。於是，布尼賢接過賴斯迪布杜瓦遞給他的鐵鍬，一面用右手灑聖水，一面用左手揮鍬盡力一鏟，就鏟下去一大鍬土。石子紛紛落在棺木上，發出可怕的聲響，聽起來就猶如來世的回聲。

神父把聖水刷遞給身旁的人。那人是奧梅先生。他神情嚴肅地接過聖水刷抖兩抖，隨手遞給夏爾。夏爾雙膝跪在鬆土裏，抓地大把的土往下扔，一邊喊道：「永別了！」還向艾瑪飛吻，隨即向墓穴爬去，想和艾瑪一起埋葬在裏面。

有人把他拉開了。他很快就平靜下來，大概與其他所有人一樣，看到一切終於結束了，而隱約感到滿意。

返回的路上，魯奧老爹掏出煙斗，安詳地抽起來。奧梅打心底覺得這很不得體。他還注意到，比內先生壓根兒沒露面，杜瓦施做完彌撒後就「開溜了」，公證人家的僕人泰奧多竟穿一身藍衣服，「就好像找不到黑衣服似的，連習俗都不顧，他娘的！」奧梅在隊伍裏前後竄來竄去，和大家交談他注意的這些情況。大家都爲艾瑪的去世感到惋惜，尤其是樂勒，他毫不猶豫地來送殯了。

「這位嬌小的太太眞可憐！她丈夫該多麼痛苦！」

藥店老板說道：

「你可知道，沒有我，他說不定尋了短見呢！」

「多好的一位太太呀！眞沒想到，上星期六我還在店裏見到她！」

「可惜我沒有時間，」奧梅說，「不然我要準備一篇悼詞，在她的墓前念念。」

回到家裏，夏爾脫掉喪服，魯奧老爹也換上藍色的外衣。他那件外衣是新做的，來時一路上常用袖子擦眼睛，臉上留有一塊塊藍顏色，加上被淚水沖成一條條的塵土，顯得髒兮兮。

包法利老太太和他們待在一起。三個人都默默無語。最後，還是老頭子嘆息一聲說道：

「還記得嗎，我的朋友？有一回我來道斯特，正趕上你的頭一位太太剛過世不久。當時我一個勁安慰你，也有話可講，可是現在……」

接著，他挺了挺胸膛，長嘆一聲，說道：

「唉！你知道，這回我完啦！我眼睜睜看見我太太走了，後來是我兒子，今天我女兒又走啦！」

他要立刻回貝爾托，說在這座房子裏他睡不著。他甚至不肯見外孫女。

「不見！不見！那對我來講太悲痛啦。只是請你代我好好親親她吧。再見……你是個好男人！還有，我絕不會忘記這個，」魯奧老爹說著拍一下大腿，「別擔心，火雞我會照送不誤的。」

可是，他走到嶺上時，卻禁不住回頭望去，就像過去在聖維克多小徑上送別艾瑪之後，回頭望去一樣。永維鎮所有的窗戶，在草原上西沉的夕陽輝映下，像著了火似的。他將手罩在額前，望見天邊一道院牆之內，散亂的樹木東一叢，西一叢，黑魆魆的，聳在白色的岩石之間。眺望一陣，他又上路，策馬慢慢跑去，因爲馬兒瘸了腿。

夜裏，夏爾和母親雖然累了，還是一塊聊了很長時間。他們談到過去和未來。老太太將搬到永維鎮來住，替兒子管家，母子倆再也不分開。她精明而慈祥，多少年來，失去了兒子的感情，如今失而復得，心裏暗暗高興。時鐘敲響了午夜十二點，鎮子像往常一樣靜悄悄的，夏爾無法入眠，時時思念著艾瑪。

羅德夫白天在森林裏打獵消遣，夜裏在古堡裏睡得又香又甜。萊昂也睡得很安穩。

這時，另外有一個人沒有睡。

一個孩子，跪在松樹間的新墳頭，在黑暗中嚶嚶啜泣，肝腸寸斷，比月光還綿柔、比黑夜還深沉的巨大悔恨，壓得透不過氣來。公墓的柵欄門突然吱呀一聲開了。進來的是賴斯迪布杜瓦。他來找下午遺忘在這裏的鐵鍬。他認出了逾牆而逃的朱斯丹，這一回可發現是哪個壞小子偷他的馬鈴薯了。

11

第二天，夏爾把小女兒接回來。小傢伙一進屋就要媽媽，只好哄她說，媽媽出去了，會給她帶玩具回來。貝爾特又提過好幾次媽媽，不過時間一久，就不再想了。包法利看到孩子那麼無憂無慮，反而很傷心。還有藥店老板的安慰，聽了煩死人，還得耐著性子聽。

很快又來了金錢問題。樂勒再次攛掇他的朋友萬薩爾出面發難，夏爾答應償還數額驚人的債款。因為凡是屬於艾瑪的家具，他一件也絕不肯出賣。她母親為此很惱火。他的火氣比母親還大。他完全變了。母親只好扔下這個家走了。

這時誰都想來撈便宜。朗伯蕾小姐索討半年的教琴費，其實艾瑪一次也沒去學（儘管她曾拿出一張發票給包法利看：那是她串通朗伯蕾小姐做的手腳）；圖書出租人要求付三年的租書費；羅萊嫂子提出要二十來封信的送信費。夏爾問她怎麼回事，她倒是很巧妙地答道：

「啊！我知道什麼！離不了聯繫她的事務唄！」

每次付完一筆債，夏爾以為再也沒有了，可是馬上又冒出一些債務來，沒完沒了。

他去討拖欠的診費，人家拿出他太太寄的信給他看，他只好連聲道歉。

費麗西現在淨穿太太的衣裙。倒不是全部，因為夏爾挑了幾件，保存在艾瑪的梳洗間裏，經常進去把門一關，獨自欣賞。費麗西身材與艾瑪差不多，夏爾從後面看見她時，常常產生幻覺，叫道：「喂！別走！別走！」

可是，聖靈降臨節那天，費麗西跟著泰奧多離開了永維鎮，順手牽羊，把衣櫃裏的衣服全帶走了。

大約就在這個時期，寡婦杜普易夫人寄來喜帖告知：她的兒子，伊沃托公證人萊昂·杜普易先生，將與朋維爾的萊歐卡蒂·勒勃夫小姐舉行婚禮。夏爾當即致書祝賀，並寫了這樣的句話：

「我可憐的妻子如果在世，該多麼高興！」

一天閒來無事，夏爾在家裏到處走走，信步來到閣樓上，覺得拖鞋底下踩到一個小紙團，撿起打開一看，只見寫道：「勇敢些，艾瑪，不要洩氣！我不想使你的生活充滿不幸。」這是羅德夫的信，掉在箱子之間地板上，被天窗的風吹到了門口。夏爾愣住了，怔怔地站在那裏。而就在這同一個地方，艾瑪曾經呆立良久，比他現在的臉色還蒼白，萬念俱灰，直想尋死。最後，夏爾在第二頁下面發現一個小小的「羅」字。這是什麼意思？他想起羅德夫起先來得那樣勤快，可是突然無影無蹤，後來遇到過兩、三回，總露出一副尷尬樣子。不過，這信上的口氣是尊敬的，他不由得仍往好處想：

「他們之間也許有過柏拉圖式的愛情吧。」

再說，夏爾不是那種好尋根究底的人，發現了證據，反而立刻退避；他的嫉妒之心也並不強烈，完全被巨大的悲痛淹沒了。

他想自然有人愛慕艾瑪，所有男人想必都對她垂涎三尺。於是在他眼裏，艾瑪更顯得嬌柔可愛。這使他產生了熾烈、恒久的欲望，火一般在他絕望的心裏燃燒。這欲望現在也不可能實現，所以無盡無休。

他當做艾瑪還活著，爲了討她的歡心，開始接受她的愛好和想法：他買漆皮鞋穿，經常繫白領帶，鬍子上面抹香油，像艾瑪一樣簽期票。艾瑪進了墳墓，還在敗壞他。

家境越來越窘迫，他把所有銀器，一件一件變賣光，接著又賣掉客廳的家具。家裏樓上樓下，所有房間徒剩四壁。但臥室——艾瑪的臥室，絲毫未動，仍保持原樣。每天晚飯後，夏爾上樓到那個房間，把圓桌子推到火爐邊，再把艾瑪的扶手軟椅挪過來，然後自己在對面坐下。一個鍍金的燭台裏，插著點燃的蠟燭。貝爾特坐在旁邊，照模帖用蠟筆描圖畫。

看到小女兒穿得破破爛爛，小靴子沒有帶子，罩衫從肩頭到屁股撕了一條口子，因爲女傭人根本不管她，這可憐的人心頭陣陣作疼。但孩子坐在身邊，那樣文靜，那樣可愛，嫵媚地低著小腦袋，漂亮的金色頭髮，垂在紅撲撲的臉蛋上，夏爾見了，心頭又湧起無限的欣慰——一種摻和著苦澀的欣慰，就像釀得不好的酒，含有一股樹脂味。他爲女兒修理玩具，用紙板給她剪小人，或者縫合洋娃娃裂開的肚皮。可是，一旦目光遇到針線盒、一根拖在外面的緞帶，甚至掉在桌子縫裏的一枚別針，他的又會沉思起來，一副憂傷的樣子；小女兒受到感染，也像他一樣憂傷。

現在誰也不來看望這父女倆。朱斯丹逃到盧昂去了，在一家食品雜貨店當了伙計。藥店老板家的幾個孩子，越來越不願意與小貝爾特接觸。奧梅先生呢，鑒於彼此社會地位的不同，根本不想與包法利繼續保持密切的關係。

奧梅的藥膏沒有治好瞎子的病。瞎子又回到了紀繞姆林子那一帶山地，經常向過往旅客講述藥店老板醫治無效的情形，弄得奧梅每回搭「燕子」經過時，不得不在窗帘後面，以免讓他看見。奧梅對瞎子恨之入骨，爲了維護自己的名譽，千方百計想除掉他，爲此定下了一條隱蔽的毒計。這條毒計不僅顯示了他的老謀深算，也顯示了他的虛榮心多麼卑鄙無恥。連續半年時間，人們經常在《盧昂燈塔報》上，讀到這類精心炮製的短文——

凡是前往庇卡第那個富饒之鄉的人，大都在紀堯姆林子那一帶山路上，注意到一個臉上長瘡、形容可怕的乞丐。他糾纏、騷擾過往行人，索取錢物，實際等於向他們強收捐稅。難道我們還處在中世紀的野蠻時代，可以任由參加十字軍東征歸來而流落街頭的人，在我們的公共場所，展覽他們在外域染上的爛瘡和瘰癧嗎？

或者——

儘管法律禁止流浪，可是我們的大城市近郊，仍然受到成群結隊的行乞者侵擾。其中也有一些單獨行動的，這些人恐怕同樣危險。對此，我們的市政當局有何考慮呢？

奧梅還編造了一些逸聞——

昨天，在紀堯姆林子的路上，一匹馬受驚……

接著，他描述了一次由瞎子引起的車禍。

結果瞎子進了大牢。但他又被放了出來，依然幹從前那營生；奧梅呢，也故技重演。這是一場較量。奧梅獲得了勝利，因爲他的敵人被判終身關進一家收容所。

勝利使奧梅變得更大膽。從此，只要本地有一隻狗被壓死，一座穀倉著了火，或一位婦女挨了打，他就立刻向公衆報導。而他這樣做的動機，始終是對進步的熱愛和對教士的憎恨。他將小學與無知兄弟會❶加以對比，極力貶低後者；他聽說教堂得到一百法郎補貼，便提醒人們不要忘記聖巴托羅繆慘案❷。他揭露弊端，嘻笑怒罵——這是他自己的話。奧梅從事破壞工作，變成了危險人物。

然而，他覺得單搞新聞報導，天地過於狹窄，不足以施展他的抱負。他應該趕緊寫書，著書立說！於是，他編了一本《永維地區統計一覽——附氣象觀測資料》。統計學促使他對哲學發生興趣。他所關心的全是重大問題，諸如社會問題、貧困階級的教化問題，還有養魚、橡膠、鐵路等等。他羞於作一個資產者，而擺出藝術家的派頭，經常抽煙，並買了蓬巴杜夫人❸兩座漂亮的小雕像，用以裝飾客廳。

他並沒有忽視藥劑學。恰恰相反，他了解所有新的發現，關注提倡食用巧克力聲勢浩大的運

❶一六八〇年產生於法國的一天主教團體的綽號。
❷一五七二年八月廿三至廿五日發生的法國基督教新教胡格諾派慘遭屠殺的事件。這次屠殺導致了第五次法蘭西內戰。
❸法國國王路易十五的情婦。

動。他是頭一個把可可和「健力多」介紹到下塞納省的人。他對普爾韋馬舍水電鍊❹懷著極大的熱情，自己身上就紮了一條。晚上，當他脫掉法蘭絨坎肩，露出那條金色鍊子，一圈一圈繞在身上，把整個上半身都纏滿了，活像一個斯基泰人❺，渾身上下金光閃爍，又像古波斯一位祆教僧侶。奧梅太太見了，總是驚嚇不已，對他也就倍添熱情。

關於艾瑪的墓碑，他有不少美妙的設想：先是建議採用半截立柱，外加帷幔式裝飾；接著又建議鑿成金字塔形；後來又建議雕成維斯太廟❻那樣的圓亭式樣……或者乾脆建得像「一堆廢墟」。不管採用哪種形式，他都堅持非栽上垂柳不可，因為他認為，垂柳是哀思綿綿的象徵。

夏爾同他去了一趟盧昂，到一家專門承做墓碑的石匠店參觀，還請了一位畫匠一塊去。畫匠名叫沃佛里拉爾，是柏里都的朋友，總愛說俏皮的雙關語。看了近百種圖樣，作了一個預算，最後又去了一趟盧昂，夏爾才決定建成陵墓式樣，墓碑前後兩面，各雕刻一個守護神，手持熄滅的火把。至於碑銘，奧梅想到"sta viator"❼，搜索枯腸也想不出更好的，念來念去還是"amabilem conjugem calcas"❽，夏爾採用了。

奇怪的是，包法利無時無刻不思念艾瑪，卻在漸漸忘記她。他竭力記住她的模樣，卻感到那

---

❹一種健身器。
❺古代黑海沿岸一個未開化的民族。
❻古羅馬神話的女灶神的廟。
❼拉丁文，意為「行路人安息吧」。
❽拉丁文，意為「賢妻長眠於此」。

模樣正從他的腦海裏溜走，使他陷入絕望。然而，每天夜裏他都夢見艾瑪，只不過夢裏的情景總是一個樣：他靠近她，正要擁抱，她卻在懷裏化成了泥土。

有一個星期，人們看見他天天傍晚去教堂，布尼賢先生甚至還去看望過他兩、三次，但此後就不再管他了。正如奧梅所說的，這老頭兒變得越來越偏狹，越來越狂熱，經常猛烈攻擊時代精神，在每半個月一次的佈道中，總要講伏爾泰死的情形：說衆所周知，他是吞食自己的糞便而嗚呼哀哉的。

包法利雖然生活節儉，但離還清舊債還差得老遠。樂勒拒絕延長任何期票的償還期限。扣押財產迫在眉睫。於是，包法利求助於母親。母親答應讓他用她的財產作抵押，不過在信裏痛罵了艾瑪一頓，並且提出要一條費麗西沒有偷走的披肩，作爲她所作的犧牲的報償。夏爾不肯給，母子倆鬧翻了臉。

還是母親首先採取和解行動，提出讓她把小貝爾特接過去帶在身邊，對她也算是一種安慰。夏爾倒是同意了，但臨到動身，又怎麼也捨不得放女兒走。於是，母子間的關係完全、徹底地破裂了。

隨著對亡妻感情的日益淡薄，夏爾越來越把愛傾注在小女兒身上。然而，小女兒令他擔憂，因爲她時常咳嗽，而且面頰上有兩塊紅暈。

對門的藥店老板家，紅紅火火，歡樂常在，萬事勝意。拿破崙在配藥室給他當助手，阿達莉爲他繡希臘式便帽，伊爾瑪剪蓋蜜餞用的圓紙片，富蘭克林會一口氣背完九九乘法表。奧梅眞是最幸福的父親，最走運的男人。

非也！一種野心暗暗折磨著他：奧梅渴望十字勛章。他倒是具有條件，誠如他自己所說：

首先，敝人在霍亂流行期間，表現了極大的獻身精神；其次，敝人自費出版了多種有益於公眾的著作，例如……（他列舉了題為《論蘋果酒及其釀造與效用》的論文，還有寄給科學院的《關於絨毛芽蟲之研究》，以及《統計概覽》那本書，甚至考藥劑師的那篇論文）；此外，敝人還是好幾個學術團體的成員（其實他只是一個學術團成員）。

「總之，」奧梅轉一個身嚷道，「單憑在救火方面的貢獻，我也該得！」

為此，奧梅趨奉權貴，暗中為省長競選大幫其忙。總之，他賣身求榮，無異於政治娼妓。他甚至給國王上書，懇求為他主持公道，稱當今國王為「吾輩仁慈的君主」，將他與亨利四世相題並論。

每天早晨，藥店老板總是報紙一到就搶過來，想看看自己是否已被提名，但總是不見消息。最後，他實在按捺不住了，便在自家花園裏培植了一塊勛章形的草地，頂上還栽了彎彎曲曲的兩條草，算作綬帶。他經常雙臂交叉，在旁邊踱來踱去，暗罵政府無能和世人負義。

不知是出於尊重，還是慢有慢的樂趣，夏爾在清點艾瑪的遺物時，遲遲沒打開她用過的那張紅木書桌的暗屜。一天，他終於在書桌前坐下，將鑰匙一轉，推開鎖簧。萊昂的所有信全在裏面。這回眞相大白了！他一口氣讀完全部的信，又搜遍每個角落、每件家具、每個抽屜，甚至每條牆縫，又是哭，又是嚎，喪魂落魄，如癲如狂。他發現一個盒子，一腳踹開，一眼就看見羅德夫的照片，夾雜在散亂的情書之中。

從此他變得意氣消沉。大家都莫名其妙。他不再出門，不再見客，甚至不再外出看病。於是，有人說：「他關在家裏喝悶酒。」

偶爾有好奇者，爬在花園籬笆上往裏窺探，驚愕地發現這個人鬍子老長，衣服邋遢，面貌猙獰，一邊走來走去，一邊嚎啕大哭。

夏天傍晚，他總帶著小女兒去墓地，直到完全天黑才回來，廣場除了比內家天窗漏出來的燈光外，全黑乎乎的。

然而，夏爾無法充分品嚐自己的痛苦，因爲周圍連一個可以一塊談談的人也沒有。有時他去看望勒佛朗索瓦太太，想與她一塊談談艾瑪。但女店家聽的時候總是心不在焉，因爲她有她的煩惱：樂勒先生的「利商車運公司」終於開業了，伊韋爾在辦貨方面頗有聲譽，要求女店家給他加薪，揚言否則就要去爲她的競爭對手幹。

一天，夏爾去阿爾蓋市場，準備賣掉他的馬——他最後的財產，不期遇到羅德夫。

情仇相見，兩個人的臉刷了一下都白了。艾瑪過世，羅德夫只送來一張帖子，所以他先是結結巴巴，說幾句抱歉的話，不一會兒鎮定下來，居然厚著臉皮，請夏爾去酒店喝一瓶啤酒（時值八月，天氣十分炎熱）。

他坐在夏爾對面，雙肘支在桌子上，嘴裏叼著雪茄，說些無關緊要的話。夏爾面對這張艾瑪曾經愛過的面孔，思緒紛紜，怔怔地出神。他彷彿重見到艾瑪的一件故物，心情實在難以形容，恨不得自己是面前這個人。

羅德夫不停地談著莊稼、牲口、肥料，凡是可能讓對方想起的地方，就用一句平平淡淡的話掩飾過去。其實，夏爾根本沒在聽。羅德夫也覺察到了，從他臉色的變化，就可以看出往事的回憶又引起他的感情的變化。夏爾的臉漸漸變得通紅，鼻孔翕動，嘴唇哆嗦；有一陣，他甚至怒火中燒，兩眼盯住羅德夫。羅德夫嚇壞了，打住了話頭。但是沒多久，夏爾的臉上又現出原先那種疲倦、悲傷的神情。他說：

「我不想怨恨你。」

羅德夫默不作聲。夏爾雙手捧住頭，一副無比痛苦的樣子，用一種無可奈何的口氣，有氣無力地說：

「是的，我不再怨恨你！」

他甚至加了一句偉大的——他有生以來所說過的唯一一句偉大的話——

「錯在命運！」

正是羅德夫支配了這一命運。他覺得，一個人處在夏爾這種地位，能說出這種話，誠然寬厚，但未免可笑，甚至有點卑怯。

第二天，夏爾坐在花棚底下的長凳上。陽光從空隙間漏下來，葡萄葉把影子投在沙地上，茉莉花芳香馥郁，天空湛藍，斑蝥（昆蟲類，觸角呈鞭狀，可入藥）繞著開花的百合嗡嗡飛舞。夏爾像一個失戀的小伙子，思潮翻滾，憂傷的心堵得滿滿的，透不過氣來。

小貝爾特整個下午沒看見他，七點鐘來找他吃晚飯。

他仰著頭靠在牆上，閉著眼睛，張著嘴，手裏抓著一綹長長的黑髮。

「爸爸，走呀！」小貝爾特叫道。

她以爲父親是逗她玩，輕輕推他一把。夏爾倒在地上，已經死了。

三十六個小時之後，卡尼韋先生應藥店老板之請趕來了，解剖了屍體，但沒發現什麼。

在一切賣掉之後，只剩十二法郎七十五生丁，供包法利小姐投奔祖母作盤纏。老祖母當年故去，魯奧老爹又癱瘓在床，由一位姨媽收養了包法利小姐。姨媽家也很窮，只好把她送進一家紗廠，去做工餬口。

包法利去世後，先後有三位醫生來永維鎮開業，但他們一到，奧梅先生就千方百計向他們扯後腿，因此沒一個站穩腳跟。奧梅的主顧多得不得了，當局照顧他，輿論保護他。

最近他榮獲了十字勛章。

〈全書終〉

〈包法利夫人〉審判記錄

——巴黎輕罪法院（第六庭）審判作者時的公訴狀、辯護詞和判決書

檢察署對古斯塔夫・福樓拜提出公訴

皇家律師艾爾內斯・皮納爾❶先生的公訴狀

先生們，檢察署在開始這場辯論時，遇到一個無法掩飾的困難。當然不是起訴本身遇到什麼困難。我們控告（這本書）敗壞公眾道德、誹謗宗教，儘管這樣講未免有點籠統，未免有點含糊，需要具體說明。不過，當你對頭腦正直而講究實際的人進行闡述時，人們很自然會要求知道這本書哪些頁敗壞道德、誹謗宗教。困難不在於我們的起訴本身，而更多地是在於你們要審判的這本書的篇幅。如果提交你們審查的是報刊上的一篇文章，那麼罪證從頭至尾一目了然，檢察署把文章讀一遍，然後交給你們審判就是了。可是，這裏所涉及的不是一篇報刊文章，而是整整一部小說，是《巴黎雜誌》從一八五六年十月一日至十二月十五日連載的一部小說。遇到這種情況該怎麼辦呢？檢察署該怎麼處理呢？把整本小說宣讀一遍嗎？那是做不到的。另一方面，如果僅

❶此人當時是代理檢察長。

僅宣讀指控的段落，又可能遭到人們理所當然的指責。人們會對我們說：你們不全面闡述指控的內容，而是掐頭去尾，僅僅念你們指控的段落，很顯然，這是限制辯論的範圍，企圖壓制辯論。爲了避免這種雙重的困難，只有一個辦法，就是先不宣讀也不指控任何段落，而是向諸位介紹整部小說的內容，然後再宣讀相應的段落，透過引證提出指控，最後再來回答對起訴的總的方式可能提出的反駁。

這本小說的書名叫做《包法利夫人》。這個書名本身不說明任何問題。它有一個加括號的副標題：外省風俗。這個副標題也不說明作者的思想，但使人可以揣測作者的思想。作者並不想遵循某種正確或錯誤的哲學體系。他是想描繪通俗畫。諸位將看到他所描繪的是什麼樣的畫!!這本書算是對以丈夫的描繪開頭和結尾的吧，但是作品中最刻意描繪的人物，使其他人物黯然失色的人物，顯然是包法利夫人。

在這裏我僅僅介紹而不引述。作品一開始描寫的是丈夫中學時的情形。應該說，從這個孩子身上，已經可以看出未來的丈夫是個什麼樣的人。他非常笨又非常膽小，進入學校時怯生生的，人家問他什麼名字，他回答說叫「夏包法里」。他在班上始終既不是優等生，也不是末等生。上完中學之後，他到盧昂學醫，寄住在他母親認識的一個染匠家五層樓朝塞納河的一個房間。他在那裏苦讀寒窗，但並未獲得醫生的資格，而只獲得助理醫師的頭銜。他常常上酒吧，常常缺課，不過當時他除了玩玩骨牌，還沒有別的愛好。這就是包法利先生。

後來他結了婚。妻子是母親給他找的，本是迪普一位承發吏的寡婦，守貞操，但長得醜，已經四十五歲，每年有一千兩百法郎收益。但是，爲她掌管錢財的公證人突然捲逃，去了美洲。這位包法利少奶奶承受不了這個意外打擊，去世了。這是第一次婚姻，也是第一幅畫。

包法利先生成了鰥夫，考慮再結婚，常回憶往事。但他沒費多少工夫去尋找，就有附近一位農莊主的女兒闖進了他的思想。這姑娘就是艾瑪・魯奧小姐。包法利少奶奶曾經對她大生疑心。農莊主魯奧只有一個女兒，在盧昂的聖于爾絮勒修道會受過教育。她很少照料農莊的事情，父親希望把她嫁出去。助理醫生出現了，他對陪嫁又要求不高。雙方抱著這種心情，諸位可想而知，事情必然進展很快。他們結了婚。包法利先生在妻子面前俯首帖耳。他是最幸福的男人，最盲從的丈夫。他唯一關心的事情，就是迎合妻子的欲望。

至此，包法利先生的地位消失了。作品著意刻畫的是包法利夫人。

先生們，包法利夫人是否愛自己的丈夫，或者想愛自己的丈夫呢？不。從一開始，讀者看到的就是一幅可以稱為「啓蒙」的畫面。從這時起，另一種境界展現在她眼前，她看到了一種新的生活。沃比薩爾莊園主舉辦了一次盛大的晚會，邀請助理醫師夫婦參加。就是在那裏，包法利夫人接受了尋歡作樂的啓蒙！她看見了曾在王宮裏頗吃香的拉維迪埃爾公爵，還跟一位子爵跳過舞，心靈裏產生了前所未有的騷動。她經歷了一種新生活。她的丈夫以及她周圍的一切，對她來講，都變得不堪忍受了。一天，她在櫃子裏找東西，手指被一根鐵絲劃破了：那是她的婚禮花朵上的鐵絲。為了使她擺脫百無聊的狀況，包法利寧願失去已有的主顧，搬到永維鎮居住。正是到了那裏之後，發生了第一次墮落。我們介紹到第二部。包法利夫人到達永維鎮後，遇到的並深情注視的頭一個人，不是當地的公證人，而是公證人唯一的見習生——萊昂・杜普易。這是一個正在學習法律的小伙子，打算去首都完成學業。小伙子隨後頻頻登門拜訪。任何男人都會對此感到不安，可是包法利先生卻天眞地相信他妻子的貞操。萊昂因爲缺乏經驗，也以爲包法利夫人是個守貞操的女人，於是他走了。機會失去了。但很快出現了新的機會。在距永維鎮不遠，有一個名僑羅德夫・布朗赫的先生（諸位看到我是在介紹）。這是一個三十四歲的男人，性情粗暴，是風月場中的老手，當時已有一個情婦，是個女戲子。他見到包法利夫人，覺得她又年輕又漂亮，便決心把她弄到手作情婦。事情進展順利，僅三次機會就成功了：第一次是參加農業評比會；第二次是登門拜訪包法利夫人；第三次是陪她騎馬散步。包法利先生認爲騎馬散步對妻子的身體大有好處。墮落正是頭一次在森林裏散步時發生的。以後兩個人頻頻幽會，地點是羅德夫的莊園，更多地是在助理醫師家的花園裏。這對情人爲了尋歡作樂，竟至走到極端！包法利夫人要羅德夫帶她私奔，羅德夫不敢說不同意，但給她寫了一封信，列舉種種理由，說明他不能帶她私奔。包法利夫人收到這封信，像遭到雷擊，大腦神經受到嚴重刺激，隨後得了傷寒。愛情被扼殺，但病根留下來了。以上是第二幅畫面。

下面介紹第三幅畫面。與羅德夫墮落之後，出現了宗教的回歸，但歷時很短，包法利夫人再次墮落。丈夫認爲看戲有助於妻子恢復健康，便帶她去盧昂看戲。在包法利夫婦所坐的包廂對面的包廂裏，坐著萊昂・杜普易，即巴黎學習法律的那個公證人見習生。他回到了盧昂，這回可是非常經驗的情場老手了。他去看望包法利夫人，與她約會。包法利夫人叫他去教堂相會。從大教堂出來，萊昂叫她同他上一輛出租馬車。起初包法利夫人不肯，但萊昂說在巴黎人們就是這樣作的。於是，不再存在障礙。就在出租馬車裏發生了那種墮落的事！幽會越來越頻繁。像過去與羅德夫一樣，與萊昂也在助理醫師家裏幽會，後來在盧昂所租的一間旅店客房裏。這就是第二次私通，直到艾瑪厭倦爲止。此後開始了悲慘的畫面，即小說的最後一幕。

包法利夫人毫不吝惜地送羅德夫和萊昂種種禮物，自己過著奢華的生活。爲了應付大量的開銷，她簽了許多期票。她遇到一位高利貸者。此人讓她簽一張又一張期票；到期無法償還，就讓她續簽，並轉到一個串通行騙者名下。後來就是印花公文、拒付款警告書、判決書、財產抵押，最後是拍賣包法利全部家具的布告。這一切包法利全不知道。包法利夫人走投無路，到處借錢，但誰也不肯借給她。萊昂沒有錢，包法利夫人叫他不惜犯罪去搞錢，嚇得他躲起來不再見她。包法利夫人受盡屈辱，最後不得不去找羅德夫，但也一無所獲：羅德夫拿不出三千法郎。怎麼辦？去請求丈夫原諒嗎？不行。去向丈夫解釋嗎？也不行。因爲丈夫會慷慨地寬恕她，而這正是她無法忍受的屈辱。她只剩下一條出路：服毒自殺。於是，接著便是令人慘不忍睹的場面：丈夫守在妻子冰冷的屍體旁邊。他拿來婚禮上妻子曾穿過的袍子，叫人給她穿上，又吩咐用一棺兩槨予以安葬。

一天，包法利打開書桌抽屜，發現了羅德夫的照片以及他和萊昂寫給艾瑪的信。諸位以爲，這一下愛情會在他心裏熄滅了吧？不，沒有。恰恰相反，他越發思念這個被別的男人占有過的女人，因爲她曾經給過他無法忘懷的快樂。從此以後，他不再爲人看病，也不管家，把最後所剩的一點財產全部花光。一天，他坐在花園的花棚下死了，手裏抓著一綹長長的黑頭髮。

以上就是這部小說。我從頭至尾作了介紹，沒有漏掉任何一個畫面。這本書的書名叫做《包法利夫人》；諸位完全可以給它另擬一個書名，恰如其分地叫做《一個外省女人的私通故事》。

先生們，我的任務的第一部分已經完成。我作了介紹，下面我要引證，在引證之後再提出指控。要指控的兩方面的罪行：一是觸犯公衆道德，二是觸犯宗教道德。觸犯公衆道德罪，表現在我們就要向諸位展示的淫穢畫面之中；觸犯宗教道德罪，則表現在把情欲與聖潔事物混爲一談來描寫。下面我就開始引證。我力求簡短，因爲諸位可以閱讀整部小說。我僅僅向諸位引證四個場面，或四個畫面：第一個是與羅德夫的私通和墮落；第二個是兩次私通之間的宗教轉變；第三個是與萊昂的墮落，即第二次私通；第四個，也是最後一個畫面，我打算引證包法利夫人之死。

在撩起整個畫的四個角之前，請允許我問福樓拜先生運用的是什麼色調和筆法？因爲一本小說歸根到底是一幅畫，應該弄清楚它屬於什麼流派，運用的是什麼色調，它的主人公畫得怎麼樣。

作者所運用的總的色調，恕我直言，是淫穢的色調，在幾次墮落之前、之中和之後都是這樣！包法利夫人還是一個十一、二歲的孩子的時候，生活在聖于爾絮勒會修道院裏。這種年齡的姑娘還沒長大成人，還不可能感受情竇初開的衝動，面前展現著一個嶄新的世界。可是，她這種年齡卻去懺悔了。

「臨到懺悔（這頭一段引語，見於第一部，即十月一日那一期第三十頁），爲了在那裏待久一會兒，她面對口中念念有詞的教士，跪在暗影裏，雙手合十，臉貼在鐵欄杆上，編造出一些小過失。教士在訓誡時，反覆拿未婚夫、丈夫、天國的情人和永恒的婚姻這些概念進行比較，在她的靈魂深處喚起意想不到的柔情。」

一個小姑娘給自己編造一些小過失，這難道是正常的嗎？要知道，對一個孩子來講，最小的事情是最難表達的。再說，把一個還沒成年的小姑娘，描寫成跪在黑暗裏，聽著教士口中念念有詞，一邊對比，一邊幻想著未婚夫、丈夫、天國的情人、永恒的婚姻，因而快樂得全身發抖，這難道不是我所提出的淫穢畫面？

諸位想了解處於自由狀態、沒有情人、也沒有失足的包法利夫人的言行舉止嗎？讓我們看看新婚第二天她的表現吧：這個新娘子「不露聲色，諱莫如深，連最機靈的人也捉摸不透」。這裏所使用的手法已經不只是下流的雙關語。諸位是否也想知道那個丈夫表現得怎樣呢？

婚禮後第二天，丈夫卻像「先前那個處女」，而這個新娘子則「不露聲色」。後來，每天早晨，丈夫起床去出診，「心裏充滿昨夜的歡情，心情恬靜，肉體滿足，獨自咀嚼著他的幸福，就像飯後回味正在消化的香蘑的滋味一樣」。

在這裏，先們們，我想向諸位明確指出福樓拜先生的文學作品的特點和他的筆法：他筆下有些描寫意味深長，但這些描寫不會使他付出任何代價。

後來在沃比薩爾古堡，諸位知道是什麼東西吸引著這位少婦的目光，是什麼使她感觸最深嗎？那始終是同樣東西，即拉維迪埃爾公爵。這位公爵，據說在勞曾之前，庫瓦尼之後，曾一度是瑪麗・安托萬內特的情人。「艾瑪的眼睛，總是情不自禁去看這個嘴唇耷拉的老頭子，就像看一件稀奇而又令人肅然起定的東西。人家可是在王宮裏待過，而且在王后娘娘床上睡過覺啊！」

也許有人會說，這只不過是附帶提一提歷史。眞是可悲而又無聊的附帶一筆！歷史也許讓人提出一些疑問，但決沒有賦予把疑問說成確有其事的權利。所有寫到這段歷史的小說，都提到項鍊，提到許多事情，但那僅僅是懷疑。我重複一遍，歷史不允許把這些懷疑變成千眞萬確的事實。當瑪麗・安托萬內特作爲尊貴的王后，懷著基督徒的平靜心境去世時，她所流的血應該洗刷了一切罪過，更何況那些罪過僅僅是懷疑。天哪！福樓拜先生爲了描寫他的女主人公，需要一個動人的形象。他信手拈來這個形象，既表現了包法利夫人淫邪的本能，也表現了她的野心！

包法利夫人看來很會跳舞。請看作者是怎樣描寫的吧：

「起初他們跳得慢，漸漸地越跳越快，不停地旋轉，周圍的一切也跟著旋轉，燈、家具、板壁和整個舞池，宛若一個圓盤在軸上旋轉一樣。經過門邊時，艾瑪的裙子飄起來貼在對方的褲管上。他們的腿交錯進退；他兩眼俯視著她，她兩眼仰視著他。艾瑪感到頭暈目眩，停了停。接著兩個人又跳起來。子爵越轉越快，帶著她離開衆人，一直旋轉到迴廊盡頭。艾瑪氣喘吁吁，差點摔倒，把頭貼在子爵胸前靠了一會兒。隨後又繼續跳，只是慢了一些。子爵送她回原來的座位。她朝牆一靠，雙手蒙住眼睛。

我知道，人們跳華爾滋舞，都是有點像這樣跳。但這並不說明就符合道德。

就拿包法利夫人最通常的行爲舉止來說吧，那也始終是用同樣的筆調描寫的。這種筆調存在於每一頁。在這種筆調下，鄰居藥店老板的傭人朱斯丹窺視到這個女人梳妝室的奧秘時，讚嘆不已。甚至在廚房裏他也發出這種淫蕩的讚嘆：

「朱斯丹雙肘支在費麗西熨衣服的長木板上，貪婪地打量著攤在她身邊的女人穿戴的東西：花格細布裙、披肩、縐領、上面寬鬆下面窄小的背帶褲子。」

「『這是幹什麼用的？』小伙子伸手摸摸硬襯布和搭扣問道。」

「『你眞的從來沒見過嗎？』費麗西笑著說道。」

在這種筆調下，丈夫在渾身散發著幽香的妻子面前，弄不清那香味是來自她的皮膚，還是來自他的襯衫。每天晚上等待的，「總是擦得乾乾淨淨的家具，還有一位精心打扮、招人喜愛的妻子，渾身上下散發著幽香。他眞摸不清那香味是從哪兒來的，是不是她的皮膚熏香了她的襯衫。」

引述的細節夠多了。現在諸位已了解休息時的包法利夫人的面貌，已了解還沒有勾引男人、還沒有犯罪、還是一身清白、還不厭惡丈夫的包法利夫人的面貌。現在諸位了解畫面總的色調了，了解包法利夫人總的面貌了。作者以非常細緻的筆法，運用了其筆法的全部魅力，來描繪這個女人。他有否試圖表現她的聰明才智的一面呢？根本沒有。他有否試圖表現她的心靈呢？也沒有。他有否試圖表示她的思想呢？同樣沒有。他有否表現她的外貌美呢？甚至也沒有！啊，我知道他在一處地方描寫了她的外貌。那是在一次顚鸞倒鳳的通姦之後。可是那幅畫首先是淫穢的，姿態是肉感的，包法利夫人的美是妖媚之美。

現在我打算從四個方面引述。我只引述四點，力求縮小範圍。我已經說過：「第一點是與羅德夫私通；第二點是宗教的轉變；第三點是與萊昂私通；第四點是自殺身亡。」

首先看第一點。包法利夫人正處於墮落、毀滅的邊緣。

「家庭生活的平淡無奇使她幻想著奢華的生活；夫妻間感情的現狀使她產生了通姦的欲念……」、「她責怪自己沒有愛上萊昂；她渴望他的嘴唇。」

是什麼東西引誘了羅德夫並使他萌生了欲念？是艾瑪的連衣裙隨著她身體的曲線，有些地方凹了下去！羅德夫領自己的僕人來包法利家放血，僕人感到頭暈。包法利夫人端起臉盆。

「包法利夫人端起臉盆放到桌子底下。她一彎腰，身上的連衣裙就撒開在周圍的石板地面上；她彎著腰，身子有點失去平衡，雙臂一伸，本來綳得緊緊的連衣裙，隨著上身的曲線，有些地方凹了下去。」

而這一點在羅德夫思想上引起的反映是：

「她眼前浮現出艾瑪的倩影，仍是剛才的裝束，但他把她脫得精光。」

那是頭一回他們一起交談。「兩個人相互注視，烈火般的欲望使他們發乾的嘴唇直哆嗦；他們的手指軟綿綿的，不用力抓就黏在一起。」

這只不過是墮落的前兆，應該讀描寫墮落本身那段文字：

「衣服做成，夏爾給布朗赫先生修書一封，說：『賤內整裝恭候，不勝翹企。』」

「第二天中午，羅德夫牽著兩匹出色的馬，來到夏爾家門口，其中一匹耳朵旁飾著粉紅色絨球，背上套了一副供女人用的麂皮馬鞍。」

「羅德夫穿了一雙長統靴，心想這樣的靴子艾瑪多半沒見過。果不其然，當他穿著寬大的絲絨外套和白色針織馬褲，出現在樓梯口時，艾瑪都被他的翩翩風度迷住了……」

……………

「一到田野上，艾瑪的馬就奔跑起來，羅德夫策馬跟在她身邊。」

他們到了森林裏。

「他拉著她走到更遠的地方，繞著一口水塘溜達。滿地浮萍，碧綠的漂於水波之上……」

……………

「『我錯了，我錯了！』艾瑪說，『聽信了你的話，我眞是瘋了！』」

「『爲什麼？艾瑪！艾瑪！』」

「『啊！羅德夫！』少婦慢悠悠說著，把頭依在他的肩上。」

「她的呢袍與他的絲絨外套黏貼在一起。她仰起白白的、鼓鼓的脖子，發出一聲嘆息，渾身酥軟，滿臉淚水，從頭到腳猛一震顫，將臉藏起，順從了他。」

她站起來，抖落淫欲的疲勞之後，便回家去。家裏有鍾愛她的丈夫在等待著她。在這頭一次失足之後，在這頭一次私通、頭一次墮落之後，當她看到受欺騙而鍾愛她的丈夫時，她心裏是不是內疚，是不是有內疚的感覺呢？不！她高昂著頭回到家裏，心裏歌頌著通姦：

「在鏡子裏看見自己的臉，她大吃一驚。她從來沒有發現自己的眼睛這樣大，這樣黑，這樣深邃。某種神奇的東西注入了她的體內，使她煥然一新。」

「她一遍又一遍自言自語道：『我有了一個情人！我有了一個情人！』這想法令她心花怒放，彷彿她回到了情竇初開的少女時期，愛情的歡樂、幸福的迷醉，她原以爲此生此世不會再有，現在終於要得到了。她走進一個神奇的境界，一個充滿戀情、痴迷如夢幻的世界……」

在這頭一回失足，頭一回墮落之後，她就這樣讚美通姦，就這樣唱著通姦的頌歌，歌唱通姦的詩意，歌唱通姦的快樂。這個，先生們，我認爲遠比通姦本身更危險，更不道德。

先生們，這種對私通的讚美，使其他一切黯然失色，甚至幾天以後的夜間幽會。

「羅德夫一到，就往艾瑪的百葉窗上扔一把沙子。艾瑪慌忙起床，但有時她必須等待，因爲夏爾愛坐在火爐邊閒聊，聊起來就沒個玩。她急得像熱鍋上的螞蟻，眞希望自己的眼睛有魔力，瞪他一眼就能讓他滾到窗外去。最後，她開始睡覺前的梳洗，然後捧本書安安靜靜看起來，似乎看得很有味。但夏爾已經上床，叫她去睡。

「『來吧，艾瑪，』他說，『該睡覺了。』」

「『好，我就來！』她答道。」

「燭光晃眼睛，夏爾轉身向牆，很快就睡著了。艾瑪屏住呼吸，臉上露出微笑，不穿衣服就溜出去，心怦怦亂跳。

「羅德夫有一件很寬大的大衣，將她整個兒一裹，胳膊攬住她的腰，一聲不響，帶她向花園盡頭走去。」

「她們來到花棚下，坐在爛木棍做的凳子上。過去，夏日的黃昏，就是在這裏，萊昂那樣含情脈脈地注視著艾瑪。現在，她很少想念艾瑪了。」

「夜裏寒意襲人，他們摟抱得越來越緊，嘴唇邊的嘆息更加深沈，彼此隱約可見的眼睛，顯得比平時更夾；萬籟俱靜，悄聲說出的話語，句句落在心頭，水晶般清脆，彼此回應，餘音繚繞。」

先生們，諸位知道世界上有比這更傳情的語言嗎？諸位見過比這更淫穢的畫面嗎？請再說：

「包法利夫人從來沒有這個時期漂亮，簡直漂亮得難以形容。這是喜悅、熱情和成功所致，是性情與環境協調的結果。她的貪欲、苦惱、聲色方面的體驗和永遠天眞爛漫的幻想，猶如肥料、雨水、風和陽光之於花木，使她天生的特質逐步展露，最能鮮花怒放般徹底展開了。天生俊秀的眼皮，配上含情脈脈的目光，眸子隱隱沈在裏頭，好不嫵媚迷人；呼吸急促之時，纖小的鼻孔翕動，肉感的嘴角提起，嘴唇上微現黑色茸毛，陽光一照，似有若無；頭髮盤在腦後，繞成一個沈甸甸的圓髻，就像一個淪落風塵的巧匠信手挽成，而且因爲通姦，天天弄得披散開來；她的嗓音如今變得更加圓潤優柔，身材更加裊娜動人，甚至她帶皺褶的衣裙和彎彎的雙腳背，也流露出無窮的風韻，誰見了都會痲酥酥不能自己。夏爾像在新婚期間一樣，覺得她楚楚動人，無法抗拒。」

至此，這個女人的美貌已表現在她的風韻、身材和服飾上，諸位終於看到了她赤裸裸的形象。因此，諸位可以說究竟是不是通姦使她變得更漂亮了。

「『帶我走吧，』艾瑪大聲說，『把我拐走吧……啊！我求求你！』」

「她猛地把嘴伸到羅德夫的嘴邊，似乎羅德夫的吻會出其不意地冒出來，她要把它接住。」

先生們，這就是福樓拜先生善於畫的一幅肖像。這個女人的一雙眼睛顯得多大！自墮落以來她渾身上下充滿了多麼迷人的魅力！她的美貌幾時像在墮落之時和墮落之後的日子那樣光彩動人？作者向讀者表現的，正是通姦的詩意。我再一次試問諸位，這些淫穢的段落是不是嚴重地敗壞了道德？

現在來看第二個畫面。第二個畫面是宗教的轉變。包法利夫人身患重病，已經到了墳墓的門口。但她又活過來了，她的心靈上發生了一次小小的宗教轉變。

「布尼賢先生（此人是本堂神父）來看望艾瑪，問她身體如何，同時給她帶來一些消息，和她聊了一小會兒，勸她信教，輕言細語，不無風趣。艾瑪只要看見他那身道袍，就精神許多。

艾瑪最終要領聖體了。我不希望在一本小說裏碰到許多聖事的描寫，但如要描寫，至少不要用語言去加以醜化。這個私通的女人去領聖體時，她心上是否有悔罪的瑪德蘭那種誠意呢？沒有，根本沒有！她仍然是那個多情的女人，仍然在尋求幻想，並且到最神聖、最莊嚴的事物中去尋求幻想。

「艾瑪病危之時，有一天以為自己已到彌留關頭，要求領聖體，家裏人在她臥室裏為這聖事做準備，把堆滿藥瓶的五斗櫃改成祭壇，費麗西在地板上撒滿大麗花。這時，艾瑪漸漸覺得，有一種充滿活力的東西流遍她的全身，她的病痛以及一切感覺和情感，頓時徹底消失了。她的肉體變得輕飄飄的沒有一點重量：新的生命開始了。她覺得自己正向上帝飄升，恰似一炷香點著了，化作一道青煙，融進了對上帝的愛之中。」

她是用什麼語言向上帝祈禱？不是用在通姦中向情人傾吐感情的那些話嗎？也許有人會說這是地方色彩；也許有人會說輕浮、浪漫的女人，即使在舉行宗教儀式，也與一般人不一樣，因而可以原諒。用地方色彩來為這種把聖事和偷情混為一談的描寫辯解，是根本站不住腳的！即使在另一個地區，即使在西班牙或意大利，也找不到任何一個女人，成天情欲大發，明天又虔誠信教，嘴裏竊竊私語，對上帝重複她對情人說過的溫柔的話。先生們，你們可以評價這種語言；對這種把通姦的語言塞進聖事儀式的作法，你們肯定不會原諒！以上是第二幅畫面。下面來看第三幅畫面，也就是一系列私通的畫面。

在宗教轉變之後，包法利夫人又要墮落了。她去盧昂看戲。上演的是《露西・德・拉梅穆爾》。

艾瑪反躬自省：

「唉！在她還是如花似玉的青春妙齡之時，在她陷入結婚的泥坑，陷入私通的幻滅之前（有人也許會說結婚的幻滅、私通的泥坑），假如她把自己的終身許給了一顆偉大而堅強的心，那麼道德、愛情、歡樂和義務不是就可以得而兼之，她也不至於從幸福的頂峰跌落下來了嗎？」

看到舞台上的拉嘉爾狄，「她直想跑過去撲進他懷裏，尋求他力量的庇護，猶如尋求愛情的化身的庇護一樣，對他說，對他喊：『把我拐走吧，把我帶走吧！咱們一塊走！我是你的，我屬於你！我的全部熱情和所有夢想，統統屬於你！』」

萊昂在他身後。

「他站在她背後，肩頭靠著板壁；她感覺到他鼻孔裏呼出的熱氣，撲進她的頭髮，不由得全身微微顫抖。」

作者剛才對你們談到結婚的泥坑，現在又要向你們描繪通姦的詩意，描繪通姦難以形容的誘惑力了。我說過，至少可能把這兩個短語改一改，說成：「結婚的幻滅，私通的泥坑」。常常有這種情況：結婚之後，得到的不是原來希望的完美幸福，而是種種犧牲和苦惱。因此，「結婚的幻滅」講得通，「結婚的泥坑」卻講不通。

萊昂和艾瑪相約在大教堂裏幽會。他們參沒參觀大教堂，且不說。他們出了教堂。

「一個孩子在廣場上遊蕩。」

「『去叫一輛出租馬車來！』萊昂對他喊道。孩子像一個皮球沿著卡特旺街跑去……」

「『啊！萊昂……說眞的……我不知道我該不該……』」

艾瑪故作嬌態，接著又擺出一副嚴肅的樣子：

「『這樣作很不合適，知道嗎？』」

「『有什麼不合適？』見習生反駁道，『在巴黎人人這樣作！』」

「這句話像一個無可辯駁的論據，使艾瑪決意順從了。」

先生們，現在我們知道，墮落的事件不曾發生在出租馬車裏。這是因爲《巴黎雜誌》的編輯顧及自己的名譽，刪去了出租馬車裏墮落的那一段。不過《巴黎雜誌》雖然放下了出租馬車的窗帘，卻讓我們看到了幽會的房間裏的情形。

艾瑪想走，因爲她說好當天晚上回去的。「再說，夏爾在盼她回去。她心裏已經生出一種膽怯、順從的感覺。許多私通的女人都是這樣。這種感覺對她們既是一種懲罰，也是一種贖罪。」

「萊昂在便道上繼續朝前走。她跟在他後面，一直走到旅館，隨他上樓，開門，進到房裏……多麼熱烈的擁抱！」

「擁抱過後，是滔滔不絕的話語。兩個人相互傾訴一週來的愁煩、預感和盼信的焦急心情。不過，現在一切都拋到了腦後，他們面對面，你看著我，我看著你，開心地笑著，甜蜜地相互呼喚著。」

「床是張桃花心木大床，形狀像條船。紅色利凡丁綢帳幔，從天花板垂下來，在敞開的床頭，低低地拖到地面。艾瑪羞答答的，兩條赤裸的胳膊縮攏在胸前，臉藏在手心裏，棕色的頭髮和白皙的皮膚經紅帳幔一襯映，那嫵媚之態，無與倫比。

「暖融融的房間，柔軟無聲的地毯，清雅浪漫的陳設，柔和恬適的光線，一切都彷彿專爲如膠似漆的春情而設。」

以上就是在那個房間裏發生的事情。下面還有一段，作爲淫穢畫面，也很重要：

「這個房間，雖然裝飾略舊而不再那麼光彩奪目，但充滿了歡樂，令他們多麼眷戀！每次來到這裏，他們總發現房裏擺設原樣未動，有時還發現她上星期四遺忘在座鐘底下的髮夾。他們就著火爐，在一張鏤花的紅木小几上用餐。艾瑪切著肉，放進萊昂的盤子裏，一面故作多情，撒嬌邀寵；濺到她的戒指上時，她就發出朗朗放蕩的笑聲。他們靈肉相與，如痴如醉，以爲這裏就是他們自己的家，他們要在這裏一直生活到老死，就像一對年輕的終身伴侶。他們開口就說『我們的房間』、『我們的地毯』、『我們的安樂椅』，艾瑪甚至說『我的拖鞋』——那是萊昂爲滿足她一時的興致而送的禮物，粉紅色緞子做成，天鵝絨毛鑲邊。她坐在萊昂的膝頭，兩腿夠不著地面，懸在半空，那隻小巧玲瓏的拖鞋，沒有後跟，就只靠一雙赤走的足趾掛住。」

「萊昂有生以來頭一回品味女性難以形容的千嬌百媚。他從來沒過這麼優雅的語言，從來沒有見過這麼考究的服飾和睡鴿般的姿態。他崇慕她心靈的熱烈，也欣賞她裙子的花邊。再說，艾瑪不正是一位『交際花』，一位有夫之婦，總之，是一位名副其實的情婦嗎？」

先生們，這段描寫，從起訴的觀點來看，我想堪稱登峰造極了吧？下面還有另一段，或者不如說是同一畫面的繼續：

「艾瑪的話令他熱血沸騰，艾瑪的吻令他神魂顛倒。她這套引誘人的辦法，出神入化，叫你難以覺察，也不知是從哪兒學來的？」

啊！先生們，現在我理解了，爲什麼當她回到家裏，丈夫想擁抱她時，她對丈夫那樣討厭。我完全明白了，爲什麼在這類幽會之後，夜裏感到「直挺挺躺在身邊的那男人」的肉體時，她是那樣嫌惡。

還沒有完呢，在第七十三頁還有最後一幅畫面，我不能忽略不提。艾瑪縱欲到了厭倦的地步：

「艾瑪一次又一次指望，下次去盧昂，一定會盡情歡娛，可是事後自己也承認，一切平淡無奇。這次失望很快被新的希望所取代，艾瑪更加熱辣辣、情切切回到萊昂身邊。她急不可待地脫衣服，抓住緊身褡的細帶子一扯，帶子像一條水蛇，繞著她的光屁股溜下來。她赤著腳，踮起腳尖，再次走過去看看門是否關上了，然後身體一抖，就把所有衣服抖落在地上，全身赤裸，臉色蒼白，默不作聲，神情嚴肅，撲到萊昂懷裏，渾身上下，久久地顫抖不止。」

先生們，在這裏我要指出：從創作才能來說，這是一幅出色的畫，但從道德上講，這是一幅極壞的畫。是的，福樓拜先生善於運用一切藝術手段來美化他的作品，但他根本不考慮掌握藝術的分寸。在他筆下，沒有面紗，連薄紗都沒有，一切都是寫實，都是露骨的、赤裸裸的。

不妨再看看第七十八頁的一段話：

「他們彼此太熟悉了，再也感受不到雲雨的驚喜和百倍的歡娛。他厭倦了艾瑪，艾瑪同樣厭倦了他。婚姻生活的平淡無奇，艾瑪在私通中又全部體會到了。」

婚姻生活的平淡無奇，通姦的詩意！一會兒說結婚的泥坑，一會兒說婚姻生活的平淡無奇，但說來說去都是歌頌通姦的詩意。先生們，這就是福樓拜先生喜歡描繪的畫面。可惜的是，他描繪得不太高明。

我已經介紹了三幅畫面。第一幅是與羅德夫的畫面，其中你們看到在森林裏墮落，對通姦的讚美以及通姦的詩意使這個女人外貌更美；第二幅是宗教的轉變，其中你們看到如何借用私通時使用的語言來向上帝禱告；第三幅是第二次墮落，向你們展示了與萊昂私通的一個個場面，其中包括出租馬車裏的場面（刪去了）、旅店房間裏和床上的場面。我們認為已經鐵證如山。現在再來看看最後一幅畫面，即懲罰的畫面。

看來，這部分《巴黎雜誌》刪節頗多。下面看看福樓拜先生對此是怎樣抱怨的吧：

「《巴黎雜誌》出於我不贊同的某些考慮，在十二月一日那一期裏刪去了一段。在編輯現在這一期時，他們又顧慮重重，認為必須刪去好幾段。因此，我宣布對後面發表的文字不負責任，讀者所看到的只是片斷，不是整體。」

這些片斷我們且不談，而來看一看包法利夫人之死。她是服毒自殺的。她為什麼服毒自殺呢？「『啊！死也沒什麼了不起！』她想道，『我睡過去，就萬事皆休了！』」對服毒自盡、對昔日的私通沒有任何內疚，沒有任何認識，沒有一滴悔恨的眼淚，她就像一般快死的人一樣，接受了臨終聖事。為什麼要讓她接受臨終聖事呢？既然她剛才思想上還以為她就要墮入虛無，既然她對自己不信教、對自己的自殺、對自己的私通，沒有一滴悔恨的眼淚，沒有一聲悔恨的嘆息，為什麼要給她舉行臨終聖事呢？

在這之後就是敷聖油了。給所有死者敷聖油，使用的都是聖潔、神聖的語言。我們都用這種語言讓我們的祖先、我們的父輩或親人安息，有一天我們的兒女也用這種語言讓我們安息。作家要再現這種語言，務必準確，至少不能使之伴隨往昔生活中淫樂的形象。

諸位都知道，教士在臨終者額頭上、耳朵上、嘴上、腳上敷聖油時，總要一方面講「罪過、罪過」，一方面講「大慈大悲」一類的話。作家複述這些話必須準確，至少不得摻入任何淫樂的東西。

「艾瑪慢慢轉過臉來，驀然看見教士紫色的襟帶，露出了欣喜的神色。那大概是因爲，在心靈異乎尋常的平靜之中，她又體會到早年開始狂熱地信奉宗教的那種快樂，同時隱約看到了已開始降臨的天國永恒的幸福。」

「神父站起來，拿來十字架。艾瑪像口渴似地伸長脖子，把嘴唇貼在基督的身體上，使出最後的力氣和全部的愛，印了她平生最深沈的一個吻。而後，神父口裏念著『我主慈悲』、『寬恕罪孽』，同時將右手大拇指在油裏蘸了蘸，開始敷聖油：先是塗抹曾經貪戀塵世浮華的眼睛；接著塗抹喜歡呼吸和煦微風和愛情芬芳的鼻孔；然後塗抹曾經說過謊、爲虛榮而呻吟、在淫蕩中叫喊過的嘴；再次塗抹曾經在舒服的觸摸中興奮得發抖的手；最後是塗抹過去爲滿足欲望而跑得飛快、如今跑不動了的腳底。」

現在教士們爲臨終者低聲祈禱，每念一段經文之後，總要說：「阿門，基督的信徒，去皈依更崇高的宗教吧。」在臨終者最後斷氣時，教士也可低聲說這些話。

「艾瑪喘得越來越厲害，教士禱告得也越來越快。他的禱告與包法利的哽咽交織在一起。有時，似乎一切聲音都消失了，只聽見架語中一個個拉丁詞音節，像喪鐘在一下下敲響。」

作者認爲有必要在這些祈禱之中插進一個聲音，作爲對這些祈禱的應和。他讓便道上出現一個瞎子，哼著小調；那小調世俗的歌詞，就是爲臨終者所祈禱的應和。

「驀地，人行道上傳來笨重木頭套鞋的聲音，還有拐棍在地上戳戳點點的響聲，接著有人放開嗓門沙啞地唱道——

朗朗晴天喲暖洋洋，
小妞兒相思心癢癢。
這天起喲起了大風，
她的短裙沒了影蹤！

正在這時，包法利夫人死了。

因此，作者讓我們看到這樣一幅畫面：一邊是神父在爲臨終者作祈禱；另一邊是那個流浪者哼小調，引得臨終者「笑起來。那是一種凶惡、瘋狂、絕望的笑。她似乎看見乞丐那張醜陋的臉，像一個嚇人的怪物，揚起在永恒的黑暗中。一陣抽搐，艾瑪倒在褥墊上。大家圍攏過來，她已經嚥了氣。」

人死了，屍體涼了，這時首先應該尊重的東西就是靈魂所離開的遺體。當丈夫跪在靈床前，哭自己的妻子，給她蓋上裹屍布時，其他一切都該停止了。可是就在這時，福樓拜先生又加了一筆：「覆蓋在她身上的單子，胸部以下直至膝蓋呈凹陷狀，在腳趾的地方又隆起來。」

這就是包法利夫人之死的畫面。我將之簡化、壓縮了。現在請諸位來分析、判斷，這究竟是不是把神聖的事物與世俗的東西混爲一談，或者說，是不是把聖事與淫樂混爲一談？

我介紹了這部小說，並對它提出了指控，現在我要說：福樓拜先生不講任何藝術分寸，而是利用一切藝術手段創作並完成的這部作品，是一幅描寫性的、現實主義的畫。請看他竟然走到了什麼地步。最近我收到一期《藝術家》雜誌。這裏我無意對《藝術家》雜誌提出指控，而是意在說明福樓拜先生創作的是什麼類型的作品。請允許我引述這份雜誌裏一篇文章的幾行話，這篇文章也是可以用來對福樓拜先生提出指控的。我從中看到，福樓拜先生多麼善於描繪；他喜歡描繪欲念，尤其善於描繪包法利夫人不能自拔的那類欲念。在一月份那一期《藝術家》裏署名古斯塔夫．福樓拜的那篇文章中，從關於聖．安東的欲念那幾行文字，我看到了福樓拜的典型風格。天啊！這樣一個主題，人們有許多事情可以寫，但我認爲誰也不可能比福樓拜先生寫得更生動、形象，描繪得更有特色。阿波里奈爾對聖．安東說：「這是科學嗎？這是榮耀嗎？你想不想在濕潤的茉莉花上讓眼睛清爽清爽？你想不想感覺自己的身體像波浪一般鑽進昏過去的女人肉體裏？」

不錯，這是同樣的色調，是同樣有力的筆觸，是同樣生動的語言！

現在來歸結一下：我分析了這本書，一頁不漏介紹了它的情節，然後提出了指控。這是我的任務的第二部分。我具體介紹了幾個畫面，介紹了處於休息狀態、與丈夫相處、與她不引誘的人相處時的包法利夫人，我讓諸位看到了這些畫面的淫穢色調。然後我分析了幾個大的場面：與羅德夫的墮落、宗教轉變、與萊昂相愛以及死亡的場面。

在所有這些場面中，我都找到了敗壞公衆道德、誹謗宗教的雙重罪證。

我只需要兩個場面就夠了：敗壞道德這一點，難道從與羅德夫的墮落中，尤其是從與萊昂的私通中，諸位還看不出來嗎？至於誹謗宗教，從懺悔的方式（十月一日那一期發表的第一部分第三十頁）、宗教轉變（十一月十五日那一期的第五四八、五五〇頁）以及最後死亡的場面中，可以看得一清二楚。

先生們，你們面前有三名被告：這本書的作者福樓拜先生、接受發表這本書的比沙先生和印刷這本書的比耶先生。沒有出版也就沒有這方面的罪行，所以凡是促成了這本書出版的人都應受到懲處。不過，應該立刻明確講清楚的是：《巴黎雜誌》的發行經理和印刷商只不過是協從，主犯是作者，是福樓拜先生。福樓拜先生在接到編輯部的通知之後，對刪節他的作品提出了抗議。其次是洛朗．比沙先生，對他應該追究的不是他刪節了那一段，而是應該刪去卻沒有刪去的那些段落。最後是印刷商比耶先生，他是防止發生醜聞的前哨。比耶先生是個很體面的人，對其人格我沒有任何話可說。我只請求諸位一件事：對他繩之以法。印刷商接受了要印刷的東西，應該閱讀，自己不讀也不請別人讀就印，必然要冒危險。印刷商不是機器，他們有特權，他們是宣了誓的，他們處於一種特殊地位，是負有責任的。我再說一遍，如果諸位允許這樣說的話，他們是前哨，犯罪行爲聽之任之，就等於放過了敵人，請你們從輕處理比耶先生吧。至於主犯福樓拜，你們必須嚴懲！

我的任務完成了。現在需要等待或預先估計會有什麼異議。作爲總的異議，有人可能會我們說：儘管如此，這本小說實質上還是符合道德的，因爲通姦受到了懲罰。

對於這種異議可以有兩種回答：一是我假設作品是符合道德的，但是一個符合道德的結局，並不能使作品中淫穢的細節得到寬恕；二是我說作品實質上不符合道德。

先生們，一個符合道德的結局無法掩飾淫穢的細節。否則，豈不就可以敘述一位妓女一切可以想像的縱欲，描寫一位妓女一切卑劣的行爲，只要最後寫她死在醫院的病床上就行了？豈不可以研究和表現妓女一切淫蕩的姿勢？那樣勢必違背良知的全部準則。那樣就是把毒藥提供給所有人，而把良藥提供給極少數人，如果有良藥的話。閱讀福樓拜先生的小說的是什麼人呢？是搞政治或社會經濟學的男人嗎？不！福樓拜先生這本輕佻的《包法利夫人》是落在更輕佻的人的手裏，即落在年輕姑娘們手裏，有時也落在已婚的婦女手裏。那麼，當思想受到了誘惑，當這種誘惑深入了心靈，當心靈向感官說話時，諸位相信冷靜的理智足以克制感官和感情上的誘惑嗎？再說，男人不應該過分地誇耀自己的力量和道德，男人們有塵世的本能和上天的思想；對所有人來講，道德往往是痛苦的努力的結果。淫穢的描繪比冷靜的說理影響更大。這就是我對這種論調的回答。這是我的第一個回答，我還有第二個回答。

我堅持認爲，從哲學的觀點來說，小說《包法利夫人》根本不符合道德。包法利夫人服毒自殺了，她受盡了痛苦的折磨，這是確實的，但她死的時刻是她自己選擇的，她死並不是因爲她私通，而是因爲她願意死。他死去時保持了其青春和美貌的全部魅力；她是在有兩個人之後死去的，身後留下一個愛她、深深愛她的丈夫，這個丈夫將發現羅德夫的照片、羅德夫和萊昂的情書，將看到曾兩次私通的妻子與其情人的情書，在這之後他更加愛她，直至進入墳墓。在這本書裏誰能譴責這個女人？沒有任何人。這就是結論。在這本書裏沒有任何一個人物能夠譴責她。如果在書中諸位能找到一個明智的人物，或者能找到一條可以據以批判私通的準則，我就甘願認錯。倘若在書中沒有任何人物能讓她低頭，沒有任何一個思想、沒有任何一行文字可以用來抨擊私通，那麼有理的就是我：這是一本淫書。

你要以夫妻名譽的名義來譴責這本書嗎？可是，夫妻名譽在書中是由一位心滿意足的丈夫體現的。他在妻子死後，遇到羅德夫，還力圖從這個情人的臉上尋找他所鍾愛的妻子的特點呢（十一月十五日那一期第二八九頁）。試問，既然在這本書裏沒有一句話表明丈夫不向私通屈服，那麼你怎麼能夠以夫妻名譽的名義來譴責這本書呢？

你要以公衆輿論的名義來譴責這本書嗎？可是，在書中，公衆輿論是體現在一個滑稽人物，即藥店老板奧梅的身上，而他的周圍全是比這個女人低級的可笑人物。

你要以公衆輿論的名義來譴責這本書嗎？可是，在書中，公衆輿論是體現在一個滑稽人物，即藥店老板奧梅的身上，而他的周圍全是比這個女人低級的可笑人物。

你要以宗教感情來譴責這本書嗎？可是，在書中，宗教感情是體現在本堂神父布尼賢身上，這是一個幾乎與藥店老板一樣滑稽可笑的教士，他只相信肉體痛苦，從來不相信精神痛苦，差不多是個唯物論者。

你要以作者的良心來譴責這本書嗎？我不知道作者的良心是怎樣想的，但在第九章，即整部作品唯一具有哲學意味的一章中，我讀到這樣一句話：「人一死，往往會引起普遍的驚愕：怎麼說死就死了呢？活著的人實在難以理解，也不願相信。」

這不是一聲不信神的呼喊，但至少是一聲懷疑論的呼喊。也許難以理解，也許難以相信吧，但爲什麼對死亡表現得如此驚愕呢？爲什麼？因爲死亡的到來是一種奧秘，很難理解，很難作出判斷，但必須順從。而我要說：如果死亡是無慮的突然降臨，如果說那位心滿意足的丈夫知道妻子私通之後更加愛她，如果說公衆輿論是由一些滑稽的人代表的，而宗教感情體現在一個可笑的神父身上，那麼就只有一個人有理並處於統治和支配的地位，這個人就是艾瑪·包法利。梅薩利納[2]比朱韋納爾[3]有理。

這就是這本書的哲學結論。不過，這個結論不是作者作出的，而是一個經過深思熟慮、進行了深入研究的人得出的。這個人試圖在這本書裏尋找一個能制服這個女人的人物，但是沒有找到，在這本書裏處於支配地位的唯一人物，就是包法利夫人。因此必須到這本書以外去尋找，必須到基督教的道德中去尋找。基督教道德是現代文明的基礎。在這個道德面前，一切都能夠解釋，一切都可以理解。

根據基督教的道德，通姦應該受到批評和譴責，這並非因爲它是一種會導致失望和悔恨的謹慎行爲，而是因爲它是對家庭的犯罪。你們批判和譴責自殺，並不是因它是一種瘋狂行爲，瘋子是沒有責任的；也不是因爲它是一種怯懦行爲，自殺有時也需要某種實際的勇氣；而是因爲它無視自己的義務而了結一生，是因爲它對來日方長的人生發出懷疑的哀號。

這種道德批判現實主義的文學，並非因爲這種文學描寫仇恨、復仇、愛情等情感；世界正因爲這些情感才充滿生氣，藝術應該描寫它們。這種文學之所以要受到批判，是因爲它毫無節制、毫無限制地描寫這些情感。沒有準則的藝術不再成其爲藝術，就像一個女人脫光了衣服。把公衆的體面這一準則強加於藝術，這並不是奴役藝術，而是爲它增添光彩。有準則才能成長壯大。諸位先生，這就是我們倡導的原則，這就是我們自覺維護的理論。

---

❷ 羅馬皇帝克勞狄的第三個妻子，以淫亂、陰險著稱。

❸ 基督教耶路撒冷主教（四二二～四五八）。

辯護人塞納爾律師的辯護詞

諸位先生，古斯塔夫·福樓拜先生在你們面前被指控寫了一本壞書，在這本書裏敗壞了公衆道德，誹謗了宗教。古斯塔夫·福樓拜先生就在我旁邊。他向你們肯定，他寫了一本誠實的書，他這本書的思想，從頭至尾是一種合乎道德、合乎宗教的思想；如果這思想不被曲解（我們剛才看到，一位出色的辯才會怎樣曲解他人的思想），那麼，它在諸位心目中就會像這本書的讀者已經認爲的那樣，無疑是一種非常合乎道德、非常合乎宗教的思想（等會兒我們將恢復它的本來面目）。可以說，它是透過揭露令人髮指的道德敗壞來弘揚道德。

我向諸位轉達古斯塔夫·福樓拜先生這段話，斗膽將它交給諸位去與檢察署的公訴狀進行比較。因爲，福樓拜先生這些話是嚴肅的。它們是嚴肅的，首先因爲說這些話的人是嚴肅的；它們是嚴肅的，還因爲支配寫這本書的情況是嚴肅的。下面我謹向諸位作些介紹。

從說這些話的人就可以肯定這些話是嚴肅的。關於這一點，請允許我告訴諸位：古斯塔夫·福樓拜先生對我來講不是一個陌生人，他不需要向我自我介紹或者提供有關他的情況。我這樣說，不是從他的道德觀念講，而是從他令人敬重的人格講。我來到這裏，來到這個法庭上，是爲了履行良心的義務，是在閱讀了這本書之後，是本書在我心裏激發了誠實的感情和篤厚的宗教感情之後，來履行良心的義務。同時，我也是來履行友誼的義務。我還記得，我不會忘記，他的父親曾經是我的老朋友。我曾經長時期爲他父親的友誼感到自豪，直到其生命的最後一天。我只想告訴諸位，他父親在盧昂主宮醫院當了三十多年主治外科醫生，曾是杜普伊特朗❶的保護人，在爲科學作出重要貢獻的同時，還爲科學培養了一些卓越人才。在這裏我想只舉出克洛凱就夠了。他不僅留下了一個令人肅然起敬的姓氏，也給人們留下了崇高的回憶，爲人類提供過廣泛的服務。在回憶我與他的關係的同時，我想告訴諸位，他的兒子，就是現在被指控敗壞道德、誹謗宗教而帶上輕罪法庭的這個兒子，是我的孩子們的朋友，正如我過去和他父親是朋友一樣。我了解他的思想，了解他的意圖。在這裏，律師有權爲自己的委託人作個人擔保。

先生們，一個令人肅然起敬的姓氏和崇高的回憶，是值得信賴的。福樓拜先生的孩子們沒有辜負他的期望。他共有三個孩子：兩個兒子，一個女兒。女兒在二十一歲時早逝。長子被認爲可以繼承父業，已經從事數年他父親從事過三十餘年的事業。次子就是現在站在被告席上這一位。他們的父親在留給他們可觀的財產的同時，也讓他們懂得必須做聰明、善良的人，有用的人。我的委託人的哥哥投身於每日每時救死扶傷的職業。而他自己則投身於研究，投身於文學。現在諸位面前接受審判的作品是他的第一次作品。這第一部作品，先生們，據皇家律師說是挑動情欲之作，其實是長期研究、長期思考的成果。古斯塔夫．福樓拜先生是一位性格嚴肅的人，天生傾向於嚴肅、悲傷的事物。他絕不像檢察署以十五至二十行東拉西扯的篇幅向諸位介紹的那樣，是一個描繪淫穢畫面的人。不。在他的天性中，我重複

❶ 路易十八和查理十世的外科醫生。

一遍，有著比世人所想像更嚴肅、更認眞的氣質，同時也有著更憂傷的氣質。只要恢復作品的本來面目，排除掐頭去尾、斷章取義，這本書就會立刻在諸位面前恢復其本來的色調，讓諸位看到作者的意圖。那麼，諸位剛才所聽到的那番詭辯，在諸位心中留下的，除了對那位善於把一切攪得全非的辯才的深深敬意，再也不會有別的。

我剛才說了，古斯塔夫·福樓拜先生是個嚴肅認眞的人。他所進行的符合他思想特質的研究，是認眞而廣泛的，不僅涉及文學的各個門鎖，而且涉及法律。福樓拜先生沒有滿足於他所生活的環境允許他進行的觀察，他還考察了別的環境。

福樓拜先生在其父去世之後，完成了中學學業，然後於一八四八～一八五一年間訪問了意大利，遊歷了埃及、巴勒斯坦、小亞細亞等東方國度。在這些遊歷中，他大大豐富了自己的智慧，獲得了某種高尚的、充滿詩意的東西，即剛才公訴狀所強調的那些文筆上的魅力和特色。只不過公訴狀強調這些魅力和特色，是爲了在我們面前給作者論罪。文筆上的這種魅力、文學的優美，絕不會在這場辯論後泯滅，反而會放出更加奪目的光輝；它絕不會授人以柄，讓人對它提出指控。

古斯塔夫·福樓拜先生一八五二年歸國之後，便著手寫作，力圖在一個廣闊的背景下，再現他自己嚴肅認眞的研究成果，再現他在遊歷時收集積累的成果。

他所選擇的背景和所確定的主題是什麼呢？他又是怎樣處理的呢？我的委託人並不屬於剛才公訴狀所提到的那些流派中的任何流派。從忠於事物的眞實性這意義上說，他該屬於現實主義流派；激勵他的不是事物的物質性，而是人的感情，是他所處環境中情感的發展，從這個意義上說，他也許應屬於心理分析流派。他屬於浪漫主義流派的可能性，倒是小於屬於其他流派的可能性。因為，如果浪漫主義出現在他這本書中，正如現實主義出現在他這本書中一樣，那絕不是公訴所重視的東鱗西爪幾個詞句所能證明的。福樓拜先生所希望的，主要是從實際生活中選定一個研究主題，成功地塑造中產階級幾個眞實、典型的人物，取得有益的成果。是的，我的委託人在其所進行的研究中考慮得最多並始終追求的，正是這種有益的目標：塑造出現實社會中生活於現實生活條件下的三、四個人物，向讀者提供司空見慣的、眞實的社會畫面。

公訴狀在概述其對《包法利夫人》的看法時說道：「這本書可以另起一個書名，叫做《一個外省女人的私通故事》。」我強烈抗議這個書名。僅僅這個標題，就表明了始終支配著你們的成見是什麼，雖然這種成見並非在公訴狀裏從頭至尾可以感覺得出來。不！這部作品如果非另起一個書名不可，絕不應該叫做《一個外省人女的私通故事》，而應該叫做：外省司空見慣的教育的故事，外省司空見慣的教育帶來墮落、詐騙、自殺等危害的故事（自殺據認爲是年輕女人初次失足的結果，而失足對年輕女人來講往往是難免的，因而是可悲的），或者乾脆叫做教育的故事，抑或叫做一個人可悲的一生的故事。教育往往是一個人可悲的一生的先導。這正是福樓拜先生所要描寫的。他所描寫的並不是一個外省女人的私通。這一點，只要諸位瀏覽一下這部被指控的作品，就不得不承認。

可是，檢察署全然不顧這一切，卻從中看到淫穢的色調。如果把公訴狀斷章取義從中引用的行數與它避而不提的行數比較一下，就可以看出兩者總的比例是一比五百。你們應該承認，一比五百的比例不能說是淫穢的色調。書中任何地方都找不出淫穢色調。淫穢色調僅僅存在於斷章取義的評論之中。

現在我們來看看，古斯塔夫・福樓拜先生到底想描寫什麼？首先是一個女人所愛的超出其出身地位的教育。應該說，這樣的教育我們這裏是很普遍的。其次是在一個女人的思想上各種互不協調、亂七八糟的因素。除了所受教育，接著就是婚姻。可是，婚姻與所受的教育又不相適應，而是與這女人所出身的地位相適應。作者力求解釋的，正是在這個女人所處的地位中發生的全部事實。

他還對我們描寫了什麼呢？描寫了一個女人由於與一個社會地位低下的男人結婚，而走向道德敗壞，又從道德敗壞陷入徹底墮落和不幸之中。等一會兒，我將讀一些段落，讓諸位了解這本書的全貌。在這裏，我請求法庭允許我提出這樣一個問題：這本書如果落到一個女人手裏，其效果會是引導她追求肉體的快樂，引導她去私通，還是恰恰相反，使她在邁出第一步時就看到了危險，就害怕發抖？這樣提出的問題，諸位憑良心一定能夠解答。

現在我要說的是：福樓拜先生想描寫的是這樣一個女人，她不努力適應自己所處的環境、自己的地位和出身，不努力創造屬於她自己的生活，而是抱著許多非分的嚮往——與她所處地位不相稱的教育給予她的嚮往，因而不能將就自己的地位，不履行自己的義務，不安分守己地作鄉村醫生的妻子，與他一塊過日子，不從自己的家庭中、從夫妻的結合中去尋求幸福，卻從五花八門的夢想中去尋求幸福。她在自己的生活道路上很快遇到了一個小伙子。這小伙子與她調情，和她像做遊戲一樣調情（他們都沒有經驗），使她漸漸衝動起來了。她嚇壞了，只好求助於自己早年篤信的宗教，但未能從中找到足夠的力量。等一會兒我們再來談她為什麼從中找不到足夠的力量。然而小伙子和她本人的無知，倒是使她避免了頭一次危險。可是，不久她又遇到了另一個男人。一個在我們這社會上比比皆是，在我們這社會上太多的那類人。他抓住這個已經誤入歧途的可憐少婦不放，千方百計引誘她。以上就是主要的東西，是我們應該看到的東西，是這本書的實質所在。

檢察署大為震怒。但我認為，從良心上講，從人的感情上講，從第一個場面的情形講，檢察署的震怒是站不住腳的。在第一個場面，包法利夫人感到衝破牢籠的喜悅和興奮，回到家裏自己對自己說：「我有一個情人啦！」諸位難道不認為，這正是人的感情的頭一聲呼喊？證據就存在於你我之間。不過，還應該往後讀下去。諸位會看到，如果說這次墮落的最初時刻、最初瞬間給這個女人帶來了衝動、欣喜、陶醉的話，那麼幾行字之後，失望便不期而至，照作者的說法，她在自己眼裏受到了侮辱。

是的，失望、痛苦、內疚立即來到了。她相與、委身的那個男人，只不過把她當成一個玩物暫時玩弄。內疚噬嚙著、撕碎著她的心。諸位所反感的，是聽見把這個稱作通姦的幻滅。諸位更希望作家使用「恥辱」這個詞：在作家筆下，這個女人對婚姻不滿意，感到丈夫的接觸是一種恥辱，便到別處去尋求理想的愛情，結果找到的是通姦的幻滅。這個詞令諸位反感，諸位不願意聽到「通姦的幻滅」，而願意聽到「通姦的恥辱」。法庭將作出判決。不過，如果讓我來描寫這個人物，我會對她說：「可憐的女人！如果你覺得丈夫的吻單調、乏味，如果你從中感受到婚姻的平淡無奇——受到指控的正是這個詞——如果你認為你們的結合是一種恥辱，那麼，請你注意，你嚮往的東西只是一種幻想，有一天你會感到幻想破滅的。」先生們，大喊大叫要用「恥辱」來表達我們所稱的「幻滅」的人，所用的詞倒是正確的，但未免含糊不清，令人不知所云。我寧願不大喊大叫，寧願不用「恥辱」一詞，而更願意用「失望」和「幻滅」這類詞來給女人敲響警鐘：

「你以爲尋求到了愛情，其實哪只不過是放蕩；你以爲得到了幸福，其實那只不過是痛苦。一個老老實實幹自己的事情、擁抱你、戴棉帽子、與你一塊喝湯的丈夫，是一個平庸的、令你反感的男人；你嚮往一個鍾愛你、把你當作偶像一樣崇拜的男人，可憐的孩人！那樣的男人肯定放蕩不羈，他玩弄你，對你只有一分鐘熱情。頭一次你產生了幻想，第二次可能也一樣。你與高采烈回到家裏，唱著私通之歌：『我有情人啦！』可是，第三次不等你到他身邊，幻滅感就產生了。這個你夢寐以求的男人失去了全部魅力；在私通中，你又感受到婚姻生活的那種平淡無奇，你心裏充滿了蔑視、鄙視、反感和揪心的內疚。」

先生們，這就是福樓拜先生所講述的，是他所描繪的，是他這本書每一行所包含的。這正是他這部作品不同於同類的其他作品的東西。因爲，在他這部作品裏，每一頁都寫到社會的奸邪；在他這部作品裏，私通充滿了反感和恥辱。他從生活的普通交往中，引出發人深省的教訓，去教育年輕的婦女。啊，上帝！我們的年輕婦女之中，那些未能在誠實、高尚的準則和嚴肅的宗教中吸取足夠力量，以完成母親的職責的婦女，尤其是那些未能在順從中培養實際生活能力，不能將就自己現有的條件，而是想入非非的婦女，那些眞誠、最純潔，但在平凡的夫妻生活中，有時會爲周圍發生的事情深感苦惱的婦女，一本這樣的書，肯定無疑會引起她們三思。這就是福樓拜先生所做的事情。

請注意：福樓拜先生並非描寫了一次銷魂的私通，然後讓女主人公自殺而一了百了。不。你們在閱讀這本書時跳過的頁數太多了。他筆下的通姦充滿了痛苦、悔恨和內疚，然後才是贖罪的可怕結局。這贖罪的結局太過分了。福樓拜先生如果有過失，就是贖罪寫得太過分（等會兒我們要談到這是什麼人的看法），而且並不等到結尾才寫贖罪。正是從這一點講，這本書是非常合乎道德的，非常有益的。它並沒有讓這位少婦過幾年美好的時光，然後說：「經歷了這一切，死也值得了。」不！從第二天起，痛苦、幻滅就來了。維護道德的結局始終見之於這本書的字裏行間。

這本書是經過深刻的觀察而寫出來的。這一點，皇家律師先生也承認。我請諸位注意這一點，因爲指控如果沒有理由，就應當撤銷。這本書確實是建立在深刻、細緻觀察的基礎上。《藝術家》報上一篇署名福樓拜的文章，也成了指控他的藉口。我提請皇家律師先生注意：首先，那篇文章與起訴毫不相干：其次，我們在法庭面前堅持認爲，那篇文章非常純潔、非常道德，如果你閱讀全文而不是斷章取義的話。福樓拜先生這本書令人感受至深的是，它異常忠實地再現了典型事物，再現了人的思想和感情隱秘的本質。加上出神入化的文筆，這種再現更加感人。請注意，有關墜落的場面，作者寫得尤其忠實。你可以有理由地說：作者得益於用其特有的描寫能力來描寫墮落。從書的第一頁至最後一頁，他毫無保留地致力於描寫艾瑪一生的情形，描寫她在父母身邊度過的童年、在修道院接受的教育，什麼也不放過。可是，凡是像我一樣從頭至尾讀過這本書的人，都會說——這是值得注意的一個事實，它表明不僅作者應該得到寬恕，而且不應該對他提出任何起訴——當寫到困難的部分，具體講寫到墮落時，福樓拜卻沒有像某些古典作家那樣描寫。這些古典作家檢察署很了解，但在寫公訴狀時統統都忘記了。我帶來了這些古典作家所寫的一些文字，當然不打算在這裏念，而是讓諸位帶回去瀏覽。等會兒我打算引用其中幾行。福樓拜沒有像我們的古典作家、我們的大師們那樣，遇到男女媾合的場面，一定要描寫得淋漓盡致。福樓拜先生沒有這樣，而僅僅滿足於一筆帶過。在這些地方，他的描寫能力不見了，因爲他的思想是純潔無邪的，因爲這些地方他可以按自己的方式，用充滿魅力的文筆來寫，因爲他感到有些東西是不應該觸及和描寫的。檢察署卻仍覺得他寫得太多了。我想向檢察署指出，一些人在著名的哲學著作中也熱衷於寫這類事情，而與之形成對照的是，一個嫻熟掌握描寫技巧的人，卻不用其技巧，寫到這類事情便停了筆，能夠克制自己。據此，我應該有權利提出質問，對福樓拜先生提出的控告究竟有何道理？

不過，先生們，我們看到，作者樂於給我們描寫艾瑪兒時嬉戲的那歡樂的搖籃，描寫那些盛開玫瑰色和白色小花的新綠，描寫那芳香馥郁的小徑。那麼，當她離開了那裏，踏上了人生之路，在路上遇到泥淖，汙泥弄髒了她的腳，甚至濺到她身上時，這一切難道就不該寫嗎？不寫，就是徹底取消這本書，甚至可以說，就是藉口維護道德，而徹底取消道德因素。一部描寫眞實生活的作品，就是要從思想上指出危險，揭露墮落和罪惡，而你們卻要阻止它描寫這一切。禁止描寫錯誤，禁止指出錯誤，那麼這顯然就是取消這本書的全部結論。

這本書對我的委託人而言，不是兩、三小時消遣的對象，而是兩、三年研究的成果。在此我想進一步講幾句：福樓拜先生工作、研究了那麼多年，遊歷了那麼多地方，閱讀了那麼多作家的作品，做了那麼多筆記——諸位看到，他從這些作家那裏吸取了養料，這是不尋常的，但恰恰可以爲其辯護——你們卻說他的作品具有淫穢色彩，而實際上是充滿波舒哀❷和馬西永❸特色。等會兒我們還要談到他對這些作家的研究。他當然不是剽竊這些作家，而是在描寫中吸取他們的思想特色。他懷著極大的熱情做了這一切工作。他的工作有著他自己的目標，他充滿自信。你們難道相信，在經過了這麼多研究和思考之後，他會讓自己馬上捲入一場爭論嗎？如果他在社會上是個無名之輩，如果他的姓完全屬於他一個人，如果他對自己的姓氏滿不在乎，他也許會那樣作。可是，我再說一遍，他是很注重自己的高貴身分的，他姓福樓拜，他是福樓拜先生的次子，他有志在文學領域爲自己闖出一條道路，同時深深地尊重道德和宗教。他在寫作中尊重道德和宗教，並不是怕受到法律追究，他思想上根本不存在這種擔心，而是出於個人尊嚴。如果一本出版物不是掌握在值得信賴的人手裏或者是一本不值得出版的東西，他絕不會讓自己的姓氏出現在這本出版物的封面上。福樓拜先生在他的作品陸續脫稿準備付印之前，曾請來文學界地位相當高的朋友，部分或全部給他們朗讀過。我可以肯定，這些朋友之中沒有一個產生過反感，沒有一個人覺察到今天引起皇家律師先生如此憤慨的東西，甚至任何人都沒有想到會發生今天的情況。他們僅僅揣摩、研究這本書的文

❷十七世紀法國神學家、作家。
❸十七世紀法國講道者。

學價值；至於道德目的，那是再清楚不過的，用相當明確的語言寫在每一行，幾乎沒有必要提出疑問。福樓拜先生對這本書的價值放心了，又受到新聞界一些傑出人物的鼓勵，便決定將這本書付印、出版。我重複一遍，這本書的文學價值、它的風格和它貫穿於始終的主導思想，大家都表示敬意。當起訴提出來後，感到意外和深深痛苦的不僅僅是作者一個人。老實講，我們大家對這一起訴都不理解，首先是我不理解，因爲我懷著極大的興趣，隨著作品的連載，從頭至尾讀了這本書。不理解的還有親密的朋友們。天啊！在日常生活中，有些細微的區別我們不理解，但非常聰明、非常高尚、非常純潔的婦女卻什麼都能理解。在這裏我不想列舉聽眾中誰說過什麼話。但我要告訴諸位一些體面人家的母親對福樓拜先生和我本人所說的話：她們讀完這本書，都留下了非常好的印象，以至於要向作者表示感激。當她們聽說這本書被認爲違反公眾道德，違反她們的宗教信仰，違反她們的全部人生信仰時，她們都感到驚訝，感到痛苦。所有這些評價，給我增添了力量，使我堅定不移地駁斥檢察署的攻擊。

在當今文學界對這本書的所有評價中，有個人的評價我想值得一提。這個人不僅以其崇高、偉大的性格受到我們大家尊重，而且每日每時勇敢地與逆境和痛苦作鬥爭，因而是一個偉大的人。他的偉大在於他過去採取的許多行動（這無需一一提及），他的偉大也在於他的文學作品（這倒是值得提及的），尤其在於他所有作品的完美和純潔。這個人就是拉馬丁。

拉馬丁本來不認識我的委託人，不知道我的委託人的存在，拉馬丁在其鄉間別墅讀了每一期《巴黎雜誌》發表的《包法利夫人》，留下了非常深刻的印象，每一次都留下同樣深刻的印象。

幾天前，拉馬丁回到了巴黎，第二天就打聽古斯塔夫·福樓拜的住址。派人去《巴黎雜誌》，打聽以《包法利夫人》爲題在該刊連載了一部小說的古斯塔夫·福樓拜的住址。而後，他叫秘書去向福樓拜先生表示讚賞，表達他讀了其作品之後的滿意心情，表示他希望與這位新作家，與這位以如此的嘗試嶄露頭角的新作家見面。

我的委託人去拜訪了拉馬丁先生。拉馬丁先生不僅勉勵他，而且對他說：「你向我提供的這部作品，是我二十年來讀到的最優秀的作品。」如此熱烈的讚譽，我的朋友爲人謙虛，都有點不好意思在我面前重複拉馬丁說過的話。拉馬丁說他讀了陸續發表的所有部分，並且以最美妙的方式證實了這一點：他對作者整頁整頁地複述了他所讀過的這部作品。不過，拉馬丁補充說：「我毫無保留地一直讀完最後一頁。但我要責備最後那一部分。你使我感到難受，你使我十足地痛苦！懲罰較之於罪過，太過分了；你寫了一次無情的、可怖的死亡！毫無疑問，一個玷汙夫妻之床的女人應該受到懲罰，但這懲罰太可怕了，簡直是一種見所未見的酷刑。你走得太遠了，使我的神經難以忍受。你對臨終時刻那種描寫的力量，令我痛苦得難以形容！」古斯塔夫·福樓拜問他：「可是，先生，我因爲寫了這部作品，正受到輕罪法庭的追究，指控我違背了道德和宗教。這一點你想得通嗎？」拉馬丁回答說：「我認爲，這是最透徹了解什麼叫做公眾道德和宗教道德的人。親愛的孩子，在法國沒有一個法庭能給你判罪。有人如此誤解你的作品的性質，並下令對它提出起訴，這非常令人遺憾。不過，爲了我們國家和我們時代的榮譽，任何法庭都不能給你定罪。」

以上是拉馬丁與福樓拜昨天的談話。我有權提醒諸位，拉馬丁的話值得認眞考慮。

當然，這些也說明，爲什麼我的良心對我自己說：「《包法利夫人》是一本好書，其作用是好的。」在此請允許我補充一句：對待這類事，我不是人云亦云的，人云亦云不是我的習慣。文學作品，即使是出自大作家的手筆，我拿到後眼睛從來不會在上面停留兩分鐘。我提供給諸位去研究的那些片斷的作品，我是從來不讀的。可是，我讀完了福樓拜先生這部作品。我認爲，這本書之所以受到起訴，《巴黎雜誌》刪掉那一段的作法，是直接的起因。前面所談的都是高級而明確的評論，我在這裏不揣冒昧而談的看法，只是一種補充。

先生們，以上就是當代文學家們，包括著名的文學家對這本書，對這本如此精彩、如此道德、如此有益的書的評價。

一部這樣的作品，現在怎麼竟然受到起訴呢？請允許我談談這個問題。《巴黎雜誌》登了這部作品的全文（因爲原稿在發表之前早就寄給了該刊），並沒有提出任何異議。一八五六年十二月一日該刊準備付印之前，雜誌的一位負責人對在出租馬車裏發生的那個場面表示擔心，說：「福樓拜先生對此感到氣憤。他不同意刪去這一段，而又不在這一頁之下加註解說明。因此他要求注明。他一方面出自作者的自尊心，不願自己的作品被刪節，另一方面又不想使雜誌感到爲難，所以說：「你們要刪節，悉聽尊便，但你們必須說明你們刪節了。」於是，雙方同意加上下面這條註解：

「審讀委員會認爲有必要刪去此處的一段，因爲它不符合本刊的編輯方針。特此說明。」

下面就是被刪去的那段文字，我不妨給諸位念一念，這是一個證據，我頗費了一些周章才弄到手的。我先念第一部分，這一部分沒有任何改動；第二部分改了一個詞。

福樓拜先生提醒我說，皇家律師先生抓住這一段最後一句話，對他提出指控。

（皇家律師先生：不，我提出指控的不是那句話。）

塞納爾律師：可以肯定，即使你指控的不是那句話，而是「這既是對通姦的懲罰，也是贖罪」這句話，你的指控也是站不住腳的。而且，你對其他句子提出的指控同樣站不住腳，因爲你所提出的指控，沒有一條有充分的根據。

然而，先生們，這種荒唐的奔跑令雜誌編輯部反感，所以被刪去了。這家雜誌的這種保留態度實在太過分了。但可以肯定，就是這種過分的保留態度，也絕不應該成爲起的藉口。這樣刪去的東西，人們沒有看到，所以都很好奇，便設想出種種莫須有的情形。其實，這段話我剛才給諸位念了原文，不過如此而已。天啊，諸位知道人們設想了什麼嗎？人們設想刪去的段落裏，很可能有類似尊敬的法蘭西學院院士梅里美先生一部最動人的小說所描寫的東西。

梅里美先生在一篇題爲《雙重誤會》的小說裏，描寫了在一輛驛車裏發生的場面。其實，重要的不是在於場面是發生在馬車裏，而在於作者描寫的細節如何。我想占用聽眾太多時間，僅把這小說交給檢察署和法庭自己去看。如果福樓拜先生的描寫達到梅里美先生所描寫的一半或四分之一，我面對自己承擔的任務，也會感到難堪，甚至我會修正自己的任務，不去說我前面說過的話，不去肯定福樓拜先生寫了一本誠實、有益、道德的好書，而說：文學有自己的權利。梅里美先生寫了一部很出色的作品。一部作品如果從整體上講無可指責，就不要過分挑剔它的細節。對梅里美先生的作品，我到此止步，採取寬容態度，我想諸位也會採取寬容態度。天啊！在這種問題上，總不能說一位作者沒有寫某些某些細節而犯了罪吧。況且，出租馬車裏所發生的場面的細節，諸位已經看到了。我的委託人只滿足於描寫一次奔馳，至於車子裏的情況，只寫了一隻沒戴手套的手從小黄窗帘下伸出來，扔了一把碎紙片，紙片隨風飄散，像一隻隻白色蝴蝶落在遠處開紅花的苜蓿地裏。由於我的委託人只滿足於寫到這種程度，所以車子裏發生的事情誰也不知道，大家都猜測紛紜，尤其因爲這一節刪去了，大家猜測至少與那位法蘭西學院院士的描寫一樣多，諸位看到完全不是這種情況。

唉！刪節這一段的作法實在糟糕。它引起了起訴。就是說，負責嚴密檢查所有出版物是否違反公眾道德的檢察署，看到這一刪節，馬上警覺起來了。在這裏我不得不說，《巴黎雜誌》的先生們，你們的剪刀下得太靠後了一點，應該從他們上馬車之前那地方起剪去，從那個地方之後剪就沒有必要了。你們的剪法實在不道地。不過，《巴黎雜誌》的先生們，如果說你們犯了一個過失，那麼今天是你們彌補過失的時候了。

在檢察機關，人們說：注意後面連載的章節。當下一期雜誌送來時，他們便逐字逐句吹毛求疵。檢察機關的人不需要開誠布公。他們看到書裏描寫一個女人脫掉全部衣服，便大爲憤慨，而不看後面寫了什麼東西。的確，福樓拜先生與我們的大師們不同，他沒有費筆墨去描寫女主人公雪白的光胳膊和胸部等等，他沒有像我們所喜歡的一位詩人那樣描寫——

我看見美麗、雪白的腰，熱烈而純潔，似百合、烏木、玫瑰、藍色葉脈，恰如你往昔展昔展現在我面前的那樣，僅那裸體就如花似玉，令人動情，當我們的夜飛逝，而綿軟的枕頭看見它在你的吻下入夢和睡醒。

福樓拜先生根本沒有像安德烈・謝尼埃這樣描寫。他僅僅寫道：「她順從了……她的衣服脫掉了。」

「她順從了！」怎麼！難道任何描寫都是禁止的嗎？你要起訴，就應該讀完這本書，可是皇家律師先生沒有讀完。他指控的那段話並沒在他所引用的那個地方結束，後面還有一段起緩解作用的文字：

「然而，從她那冷汗涔涔的額頭上，從她那喃喃低語的嘴唇上，從她那失神的眸子裏，從她那雙臂的摟抱中，萊昂感到，有一種經常的、模糊的、令人寒心的東西，正神不知鬼不覺地潛入他們之間，彷彿要把他們分開。」

檢察機關的人沒有讀這一段，剛才皇家律師先生也忽略了這一段。他只看到：「她一下子把衣服全抖落掉了。」就大喊大叫「敗壞公眾道德！」用這種方式來指控一個人，豈不太容易了！但願上帝保佑，莫讓詞書編撰者們落到皇家律師先生手裏！甚至不是尋章摘句，而是孤立地挑出一個詞一個詞來羅織罪名，指控他人觸犯道德和宗教。這樣的指控誰防得了呢？

不幸的是，我的委託人想不通。他的頭一個想法是：「只有一件事好做：就是不印經過刪節的作品，而把整個作品印出來。從我手裏出去是什麼樣就什麼樣，恢復出租馬車裏的場面。」我完全同意他的意見。我的委託人自我辯護的最好方式，就是印出整個作品，並就某幾點加上說明。這幾點我們已經特別提請法庭注意。我親自爲這本出版物擬定題目：「古斯塔夫．福樓拜對指控他觸犯道德和宗教的公訴的訴狀」。我還親自寫上了「呈交第六輕罪法庭」字樣，並附上了庭長和檢察署的指令。訴狀開頭有一篇「前言」，其中寫道：「有人從我的書裏東抽一句話來對我提出起訴，因此只能用這本書爲自己辯護。」要法官們閱讀整本小說，這個要求相當高。不過我們所面對的諸位法官，都是熱愛眞理的，爲弄清事實眞相不辭勞苦的；我們所面對的諸位法官，都是維護正義、公正不阿的，會毫不猶豫地看我們請求他們看的東西。因此，我對福樓拜先生說：「趕快付印，並在你的名字旁邊寫上我的名字：律師塞納爾。」印刷開始了。我們計算印一百冊。工作進展順利，我們日夜守在機器旁。可是就在這時，來了不准繼續印刷的禁令。這道禁令禁的不是一本書，而是一份訴狀！一份包含受到起訴的作品以及若干說明的訴狀。我們向檢察署提出了抗議，但是檢察官對我們說：禁令必須絕對執行，不能收回。

也罷！我們不能印出這本書及我們的解釋和說明。不過，先生們，如果我對你們的第一遍閱讀存有疑問，那麼請你們恕罪，並請你們閱讀第二遍。你們都熱愛和維護眞理，你們絕不是那種人：收控告某人的幾行文字，就不問青紅皂白將此人處以絞刑。你們不想按斷章取義的材料來審判一個人，不管這些材料整得多麼巧妙。你們不會這樣作，你們不會剝奪我們正當的辯護手段。好吧，你們手裏都有這本書，儘管讀起來不像我們曾打算向你們提供的材料那樣方便。請你們自己去分析、研究、比較吧，因爲你們都尊重事實，你們的判決應該以事實爲根據。透過認眞研究這本書，事實就會昭然若揭。

不過，我不能就此止步。既然檢察署攻擊這本書，那麼我就必須用這本書本身來爲它辯護，補正檢察署引證的段落，指出對每一段的指控都是莫須有的罪名。這就是我的整個辯護詞。

當然，我不打算用同樣的評價，來駁斥檢察署在它的公訴狀裏大量引用的高雅、熱烈、動人的評價。辯護不能採取這種方式。我僅不折不扣地引用原文。

請允許我概述這一切。

我爲之辯護的是這樣的一個人：他所遇到的批評如果是文學的批評，是就他的作品的形式、某些表達方式、描寫過細的現象，總之是對其作品的這一點或另一點提出的批評，那麼對這種文學的批評，他無疑會心悅誠服地接受。可是，他看到的竟然是自己被控告敗壞道德、誹謗宗教！福樓拜先生簡直不敢相信。在這裏當著諸位的面，他只能懷著驚愕的心情，最強烈地抗議這種控告。

諸位不是那種僅僅根據幾行文字就給本書定罪的人，諸位會首先評價一部作品的思想，評價它的表現手法，諸位會向自己提出這個問題，即我的辯護詞以之開頭並以之結尾的這個問題：閱讀這本書究竟會使人喜愛不道德的行爲還是厭惡不道德的行爲？過錯所受到的那樣可怕的懲罰是否會促使、激勵人維護道德？閱讀這本書給諸位留下的印象必然與給我們留下的印象是一樣的，那就是：這本書從整體來講是很好的，它的細節也無可指責。整個傳統文學允許我們描寫的畫面和場面，遠遠超過我們敢於描寫的畫面和場面。在這方面，我們本來可效法傳統文學，然而我們沒有這樣作。我們強制自已謹慎行事，對此你們應感謝我們。如果福樓拜先生由於這個詞或另一個詞，而超過了他給自已定下的限度，那麼我在此不僅提醒諸位這是他的頭一部作品，而且我要對諸位說，即使他犯了過錯，這過錯也不至於敗壞公眾道德。傳他來到輕罪法庭——對於他，諸位透過他的書現在已經有點了解了，我相信也已經有點喜歡了；你們如果進一步了解他，也就會更加喜歡他——已經夠了，對他的懲罰已經太無情了。現在該由你們來判決了。你們已經從整體到細節審查了這本書，不可能再猶豫不決了。

判決書

本法庭上星期開庭以來，用部分時間辯論了對期刊《巴黎雜誌》發行人萊昂・洛朗・比沙、該刊印刷商奧古斯特・阿勒克西・比耶和文學家古斯塔夫・福樓拜先生提出的起訴。以上三人被控——一、洛朗・比沙在一八五六年十二月一日和十五日出版的兩期《巴黎雜誌》上，發表了一本題爲《包法利夫人》的小說的片斷，特別是包含在第七三、七七、七九、二七二、二七三等頁中的片斷，犯了敗壞公衆道德和宗教道德、傷害純樸風俗罪；二、比耶印刷並提交發行、福樓拜寫作並提供發表了題爲包法利的小說之上述片斷，有意幫助和支持洛朗・比沙準備和順利完成上述犯罪行爲，因而犯了同謀罪，觸犯了一八一九年五月十七日頒布的法律第一條和第八條及刑法第五十九條和第六十條。

代理檢察官皮納爾先生堅持上述起訴。

本庭聽取了塞納爾律師爲福樓拜先生、德斯馬雷律師爲比沙先生、法沃利律師爲印刷商所作的辯護，推算於今日（二月七日）宣判。茲判決如下——

鑒於洛朗・比沙、古斯塔夫・福樓拜先生和比耶被控敗壞公衆道德和宗教道德、傷害純僕風俗罪，洛朗・比沙作爲主犯，在其擔任發行經理的《巴黎雜誌》一八五六年十月一日和十五日、十一月一日和十五日、十二月一日和十五日出版的各期中，發表了一本題爲包法利的小說，古斯塔夫・福樓拜和比耶作爲同謀，分別提供了手稿和印刷了上述小說；

鑒於被控的這本小說，約有三百頁，而根據提交本輕罪法庭的起訴書，被特別指控的段落，包含在一八五六年十二月一日那一期的第七三、七七、七八頁，和十二月十五日那一期的第二七一、二七二、二七三頁；

鑒於同樣的指控恰恰也適於起訴書沒提及的其他一些段落；這些段落初看起來看似乎是闡述某些理論，其實不僅有悖於作爲社會之基礎的純樸風俗和法規，同樣有悖對最莊嚴的宗教儀式應有的尊重；

鑒於上述理由，在本庭受到起訴的這部作品，應該受到嚴厲譴責，因爲文學的使命，不僅應該透過描寫社會上可能存在的淫亂，使人們對不道德行爲深深反感，更要充實和再現人們的思想，提高人們的聰明才智，淳化風俗；

鑒於三位被告，特別是古斯塔夫．福樓拜，堅決拒絕對他們的控告，強調提交本庭審判的這本小說有著非常道德的目的，作者的意圖，主要是指出與人們的生活環境不相適應的教育的種種危害，說明作爲小說中主要人物的那位女性，由於命運安排的卑微處境使她感到不幸，而嚮往與其出身不相符合的階層和社會，先要忘記了做母親的職責，後又忘記了做妻子的義務，相繼把私通和破產帶進家庭，一步步走向徹底墮落，直至偷竊，最終不得不可悲地自殺；

鑒於這個論據，從原則上講也許是符合道德的，但是在其闡述的過程中，尤其是涉及作者計劃向讀者提供的情景和場面的描寫中，應該以嚴肅的語言和克制的保留態度來彌補其不足；

鑒於作家在描寫人物時，絕不允許藉口塑造人物性格或反映地方特色，以寫實手法描寫人物離開正道的言行舉止；將這種手法用於創作精神作品或美術作品，會導致現實主義，而這種現實主義就是否定美和善，產生使感官和思想反感的作品，往往敗壞公衆道德，傷害純樸風俗；

鑒於存在即使最淺薄的文學也不得逾越的界限，而古斯塔夫·福樓拜及其同案被告似乎沒有充分了解這一點；

但是，鑒於福樓拜先生創作的這部作品，看來在文學觀點和性格研究方面，是一部經過長期認眞創作的作品，起訴書所指出的段落雖然應該受到譴責，但與這部作品的篇幅比較起來，終究爲數不多，而且這些段落，無論從它們所闡明的思想還是它們所描寫的情景，仍屬於作者試圖塑造的人物性格的總範疇，儘管描寫中存在誇大並充滿了庸俗的、往往令人反感的現實主義；

鑒於古斯塔夫·福樓拜宣稱他尊重純樸的風俗和一切與宗教道德相關的東西，他這本書看來也不像某些作品那樣，唯一的目的是滿足感官的激情、思想的放蕩和墮落，或者嘲笑應該受到所有人尊重的事物；

鑒於他的錯誤僅僅是有時忽視了一切自尊的作家永遠不應違背的準則，忘記了文學作爲藝術，爲了完成其肩負的造福於人類的使命，僅僅在形式和表達方式上做到純潔和完美還是不夠的；

根據上述情況，鑒於沒有充分的證據確認比沙、古斯塔夫·福樓拜和比耶犯了他們被控告犯的罪行；本庭駁回對他們的起訴，宣告他們無罪，不予追究。

譯者解說

羅國林

古今中外，多少眞正偉大的文學藝術作品，一經問世，即遭到無情的非難、攻擊、批判，甚至查禁、焚毀，僅僅憑仗歷史的公證，才最終獲得其應有的地位，成爲人類共享的文化藝術寶庫中的瑰寶，彪炳千古。古斯塔夫．福樓拜的傳世之作《包法利夫人》的遭遇，就是典型的一例。

福樓拜動手寫《包法利夫人》，是一八五一年九月十九日在盧昂近郊的克羅瓦塞別墅。經過將近五年嘔心瀝血的創作，直到一八五六年五月才完稿。但謄寫人謄得一塌糊塗，他又不得不仔細校正，至五月三十一日，才寄給《巴黎雜誌》他的朋友杜康。《巴黎雜誌》是一家半月刊，將手稿擱置了三個月，才決定從十月一日至十二月十五日，將分六期連載《包法利夫人》。但該刊審讀委員會致函福樓拜，認爲他的小說需要刪節，請他把刪節的全權交給編輯部。福樓拜未予理睬，僅在來函背面寫了「荒謬透頂」四個字。從十月一日至十一月十五日發表的幾部分，倒是未作刪節。及至十二月一日那一期準備付印之時，編輯部一部負責人對出租馬車裏發生的場面（即萊昂與艾瑪從盧昂大教堂裏出來後，乘出租馬車瘋跑全城那一段），忽然感到擔心，說：「這一段不合適，我們還是把它去掉吧。」福樓拜對此十分氣憤，但爲了不使編輯部爲難，便說：「你們要刪節，悉聽尊便，但你們必須說明你們作了刪節。」於是，編輯部加了一條註解：「審讀委員會認爲有必要刪去此處的一段，因爲它不符合本刊的編輯方針。特此說明。」事情並未到此止步，接著十二月十五日那一期，編輯部又決定刪去幾處。福樓拜確實惱怒了，經交涉，在小說正文底下刊出他的抗議：「《巴黎雜誌》出於我不贊同的某些考慮，在十二月一日那一期裏已刪去了一段。在編輯這一期時，他們又顧慮重重，認爲必須刪去好幾處。因此，我聲明對後面發表的部分不負責任，讀者看到的僅是片斷，不是整體。」

《包法利夫人》一發表，立刻在文學界和讀者中引起了轟動。當時負責嚴密檢查所有出版物的帝國檢察署，看到這部轟動性小說，《巴黎雜誌》在發表時竟「顧慮重重」，多次刪節，該刊審讀委員會還特地聲明，所刪去的部分「不符合本刊的編輯方針」。這還得了！檢察署高度警覺起來，對陸續發表的每一部分仔細研究，很快決定對這本書的作者福樓拜以及《巴黎雜誌》發行經理洛朗・比沙和印刷商比耶提出公訴。福樓拜等很快收到傳票，審判於一八五七年一月三十一日開始。負責宣讀公訴狀的是代理檢察長艾內斯特・皮納爾。此人是帝國政府豢養的一條鷹犬，後來出任內政大臣。他在公訴狀裏，指控《包法利夫人》「敗壞公眾道德，誹謗宗教」。其重點打擊對象是作者福樓拜。公訴狀最後要求法庭從輕處理雜誌發行經理和印刷商。「至於主犯福樓拜，你們必須嚴懲。」這篇公訴狀儘管十分蹩腳，許多地方十分可笑，但至今仍值得一讀。它使我們看到，在當時極權的制度下，檢察機關怎麼不擇手段、羅織罪名，扼殺眞正優秀的文學作品，達到鉗制輿論、鞏固專制統治的目的。它是一個時代的回聲，不僅說明了那個社會制度及其專制政權的反動，也反映了那個時代的偏見和狹隘。

出庭爲福樓拜辯護的是儒勒・塞納爾律師。他在辯護詞中肯定《包法利夫人》是「一本好書」，「一本誠實的書」，「這本書的思想，從頭至尾是一種非常合乎道德、合乎宗教的思想」，「它是透過揭露令人髮指的道德敗壞來弘揚道德。」塞納爾是巴黎律師公會成員，曾任國民議會議長，可謂聲譽卓著，而又雄辯機智。他的辯護詞很有特色。當時，他如果不從肯定《包法利夫人》非常合乎道德和宗教這個前提入手，而從維護言論自由和維護藝術之於道德的獨立性入手來進行辯護，那將是非常笨拙的。他不僅論證了《包法利夫人》是一本好書，而且肯定了它的藝術成就，強調它是作者長期深入、細微觀察生活的結晶，讚揚了作者獨特的藝術風格，甚至大膽肯定現實主義的描寫方法。作爲一個律師，在當時作到這一點是難能可貴的。

就在開庭前夕，當時影響很大的詩人拉馬丁，約見年輕的作者（福樓拜那時年僅三十五歲），對他表示支持。福樓拜問他：「先生，我因爲寫了這部作品，正受到輕罪法庭，指控我違背了道德和宗教，這一點你想得通嗎？」拉馬丁斬釘截鐵地回答：「親愛的孩子，在法國沒有一個法庭能給你定罪。有人如此誤解你的作品，並下令對它提出起訴，這非常令人遺憾。不過，爲了我們國家和我們時代的榮譽，任何法庭都不能給你定罪。」事實證明，拉馬丁的斷言是眞知卓見。面對《包法利夫人》這部傑作，面對德高望重的塞納爾律師邏輯嚴密、雄辯有力的辯護，面對許多著名作家的聲援和抗爭，巴黎第六輕罪法庭在「判決書」裏雖然指出，「在本庭受到起訴的這部作品應該受到譴責，」但不得不承認，公訴狀所指控的段落，「無論從它們所闡述的思想還是它們所描寫的情景，仍屬於作者試圖塑造的人物性格的範疇。」因而宣告作者福樓拜以及《巴黎雜誌》發行經理和印刷商「無罪」，「不予追究」。

這是一個了不起的勝利。它不僅是福樓拜的勝利，也是整個文學界的勝利。福樓拜本人充分意識到這個勝利的重大意義，他說：「我這場官司是整個當代文學的官司。人們攻擊的不是我的小說，而是所有小說連同創作小說的權利。」❶統治者的倒行逆施往往產生與其願望相反的結果。這場官司不僅爲《包法利夫人》作了廣告，使它在兩個月內銷售量達一萬五千冊，此後又一再再版，而且進一步確立了這部作品的歷史地位。

《包法利夫人》描寫的，是一位小資產階級女性因不滿夫妻生活的平淡無奇而紅杏出牆，最後身敗名裂、服毒自殺的故事。這樣一個桃色事件，無論在實際生活中，還是在向來的愛情小說裡，都是司空見慣的。何以經福樓拜寫出來，便驚動了帝國政府檢察署，立即對作者提出公訴，給他加上「敗壞道德，誹謗宗教」的罪名，要求法庭「必須嚴懲」呢？這個問題的答案，只要分析一下這部作品的思想內涵，便昭然若揭。

福樓拜寫包法利夫人，著眼點不在寫她的愛情故事，而在寫她從純眞到墮落、從墮落到毀滅的前因後果，揭露資本主義社會戕害人性，腐蝕人的靈魂，甚至吞噬人的罪惡本質。

艾瑪出生於外省一個殷實農家。和許多鄉下女孩子一樣，她聰明伶俐，天眞純樸。可是，在十九世紀上半葉的法國，無論巴黎還是外省的中上層資產階級，都把女孩子送進修道院接受一段教育，培養貴族式的思想感情和言行舉止，爲日後進入上流社會打下基礎。艾瑪的父親魯奧老爹愛女心切，也趕時髦，把她送進盧昂的修道院。艾瑪生性敏感，感情熱烈，想像豐富，在修道院裏，「修女們在訓誡時，反覆拿未婚夫、丈夫、天國的情人和永恆的婚姻這些概念進行比較，在

❶福樓拜：《書信集》Ⅱ卷第六七七頁。

她的靈魂深處，喚起了意想不到的柔情」，而宗教音樂課上所唱的抒情歌曲，全都「格調低下，音調輕浮，使艾瑪窺見了誘人而又變化莫測的感情世界」。在這種情況下，修道院禁欲主義的說教，只能起反作用，越發刺激她再壓抑的情感和對愛情的遐想。不僅如此，一八三〇年前後風靡人心的消極浪漫主義，配合天主教捲土重來的活動，也滲透進了修道院。正是在修道院裡，艾瑪接受了浪漫主義傳奇小說的薰陶，成天滿腦子情男、情女、眼淚與吻、月下小舟、林中夜鶯、憑窗盼望白翎騎士前來幽會的女城堡主。這些東西與她出身的環境和她日後的家庭生活，格格不入。正是社會提倡的修道院教育，腐蝕了艾瑪稚弱的心靈，在她靈魂深處播下了淫靡的種子，作成了墮落的溫床。試想一想，如果沒有這種教育，日後的艾瑪及其生活道路，必然會是另外一種樣子。由修道院陶鑄出來的艾瑪．魯奧小姐，懷著對愛情的憧憬結了婚，成了包法利夫人。包法利是鄉鎮醫生，按理說在鄉間算得上是個體面人物，可是他平庸無能、感情遲鈍，與艾瑪幻想中的騎士相差十萬八千里。艾瑪所期待的愛情沒有到來。而沃比薩爾的舞會卻向她展示了燈紅酒綠、紙醉金迷的上流社會生活。在這裏，她體驗到奢侈豪華的生活的滋味，看到了養尊處優、浪蕩調情的貴夫人，看到了曾經在王宮裏很吃香、在王后娘娘床上睡過覺的老公爵，還同那位風度翩翩、頗有騎士派頭的子爵跳過舞。這次舞會，是涉足社交生活的艾瑪所上的第一堂課，使她在修道院時期所產生的天花亂墜的幻想，變成了看得見、摸得著的生活方式，在她的心靈深處留下了難以磨滅的印象。後來她的一切渴求和夢想的背後，都浮現出這次舞會的難忘情景。包法利夫人本來並不是個壞女人，儘管受了這些教育和影響，在遷居永維鎮之後，她還是一度發狠躲避萊昂的追求，力圖當一個賢妻良母，甚至試圖幫助丈夫在事業上創造驚人的成就，名揚天下。但是丈夫太無能、太不爭氣，險些斷送一條人命，使她受到不堪承受的打擊，覺得包法利這個姓氏給她帶來的只有屈辱，因此本已岌岌可危的貞操，才徹底崩潰了。她也曾一度試圖到宗教中去尋求抵禦情欲誘惑的力量，可是自稱「醫治人類靈魂的醫生」的本堂神父，對她心靈苦悶的傾吐卻無動於衷，根本不理解，使她的希望徹底地幻滅。社會給她造成了墮落的溫床，而在她本能地一再反抗、掙扎時，在社會上卻找不到任何救助。而羅德夫、萊昂這類道德敗壞、專門玩弄女性的男人，卻一再勾引她。這樣，她便不可避免地成了他們的虜獲獵物，最終墮落爲不可救藥的淫婦。顯然，包法利夫人之所以陷入墮落的泥坑，禍根不是別人，正是資產階級的教育，是資產階級社會的腐蝕和引誘。我們可以說，是那個墮落的社會造成了包法利夫人的墮落。

包法利夫人的致命錯誤，在於她不懂得豪華淫逸的生活和浪漫傳奇的愛情，需要物質財富作爲基礎。她的家庭環境，無論她父親還是她丈夫的家境，都不具備這種物質條件，而她卻偏偏要去追求那種不可能屬於她的生活。在她尋求愛情和幸福，卻淪爲別人的玩物的過程中，她不知不覺地將丈夫的薄產揮霍殆盡。這便給高利貸者提供了可乘之機。唯利是圖、精明狡猾的奸商勒樂，看準了包法利夫人的弱點和處境，拿物欲作爲誘餌，讓她簽署一張又一張借據，使她積債如山，而一旦發現她身上再也沒有油水可榨時，便串通法院，扣押包法利家的財產抵債，並且張貼布告宣布拍賣。包法利夫人被逼到了家庭破產、身敗名裂的絕境。她求助於情人，情人們推諉搪塞；她求助於稅吏，稅吏無動於衷；她求助於公證人，公證人花言巧語，企圖乘其危難占有她。這時的人世，對包法利夫人是那樣冷酷無情！在她面前只剩下一條路，就是結束她尚年輕的生命。事實再清楚不過：包法利夫人是被資產階級社會逼死的——除了這個結論，人們還能得出什麼別的結論呢？作品所描寫的包法利夫人這個悲劇人物是一個典型，是被資產階級社會摧殘的千千萬萬婦女的代表。作者本人就說過：「就在此刻，我可憐的包法利夫人，正在法國的十二個村莊裏受罪、哭泣！」❷被逼致死的包法利夫人遭到社會唾棄，而引誘她墮落的情人羅德夫和萊昂，卻逍遙自在，甚至步步高升。作品結尾的這一章，更飽含了辛辣的諷刺和血淚的控訴。福樓拜說：「任何寫照都是諷刺，歷史是控訴。」❸這種諷刺和控訴，構成了《包法利夫人》強烈的批判效果。

《包法利夫人》強烈的批判效果，不僅僅體現在對艾瑪的命運的描寫上。這部小說原文有個副標題，叫做《外省風俗》。除了艾瑪的生活經歷之外，還給人們提供了什麼樣的外省風俗畫呢？給人以鮮明印象的，首先是一幅形形色色的外省資產者群醜圖。這裏有滿嘴「進步」、「科學」，實際上卻不學無術，懷著政治野心，欺世盜名的藥店老闆奧梅；有自譽為「醫治人類靈魂的醫生」，實際上對人的感情一竅不通，淺薄可笑的本堂神父布尼賢；有道貌岸然，彬彬有禮，卻滿肚子男盜女娼，與奸商暗中勾結，飽肥私囊的公證人紀堯曼；有唯利是圖，奸詐狡猾，重利盤剝，置人於死地的奸商兼高利貸者勒樂；有靈魂骯髒，腐化墮落，隨心所欲玩弄女性，縱情聲色犬馬的地主羅德夫；還有生活空虛，百無聊賴，整天擺弄車床以消磨時光的稅吏兼消防隊長比內，等等。當然，鄉鎮醫生包法利也應算其中一個，這是一個思想平庸，能力低下，感情遲鈍，

❷福樓拜：一八五三年三月十四日給科萊夫人的信。
❸福樓拜：一八五七年二月給普拉迪埃的信。

麻木不仁，做過「名揚天下」的美夢，但終因醫術平平，只好安於現狀的人。夠了，在一個外省鄉鎮，數得著的有頭有臉的人物，基本上齊全了；要說缺，只缺一個鄉村教師，因爲那個時代在鄉間，教師還不受人重視。作者把整個鄉鎮的頭面人物，寫得如此周全，幾乎一個不漏，不能不說是一種著意安排。這些人算得上鄉鎮的精英吧，可是他們之中，竟然沒有一個坦蕩君子，沒有一個德才兼備之士，沒有一個有德性的角色！他們全都是蠅營狗苟之輩（卑劣苟且，不知廉恥的鑽營之徒）！一個鄉鎮是如此，推而廣之，整個資產階級，整個社會，不是可想而知了嗎？這就是爲什麼《包法利夫人》雖然寫的是外省一隅，卻具有震動整個統治階級的力量。

作爲外省風俗畫，作品中以濃重的色彩、渲染的筆調，描寫了一個「農業評比會」。這是當局宣揚成就、刺激農業生產發展的一次盛會。會場上張燈結彩，敲鑼打鼓，鳴槍放炮，一派在永維鎮難得見到的節日景象。就在這非凡的熱鬧氣氛中，各種頭面人物，上至省府參事，下至本地鄉紳，粉墨登場。其中，藥店老闆奧梅，上竄下跳，出盡風頭；教堂執事賴斯迪布杜瓦，乘機向參加會議的農民出租教堂的椅子，大撈外快；省府參事在主席台上發表演說，大肆吹噓全國農村的進步和政府對農民的關心；而羅德夫則鑽到二樓，甜言蜜語勾引包法利夫人，兩個人一面慷慨激昂，一個竊竊私語，形成了一曲令人忍俊不禁的二重唱；而主席台下的整個會場，人群吵吵嚷嚷，牛哞羊咩，亂成一片。一個莊嚴隆重的評比會，變成了一幕滑稽可笑的鬧劇。不僅如此，在大會主席宣布的長長一串獲獎者名單中，有一位給地主幹了五十四年活的老太太，人又老又瘦，臉上的皺紋比風乾的蘋果還多。身上穿著破衣服，兩隻手長年接觸穀倉的塵土、洗濯的鹼水和羊毛的油脂，粗糙發硬，疙裏疙瘩，合也合不攏。而她半個多世紀的辛勞所換來的獎賞，只不過是一枚僅値二十五法郎的獎章！作品中精心安排這樣一位被剝削制度壓榨乾的農婦，作爲獲獎者的代表，不正是對省府參事所唱的高調，對這次所謂評比會的抗議嗎？會議結束後，頭面人物全都留下來大吃大喝，而群衆散去，「人人回到原來的地位，主子繼續虐待雇工，雇工繼續用鞭子抽打牲口。」這是多麼尖刻的諷刺，多麼有力的批判。而這種諷刺和批判所針對的，從作品中不難看出，是政府，是最高當局，甚至國王。

《包法利夫人》故事發生的背景是七月王朝，但它所揭露和批判的，主要是第二帝國的社會現實。難怪作品一問世，就立刻掀起軒然大波，「遭到政府攻擊，報紙謾罵，教士仇視」，帝國政府迫不及待要拿作者問罪。這正是這部作品的巨大成功，正是這部作品繼《紅與黑》和《人間喜劇》之後，成爲十九世紀批判現實主義又一部傑作的根本原因。

作爲繼《紅與黑》和《人間喜劇》之後，十九世紀批判現實主義的又一部傑作，《包法利夫人》不僅思想內涵上具有強烈的現實意義和批判效果，而且藝術風格上在繼承現實主義傳統的同時，取得了革新性的突破，在法國甚至世界文壇，獲得了普遍讚譽和高度評價。拉馬丁說這部作品是他「二十年來讀到的最優秀的作品」❹；波特萊爾讚揚福樓拜「肩負了開闢一條新路的使

❹拉馬丁：一八五七年一月三十日約見福樓拜的談話。

命」[5]；聖勃夫評論說：「在許多地方，我覺得從不同形式下看到了新文學的標誌。」[6]左拉宣稱：「新的藝術法典寫出來了」[7]；馬克思的女兒愛琳娜則認爲：「完美無缺的《包法利夫人》問世後，在文壇產生了類似革命的效果。」[8]這些評價不約而同地高度肯定了《包法利夫人》的藝術成就。

福樓拜把眞實地反映現實生活，當作小說創作的最高原則。他像司湯達爾和巴爾札克一樣，把小說喻爲「反映現實生活的一面鏡子。」[9]他認爲眞實和美是不可分割的：「美就意味著眞實。雖說眞實的東西不一定都美，但美的東西，永遠是眞實的。」「喪失了眞實性，也就喪失了藝術性。」[10]

這些論斷反映了福樓拜的藝術風格的基本傾向。但這種基本傾向並福樓拜所獨具，人們同樣可以拿這些觀點，去衡量和評價其他現實主義大師們的藝術特點。福樓拜的獨創，在於他透過《包法利夫人》，把小說藝術的眞實原則推到了「純客觀」的境界。他主張，作家寫小說，應該像自然科學家搞科學研究一樣，始終保持客觀、冷靜的態度，「作者的想像，即使讓讀者模糊地

[5]《波特萊爾全集》第Ⅲ卷第五二三頁。
[6]聖勃夫：《包法利夫人》，一八五七年五月四日《世界箴言報》。
[7]左拉：《古斯塔夫・福樓拜》。
[8]愛琳娜・馬克思：《包法利夫人》英譯本導言。
[9]莫泊桑：《古斯塔夫・福樓拜》。
[10]莫泊桑：《古斯塔夫・福樓拜》。

猜測到，也是不允許的。」作品中「一頁一行，一句一字，都不應該流露出作者的觀點和意圖的絲毫痕跡。」⓫《包法利夫人》以前的小說，無論司湯達爾的《紅與黑》，還是巴爾札克的《人間喜劇》，在作品中作者處於主宰一切的地位，由作者敘述故事發生的時代背景和社會背景，評價人物和事件；作者還經常借題發揮，抒發感慨或闡發哲理，甚至向讀者進行說教。總之，作者無所不在，無所不能。在《包法利夫人》裡，這一切都不見了。作者把自己深深地隱藏起來了。讀完這部小說，甚至很難弄清故事的敘述者究竟是誰。作品上卷第一章寫上中學的夏爾・包法利，其中有一句話：「夏爾當時的情形，現在我們恐怕誰也不記得很清楚了。」由此看，故事的敘述者似乎是夏爾的一位同學。但僅此而已，後面再也沒露出蛛絲馬跡。寫艾瑪的遭遇和命運，作者自始至終沒有出面發一句感慨；寫「農業評比會」那樣的場面，作者也沒有出面發一句議論。總之，作者把自己徹底從作品中排除了。他只是透過典型事件和典型人物，把現實生活忠實地描寫出來，一切讓讀者去體會，讓讀者去下結論。這種「純客觀」小說，根植於前期批判現實主義的土壤之中，而爲十九世紀後期的自然主義開闢了道路。

左拉就特別推崇《包法利夫人》，稱之爲「自然主義的典範之作」，並且透過對《包法利夫人》的評價，闡述了自然主義的藝術觀：「小說家無動於衷是一條基本法則。自然主義小說家使自己徹底消失在自己所敘述的行動背後。他是藏而不露的戲劇導演。」，「作家不是說教者，而是解剖學家。他只滿足於講出在人的屍體裏所看到的東西，讓讀者自己去下結論。小說家始終個

⓫莫泊桑：《古斯塔夫・福樓拜》。

不偏不倚。福樓拜就是這樣寫小說的。」⑫

前面已經提到，《包法利夫人》以前的小說，作品中故事發生的時代背景和社會背景、主要人物的出身，甚至重要活動或習俗的來龍去脈，無不詳詳細細交代得一清二楚，力圖讓讀者感到，一切都有根有據，天衣無縫。可是，讀完《包法利夫人》，讀者會發現，這本小說根本沒有時代背景和社會背景的交代，人物出身也沒有專門的交代，更沒有家族譜系式的回顧與敘述。作品的著眼點，是描寫現實的生動、遭遇和命運。至於這一切的背景，則是一片虛無。這樣作的目的，作者福樓拜說得很明確：「我覺得美的，亦即我想寫的，是一本建立在虛無之上的書。它僅僅靠自己，靠其文筆的內在力量來維持，就像地球沒有任何支撐而維持在空中一樣。這是一本沒有主題，或者盡可能讓主題隱而不露的書。」⑬這種「建立在虛無之上」的小說，正是《包法利夫人》整體風格的又一重要特點。

與虛無相連繫的，是《包法利夫人》在某種程度上顯示了「荒誕」的特色。由於作品所著眼的是「直接描寫」，寫人物活動不言明其動機，寫對象不暗示其象徵意義，這就難免讓人捉摸不透而產生荒誕之感。當然，這種情況僅僅是局部的，尚不構成這部作品的整體特色。

關於這一點，後世評論家作爲典型進行分析的，主要是兩個例子：

其一、是包法利夫人爲了與萊昂幽會，頻繁地奔走於永維鎮與盧昂之間。她的行動完全出自

⑫左拉：《自然主義小說》。
⑬福樓拜：《書信集》第Ⅱ卷第卅一頁。

於一種本能，不顧一切後果，令人感到極不近情理而顯得荒誕。

其二、是關於夏爾上中學時所戴的帽子的描寫。這是尤爲典型的一個例子。讀者不妨再來玩味一下這段描寫：「他那頂帽子可是頗有特色，既像熊皮帽、騎兵盔，又像圓筒帽、水獺皮鴨舌帽和棉布睡帽，總之不三不四，十分寒傖，它那不聲不響的難看樣子，活像一個表情莫名其妙的傻子的臉。它呈橢圓形，裏面用鯨魚骨支撐；帽口有三道環狀滾邊，往上是由絲絨和兔皮鑲成的菱形方塊，彼此交錯，中間有紅道隔開；再往上，是口袋似的帽筒和硬紙板剪成的多角形帽頂；帽頂蒙著一塊圖案複雜的彩繡，中間垂下一根過分細的長帶子，末梢吊著一個結成十字形花紋的金線墜子。那頂帽子倒是嶄新的，帽簷閃閃發光。」——請看，這頂帽子描寫得不可謂不生動，不可謂不具體。但是，它的總的特徵究竟是什麼呢？讀者恐怕很難講得清楚，甚至它作爲帽子的基本特徵，也消失在讀者的意識的空白之中。至於它究竟具有什麼象徵意義，就更難把握，似乎它的意義就在於它的存在，甚至就在於它本來不代表任何意義。這種荒誕的描寫，給了後世的現代派小說家生動的啓示。

福樓拜是位語言大師，很注重人物性格化的語言。但是在《包法利夫人》裏，他對人物對話的描寫顯得相當專制，作品裏幾乎見不到大段大段的直接對話。而與此形成鮮明對照的，是突出地運用了人物的內心獨白。不僅艾瑪和夏爾，就是羅德夫和萊昂，甚至魯奧老爹，都有大段的內心獨白。雖然從整體上講，內心獨白在這部作品中也是局部的，但可以毫不誇張地稱爲「包法利特色」。內心獨白正是人物心理上那個最隱秘的領域，那個夢囈般難以表達的領域的流露，是人物的思想在無意識層次的流動，有助於揭示人物的內心世界，使人物的思想、感情和性格更加豐富，更加充實，更具有立體感，更眞實可信。

福樓拜是一位銳意創新的藝術家，他在《包法利夫人》裏爲追求藝術的完美所作的嘗試，爲革新小說的藝術形式作出了重要貢獻，引起了二十世紀的現代派小說家們的普遍注意，產生了廣泛而深遠的影響。

意識流小說大師普魯斯特認爲，《包法利夫人》中人物內心獨白和動詞非確指過去時的運用，使得福樓拜「幾乎像康德一樣更新了我們對事物的看法，更新了認識及外部世界現實的理論」[14]存在主義的代表人物沙特稱福樓拜是「現代小說的創始人」，「處於當今所有文學問題的會合處」[15]。而六十年代「新小說」的主要作家羅伯・格里耶和娜塔麗・薩洛特，在猛烈抨擊巴爾札克式小說的同時，卻把福樓拜奉爲先驅，全面繼承並大大發展了《包法利夫人》革新性的藝術特色，進而把小說的藝術形式推到了極端。現代派小說家們對福樓拜的崇奉和繼承，充分顯示了福樓拜在法國文學史上獨一無二的地位，而一百多年來人們對《包法利夫人》的研究、評價和借鑒，說明這部作品成了現代小說名副其實的經典。法國當代小說家兼評論家蒙泰朗說得好：「法國當代所有作家，至少像我這樣年齡的作家，都從他（福樓拜）那裏得到了一點什麼。」「人們感激他塑造了一個典型——包法利夫人的典型。」[16]

[14] 普魯斯特：《論福樓拜的風格》，一九一九年三月《新法美西雜誌》。
[15] 沙特：《家庭白痴》第Ⅱ卷第八頁。
[16] 一九八三年版《包法利夫人》序言。

國家圖書館出版品預行編目資料

包法利夫人／福樓拜（Gustave Flaubert）／著
羅國林／譯 --三版 -- 新北市：新潮社文化事業有限公司，
2023.04
面；　公分
譯自：Madame Bovry gustave flaubert
ISBN 978-986-316-874-4（平裝）

876.57　　　　112002778

包法利夫人
福樓拜／著
羅國林／譯

【策　劃】林郁
【出版人】翁天培
【企　劃】天蠍座文創
【出　版】新潮社文化事業有限公司
電話：(02) 8666-5711
傳真：(02) 8666-5833
E-mail：service@xcsbook.com.tw

【總經銷】創智文化有限公司
新北市土城區忠承路89號6F（永寧科技園區）
電話：(02) 2268-3489
傳真：(02) 2269-6560

印前作業　菩薩蠻、東豪印刷事業有限公司

三　版　2023 年 6 月